21 倪匡珍藏限量紀念版

衛斯理傳奇之

天書

（含：天書．迷藏）

倪匡 著

無窮的宇宙，
無盡的時空，
無限的可能，
與無常的人生之間的永恆矛盾，
從倪匡這顆腦袋中編織出來。

——金庸

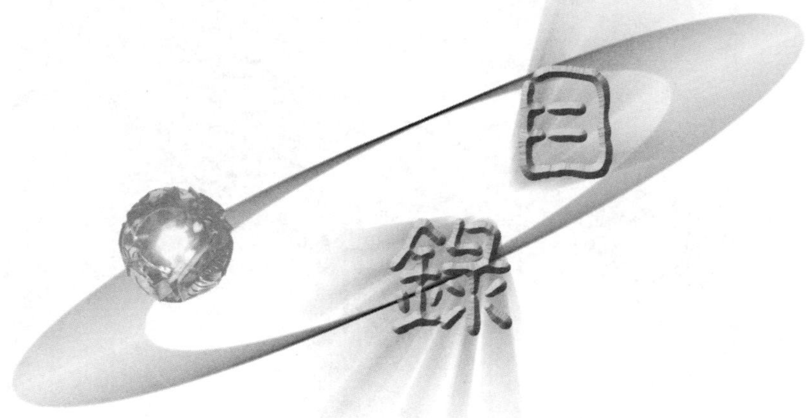

天書

目錄

迷藏

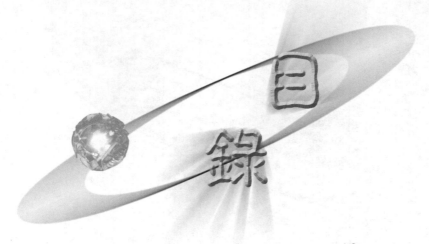

天書

第一部：無價之寶求售

還記得一個名字叫姬娜的可愛墨西哥小女孩嗎？

只怕不記得了，連我自己也幾乎忘記了。

姬娜，是我多年之前，一件奇事中遇到的一個小女孩。那件奇怪的事情的始末，記在名為「奇門」的故事中。那件事的整個過程，是一個在宇宙飛行中迷失了的飛行員悲慘故事，那個飛行員叫米倫太太。

米倫太太留下了一些東西，其中有一枚紅寶石戒指，那是一塊美得令人驚心動魄的紅寶石，我得到了這枚紅寶石戒指之後，就送給了那個叫姬娜的小女孩，當時，她不過十歲左右。

其後，各種各樣的經歷，使我忘記了這件事，姬娜回到墨西哥之後，曾經寫過信給我，後來，音訊也斷絕了。

如今記述的這件事，我名之為「天書」，整件事，從那枚紅寶石戒指開始。

我和白素自歐洲回來之後，書桌上有一大堆信件，當然要逐封拆開來看，我先揀重要的，例如電報：沒有重要的事，不會打電報。

我看了幾封電報，其中有一封，甚令我莫名其妙，電報來自荷蘭的阿姆斯特丹，發報人是一個叫連倫的人，電報的內容如下：

我們懇切地期待閣下的答覆，但不知緣何，一直未有閣下的消息。請盡速與我們聯絡。

我看了看電報的日期，是我回家前兩天。

這封電報，可以說是莫名其妙之極，我根本不認識這個人，也不知道他為甚麼要和我聯絡，所以我看完了電報之後，只好隨手將之擱在一邊。

直到第二天，我在整理信件之時，才又發現了這位連倫先生的一封信，看完了這封信，我立即拿起電話，要接線生駁接到荷蘭的長途電話。

連倫先生先寫了信給我，因為沒有回，所以才拍電報來詢問究竟。我先看了那封電報，自然莫名其妙，但等到我看完了信之後，就知道事情的來龍去脈了。

以下，是連倫先生的那封信的內容：

「衛斯理先生：

「冒昧寫信給你，請你原諒。本人是荷蘭阿姆斯特丹極峰珠寶鑽石公司的負責人，本公司和本人如今面臨一個難題，希望閣下能協助解決。

「昨天，一位美麗高貴的女士，她自稱來自墨西哥，姓名是姬娜•基度，想出售她擁有的一塊重量達七克拉的極品紅寶石。老實說，我本人和我所負責的公司，一貫買賣極品珠寶，如果閣下對世界珠寶市場有認識，應該知道敝公司在珠寶市場中的地位。但是，我們也被基度小姐所帶來的那塊紅寶石所震驚。

「毫無疑問，這是稀世之寶！像這樣品質的紅寶石，不可能在歷史上沒有記錄，比它次許多級的紅寶石，自從一開採出來之後，就有著各種各樣的記錄。但這塊極品紅寶石，卻完全沒有來歷可稽。

「當然，我們絕不懷疑基度小姐是這塊紅寶石的主人，但是我們在收購這塊寶石之前，我們想要知道這塊紅寶石的來歷，基度小姐宣稱，閣下知道這塊紅寶石來歷。

「由於閣下在珠寶世界之中並非聞人，所以我們本來很難接受基度小姐的推薦，但我們在基度小姐的堅持之下，通過國際警方，得到了有關閣下良好信譽的保證，所以，我們想請閣下對這塊紅寶石的來歷，下一個斷言，以使我們和基度小姐的交易，得以完成。

「再者，基度小姐是閣下的朋友，本公司深以能獲得這樣的稀世奇珍為榮，而看基度小姐的情形，她似乎也急於求售，以換取一筆龐大的現金，想來閣下必然樂於見到基度小姐的願望得以實現，請閣下盡快與本人聯絡，順致謝意。」

看完了這封信，在等待長途電話之際，我思潮翻湧，想起了多年前的事情來。

姬娜現在應該有多少歲了？二十三？二十四？當然她已經成年。而那塊紅寶石，當時我送給了姬娜，想她永遠保存，如今她拿去求售，當然是她遇到了困難，我不相信她對那麼美麗的紅寶石，會忽然厭倦了，不喜歡了。事實上，事隔那麼多年，那紅寶石給我的印象，仍然極其深刻，那種透明的血紅，那種奪魄的光芒，毫無疑問，這是世界上最好的一塊紅寶石！

能夠收購這樣稀世奇珍，當然一定是在國際珠寶市場中極有地位的珠寶公司。而珠寶公司在付出巨款之前，希望弄清楚寶物的來歷，是很正常的要求，他們當然有權要求賣主，清楚地說明寶石的來路。

可是，我該怎麼向這位珠寶商連倫解釋呢？難道我告訴他實話，說這塊紅寶石，是來自一位叫米倫太太的金髮美女，而這位美女，根本不知道是甚麼時候從地球起飛，去作偉大的探索宇宙的飛行，而結果，由於不可知的因素，而回到了我們的年代中來，鬱鬱十年，終於死在大海之中？

我當然不能這樣講，因為就算我講的每一個字都是實話，一個腳踏實地的成功商人，決不會相信我所講的話。

我已經想好了幾個謊言，準備騙連倫先生，例如，這塊紅寶石，是來自一個印度土王的寶藏等等。但是，這是次要問題，問題是我想知道，姬娜究竟是為了甚麼，要放棄那枚如此可愛的紅寶石戒指。在她如今這樣的年齡，正應該是對珠寶最狂熱的時候。

其次，我自己也想要這枚紅寶石戒指，我不知道連倫先生出價若干，如果我可以負擔的話，我願意將它買下來，因為那實在是美麗得不可言喻的稀世奇珍！

在我思潮起伏之間，電話鈴響了起來。我拿起了電話，接線生道：「電話接通了，請講話！」

我等了一會，就聽到了一個有十分濃重鼻音的男子聲音道：「我是極峰珠寶公司的連倫。」

我忙道：「連倫先生，我是你要我解決難題的衛斯理！」

連倫「啊」地一聲，說道：「太好了！」

我道：「連倫先生，那顆紅寶石的來歷，決不成問題，我想知道基度小姐現在在哪裏？」

連倫道：「基度小姐受本公司的招待，住在酒店，等候你的消息。我想知道這顆紅寶石的上一任擁有者是誰，以及它更早的擁有者，和它開採，琢磨的記錄。」

我答非所問：「請問，基度小姐在哪一家酒店之中？多少號房間，我要和她聯絡。」

連倫猶豫了片刻：「為了甚麼？」

我道：「在她還是一個小女孩的時候，我已經認識她了，我想再見她。」

連倫呆了片刻，才道：「基度小姐說，這枚紅寶石，是閣下在她十歲那年送給她的？」

我心中苦笑了一下，原來姬娜為了出售這枚戒指，已經對連倫說了不少，可能連戒指原來是米倫太太的，都告訴他了！

我聽到對方這樣問，只好答道：「是的。」

連倫又呆了半晌，才道：「先生，我不認為你對珠寶毫無認識，這樣名貴的寶石，送給一個十歲的小女孩，這——這——似乎——似乎——」

他遲疑著沒有說下去，顯然是認為這種事太不合情理，我心中不禁有點怒意：「你可以作一百種不同的想法，但是，這枚戒指，的確是我送給她的。老實說，我不知你們出價多少！我要和她直接聯絡，我願意將這塊紅寶石買回來！」

連倫發了急，連聲道：「不！不！先生，紅寶石是我們的，基度小姐已經預支了一筆錢，紅寶石肯定是我們的，我們只不過——」

我打斷了他的話頭，冷笑了一下：「你怕甚麼？怕那是賊贓？」

連倫連忙道：「不！不！絕對不，請你別見怪，我可以知道，米倫太太是誰？我們查遍了擁有名貴珠寶的名人錄，可是查不到米倫太太！」

我越聽越是怒氣上衝，大聲道：「我勸你，如果要這顆紅寶石的話，趕快買下來。我敢斷定，你出的價錢，最多不過是真正價值的十分之一！至於這顆紅寶石的來歷，講給你聽，你也不會相信！」

我剛對著電話在吼叫之際，白素推開書房門，走了進來，向我作了一個詢問的神色，我向她無可奈何地笑了一笑。電話那邊，連倫連聲說道：「是！是！那可能是來自東方某一個神秘的寶藏——」

我道：「隨便你怎麼想，現在，你可以將基度小姐的住址告訴我了麼？」

連倫猶豫了一下：「好，我告訴你。」

他給了我酒店的名稱和房間的號碼，我記了下來。連倫又道：「無論如何，我本人以及我們的公司都很感謝你，這顆紅寶石實在太美麗了，我們出的價錢也不低，先生，一百萬英鎊。當然，這顆寶石如果拿出來拍賣，究竟可以賣多少錢，誰也不敢預料！」

我笑了笑：「請別介意，我剛才的意思是，這顆紅寶石，是真正的無價之寶，任何數字的金錢，都難以衡量！」

連倫道：「是的！是的！你說得對！」

我和連倫的通話，到此結束，白素走了過來，我道：「還記得那個叫姬娜的小女孩？」

白素道：「記得，怎麼？她要出售那枚戒指？」

我道：「看來是這樣，我要問她，為甚麼要賣掉它呢，我實在不希望這枚戒指落入珠寶商手中！」

白素作了一個無可奈何的神情，我又拿起了電話，再要接線生接荷蘭的長途電話。

十分鐘之後，電話鈴響了起來，但是我卻沒有聽到姬娜的聲音，仍然是接線生：「先生，酒店方面說，姬娜‧基度小姐，已經在一小時之前退了房，離開了酒店，對不起！」

我呆了一下，說了聲多謝，就放下了電話。

姬娜已經退掉了酒店的房間，我絕不認為那是有了甚麼意外，可能是由於連倫等我的回音等不到，已經決定向她購買這顆紅寶石，那麼，姬娜取到了錢，自然就離開了！不過連倫似乎十分可惡，他剛才和我通話，還一點口風都不肯透露。

我想，姬娜知道我急於和她聯絡，連倫一定會和她談起，她會主動來找我，那倒不必心急。

事情，似乎已經告一段落了，當天，我和白素討論了不少有關那枚紅寶石戒指的事。

第二天一早，我還在床上，就被電話吵醒，拿起電話來，是荷蘭來的長途電話。我以為，那一定是姬娜打來的電話了。

誰知道我等了一會，又聽到了連倫有濃重鼻音的語聲。他好像十分憤怒，以致鼻音聽來更重。他一聽到我的聲音，就大聲道：「先生，我不知道你對基度小姐講了一些甚麼。」

我呆了一呆：「我甚麼也沒有和她講！昨天，我和你通話之後，立即打電話到酒店去找她，可是酒店方面，說她在一小時之前，已經退了房！」

連倫怪叫道：「見鬼！」

我十分惱怒：「見鬼是甚麼意思？酒店方面，應該有長途電話的記錄，你可以去查一查！」

連倫喘著氣：「對不起，我並不是說你，我是說，基度小姐離開酒店，並沒有通知我，當我決定向她購買那塊紅寶石的時候，已經找不到她了！」

我呆了一呆：「找不到她？她沒有將紅寶石留在你們處？」

連倫道：「沒有，我勸她將寶石留下，可是她不肯，我已經通知了警方，你知道，先生，一個女人，帶著價值如此高的寶石，可以發生任何意外！」

我也感到事情不尋常，一時之間，不知說甚麼才好，連倫又道：「基度小姐預支了的那筆錢——」

我大聲道：「她預支了多少，由我來還！重要的，是盡一切可能，找到她的下落！有了她的任何消息，立即與我聯絡，電話費由我支付！」

連倫答應。我和他的第二次通話，就是這樣。

當我坐在床上發楞，白素拿著早報走了進來，我道：「姬娜失蹤了！」

白素呆了一呆，我將連倫的電話對她說了一遍。白素道：「不知道姬娜最近的生活怎麼樣？我們也不知道她為了甚麼要出售那枚戒指，一切的猜測，全沒有用！你要知道，那麼多年，她不再是你當年認識的那個小女孩子！」

我嘆了一聲：「你說得對，我看只有等連倫進一步的消息，看來，他比我還要著急。」

等到晚上，連倫的消息來了。

連倫在長途電話中告訴我：「警方一直找不到基度小姐，也沒有她出境的記錄，她離開了酒店之後，就再也沒有人見過她。警方的高層人員說，閣下對於疑難的案件有豐富的經驗，如果你能夠來，找到基度小姐的希望就大得多。」

我苦笑了一下：「我才從歐洲回來，請問，基度小姐可曾向你透露過她為甚麼要出售寶石？」

連倫像是因為我的問題太怪，所以呆了一呆，才道：「為甚麼？當然是為了錢！」

我沒有再問甚麼，因為我也想不出除了錢之外，姬娜還有甚麼原因要出售那枚可愛的戒指。

我道：「請荷蘭警方繼續努力，如果明天這時候，仍然沒有消息，我會考慮來。」

連倫唉聲嘆氣，掛上了電話。他的心情，倒很容易明白，一個珠寶商，在見到了這樣美麗的寶石之後，忽然失去機會，心裏自然難過。連倫所關心的，只是那枚紅寶石，決不是姬娜！

接下來的一天，我有點心神恍惚，白素看出我的心意：「又要出門了！」

我苦笑了一下：「事情本來很平常，可是忽然之間姬娜不見了，這不是很怪麼？」

白素攤了攤手：「看起來仍然像是普通的失蹤，不像可以發掘出甚麼奇特的事情來。」

我道：「那也很難說，那顆紅寶石的來歷如此奇特，如今又自它開始而發生了事，實在有必要去探查一下！」

白素點頭道：「我不反對！」

我道：「等等連倫的消息再說。」

連倫的消息又來了。他的電話比我預期的來得早：「沒有基度小姐的消息，先生，一位祖斯基警官，想和你講幾句話。」

我等了一會，一個聲音傳了過來：「我是祖斯基，我曾在巴黎國際警察總部服務過，見過你幾次，只怕你不記得我了！」

我只好直認：「對不起，沒有甚麼特別的印象。基度小姐失蹤的事，是不是有特別疑難？」

祖斯基道：「是的，第一，她帶著價值極高的珍寶——」

我立時打斷他的話頭：「因為身懷巨寶而失蹤，還只是普通的案件，我的意思是，是不是有甚麼特別的地方，非要我來不可的？」

祖斯基吸了一口氣，在電話中，可以清楚地聽到他長長的吸氣聲。他道：「有！」

他在說了一個「有」字之後，又停了半晌，我心急，忍不住催道：「是甚麼，請快說！」

祖斯基說道：「有，在她退掉酒店的房間之前，她曾經出去過一次，拿著一本包好了的書，向酒店櫃檯的職員要郵票去投寄。」

我道：「警官，你的話有問題了，既然是包好了的，誰能肯定那是一本書？」

祖斯基忙道：「櫃檯職員說的，他說那形狀、大小，是一本書，或者，是一疊紙。總之是相類的物件。酒店沒有郵票供應，她就問了郵局的地址，走出去，在半小時之後又回來。」

我忙問道：「她投寄的東西，寄到哪裏？」

祖斯基道：「不知道，她並沒有寄掛號，可能只是投入郵筒、郵局當普通的郵件處理，不可能有記錄。」

我想了一想：「那也不能說明甚麼！」

祖斯基道：「是的，可是一個女侍——」

我不禁有點冒火，說道：「警官，你說話別一截一截！」

祖斯基忙道：「對不起，請原諒，實在是事情發生得很亂，所以我才不能不一件一件告訴你！」

我有點啼笑皆非：「好吧，算我剛才沒提過抗議，請繼續下去。」

祖斯基這才又道：「酒店的一個女侍，曾經看到基度小姐在包那個郵包，據她說，包的好像是一本書。」

我嘆了一聲，道：「警官，是一本書，就是一本書，甚麼叫作『好像是一本書』？」

祖斯基也無可奈何地笑了一下：「情形是這樣，那是一本書——一本書的原稿。那女侍說，她看到的是一厚疊紙，紙上寫滿了密密麻麻的字，那好像是一本書，她看到的情形，就是這樣。」

我聽到這裏，才鬆了一口氣，總算弄明白了姬娜在失蹤之前寄出的是甚麼東西。那是一包稿件，也可能是一包文件，總而言之，是一厚疊寫滿了字的紙，當然，也可以稱之為一本書。

我道：「我明白了，不論她寄出的是甚麼，那和她的失蹤有關係？」

祖斯基道：「我無法知道，因為我沒有看到過這本書的內容，而且，也不知道她寄給了甚麼人。」

我道：「那就將這件事暫且擱在一旁，別把它當作是主要的線索。另外可還有甚麼值得注意之處？」

祖斯基的聲音聽來像是很抱歉：「暫時沒有，或許你來了之後，會有進一步的發現？」

我苦笑道：「我不明白何以你們一定堅持要我來。我看不出對事件會有甚麼幫助！」

祖斯基沉默了片刻，雖然我只是在和他通長途電話，可是我也可以料到他那種猶豫的神色。他顯然無法立即回答我這個問題，可是他短暫的不出聲，卻又表示他還是堅持要我去。

這種情形使我感到一點：是不是另外有甚麼隱秘，連倫和祖斯基不肯在電話中告訴我呢？

我正想這樣問他之際，祖斯基已結束了沉默：「總之，如果你肯來的話，事情一定會有幫助！」

他這樣說法，使我心中的疑雲更甚，我道：「好的，我來。」我答應了之後，又補充了一句：「可是你們別將希望寄託在我的身上！」

我這樣的補充，自然有理由。雖然我認識姬娜，但那是很久以前的事了。雖然那隻紅寶石戒指是我送給姬娜的，但我也不是寶石的真正主人，寶石的真正主人，是那位神秘的米倫太太。在這樣的情形下，就算我去了，對姬娜的失蹤，能不能有幫助，只有天曉得。

可是，祖斯基一聽到我肯去，他的高興，出乎意想之外，他先發出了一下歡呼聲，接著，又像是發覺自已太以忘形了一樣，歡呼聲陡地停止，可是又禁不住連聲道：「太好了！太好了！」

我並不是一個感覺遲鈍的人，我已經感到，祖斯基的態度，十分不正常。作為一個處理姬娜失蹤案的警官而言，似乎沒有理由聽到一個對案子其實不相干的人肯去和他會面，就高興成這樣子。

可是儘管我有了這樣的感覺，我再也想不到此後事態的發展會如此出人意料之外！

當然，日後的事，誰也沒有法子預料！

我放下了電話，正在呆想著，白素已來到了我的身前，我道：「荷蘭警方堅持要我去一次，我看——」

白素笑了起來：「不必向我解釋，去好了。我看這次旅行，一定是你所有的旅行中最乏味的一次！」

我攤了攤手，我也絕不認為整件事有甚麼怪異之處，只不過是姬娜忽然失了蹤而已。

第二天，我就上了飛機，旅途中並沒有甚麼可以記述的，我只是在起飛之前，又和連倫通了一個電話，連倫說他和祖斯基，會在機場接我。

等到我到了目的地，走出機場，就看到一個金髮美男子，高舉著寫著我名字的紙牌，在他的身邊，站著一個半禿的胖中年男子。我逕自向他們走了過去，那禿頂中年男子一開口，那濃重的鼻音，就使我知道了他是連倫先生。我先和連倫握著手，連倫又介紹那金髮男子，他就是祖斯基。我一面和祖斯基握著手，一面道：「你好，警官先生，又有甚麼新的發現？」

連倫和祖斯基兩人互望了一眼，在他們互望之際，可以明顯地看出兩人的神情，都極其尷尬。

本來，我們一面寒暄，已一面一起在向外走去，一發現了這一點，我便停止了腳步，用嚴厲的目光，盯著他們。兩人神情更是不安，祖斯基攤著手：「對不起，不關連倫先生的事，全是我的主意！」

我不禁心頭有點冒火，這兩個傢伙，有事瞞著我，鬼鬼祟祟，我臉色自然也不會十分好看：「那麼，關誰的事？」

祖斯基道：「是我的事。」他頓了一頓，才又道：「我不是警官！」

這時，我真的十分生氣，祖斯基不是警官！那麼他是甚麼人？他和連倫在玩甚麼鬼花樣？將我千里迢迢，騙到荷蘭來，為了甚麼？

第二部：稀世紅寶石「死」了

我悶哼了一聲，那種受人欺騙的憤怒，不但形於臉色，而且，還十分明顯地表現在我緊握著，而且揚了起來的拳頭上。

祖斯基像是未曾料到我的反應會如此之憤怒，他慌忙後退了一步：「請聽我說！」

連倫也忙道：「衛先生，請原諒，請原諒！」

我冷笑道：「你大概也不是甚麼珠寶公司的負責人？」

連倫一聽得我這樣說，不但脹紅了臉，連他半禿的頂門上，也紅了起來：「我當然是，而祖斯基，是我們公司的保安主任！」

我向祖斯基望去，只見他神情尷尬，實在無可奈何，而且充滿了歉意。看到他這樣情形，我怒火稍戢：「那麼，你們的目的是甚麼？」

祖斯基苦笑了一下：「我們有難以解決的事，想請你來幫助，但又怕你不肯來。」

我陡地一呆：「不就是為了基度小姐失蹤麼？」

連倫道：「除此之外，還有一件事！」

我伸手指著他們兩人：「等一等，先弄清楚，我是為了基度小姐的失蹤才來的！」

祖斯基忙道：「當然是！警方、我們公司、我本人，正在盡一切努力，要找她出來！」

我「哼」地一聲：「那麼，我還是直接和警方接頭好些！」

我一面說，一面不理會他們兩人，逕自向外走去。我實在不喜歡有人向我弄狡獪，我這時，真的打算直接去和警方接觸。

可是我一向外走，連倫急急跟在我的後面，祖斯基的身手看來十分敏捷，他趕過了我，轉過身來，面對著我，我一直向前走，他一直向後退，一面道：「等一等，衛先生，基度小姐失蹤的事，暫時不會有甚麼進展，可是她那枚紅寶石戒指——」

我陡地一呆，停了下來。

祖斯基不由自主，有點氣喘：「那枚紅寶石戒指，有點事要……你幫忙！」

我立時向連倫望去，連倫一面抹著汗，一面道：「真對不起，我向你說了謊！」

我冷笑一聲：「紅寶石在你這裏！」

連倫道：「是的，基度小姐一來求售，就將戒指脫了下來，放進了我們公司的保險庫中。」

我真正感到怒不可抑，大聲道：「渾蛋！你們究竟是關心姬娜的失蹤，還是關心紅寶石？」

連倫忙分辯道：「兩者都有，請你原諒！」

我一字一頓：「我不會原諒一個騙子！」我略停一停，又補充道：「不會原諒兩個騙子！」

祖斯基和連倫兩人的神情，尷尬之極，因為我講得十分大聲，引得不少人向他們望了過來。

祖斯基道：「我們也不敢祈求你原諒，只想你來了之後，知道一下不方便在電話中討論的事實，給我們一點意見，就感激不盡！」

這時候，我心中一則以氣，也一則以疑。祖斯基提到了「事實真相」，那究竟是甚麼意思？

我瞪著他，想聽他進一步的解釋。祖斯基向我走近了一步：「衛先生，請你到我們公司去，才能真正了解事情的真相。」

我心中充滿了疑惑，實在不知道他們在搗甚麼鬼，可是看他們兩人的神情，雖然曾經騙過我，可是這時，又焦急，又尷尬，分明有著極其重大的事不能解決。我吸了一口氣：「我不知道自己為甚麼還要答應你們，但是，好吧！」

連倫和祖斯基兩人，一聽到我答應，連聲道謝，跟著我一起出了機場。一出了機場，就有一輛大房車駛了過來，我們一起上了車。

在車上坐定之後，我忍不住「哼」地一聲：「我現在的處境，倒像是被甚麼黑組織的頭子弄到他秘密巢穴中去一樣！」

連倫和祖斯基的神情苦澀，對於我的諷刺，都不知如何應付才好。連倫向祖斯基埋怨道：「我早就說過，我們該將一切真相對衛先生說出來，請他幫助！」

祖斯基道：「或許是，但無論如何，一定要衛先生來才行！」他轉向我：「等一會你到了我們公司，你別心急，等我逐步將事實真相告訴你！」

我冷笑一聲：「反正我已經落在你們手裏了，隨你們喜歡怎麼樣！」

祖斯基和連倫兩人，只是苦笑，忍受著我的諷刺。我見他們無聲可出，心中多少也出了一點氣。車行大約半小時之後，在一座相當古老的建築物前，停了下來，那建築物有十幾道石階通向大門，在大門兩旁，有四個武裝警衛，而大門上，則有著「極峰珠寶公司」的字樣。我向連倫瞪了一眼：「還好，珠寶公司不是假的！」

祖斯基讓我下了車，跟在我身邊：「衛先生，我先請你了解一下我們公司的保安程序！」

我道：「有必要麼？」

他道：「完全有必要！」

我心中陡地一動：「為甚麼？那枚紅寶石不見了？」

連倫和祖斯基兩人，一聽得我這樣問，都不由自主，震動了一下。那使我幾乎可以肯定：我料中了！

可是接著，他們卻又一起搖起頭來，神情苦澀，祖斯基說道：「你別心急，一步一步了解事實。」

我悶哼一聲，看來祖斯基是一個按部就班的人，就算逼他，也逼不出所以然來。

我們一起進了公司，從進門開始，祖斯基就不斷向我介紹著整幢建築物中的保安措施。由於這家珠寶公司中隨便一件貨物，都價值極高，是以各種各樣的保安措施之嚴密，也有點匪夷所思。我也不準備在這裏詳細介紹，因為詳細情形對整個故事，並沒有甚麼直接的關係。但是我又必須提出來，因為多少也有一點關連。

各位只要有這樣一個概念就夠了，那就是：在公司保安措施防衛之下，任何人，即使是一個超人，也沒有可能自它的保險庫中偷走任何東西！

連倫的辦公室，在這幢建築物的二樓，那是一間相當大的辦公室，有六個武裝守衛二十四小時不停地守衛著，因為在他的辦公室中，有一個私人升降機，直通在地窖中的保險庫。

辦公室的布置，相當豪華，全是古典傢俬，當我們進了他的辦公室之後，我先老實不客氣地在一張絲絨沙發上坐了下來：「好了，究竟事實的真相怎麼樣，可以開始了吧！」

連倫和祖斯基兩人互望了一眼，連倫來到一座書架之前，按動了一個掣，書架移開，現出了一具保險箱。祖斯基則在我身邊，坐立不安，解釋著——我早已在他的口中，知道了總保險庫是在地窖中，四面有一公尺厚的花崗岩保護——連倫的這個保險箱，是為了業務方便，臨時收藏珠寶用的，只要連倫一下班，保險箱中所有的東西，就會被送到保險庫去。

這時，連倫打開了保險箱，從我所坐的角度望過去，可以看到保險箱的大門一打開，裏面又分成了許多格小門，連倫再打開了其中的一格小門，自小門之中，取出了一隻盒子。我注意到他在取出這隻小盒子來的時候，手在劇烈地發著抖，甚至連面肉也在不住抽搐，顯然是有極其重大的打擊，降臨在他的身上！

他取了那隻小盒子在手，轉過身來，長長地吸了一口氣，盡量使自已鎮定下來，來到我的面前，將那隻小盒子放在我面前的几上。直到如今為止，我還不知道連倫和祖斯基兩人，究竟在搗甚麼鬼，所以我並沒有伸手去碰這隻盒子，只是瞪著他們兩人。

祖斯基道：「請你打開盒子來看一看！」

我低聲悶哼了一聲，我實在不喜歡他們在我面前玩花樣，但是沒有法子，我既然已被他們騙了來，也只有走一步是一步。

一聽得祖斯基這樣說，我就伸手，將那隻盒子，打了開來。

那是一隻相當普通的放小型飾物的絲絨盒子，並沒有甚麼特別，我也並不期待在打開它之後，會看到有甚麼特別的東西。

可是，當我一打開盒子之後，我卻陡地一呆，立時抬頭向連倫和祖斯基兩人望去。在那隻小盒子中，放著一枚戒指，而我一眼就可以看出來，這枚戒指，就是當年米倫夫人的遺物，後來到了我的手中，由我送給姬娜的那一枚。當然也就是姬娜拿來求售的這一枚！

我一面向他們望去，一面失聲道：「那枚戒指！」

祖斯基的神情，顯得十分緊張：「你說『那枚戒指』，那是甚麼意思？」

我不禁又好氣又好笑，指著戒指：「我說這枚戒指，就是多年前，我送給基度小姐的那一枚！」

連倫的聲音，也因為緊張而有點變化，他道：「請你仔細看看！」

他一面說著，一面將戒指送到了我的面前，我伸手自盒子中拈出戒指來：「我可以肯定，絕對——」

我才講到這裏，下面一個「是」字還未曾出口，就陡地停了下來。這時候，我已更清楚地看清了這枚戒指。

當年，這枚戒指到我手中的時候，我曾經仔細地觀察過。我不但曾留意到那粒紅寶石的驚心動魄的美麗，而且，對於戒指的「托」，也曾細心觀察過。

那枚戒指的「托」，鑄造得極其精緻，托著紅寶石的，是一對精細的翼，那麼小的一對翼上，甚至連羽毛的紋路也可以辨認得出來。

這時，在我手中的那枚戒指，毫無疑問，就是當年我送給姬娜的那一枚——或者我應該說，那枚戒指的「托」，一點也沒有改變。

可是，那顆紅寶石，我實在忍不住心頭的震驚，以致我自己的手，也有點發抖。那顆紅寶石，我實在不知該如何形容才好，這時，我只是突然衝口而出：「天！這顆紅寶石死了！」

我用「死了」兩個字，來形容一塊寶石，任何不是身歷其境的人，一定會覺得十分滑稽，甚至會忍不住「哈哈」大笑起來。

可是，我實在無法再用第二種字眼去形容那顆紅寶石。任何以前見過這顆紅寶石的人，現在再見到這顆紅寶石，都會從心底同意我的說法！至少，這時連倫和祖斯基兩人，就十分同意。他們一聽到我這樣講，就不由自主，連連點頭。

那顆紅寶石，本來是如此晶瑩透澈，雖然只是小小一塊，可是當你向它凝觀，就像是自己漸漸置身於一片血紅色的大海。那種光澤、美麗，真是令人神為之奪，心為之驚。

可是現在，在那麼精美的戒指托上面的那一顆，算是甚麼呢？只不過是一塊紅色的石頭而已，不但毫無光澤，而且是實心的，一點也不通透，甚至可以看出有許多灰色的斑點。老實說，那根本不是寶石，如果是的話，那麼我應該說，我從來也未曾見過這麼拙劣的寶石！

我定了定神：「兩位，這枚戒指——」

我一面說，一面又取過几上的放大鏡來，仔細地檢查著戒指的本身，然後，才繼續道：「戒指，肯定是原來的一枚，但是紅寶石，卻換過了！」

連倫和祖斯基兩人，互望了一眼，連倫掏出手帕來抹著汗，他道：「衛先生，請你再看看清楚！」

我大聲道：「何必？誰都可以看得出來，這塊紅寶石，半分不值！我相信，如果有人拿著這樣的戒指來向你求售的話，你一定會將他趕出去！」

連倫苦笑道：「是，可是——」

他說到這裏，又求助似地向祖斯基望了過去。

祖斯基道：「請你將事實從頭了解。某一天，基度小姐來到公司，要求見公司的負責人，連倫先生接見了她，她說明了來意，取出了那枚紅寶石戒指，連倫先生從事珠寶業二十多年，一看就可以看出，她取出來的那枚戒指，是稀世奇珍、世上罕見的紅寶石——」

我聽他講得這樣詳細，大是不耐煩：「我對於連倫先生鑒定寶石的能力絕不懷疑，你能不能將事情的經過簡單點說？」

誰知道祖斯基這傢伙竟然道：「不能，你一定要明白了所有的程序，才能明白整件事情的怪異！」

我瞪著他，如果不是最後提及了「怪異」，我真想站起身來一走了事。既然事情有「怪異」之處，那我自然不妨慢慢聽他從頭講起。

我取過了一支煙來，燃著，靠在沙發背上，使自己坐得舒服一點。

祖斯基道：「儘管連倫先生一眼就看出了那是稀世奇珍，但是他仍然按照程序，動用了儀器，來測度這顆寶石。請注意，在測度的時候，絕沒有將寶石自戒指上取下來，因爲鑲製不但精美，而且牢靠，你也可以看得出，並不容易將寶石除下來！」

我點了點頭，接著，由一面在不斷抹汗的連倫先生繼續講下去。他似乎出汗越多，或者越是緊張，講話時的鼻音就越是濃重，聽來像是有一群蜜蜂在他喉嚨之中打轉。

連倫先生道：「我們的儀器檢驗設備全世界最先進。檢驗的結果是，這枚紅寶石的一切，都合乎最最嚴格的要求。換句話說，那是一顆毫無瑕疵、十全十美的好紅寶石！」

我「哼」了一聲：「本來就是，又何必用甚麼儀器來檢驗！」

連倫先生不理會我：「當我肯定了寶石的品質之後，就開始議價。本來，在這個程序之中，應該將寶石自戒指上脫下來，這樣，才可以知道它精確的重量是多少。但是我覺得戒指本身也極其精美。而且寶石的質地，既然這樣獨一無二，大小、重量都不成問題了，所以，我沒有那麼做。」

他講到這裏，頓了一頓，才又繼續道：「請注意，寶石自始至終，都沒有離開戒指！」

我仍不明白他這樣強調是爲了甚麼，只好點頭，表示已注意到了。

連倫又道：「我們議定了價錢，我就提議基度小姐將這枚戒指，留在我們的保險庫裏，只要有了寶石來源的證明，就立即付款，她同意了！」

連倫講到這裏，現出了一種極其懊喪的神情來，伸手打著自己的禿頂：「我真不應該那樣提議，甚至基度小姐提出，我也應該拒絕！」

我有點生氣：「先生，你這樣說是甚麼意思？」

連倫指著盒子中的戒指：「結果如何，你已經看到了！」

我道：「我仍然不明白你的意思！」

我的語氣，聽來已相當嚴厲，而連倫先生也一副亟於解釋的神氣，祖斯基雙手搖著：「一步一步來，連倫先生，這樣，衛先生才會明白。」

連倫瑞了幾口氣：「好的。當時，我就召來了攝影人員，對這枚戒指攝影，這是重要的珠寶，而且暫時又不屬於我們公司的，存放進保險庫時的必要手續。」

我又點頭表示明白，連倫續道：「照片一共有八款，從八個不同的角度來拍攝，而且，可以放大六十倍！」

他講到這裏，向祖斯基望了一眼，祖斯基站了起來，走近一個框子，打開框來，按動了幾個掣，對面的牆上，有一幅巨大的銀幕垂下，辦公室中的燈光暗下來，銀幕上立時出現了那枚戒指的正面，放大了六十倍的情形。那塊紅寶石，在放大了六十倍之後，即使是放映出來，也足以映得全室皆紅，連人的肌膚，都成了紅色。

我吸了一口氣：「不錯，這才是原來的寶石，世界上獨一無二的紅寶石！」

祖斯基和連倫兩人，都苦笑了一下，而我，則只在心中感到好笑。他們講了半天，我對整件事，當然已有點眉目了。

這枚戒指，在進了保險庫之後被人掉了包。換了一枚一文不值的，難怪他們緊張！我想整件事就是這樣，而且，他們多半還懷疑那是姬娜的一種行騙手法！試想，如果姬娜這時忽然出現，說是不賣了，要取回那枚戒指，他們怎麼拿得出來？這時，整家珠寶公司的名譽破產，他們自然心中焦急。

雖然我不見姬娜已然很久，但是我仍然無法想像，姬娜會是這樣的一個騙子。所以，我心中儘管已經想到了事情的來龍去脈，卻並不出聲，只是聽他們如何下結論。

連倫又道：「當天，寶石進了保險庫，我立即寫信給你，衛先生，請你提供這顆寶石的來源，基度小姐作爲公司的貴賓，住在酒店。」

祖斯基接下去：「你的回信久久不來，我們又打了一封電報給你，仍然沒有回音，連倫先生已幾乎決定不再等下去了，因爲那顆寶石——」

連倫道：「寶石實在太迷人，我每天都拿出來，審視一小時，還捨不得將它放回去！」

我忍不住「哼」地一聲：「每天拿進拿出，自然容易出毛病！」

連倫脹紅了臉，祖斯基道：「不可能的，你聽下去，就會明白！」

我沒有再出聲，自然一副不屑的神色。

連倫注意到了我的神情，苦笑了一下：「後來，你的電話來了，我當然極其興奮。在我告訴你基度小姐的電話之後，我也立即和基度小姐聯絡，可是發覺她已經離開了酒店！」

他講到這裏，氣息急促起來，說道：「衛先生，或許這是我從事珠寶生意多年來的本能，一知道基度小姐離開酒店，就立即想到，那顆紅寶石可能出問題！」

我聽到這裏，心中起了一股不可抑制的厭惡之感，所以我立時以十分不客氣的語調道：「連倫先生，你這種本能，的確有異於常人，常人在這樣的情形下，一定關心基度小姐的下落，而你卻只關心那顆紅寶石！」

連倫先生再度脹紅了臉，給我的話，弄得出不了聲。祖斯基則有點憤然道：「你這樣指責不公平，事實上，連倫先生一感到事情有不對頭之處，立即從保險庫中取出那枚紅寶石戒指來，戒指上的紅寶石，就變成了現在這樣子！」

我霍然起立：「等一等，兩位，你們說了這麼多，是不是想說明，是她在向你們行騙？」

祖斯基也站了起來：「如果我們只是像一般保安人員那樣，草率地下結論，那就一定是這樣，可是我們卻十分詳細地考慮過，所以，才冒認警方人員，請你來協助解決這個難題。」

我冷笑道：「我看不出你們有甚麼難題，寶石是在你們的保險庫中失去的！」

祖斯基挺了挺身：「寶石沒有失去！」

我瞪著他：「沒有失去？」

祖斯基道：「還是那顆紅寶石，只不過它變了，從一顆稀世之寶，變成了一塊普通的石頭！」

我一聽得他那樣說，真忍不住要哈哈大笑起來，可是一看到他們兩人嚴肅的神情，我知道他們必然有根據，才會這樣說的，所以忍住了笑，想了一想：「是不是你們對自己的保安設施太有信心了？」

祖斯基道：「不是，現在，你已經了解了全部事態的發展過程了，請你比較這些幻燈片！」

他一面說，一面又按下了幾個掣，銀幕上，立時出現並列的圖片，右半邊，是我已經看過的，放大了六十倍的紅寶石戒指。左半邊，也是放大了六十倍，就是如今在盒子中的那枚戒指。

在我的想像之中，紅寶石既然變成了石頭，那麼，一定是整枚戒指全被人換過了的，可是這時，我一看到並列的圖片，就不禁吸了一口氣。我自信是一個觀察力相當敏銳的人，如今我看到的兩幅圖片，我第一眼的印象就是：那實實在在，是同一枚戒指！

祖斯基不斷地按著掣，幻燈片轉換著，每一次，都是兩枚戒指並列，由同一角度拍攝出來的照片。等我看到第六幅之際，祖斯基道：「衛先生，請你注意戒指上的那一根黑色的絲線。」

那是一根極細的絲線，其實也不是絲線，只不過是從絲線質的衣服上勾下來的一股絲，如果不是放大了六十倍，肉眼根本看不到。這股絲，嵌在戒指的「托」和寶石之間，呈彎曲形，而在兩幅圖片上，都有著同樣的一股絲。這證明了祖斯基的話是對的，戒指並沒有被掉換過，甚至戒指上的寶石，也沒有被撬下來過，戒指根本沒有動過，只不過是紅寶石忽然變成了石頭。接下來，我又看了近十幅圖片，圖片上一切最細微的地方，完全相同，已經完全可以證實這一點。

等到圖片放完，連倫和祖斯基兩人，都向我望來：「怎麼樣？」

我苦笑了一下，用力以手撫著臉，呆了好一會，才道：「是的，還是那枚戒指，沒有換過，寶石也沒有取下來過。」

連倫先生吁了一口氣，神情疑惑之極：「但是為甚麼價值連城的紅寶石，會變成了一塊普通的石頭？」

我眨著眼，對連倫的這個問題，全然無法回答。

連倫的雙手緊握著：「那……戒指上，本來絕對是一顆極品紅寶石，一定是，別說經過儀器的詳細檢查，我一眼就可以看得出來，可是為甚麼會變？衛先生，這枚戒指的來歷，究竟怎樣？」

我也無法回答連倫的這個問題，因為要詳細說這枚戒指的來歷，實在太花時間！我只好反問道：「請問，你在懷疑甚麼？」

連倫喃喃地道：「我不知道，我不知道！」

祖斯基道：「在這些日子內，我已經請教了不少專家。我問的問題是：紅寶石是不是在某種的情形下，會變成普通的石頭。」

我吸了一口氣：「在理論上來說，應該是有可能的，例如碳，在巨大的壓力之下，會變成鑽石，鑽石在某種巨大力量的衝擊下，自然也會變成它的同位異素體。可是這種變化，只能在巨大的原子反應爐中發生，你們的保險庫——」

祖斯基道：「是的，你的答案，和我所得到的專家答案是一樣的，這些日子來，紅寶石顯然沒有發生變化的條件，一點也沒有！」

祖斯基說到這裏，目光炯炯地盯著我：「剩下來的，只有一個可能了！」

我已經知道他要說的是甚麼了，因爲根據邏輯來分析，的確是只剩下這一個可能了。

我沒有出聲，祖斯基道：「剩下來的唯一可能是，這戒指上所鑲的，根本就不是紅寶石！」

當祖斯基說到這裏的時候，我的反應十分堅定，因爲我早料到他會這樣說。反倒是連倫先生，發出了一下呻吟聲。

祖斯基提高了聲音：「那不是紅寶石，只不過是極度類似紅寶石的一種東西，衛先生，你知道它的來歷，這樣說法，是不是對？」

我深深地吸著氣，思緒十分混亂。祖斯基的話，簡直已十分不客氣，指責我在用一種極類似紅寶石的東西在欺騙他們！在這樣的情形下，我應該爲自己辯護！

但是我立即想到那枚戒指的來歷，這枚戒指原來的主人米倫太太，堅持她由太陽系中的一顆行星上起飛，去實行探索太空的任務，結果她回到了她出發的地方，可是卻完全不是那麼一回事，甚麼都變了。我曾和很多人研究過，有的人說，米倫太太可能是地球上幾十萬年，甚至幾億年前的「上一代」的人。也有人說，她可能是地球上幾千年幾萬年之後的「下一代」人。

還有一個很特別的說法，提出這個說法來的，是一個天文學家，他說，宇宙是對稱的，有正反，或陰陽兩面，每一個星球，都有和它本身完全相同的「影子」，就像是人在鏡子前一樣，而米倫太太，就是從地球的「影子」中來的。

最後一個說法，自然玄妙得令人不可理解，但不論如何，米倫太太的來歷是一個謎，這枚紅寶石戒指的來歷，也是一個謎。

戒指上所鑲的，是不是真是一顆紅寶石？我也不能肯定。可能它和地球上的紅寶石完全一樣。但也可能，在種種方面都十分相似，但有一點不同，而就是這一點不同，使它會在忽然之間，變成了一塊普通的石頭！

祖斯基一直望著我，在等著我的回答，我在想了好幾分鐘之後，才道：「我非常佩服你的想像力，你所想的有可能！」

祖斯基像料不到我會有這樣的回答，一時之間，說不出話來。連倫大聲道：「那是紅寶石，毫無疑問，那是紅寶石！」

我攤了攤手：「連倫先生，紅寶石不會在保險庫中，變成一塊普通石頭！」

連倫驚訝得瞪大了眼：「衛先生，你不知道，如果那根本不是紅寶石，你……你……」

我很鎮定，如果那不是紅寶石，我當然可能犯上欺詐的罪名，但是我早已想妥了解決的辦法，是以我不等他說完，就道：「整件事中，你的公司究竟損失了多少，我全部負責！」

連倫和祖斯基互望了一眼，祖斯基道：「這個問題不大，問題是如果基度小姐——」

我揮了揮手：「我保證基度小姐決不會再來麻煩你們！在我付清了錢之後，你們公司和這枚戒指，不再發生任何關係。」

他們兩人都鬆了一口氣，我已取出支票簿來，道：「我應該付你們多少？」

連倫先生喃喃地說了一個數字，我簽好了支票，將支票交給了他，同時，取過了那枚戒指，放進袋中，站起身來：「事情告一段落了？」

連倫道：「是的！是的！」

祖斯基皺著眉，沒有表示甚麼。我向外走去，一面走，一面道：「我去找尋基度小姐，我想你們不會再對她有興趣！」

祖斯基和連倫沒有說甚麼。我走出了珠寶公司，長長地吸了一口氣，正在考慮該怎樣採取步驟去找姬娜之際，祖斯基忽然追了出來，來到了我的身邊。

第三部：失蹤小女孩寫的怪文字

我望了他一眼，他道：「我在學校，學的是化學、物理。而我的業餘興趣是天文、寫作。」

我沒有反應，因爲我根本不知道他忽然對我這樣說是甚麼用意。他繼續道：「所以，既有科學知識，又有豐富的想像力！」

我笑了一下：「現在你在想甚麼？我已成功地製造出了一種極像紅寶石的物質，將它冒充紅寶石，到處去招搖撞騙？」

祖斯基的神情，在刹那之間，變得極其尷尬，那自然是由於我說中了他心裏話的緣故。他有點無可奈何地攤了攤手：「請原諒，這是我職業上的懷疑！」

我有點譏嘲地道：「一個有想像力的保安人員的職業懷疑！」

祖斯基道：「事實上，你願意用這樣的方法了結，也很使人懷疑！」

我嘆了一聲，想了一想：「祖斯基，我需要你幫助，如果我告訴你這枚戒指的來歷，那是一個極其奇異的故事，你願不願意相信？」

祖斯基的態度十分誠懇：「那要看你的故事怎麼樣。」

我拍了拍他的肩：「我先要找一個地方休息，而且，要和警方取得聯絡。」

事。

祖斯基道：「我一直和警方有聯絡，你可以住到我家來休息。」

我們互望著，覺得他可以信任，就點了點頭，我們一起走向停車場，上他的車子。

在到了他的住所，喝了一杯酒之後，我就向他講述那枚戒指的來歷，和有關米倫太太的事。

祖斯基十分用心地聽著，有時發出一些問題。等我講完，他雙手揮著，在團團打著轉，轉了十七八個圈之後，才苦笑道：「你見過這位米倫太太？」

我有點憤怒：「當然見過！」

祖斯基嘆了一聲：「她真的那麼美麗？比基度小姐更美麗？」

我呆了一呆，想不到他會這樣問。姬娜如今是甚麼樣子，我完全不知道，聽祖斯基那樣說，姬娜一定極其美麗出眾！

我道：「我很久沒見她了，問題是，你相信了我的故事？」

祖斯基點了點頭：「是的，這證明戒指上的東西，可能根本不是紅寶石，只不過性質和紅寶石極相類的一種物質！」

我道：「我也感到有這個可能，所以才願意這樣解決這個問題。」

祖斯基的神情充滿了疑惑：「這究竟是甚麼東西？爲甚麼會變成了石頭？會不會是甚麼放射性的物質，經過若干年之後，放射性的元素，起了變化？」

我的思緒十分混亂：「任何可能都有！你曾化驗過這塊石頭？」

祖斯基道：「當然沒有，連倫先生不會容許我這樣做，我們是不是應該——」

我道：「對了，先去化驗這塊石頭，看它現在是甚麼。但最重要的是找到姬娜。這些年來，她是戒指的主人，戒指上的紅寶石究竟有甚麼變化，自然也只有她最明白！」

祖斯基嘆了一聲：「應該是這樣！」他略頓了一頓，有點抱歉似地望著我：「我以爲已經有人成功地製造了可以騙過最好的儀器和專家的假寶石，珠寶業的末日到了！」

我搖著頭：「誰知道！或許那顆紅寶石，根本就是假的！」

祖斯基也苦笑了起來，我取出了那隻盒子，將盒蓋打開。戒指上只是一塊普通的紅石頭。

我道：「我對本地的情形不熟，化驗工作要由你去進行。」

祖斯基猶豫了一下，接過了寶石來：「可以，你要和警方聯絡，我介紹你去見專調查失蹤的一位警官，他的名字叫莫勒！」

我「哦」地一聲：「荷蘭的莫勒警官，世界十大優秀警官之一！」

祖斯基道：「正是他，他知道你的身份，事情進行起來，就會容易得多！」

由於我急切想知道有關姬娜的一切，所以我也急於會晤莫勒。祖斯基和莫勒通了一個電話，莫勒是急性子，他在電話中要求先和我講話，當我拿起電話來時，聽得他道：「你快來，關於基度小姐失蹤，有一些十分有趣的資料！」

祖斯基送我到警局總部的門口，他去找化驗所，我進門，一位警員帶著我，到了五樓莫勒的辦公室。

莫勒在荷蘭警察總署的地位，有點像我所熟悉的傑克上校，凡是疑難雜案，他都處理，他的辦公室大得驚人，也亂得驚人。我才一進門，就被他強有力的手握住，互相打量著對方。

他身材高大，滿面紅光，一望而知精力極其充沛。莫勒警官是一個十分出名的人物，破過許多椿奇案，是國際公認的最出色的警務人員。他一面搖著我的手，一面道：「我們還要作介紹麼？我看不必了！」

我同意道：「是的，不必浪費時間。你說的有趣的資料是——」

莫勒將我帶到了一張巨大的辦公桌之前，將一個文件夾推到了我的面前：「你自己看！」

莫勒辦事十分爽快，當然我也絕不拖泥帶水，是以我立時拽過一張椅子，坐下，打開了文件來。

在我看文件之際，莫勒自顧自在處理他的工作。文件夾中，是莫勒在姬娜失蹤之後，向墨西哥有關方面，要來的資料。我才看了一頁，心中就充滿了疑惑，抬起頭來，向莫勒望去。那時，莫勒正在打電話，他向我作了一個手勢，示意我再看下去。

我不禁越看越奇，墨西哥方面，有關姬娜・基度的資料，說姬娜在出世後不久，就跟隨父母，離開了墨西哥，到了東方某地去僑居，她的父親死後，她的母親帶著她，回到了墨西哥，在回來之後，母女兩人的生活，異常富裕——這一點，我知道，由於我收購了米倫太太的遺物，使姬娜母女得了一大筆錢。我曾在墨西哥市的街頭，見到她們坐在豪華的大房車中招搖過市。

自那以後的事，我不知道。資料說，姬娜回國那年，是十歲。到十二歲，她突然失蹤。那是十年之前的事。

姬娜在十二歲那年失蹤，今年二十二歲。

奇就奇在，姬娜自那一年失蹤之後，她的母親曾盡了一切努力尋找，墨西哥警方也盡了一切努力，可是姬娜卻像是消失在空氣之中一樣，一直未曾再出現過。

當她再出現的時候，就是在荷蘭的極峰珠寶公司中！所以，當莫勒向墨西哥警方去查姬娜的資料之際，墨西哥方面，反倒十分奇怪，因為一個人失蹤了十年，在法律上而言，是已經「死亡」了！

這真是出乎我意料之外的事，我以為這些年來，我一直沒有和姬娜聯絡，再也料不到，姬娜竟然失蹤了整整十年之久！

這十年，她在甚麼地方？而十年之後，她又為甚麼忽然冒了出來？

這其中，實在有太多疑問！

我再翻閱著，其中有一部分是有關當年姬娜失蹤之後，警方詳細搜尋的經過。姬娜的那一次失蹤，全無來由的，中午離開了住所，從此就音訊全無。最後一個看到她的人，是看到她下了一輛公路車，那輛車是駛向墨西哥南部的。

看到這裏，我心中不禁迷惑之至。一個十二歲的小女孩，爲甚麼會忽然失蹤？而且一失蹤就是十年之久？而且，這其中也有很多不合理的地方，我又抬起頭來：「如果這些資料是可靠的——」

莫勒立時道：「我們絕無理由懷疑這些資料的可靠性，它由墨西哥警方供給。」

我道：「好，那麼，基度小姐來荷蘭，用甚麼證件？」

莫勒道：「墨西哥護照，而且，護照上的照片，是最近的！」

我瞪著眼，莫勒笑著，解釋道：「她是一個極其出色的美女，所以機場的檢查人員，對她的印象，十分深刻，一位檢查她護照的人員說，護照上的照片，和真人一樣美麗！」

我吸了一口氣：「在那樣的情形下，使用的如果是假護照，一定很容易瞞過檢查人員了？」

莫勒道：「可以這樣說，因爲墨西哥方面說，並沒有發護照給姬娜・基度的紀錄。護照的真實性，肯定有問題。」

我苦笑了一下：「那麼，她從何而來？」

莫勒揮了一下手：「問得好，航空公司的記錄，一直追查上去，她自巴黎登上荷蘭航空公司的飛機飛來此地。之前，是在里約熱內盧上機的。」

我揚了揚眉：「巴西！」

莫勒道：「是，在巴西之前，她來自法屬圭亞那，在這之前，就沒有人知道她從哪裏來的了。」

我皺著眉，法屬圭亞那，似乎和姬娜的童年，不發生任何聯繫。我道：「會不會她一直在墨西哥？法屬圭亞那離墨西哥並不遠！」

莫勒道：「沒有人知道，也無法猜測。」

我放下了文件夾：「事情越來越怪，姬娜的再出現，彷彿就是為了到這裏來，將一枚戒指賣給極峰珠寶公司！」

莫勒盯著我：「你已經到過珠寶公司了？關於那枚戒指，據說價值極高？」

祖斯基曾對我說過，戒指忽然之間，變得一文不值，珠寶公司方面，嚴守秘密，警方不知道。而且在事情已經解決了之後，也不想外界知道，所以這時，我只是含糊地道：「可以說是！但是戒指本身，絕不是引起她失蹤的原因！」

莫勒來回踱了幾步：「不被他人所知，偷偷離開荷蘭，有一千條路可以走，我只相信她已不在荷蘭了！」

我心中充滿了疑惑，看來，事情遠遠比我想像更複雜和神秘！

莫勒攤著雙手，表示他已無能爲力，我除了請他繼續查訪之外，也無法可施，只好告辭。離開了警局，回到了祖斯基的住所，祖斯基還沒有回來，我坐在沙發上思索，但是對整件事，一點頭緒也沒有。

我等了約莫一小時，祖斯基回來了，神情沮喪，我忙道：「化驗的結果怎樣？」

祖斯基將放戒指的盒子，用力抛在沙發上：「只是一塊普通的石頭！」

我忙道：「普通到甚麼程度？」

祖斯基瞪著眼：「是普通的花崗石！」

我苦笑了一下：「紅寶石會變成花崗石？或者說，是甚麼東西會變成花崗石？」

祖斯基並沒有理會我，我走向他：「你已經知道了這枚戒指的來歷，這就是說，你已經牽涉在這件事中，不能脫身了！」

祖斯基苦笑道：「我要負甚麼責任？」

我道：「暫時我還不能說，至少，你應該繼續調查姬娜的下落！」

祖斯基喃喃地道：「我一直在進行調查，可是莫勒難道沒告訴你，姬娜已經離開荷蘭了？如今，唯一的線索，就是她失蹤前寄出的那疊寫滿了字的紙！要是能知道她寄給甚麼人，那就好了！」

如果姬娜已離開荷蘭，那麼，我再在這裏耽下去，也毫無意義。

我要和白素聯絡一下，因為我來的時候，不知道姬娜根本已經失蹤十年之久。看來，姬娜的失蹤，和她的再出現，到再失蹤，其間充滿了神秘，正等待我去探索。關於這一切，我都有必要和白素商量一下，再作打算。

當電話接通之後，我還沒有說甚麼，白素已經急急道：「你早該和我聯絡了！」

我呆了一呆：「甚麼事？」

白素道：「昨天，收到一個郵包，從荷蘭寄出來，給你的！」

我一聽得白素這樣講，整個人直跳了起來，對著電話大嚷道：「荷蘭寄出的郵包？那是甚麼？天，不見得會是一本書吧！」

白素的聲音充滿奇訝：「咦？你憑甚麼靈感知道那是一本書？」

我陡地吸了一口氣：「你拆開來了？」

這時我這樣問，決沒有絲毫的見怪之意。我反倒希望白素已經拆開來看過，證明那的確是一本書。

白素回答道：「沒有，我沒拆，可是一拿上手，誰都可以猜著紙包內的是一本書！」

我又吸了一口氣：「寄件人是姬娜・基度？」

白素道：「我不知道，並沒有寫寄件人的姓名地址，我只是在郵戳上知道它是從荷蘭寄來的，奇怪，你怎麼會猜到是一本書？已經找到姬娜了？」

我道：「沒有，說來話長，你立刻將郵件拆開來，看看那究竟是甚麼。」

白素答應著，我等了大約一分鐘，聽到撕開封紙的聲音，我心中十分緊張。這包郵件，是姬娜在失蹤之前寄出的。我早已肯定，這件郵件對姬娜的失蹤，對整件事，是一個極其重大的線索，可是再也料不到，姬娜郵件的收件人竟會是我！

本來，人海茫茫，可以說任何人都絕對沒有辦法再找到這郵件。而今，收件人既然是我，那事情就極其簡單！

我欣慶著事情的順利，同時，也急於想知道那本「書」的內容是甚麼，因為據酒店的女侍說，那還不是「書」，只是一疊寫滿了字的紙。

我連催了兩次，白素都沒有回答我，然後，我突然聽到她發出了「咦」的一聲。

那一下聲音，雖然遠隔重洋傳來，但我立時可以肯定白素的神情，一定充滿了驚訝。我忙道：「怎麼了？那是甚麼書？」

白素道：「我不知道！」

我大聲道：「書在你手中，你怎麼會不知道！」

白素道：「是的，可是我相信，書如果在你的手裏，你也一樣不知道！」

我投降了，忙道：「別打啞謎了！」

白素道：「那不是一本書，我猜……那應該稱為一疊稿件。」

我道：「是書也好，稿件也好，你不知道它的內容？那怎麼會？」

白素道：「太簡單了，我看不懂寫在上面的字！」

我呆了一呆，本來，這是最簡單的原因，手上有一本書或是一疊稿件，而不知道它的內容，除了看不懂外，還會有甚麼特別的原因？不過由於我素知白素對各國文字，都有相當深刻的研究，所以一時之間，想不到這一點而已。

姬娜是墨西哥人，如果她要寫一本書，當然應該用西班牙文，而白素精通西班牙文。

我呆了片刻：「是甚麼文字？」

白素道：「我不知道，我從來也未曾見過這種文字，彎彎曲曲，寫得跟天書一樣！」

我不禁有點啼笑皆非：「你見過天書麼？」

白素笑道：「別挑剔，遇到自己看不懂的字，習慣上總是那樣說法的！」

這時，我心中疑惑到了極點。世界上，當然有白素不認識的文字，可是，就算不認識，總也可以說出那是甚麼文字來。不識俄文的人，看到俄文字母，總多少也可以認出一點。

可是，白素卻說她完全不知道那是甚麼文字！只是「彎彎曲曲地像天書」！

我苦笑了一下，說道：「不見得會是古時代的中國蝌蚪文吧！」

白素道：「我不知道，看來倒有點像！」

我的思緒一時之間十分亂，我迅速地轉著念：「別管它是甚麼文字，你帶它，立刻來，和我會合！」

白素道：「有必要？」

我道：「有！」我隨即將姬娜在十二歲那年，不知所蹤，一直到十年之後，才冒了出來，然後又失蹤的事，向白素提了一提，然後說出了我的打算：「我打算循她來到荷蘭的路線，一直追尋上去。事情比想像複雜得多，也神奇得多！」

白素想了一想：「好的，我盡快趕來。」

我放下了電話。

白素說「盡快趕來」，她一定會爭取每一分鐘時間，但是萬里迢迢，我想最快也得兩天。在這兩天中，我實在沒有甚麼事情可做，我只是不斷翻來覆去地看著那枚戒指。戒指上的紅寶石肯定未曾移動過。

同時，我也不斷和莫勒警官聯絡，訂好了到巴黎去的機票，白素在第三天來到，見她第一件事，便是伸出手來。白素立時打開手袋，將那本書取了出來。

那的確不是書，只是一疊稿件，用的紙張十分雜，有的是粗糙的報紙，還有的，甚至是拆開的煙包，字就寫在煙包的反面。不過，用雜亂的莫名其妙的紙張寫的，都經過整理，貼在大小相同的紙上。

用來書寫那疊稿件的書寫工具，也多得離奇，有原子筆、鋼筆、鉛筆，有幾個大字，甚至用唇膏。可以肯定，這一疊稿件，決不是一口氣寫成的，前後可能相隔了很久，寫作者似乎隨時隨地，興之所至就寫。

稿件一到手，我就迅速地翻閱著，每張紙上，都寫滿了字，可是，我卻一個字也認不出！

白素在我身邊：「不必研究，根本無法明白這是甚麼文字！」

我深深吸了一口氣：「我知道這是甚麼地方的文字，我知道！」

白素點點頭：「是的，我也很熟悉，你在米倫太太的遺物之中，曾經得過一本有圖片的小本子，看來像是我們常用的記事簿，上面也寫著很多這樣的文字！」

我立時道：「不錯，這是米倫太太的文字！」

白素道：「不是姬娜寫的，是米倫太太寫的！」

我搖頭道：「不，米倫太太已經死了！」

白素道：「你說她死了，事實上，她不過失蹤了而已！」

我大聲道：「不！當時，我肯定她已經死了！」

我一面說，一面想起多年前的情形來。米倫太太的來歷如何，我至今不能肯定。只知在一項極其壯觀的宇宙飛行中，她和她的丈夫，來到了地球。而到了地球之後，米倫先生失事死亡，她一個人活了下來，活在一個她完全陌生，絲毫不了解的環境中。最痛苦的是，她一抬頭，就可以見到她熟悉的一個發光恆星（太陽），又可以每晚見到她熟悉的一個行星衛星（月亮）。她不知道自己是不是可以找到失去的一切。

她與世隔絕地，淒涼寂寞地生活了十年，終於因爲忍不住痛苦，而想自殺。可是好心的基度先生（姬娜的父親），卻只是將她放在一艘小船中，任由她漂流出海。在海上，她被一艘某國的潛艇所發現，把她當作了間諜，我是在潛艇中和她見面的。

後來，我和她一起逃出了那艘潛艇，漂到了一個小荒島上，她就在那個小荒島上死去，或許是因爲心力交瘁，我不能確切地知道她的死因，但她毫無疑問是死了。她一頭金髮，散在海藻之間的情形，給我的印象異常深刻。

在荒島上，我因爲極度疲倦而睡去，等到醒來，米倫太太的屍體不見了！當時正在漲潮，她的屍體，毫無疑問，給潮水捲走，永遠消失在大海之中！

我默然地回想著往事，直到我又向白素望去，她才道：「是不是米倫太太沒有死？」

我搖著頭：「或許，這是米倫太太以前留下來的，姬娜一直保存著。」

白素道：「決不是！」

我有點驚訝她何以這麼肯定，白素立時道：「有一段文字，寫在一張香水包裝紙上，這種香水，面世不過三年。」

白素十分細心，觀察到了這一點，對問題確然很有幫助，至少可以肯定，那些文字，決不會是米倫太太寫的，因爲米倫太太出事十二年了。

白素道：「有兩個可能，一個，是米倫太太沒有死，還活著，而另一個，這些字，是姬娜寫的。」

我立時道：「我不認爲姬娜會寫這種文字，你還記得當初，我們花了多少時間，找了多少人，想弄懂那些文字的意義而沒有結果？」

當時，在整件事告一段落之後，我曾努力想弄明白兩件事。一是米倫太太的來歷，我和很多人談起過，都沒有結果。另一件，是想弄清楚寫在記事本中的文字，記載著一些甚麼。

爲了達到這一目的，我和白素不知拜訪了多少文字學家。最後，一位文字學家叫我將記事本留在他那裏，給他慢慢研究。當時，他告訴我，這種文字，可能在人類對文字的知識以外。他還曾舉過例，說：例如一個字，在人類對文字的知識而言，是代表著一樣東西，一個動作，一種感覺，或是其他可以得知的物事。但這種文字，一個小圓圈可能代表著許多想要表達的語言！

我當時答應了那位文字學權威，將那本記事本留在他那裏。可是不到一個月，這位專家的住所，突然發生了火災，不但專家被燒死，連他住所內所有的物件，也全然付諸一炬。

從那件事之後，我向人講起有這樣一本記事本，也沒有人相信。

有過當年的經驗，使我和白素兩人都知道，想找世上任何人來解釋這些文字的內容，根本沒有可能。只有找到姬娜，才能得到答案。

白素又補充道：「除了這些看不懂的文字之外，沒有任何其他的文字！」

我嘆了一聲：「姬娜也真怪，她爲甚麼不說明一下這些文字的來龍去脈？」

白素攤了攤手，我想了一會，就在機場，和祖斯基、莫勒各通了電話，告訴他們我不再向他們告辭，就此別過了。

我在機場上，等候著最快的一班班機，那是一小時之後的事，我和白素在候機室消磨了這一小時，不斷討論著姬娜將這疊文稿寄給我，究竟是甚麼意思？照常理來推測，自然是想我閱讀，但是難道她不知道根本沒有人看得懂這種文字？

用這種文字寫成的稿件，像天書一樣，誰看得懂？

第四部：點滴彙集資料研究異行

第二天，我們到了巴黎。巴黎對白素來說，再熟悉也沒有了，來接機的是一個頭髮花白的老人。

一見到我們，就呵呵笑著，將我們兩人摟在一起，對著白素道：「衛斯理在找一個墨西哥美女的下落，你可得小心點！」

白素道：「尙塞叔叔，別開玩笑，你可查到甚麼？」

尙塞叔叔是一個退休了的警務人員，神通極其廣大，對他來說，託他查一個曾在巴黎經過，或者住過的人，輕易之至。

尙塞叔叔一揮手，手指相叩，發出「得」的一聲叫：「當然有，這位美女，見過她的人都不容易忘懷。」

他一面說著，一面自衣袋之中，取出了一本記事簿來，翻著，我們一面說，一面來到了酒吧，我替他叫了一杯酒，尙塞叔叔一面喝著酒，一面看著記事簿：「基度小姐是乘搭頭等機位，自里約熱內盧來，她的行李相當簡單。事實上，檢查她行李的關員，我懷疑他究竟是不是注意了她的行李，他只是告訴我基度小姐是如何動人！」

我點了點頭，耐心聽著。

尙塞叔叔又道：「這位美女的經濟似乎十分充裕，她住一流大酒店，有一件事相當怪，她付現金，而不是用信用卡付賬！」

白素問道：「付甚麼國家的現金？」

尙塞叔叔有一種自鳴得意的神情，道：「法郎。她不是攜帶現金進入巴黎，而是從里約熱內盧的一家銀行匯來的。總數是兩百萬法郎。里約的那家銀行，是市立第一銀行。你們可以多一個線索。」

他又喝了一口酒：「在酒店中，她逗留了一天，曾經外出過三次。」

我道：「你查得真清楚。」

尙塞叔叔得意地笑了起來：「我連她三次外出，是去甚麼地方的，都查清楚了。那是由於酒店司機對她印象深刻之故。」

我忙問道：「她到了甚麼地方？」

尙塞叔叔道：「到了兩家著名的珠寶公司，去求售一枚極品紅寶石戒指，據那兩家珠寶公司說，這顆紅寶石，簡直是稀世奇珍，由於太名貴了，那兩家珠寶公司甚至不敢出價錢，而全都建議她到荷蘭去，找一家更大的珠寶公司。」

我點頭道：「是的，她的確去了荷蘭，你才說了兩處，還有一處地方是——」

尙塞叔叔皺著眉：「還有一處地方，十分古怪。」

我和白素互望了一眼，倒並不覺得特別，因爲姬娜的一切行動，本來就十分古怪。尚塞略頓了一頓，又解釋道：「我本來不相信她會到這種地方去，可是司機卻指天罰誓，而且事後也找到了她見過的那個人。」尚塞有一個缺點，就是講述起事情來，不怎麼肯直截了當。而且，我和白素都知道，越是催他，他越是圈子兜得遠，所以我們都不出聲。他又停了一停，然後用一種十分緊張的語氣道：「她到了一家殯儀館！」

我陡地一呆，姬娜的行徑，雖然古怪，但是我卻再也料不到她會到殯儀館去！姬娜在巴黎是一個陌生人，絕少一個陌生人在一個陌生城市，會去造訪殯儀館！白素顯然和我有同感，我們都出現了十分驚訝的神情來。

尚塞叔叔又道：「你們猜她到殯儀館去幹甚麼？她要求會見一個殮葬專家，那個殯儀館中，恰好有一位這樣的專家在——」

他講到這裏，伸手打了一下自己的額角：「我一直到現在，才知道真有這樣一種職業！」

白素瞪著他：「你再不爽爽快快講，我們就直接去問那個專家！」

尚塞眨著眼：「好！好！她去問那位專門處理屍體的專家，有甚麼簡易的方法，可以保持屍體不壞。」

我和白素互望了一眼，心中都充滿了疑惑。

當一個人，向一個專家請問這樣的一個問題之際，那至少表示，有一具屍體，需要作不變壞的處理。不然，決不會無緣無故去問這種問題。令我們疑惑的是：姬娜要處理甚麼人的屍體？真是米倫太太當日並沒有死在大海之中，直到最近才死？

尙塞被白素催了一次之後，敘述起來快了許多：「那位專家告訴她，處理屍體，普通人做不來，需要有特殊的設備。而她堅持要知道方法，自己來做。結果，美麗的女人容易獲勝，那位專家將辦法詳細地告訴了她，而她記了下來。」

尙塞講到這裏，又向我們眨著眼睛。我們都知道，一定又有甚麼關鍵性的事情發生了，他想向我們賣關子。我和白素都不睬他，只當沒看見。

尙塞有點無可奈何：「那專家說，他一面講，基度小姐一面記。他講得相當詳細，十分複雜，其中還有許多化學藥品的專門名詞，可是基度小姐卻像是對他所講的一切都十分熟悉，記得極快，據專家說，基度小姐一定是一個速記的能手，因爲她不是用文字記錄下來，而是用速記符號記下來的！」

速記符號！我和白素互望了一眼。我們心中都明白，姬娜當時，記下那殯儀專家的話，所用的並不是甚麼速記符號，而是一種文字。只不過這種文字，看起來，的確有點像商業速記的符號。

那位殯儀專家，看到姬娜將他所說的話，用這種文字記下來，這件事有極大的作用，那使我知道，姬娜會寫這種文字，她用米倫太太的文字，寫下了那麼一大疊稿件！

這更不可思議，姬娜如何學會這種文字的？在她失蹤的十年之中？在那十年之中，她究竟遇到了一些甚麼事？

由於我的心中充滿了疑問，而這些疑問，又不是尙塞能夠回答，所以我並沒有向他發出甚麼問題。尙塞反倒自言自語：「用速記來記下那位專家的話，這的確很不尋常！」

我隨口應了一句：「是的，真的很不尋常。」

尙塞又道：「那位殯儀專家又說，他告訴基度小姐的方法，如果處理得宜，是可以令屍體永遠保存下來的。可是，他實在想不透基度小姐爲甚麼不將屍體交給殯儀館！」

我也作了一個「想不明白」的表情：「我甚至不知道她要處理一具屍體。」

尙塞合上了記事簿，喝乾了杯中的酒：「她在巴黎的活動，就是這樣！你們準備如何遊玩？」

白素望向我，我道：「根本不遊玩，我們準備用最快的時間，到里約熱內盧去！」

尙塞現出可惜的神情：「我現在也老了，甚至老到了沒有好奇心的地步。一個美麗的小姐，夠膽量自己來處埋一具屍體，她決不是膽識過人，而一定是心理上有著某種的變態，你們要小心一些才好！」

尙塞叔叔的忠告，不能說沒有道理，我和白素互望了一眼，心中只好苦笑。事實上，我們對於姬娜一點也不了解，我們認識的，只是一個十歲的小女孩。

一直等到我們再度上了飛機，我才和白素討論姬娜的問題。我道：「那疊稿件是姬娜寫的。她會寫那種文字。」

她反問道：「是姬娜寫的。請問，是誰教她的？」

我答不上來。的確，是誰教她的？那艘宇宙飛船之中，有米倫先生的屍體，但是隨著火山爆發，米倫先生的屍體被埋在幾百公尺的岩漿之下，可以教姬娜這種文字的，只有米倫太太一個人！

白素道：「還有一個可能，就是在米倫太太來的地方，又來了人。」

我震動了一下，這可能是存在的，既然米倫太太可以來，爲甚麼不能再有別人來？我望著白素，白素作了一個手勢：「這只不過是我的猜想。我推測，又有人來了。這個人，找到了姬娜，那就是姬娜失蹤十年的原因。」

我道：「你是說，她在這十年來，一直和那個人在一起？」

白素道：「大概是這樣！」

我吸了一口氣：「他們在甚麼地方居住？」

白素道：「慢慢查，一定可以查出來。」

我的心中十分緊張，「又來了人」！這人（一個或多個），和米倫太太是同一個地方來的。如果我能夠會見這個人，那不單是可以解決米倫太太來歷之謎，而且還可以解決很多問題！

我一定現出了相當興奮的神情，白素瞪了我一眼：「別太興奮，別忘記，姬娜有一具屍體要處理！那一定是和她一起長期生活過的人！」

我不由自主「啊」地一聲：「這人——已經死了？」

白素道：「一切不過是推測！」

我沒有再說甚麼，要了那疊稿件，一頁一頁地翻著。紙上寫滿了字，但是卻完全無法知道那些字要表現的是甚麼。我用盡了自己的想像力，但是對於一種完全不懂的文字，想像力一點用處也沒有。

我揚著那疊稿件，稿件相當厚，我揚得太用力了些，其中有幾頁，落了下來，恰好一位空中小姐經過，代我俯身拾了起來。

那位空中小姐將稿件交給我，現出了一種十分訝異的神情，又向我望了一眼，想說甚麼，而沒有說。

我的感覺不如白素敏銳。我看到空中小姐這樣的神情，只不過想到她可能是覺得紙上的文字，十分少見。但是白素卻立時問道：「小姐，你以前見過這些文稿？」

那位空中小姐立時道：「是的！兩位和那美麗的小姐是朋友？」

這時候，我知道那「美麗的小姐」一定是姬娜。姬娜一定乘搭過這班飛機，所以空中小姐對她有印象。但是，空中小姐是如何見過這疊稿件的？

不等我開口，白素已經道：「小姐，這件事十分重要，請你回想一下，在甚麼樣的情形之下，見過這些稿件的？」

空中小姐道：「和剛才發生的情形一樣。」

我道：「你的意思是，那位小姐在整理這些稿件，而有幾頁落了下來？」

空中小姐道：「是的，我替她拾了起來，交還給她，我看到她好像有點失魂落魄的樣子，臉色很難看。」

那位空中小姐相當健談，而我和白素一聽到她提起了在機上見過姬娜的情形，自然也全神貫注，聽她說著。我們的態度，也鼓勵了她繼續說下去的興趣。

她略為停頓了一下之後，又道：「我當時將紙張交還給她，她和其餘的疊在一起，我笑著問她：『速記稿？』」

我道：「她怎麼回答？」

空中小姐現出一種十分奇怪的神情來：「她回答說：『這不是速記。』我一時好奇，又問道：『那麼，是甚麼？』這位小姐抬起頭來，望著我：『我看像是一種文字，你說是不是？』她反而問我，真叫我有點莫名其妙！」

白素道：「小姐，你為甚麼會莫名其妙？」

空中小姐攤了攤手：「我經過她的座位兩次，都看到她在紙上寫著，用的就是這種符號！她自己用這種符號在紙上寫，反倒問我，這種符號是不是文字，這還不值得莫名其妙？」

我和白素互望了一眼，刹那之間，心中的疑惑，更增加到了極點！

姬娜使用這種文字，當殯儀專家告訴她如何保存屍體之際，她就是用這種文字記錄下來的。

而且，空中小姐也看到姬娜用這種文字在紙上寫著，所以，姬娜若是自己也不知道自己寫的是甚麼，這真是怪不可言！

或許是由於我和白素的神情都充滿了疑惑，空中小姐忙解釋道：「真的，她當時是這樣問！」

白素道：「你如何回答呢？」

空中小姐道：「我以爲她在和我開玩笑，而且，對於乘客的事，我們也不便過問，所以我只是笑了笑，沒有說甚麼。」

我忙又問道：「在旅程中，你可曾注意到這位小姐有甚麼不尋常的地方？」

空中小姐道：「沒有甚麼不尋常，只不過她……她經常在沉思。我猜她是一位作家？」

我和白素都苦笑了起來，沒有回答，空中小姐看我們不再搭腔，便笑著走了開去。

空中小姐一走開，我就對白素道：「姬娜不認識這種文字？這不可能吧！」

白素皺著眉，不出聲。我又道：「如果她也不認識這種文字，那麼，就算找到了她也沒有用，她一樣不能告訴我們寫些甚麼！」

白素望著窗外，飛機正在一個雲層中穿過，她道：「如果找到了她，至少可知道她為甚麼要寫下這些來！」

我聽得白素這樣講，不禁有點啼笑皆非。因為白素的話，全然不合常理。一個人寫下了甚麼，他就一定了解他所寫下來的內容，內容才是主要的。為甚麼要寫，是次要的。而白素的說法，反倒注重為甚麼要寫，而不去追究內容，有悖常理得很！

白素並不理會我不滿的神情，又道：「對於姬娜的事，我們知道得越來越多了！」

我「嘿」地一聲：「越來越多？」

白素道：「當然還很少，但是一點一滴，總是漸漸地在積聚。」

我苦笑了一下：「看起來，姬娜比米倫太太更神秘！」

白素沒有回答，我再道：「我覺得，我們循她的來路去找她，不一定可以找得到，因為我們沒有任何資料可以證明她已經離開荷蘭而回去！」

白素仍然不出聲，我在等她的意見，可是她一聲不出。等了一會，我又道：「她可能還在荷蘭！我們可能走錯了路！」

白素直到這時，才嘆了一聲：「我覺得你對姬娜的看法，還以為她是一個普通人！」

我一聽得她那樣講，幾乎直跳了起來，「唔」地一聲：「姬娜是地球人！這絕對可以肯定！」

白素道：「她失蹤的十年中，一定有著極不尋常的遭遇。而且，我相信她一定知道戒指上的紅寶石會變，所以她才留下了戒指，走了！」

我無法反駁白素的話，只好嘆了一聲。

在接下來的旅程中，我們仍然不斷憑所得的極少量的資料，討論著姬娜的來龍去脈，仍然不得要領。到了里約熱內盧，才一住進酒店，我就和姬娜曾經存款的銀行，通了一個電話，表示要和他們負責人討論一件事。銀行的一位副經理答應接見我，我和白素一起到了銀行。

我想要知道的事，銀行不應該向人透露，因爲那有關顧客的秘密，本來我也沒有抱甚麼希望，只盼能得到多少資料。所以，當副經理問我「能爲你們做些甚麼」之後，我說出了來意：「不久之前，有一位小姐，通過貴行，匯了一筆錢到巴黎去，她的名字叫——」

我還沒有講出姬娜的名字來，那一位看來十分穩重，外形是典型的銀行家的副經理先生，陡然退出了兩步，神情極其吃驚。

這時，我們是在他辦公室之中，辦公室的佈置相當豪華，鋪著厚厚的地毯，副經理在後退之際，腳後跟踢在地毯的邊上，幾乎沒有仰天跌倒！

雖然說南美人，總不免衝動和動作誇張，但是也決沒有理由一聽得我這樣說，便現出如此吃驚的神態來。

我和白素都莫名其妙，副經理在退出幾步之後，伸手扶住了一張椅子的椅背：「她……她是騙子？你們是來調查她的？」

由於我在電話中，要求會見銀行負責人之際，爲了怕銀行的負責人不肯見我，所以曾打出國際刑警總部的招牌來，我想這是此際副經理會這樣問我的原因。

等到我聽得他這樣問之際，我不禁極其吃驚，失聲道：「這位小姐，她……她做了些甚麼？」

副經理已定過神來：「請坐！請坐！」

他自己坐了下來，我和白素互望了一眼，也坐了下來，副經理道：「這位小姐，叫姬娜‧基度。」

我道：「是的！」

副經理攤開了手：「銀行方面，其實也沒有做錯甚麼，完全是照手續辦事的！」

我和白素實在莫名其妙，我道：「我不明白其中有甚麼可以出錯的地方，匯款到巴黎，那沒甚麼特別！」

副經理說道：「是的，一點也不特別，可是她動用的那筆存款……」他忽然改變了話題：「我們的銀行，歷史悠久，已經有一百二十多年！」

我皺了皺眉：「那和基度小姐有甚麼關係？」

副經理道：「有！最初的六十年，我們仿照瑞士銀行，有一種密碼存款，這種戶口十分特別，只要有人能說出其中任何戶口的一個密碼，銀行方面，就當他是戶口的主人！」

白素在這時，打斷了副經理的話：「所謂密碼，只不過是數字的組合，銀行方面這樣做，很容易叫人冒領存款！」

副經理道：「絕對不會，我們採取的密碼，由顧客自定，一組文字，一組數字，除了是存戶自己，決不可能知道密碼。」

我道：「那又怎麼？」

副經理道：「這種戶口，早在六十年前取消了！」他說著，又站了起來，走向一個文件櫃，在一個抽屜中，取出了一個文件夾來。

當他轉過身來時，他又道：「任何銀行，都會有一些存款戶口，很多年而完全未曾有人來提款的，雖然銀行方面，明知道再有人來提款的可能微乎其微，但還是一定要保留著這些戶口。」

我和白素點點頭，這理所當然。這時，我心中已經越來越奇怪，因為副經理提到的，是一種早在六十年前就已經停辦了的存款方式，而姬娜不過二十二歲！她怎能動用一筆至少有六十年以上歷史的存款。這真是一件怪事！

我問道：「那麼，基度小姐動用的那筆存款，是甚麼時候存進銀行的？」

副經理苦笑了一下：「一百零三年之前。」

我陡地吸了一口氣，副經理打開了文件夾，取出了一張套在透明膠夾中的文件：「這就是這個戶口的存款人，當年和銀行簽約合同，這個合同也很怪，我不明白當時銀行方面，怎麼會接受這種奇特方式存款。」

我接過了那張合同，紙張早已發黃，是一種極精緻的厚紙，上面的字跡，用鵝毛筆寫的。

這的確是一種方式十分異特的存款。存款人的姓名是雅倫。

單是這個名字，已經很怪！當然，雅倫是一個普通名字，但是在涉及一筆大財富，而且又是在銀行的正式合同上。這位存款人，他的名字就是雅倫，而並沒有應該有的姓氏。

這位雅倫先生，存入的並不是現款，而是一百公斤黃金，這一百公斤黃金的質量，經過鑒定，是極其精純的純金。而且銀行方面也同意，存戶可以在任何時候，領取這批黃金，不訂利息，存戶在提取時，可以提取金子或照金價折算，存戶在提取時，必須講出議定的密碼。

我和白素一起看完了那張合同，白素道：「那的確是一筆十分奇怪的存款，基度小姐在一百零三年之後來到貴行，你們居然還能找出檔案來？」

副經理道：「檔案一直在，她先說出了存戶的性質和存戶的姓名，然後，我和總會計主任，自檔案室中取出了檔案，在檔案中，有密封的一個信封，封口上有當時負責人和存戶雙方的簽名，密碼就封在這個信封之中。」

副經理道：「基度小姐寫下了密碼，我們三個人一起驗過，證明信封在一百零三年之前封好了之後，絕沒有拆開過，然後，我們再一起拆開信封，密碼完全正確，在這樣的情形下，銀行沒有理由不支付存款！」

我道：「基度小姐提走了一百公斤黃金？」

副經理道：「沒有，她只提走了相當於二十公斤的錢，其餘的，還存在銀行中。」

我和白素又互望了一眼：「那麼，密碼——」

副經理道：「是的，密碼，我們曾問她，是不是要更改密碼，她說不必要，所以密碼又封了起來，不過封口上，變成了我、總會計師和基度小姐三個人的簽名。」

我衝口而出：「密碼是甚麼？」

我這樣問，其實並不是愚蠢，而是副經理剛才說過，密碼由文字和數字組成，那位雅倫先生的來歷，我相信完全不可查考了，那麼，從他當時選擇的密碼中，或者可以知道一下他的來龍去脈，所以我才會這樣問的！當我話一出口，我就知道自己實在太蠢了！

果然，副經理被我的問題嚇了一大跳：「先生，這……密碼……是極其機密的，我們曾發過誓，在任何的情形下，都不能講出來！」

我忙道：「對不起，我未曾想到這一點！」

副經理又道：「這位基度小姐，是不是有了甚麼事，所以兩位才來調查？」

我搖頭道：「沒有甚麼，只不過有關方面，想知道她財產的來源。」

我向副經理撒了一個謊，實在是因爲整件事，根本無從向他解釋。

副經理爲人十分仔細，他又道：「銀行方面沒有問題，完全照手續辦事。我們不問她如何知道這一百多年前開的戶口的密碼。只要她能講得出這個密碼，我們都照章程辦事，可以任由提錢。」

我笑了笑：「當然，你放心，銀行方面，一點責任也沒有。」

聽得我這樣講，副經理才鬆了一口氣：「這種情形很少見的，不過既然發生了，我們自然也只好接受事實。」

我附和著他的話，自己在轉著念。我們萬里跋涉，來到了巴西，算不算有收穫呢？正如白素所說，一點一滴累積起來，或許有助於我們了解全面的事實。

訪問銀行，知道了一件相當怪異的事：姬娜竟然會知道一個一百多年前在銀行開設的怪異戶口的密碼！

我站起來，準備告辭，白素卻道：「請問，基度小姐有沒有留下聯絡地址？」

副經理道：「沒有！她只是吩咐我們將錢匯到巴黎的一家銀行去。」

白素道：「你完全不知道她從哪裏來？」

副經理攤著手，說道：「我們不理會她是從哪裏來的，只要她……」

我道：「我知道了，只要她說得出密碼來！十分感謝你的合作！」

副經理現出禮貌的笑容，我和白素告辭，離開了銀行。出了銀行的大門，看著路上來往的車輛和人，心中有一股極度迷惘的感覺。

我們一起沿著馬路向前走著，過了好一會，我才嘆了一聲：「現在怎麼辦？我們到法屬圭亞那去！」

白素抬頭望著天空：「我想在這裏再查一下她的行蹤。」

我苦笑道：「怎麼查？」

白素瞪了我一眼，道：「尙塞叔叔能夠將她在巴黎的行蹤找得一淸二楚，我們爲甚麼不可能？她到這裏，一定要住酒店，一定是第一流的大酒店，我們分頭行事，每一家去問，只要知道她住在哪裏，對她在這裏曾做過一些甚麼，就可以有頭緒了！如果你嫌麻煩——」

我立時道：「一點也不，我很有興趣！」

我們一起回到了酒店，找來一份高尙酒店的名單，和一份全市的地圖，我拿起一支筆，在地圖中間，畫了一條直線，將之分成東、西兩半，然後，決定由白素去查問座落在東半部的酒店，我查另一半。數字倒是不多，白素要查的是十九家，而我要查的是二十二家。

決定了之後，我們略爲休息了一下，在餐聽中進食，然後分頭出發。

在這時，我和白素兩人，竟會犯了一個極其可笑的錯誤，這個錯誤實在不應該發生的，可是卻偏偏發生了，事後想來，我們只好苦笑。在接下來的三天之中，我和白素每天一早就四出奔波，一家一家酒店接著去查問。

有名字，有她在里約熱內盧的日期。只要查看酒店的旅客登記簿，就可以輕而易舉，知道她曾在哪一家酒店住過。至於酒店方面是不是肯將登記簿拿出來，那更簡單不過：還未曾遇到任何一個酒店職員會拒絕小費的。

三天之後，我們已經查遍了所有的酒店，可是根本沒有一個旅客叫姬娜‧基度！

三天之後的晚上，我和白素在酒店的餐聽中喝著酒，相視苦笑。我道：「或許我們應該將範圍擴大到二流酒店？」

白素：「我想過了，那有一百多家，至少要花七八天時間。」

我道：「那有甚麼辦法？真要是二流酒店也找不到，只好找三流酒店。」

白素道：「我在想，她是不是不住酒店，而另外有落腳處？警方說那位神秘的雅倫先生，會不會有住宅留下來？」

白素所說的，當然不是沒有可能，要是這樣的話，那就更沒有法子查了！

白花了三天功夫而一無所獲，心中十分氣悶，挺了挺身子，準備招手叫侍者過來添酒，當我轉身向兩個侍者所站的方向看去之際，看到那兩個侍者，正在爭執，聲音越來越大。

一個侍者神情憤怒，捏著拳，揮動著：「你太卑鄙了，怎麼可以這樣做！」

另一個侍者道：「爲甚麼不可以！我根本不是存心的，只不過她恰好在一對夫婦的後面，照片上有她，我把她那一部分放大，留作一個紀念，有甚麼不可以！」

那一個道：「你不能將她的照片，老放在身上！」

另一個道：「笑話，關你甚麼事？」

那一個道：「她——她——在到餐廳的時候，一直是我服侍她的，你把照片拿出來！」他一面說，一面極快地伸手進對方的袋中，取出了一張照片來，而另一個也立時伸手去搶，那一個高舉著手，另一個怒不可遏，一拳就打了過去。

中拳的一個，連退了三步，站立不穩，向我跌過來，我站了起來，扶住了他，抓住了他的手臂。也就在這時，我看到了他手中的那張照片。

照片上是一個放大了的少女的頭部，相當矇矓，長髮，可是仍然一眼可以看出，那是一個極其出色的美女。而且，我立即在這個女郎的臉上，找到了姬娜的影子！那就是姬娜的照片！

在這一剎那間，我明白我和白素所犯的錯誤多麼可笑！我們分頭尋找，找遍了全市的第一流大酒店，可是就是忘了自己所住的這一間！而事情居然就那麼巧，姬娜在里約熱內盧的時候，就是住在我們如今所住的那一間酒店！

那侍者中了一拳之後，被我扶住，一面掙扎著，一面想要衝過去打架，我緊緊地拉住了他：「經理來了！」

這句話果然有效，他靜了下來，我向白素使了一個眼色，指了指他手中的照片，又對那侍者道：「你可以賺一筆外快，數目的多少，要看你是否合作！」

侍者現出奇訝的神色來，而我已不由分說，半推半拖，將他推出了餐廳去。另一個侍者以充滿驚訝的神情，望著我們。

來到了餐廳外的走廊上，我才道：「你手中拿的，是基度小姐的照片。」

侍者的神情訝異莫名：「是！你——認識她？」

我「哼」地一聲：「我認識她？我就是爲她而來巴西的！」

侍者眨著眼，一時之間弄不明白我意欲何爲，我一伸手，自他的手中，將照片取了過來，仔細地看著。照片上的姬娜很矇矓，但是毫無疑問，是一個極其出眾的美女，難怪見過她的人，印象全那麼深刻，連珠寶公司的保安主任祖斯基，提到她的時候，都可以使人明顯地感到他是在暗戀著她，而酒店的兩個侍者，甚至可以爲了一張相片而打架。

侍者看到我盯著相片看，幾次伸手，想取回相片，可是又有點不敢，我將相片還了給他：「問你幾個問題，每一個問題，我覺得滿意了，你可以獲得十元美金！」

侍者有點喜出望外，連連地點頭。

我的第一個問題是：「基度小姐住在這裏的時候，住在哪一號房間？」

在這裏，把事情簡化：我和侍者的對話，以及我們向酒店侍女和其他有關人等查問姬娜在這間酒店中的行動的結果，放在一起敘述，而不將過程再覆述一遍。

姬娜在這間酒店，一共住了三天。

在這三天之中，她曾外出過幾次，酒店專用車的司機，說她曾到過幾次銀行，到過航空公司的辦事處，也到過一處她不應該去的地方：一家殯儀館——不過情形和在巴黎的時候不同，她在那家殯儀館中，顯然未曾得到甚麼幫助，司機說她進去了之後不到五分鐘就走了出來。在這一點上，我們知道她急於想要保存處理的那具屍體，那個人是在她到巴西之前，已經死了。這具神秘的、需要用專家方法保存的屍體，在整件神秘的事件中，可能佔有重要的地位。

姬娜離開酒店，到飛機場去，也是那位司機送去的，時間也正吻合。

姬娜住在酒店的時候，常在酒店的餐廳中出現。據侍者說，她一出現，上至餐廳主管，下至掃地小廝，以及顧客，每一個人都為她的美麗所吸引，不知道有多少男人和她兜搭，但是她對每一個人，都是不理不睬，甚至連看也不看上一眼。看她的神情，好像是滿懷心事。那侍者在餐廳中一共見過她五次，每一次，她除了點菜之外，沒有說過其他的話，但即使是這樣，也足以令侍者神魂顛倒。

姬娜所住的那一層酒店房間的女侍，則說她在幾次進了房間，收拾房間之際，都看到姬娜在寫信——當然，我們知道姬娜並不是在寫信，她是在寫著那一疊文稿的一部分。可恨的就是我們根本無法明白她寫的是甚麼。可以肯定的是，她所寫下的東西，一定極其重要！而且，她也想我知道，不然，在她再度失蹤之前，不會寄了給我。

女侍說的有關姬娜的事中，有一件，十分值得注意。女侍來自巴西北部的一個鄉村，那個鄉村，十分接近法屬圭亞那邊境，和法屬圭亞那的邊境小鎮奧斯卡，只不過一河之隔，隔著的是奧埃保格河，這條河的河水十分平靜，普通的木船，就可以用來渡河，那女侍在家鄉的時候，也經常渡河過對岸去。

那女侍說，有一次，她在收拾房間的時候，聽得姬娜在自言自語，用的是圭亞那地方一種土人的語言，女侍不是十分聽得懂，只能聽懂一點點，姬娜在不斷地自己問自己：「怎麼會？怎麼會這樣？」

女侍當時就問：「小姐，原來你是從圭亞那來的！」姬娜呆了一呆，點了點頭。女侍有點他鄉遇故知之感，接著和姬娜談論她所到過的法屬圭亞那和巴西邊界的幾處地方。可是姬娜聽了，卻全然無動於衷，只是在侍女說了大半小時之後，才冷冷地道：「你說的那些地方，我沒有去過，我是從帕修斯附近來的。」

從女侍的口中，得到了一個地名：帕修斯，這真是重要之極的一個發現。

我們本來就準備到法屬圭亞那去，可是我們根本不知道姬娜來自法屬圭亞那的哪一部分，而如今，我們有了一個地名！

在這裏，我必須簡單地介紹一下圭亞那這個地區，圭亞那在南美洲北部，是世界上並不為人注意的地區。整個圭亞那，分為三個部分，自西至東，是圭亞那，荷屬圭亞那，法屬圭亞那。那是一個未開發的地區，我對它的地理，也不是十分熟悉。

所以，我一聽到女侍那麼說，我立時問：「帕修斯，在圭亞那的哪一部分？」

女侍搖著頭：「我也不知道，先生，我也不知道！」女侍不知道，那並不要緊。姬娜是從這個地方附近來的，只要到了法屬圭亞那，又有地名，一定可以查出這個地方。

我和白素十分興奮，一點一滴，我們又得到了不少有關姬娜的資料！

第五部：四十年前探險隊的奇遇

我們和女侍的談話告一段落之後，白素去準備飛往法屬圭亞那的手續，我找到了一本極詳盡的地圖，翻到了法屬圭亞那部分，很快就找到了帕修斯這個地方。

女侍說，姬娜曾說過，她是從帕修斯附近來的。而帕修斯，是圭亞那中部一個不大不小的城市。法屬圭亞那是一個未開發的地區，腹地全是沼澤和原始森林，根據地圖上所提供的資料，帕修斯約有居民六千人，附近有不少土人部落，而連綿的森林，使得這個地區，成為世界上最神秘的地方之一，極少有人前往。

我一面看，一面心中在想：姬娜到那地方去幹甚麼？

即使是最有經驗的探險家，攜帶著最完善的設備，也不能保證自己的生命，在這種原始、蠻荒的地方，可以維持多久！

在我所找到的資料之中，只有一個探險家，曾順著阿邦納米河，到過這條河流的下游，那是法屬圭亞那最中心部分，可是他在探險完畢之後的歸途上，患上熱病而死，他探險的記錄，並沒有出版，只有手稿，存在巴黎一家地理學會的資料室中。

在提到這位探險家的記載時，書上有如下一段文字：這位探險家倫蓬尼，是一個極其出色的旅行家，到過許多法國在非洲、太平洋的屬地。法屬圭亞那的旅程，對他來說是一項挑戰。

但是他顯然未能通過這項挑戰，因爲在他死後，探險記錄經過很多審閱，審閱者包括許多權威人士在內，都一致認爲，倫蓬尼在出發之前，可能已經染上了熱帶黃熱病，因之神智糊塗，他所作的記錄，全然是不可靠的胡言亂語。因爲這個緣故，儘管倫蓬尼在臨死之前，曾要求一定要將這次探險的記錄整理出版，但是他的朋友決定不予出版。

決定不出版倫蓬尼最後一次探險經過的理由是爲了保持他的名譽，因爲出版了，不會有人相信倫蓬尼所記載的是事實，而當作是熱病發作之際的胡言亂語。

看了這段記載之後，我不禁心癢難熬，真想看一看這位探險家倫蓬尼的手稿，記載著甚麼事。

世上有很多事情，超乎這一時期人類的知識範圍以外。凡有這樣的事發生，就容易被人冠上「胡言亂語」的帽子。這是人類掩飾自己無知的最好方法，簡單而方便！

當時並未曾想到倫蓬尼的探險，會和以後發生在我身上的事有聯繫。我記下了書上所載，存有手稿的那個地理學會的會址，準備以後有機會時，去看看那份不獲出版的手稿。只是好奇，我在圖書館逗留了相當久，才回到酒店。白素已經等得很不耐煩，她一見到我，忙道：「快走！四十分鐘之內，我們如果不趕到機場，就得等上三天，才會再有飛機！」

我笑道：「別緊張，你知道帕修斯在甚麼地方？在法屬圭亞那的中心！而法屬圭亞那唯一的飛機場在大西洋沿岸，我想至少還有好幾百公里的途程，我們要使用原始的交通工具！」

白素鎮定地道：「如果姬娜能夠從她所住的地方，到大西洋沿岸去，我們也就可以到達她所住的地方！」

我沒有說甚麼，白素早已收拾好了行李，我們離開了酒店，趕到機場。

那是一架不定期的航機，四引擎，殘舊不堪，而且顯然超載，連乘客的機艙中，也堆滿了各種各樣的貨物。

在這樣的飛機上，當然不能期望會有太好的服務，只希望它能夠平安到達目的地，已經算是很不錯的了。飛機一直向西北飛，在聖路易加油，在貝林加油。再起飛之後，下一站就是我們的目的地。

在兩處停留期間，都有新的搭客加入，機艙之中，擠得可以，一個神父側著身走過來，在木箱上坐下，我看到這位神父已經在六十以上，走路也有點搖擺不穩，所以站了起來，準備讓座位給他。

神父拒絕了，他道：「謝謝你，孩子，任何地方都是上帝的懷抱，對我來說，完全一樣！」

飛機飛得相當穩，沒有多久，我就朦朦朧朧睡著了。我想，大約是在我將睡而未曾熟睡之間，我的左脅，突然被人重重撞了一下。

我立時睜開眼來，向左望去。看到白素一臉驚訝的神色，向我身邊指了一指，我轉過頭去看，我也呆住了。

在我身邊，那位老神父正在全神貫注地唸著聖經。令我吃驚的是，我看到神父一面在唸聖經，一邊手中，拿著一個書籤，那書籤的本身，也沒有甚麼奇特，大約寬兩公分，長十餘公分，是藍色的卡紙，上面有一條藍色的細絲帶。神父的眼力可能不很好，他一面用心讀著聖經，一面要用書籤來作指示，順著一行文字移動，以免唸錯下一行。

那書籤令得我震動，我相信那也是白素突然之間將我撞醒的原因。

在那書籤上，有著兩行字。那兩行字，就是我和白素，稱之為「米倫太太的文字」的那一種！一定就是那種文字。連日來，我對這種文字，雖然一個字也不懂，可是對於它們的形式，卻已十分熟悉，甚至閉上眼睛，也可以看到那些圓圈、三角形，在我的眼前不斷地跳動著。

而這時，我毫無疑問，可以立即肯定，神父手中書籤上的文字，就是米倫太太的文字！

我迅速和白素互望了一眼，這時候，因為緊張，而喉嚨有點梗塞，先要咳嗽幾下，清了清喉嚨，才道：「神父！」

要命得很，這位神父，不但目力不濟，可能還有相當程度的耳聾，等我叫到了第六聲，而且越來越大聲，以致令得其餘人都向我望過來，以為我犯了甚麼大罪，急不及待要向神父告解之際，神父才抬起頭來。

一看到他抬起頭來，我忙道：「神父，你這枚書籤，是哪裏得來的？」

神父一聽得我這樣問，深深地吸了一口氣，現出一種極其虔誠的神情來，盯著我，過了好一會，才說道：「孩子，你爲甚麼這樣問？」

我一時之間，不知如何回答才好，我只是想到，神父的態度如此異特，那枚書籤，一定非同尋常。在我不知如何回答之際，白素已欠過身來：「因爲這上面的文字，神父！」

神父伸手，在那兩行字上，慢慢地撫摸著。當他在那樣做的時候，神情不勝感慨之至。

我忙道：「神父，你可認識這種文字？這上面的兩行字，代表著甚麼？」

神父的神情更嚴肅：「這兩行字，代表著上帝的語言，孩子！」

我呆了一呆，「上帝的語言」這樣的話，出自一個神職人員之口，自然太空泛了些，難以滿足我的要求。我也不準備反駁他，只是問道：「那麼，上帝通過這兩行文字，說了些甚麼？」

神父緩緩搖著頭：「四十年來，我一直想知道上帝在說甚麼，可是抱憾得很，我不知道，我不知道上帝要向我說甚麼！」

他講到這裏，放下了聖經，雙手揚了起來，也抬頭向上，大聲禱告了起來：「全能的上帝啊，我每天向你祈禱，你爲甚麼不給我答案？」

我苦笑著：「神父，如果你四十年來，一直得不到回答，那麼，你怎麼知道這兩行字，是上帝的語言？」

神父喃喃地道：「我知道！」

他的聲音雖然低，可是語氣神情，都十分堅定。我和白素互望了一眼，心中充滿了疑惑。

白素道：「神父，請問，這書籤你是從哪裏得來的？」

神父十分感慨，道：「四十年了，從來也沒有人問過我這枚書籤是從何而來的，只有你才問起，是上帝使者給我的！」

我道：「你是在甚麼情形下，遇到上帝使者的？」

神父道：「四十年前，我是法國南部鄉村一間學校的地理教師，為了想轉換環境，我離開了鄉村，到里昂，參加了一個探險隊。這個探險隊的目的地，是法屬圭亞那中部的阿邦納米河。」

我呆了一呆，事情奇得很，我剛看過有關的資料之中，就有這樣一個探險隊的記載！

我忙道：「這個探險隊的領導人叫倫蓬尼？」

神父一聽得我這樣說，剎那之間，神情又是驚訝，又是激動，又是不信，當真是百感交集。

過了好一會，神父才道：「感謝上帝，居然還有人能夠叫得出他的名字來！我以為他早已給所有人遺忘！唉！他如此出色，真不明白他為甚麼會這樣短命，真可惜，真可惜！」

我又想催他，可是白素拉了拉我的手，不讓我打斷他的話頭。

神父在感嘆了好一會之後：「倫蓬尼先生是領導人，團員一共只有三個人，連我在內，還有一位，說起來很可笑，是一個犯了通緝罪的酒保。為了逃避，才參加了探險隊。一到圭亞那，他就溜掉了，所以，實際上，隊裏只有我和倫蓬尼先生兩個人。」

機艙中其餘的人，本來聽到神父曾從「上帝的使者」處得到過東西，都很有興趣在聽著，但是神父只管嘮嘮叨叨探險隊的事，他們顯然沒有興趣，便又各自去做各自的事情，只有我和白素，還全神貫注地聽著。

神父繼續道：「我們僱了嚮導，出發探險——」

我怕他將探險的經過說得太詳細，且道：「神父，關於倫蓬尼先生探險的經過，我在一本書上看過。我想知道你如何從上帝的使者手上，得到那枚，你說代表上帝意思的書籤！」

神父一聽得我這樣說，突然極其高興，握住了我的手，道：「倫蓬尼先生的探險記錄，已經出版了？」他興奮得在這樣講的時候，聲音有點發顫。

我道：「沒有，沒有出版。據說，記錄不可靠！」

神父陡地激動了起來，大聲道：「可靠！百分之一百可靠！只不過沒有人相信！」

我陡地想起了我看過的那本書中的記載，也一直強調倫蓬尼的探險記錄，是「熱病中的胡言亂語」，那是不是意味著，倫蓬尼的探險過程之中，曾經遇到過甚麼不可思議的事？

如果是這樣的話，那麼我如今遇到了僅有的兩個探險隊員中的一個，真是獲知其間真相的最好機會了。我初步將倫蓬尼探險的奇遇，和姬娜的怪遇連在一起，因爲姬娜用米倫太太的文字，寫成了一大疊稿件。而神父的書籤上，也有米倫太太的文字！兩者之間，一定有聯繫。

我心情極之緊張，但是又不能心急，一定要聽神父講他們四十年前探險的經歷。

我看出神父似乎很激動，所以我安慰他道：「神父，如果將探險過程中特別事件告訴我，我一有機會，就去看倫蓬尼先生的手稿，而且，努力促成它的出版。」

神父雙手握住了我的手，搖著：「那真是太好了！唉，這四十年來，我曾向很多人講起我的遭遇，可是全然沒有人相信我！」

我點頭道：「有時候，人不容易相信他們從來也沒有接觸過的事！」

神父顯得很興奮：「就是這樣，當時，我和倫蓬尼先生也以爲自己患了熱病——雖然他後來真的犯了熱病，但那是以後的事！」

我單刀直入：「請你告訴我遇到的不可思議的事。」

神父吸了一口氣：「我們遇到了上帝的使者！」

我和白素互望了一眼，白素道：「請你講得具體一點！你們遇到了上帝的使者？是——使者親口告訴你的？」

神父道：「不，使者向我們講了很多話，可是我和倫蓬尼先生，都聽不懂上帝的語言。」

白素道：「照這樣說來，你們遇到的，只不過是一個操你們聽不懂的語言的一個人！我相信，使者的外形，和人一樣？」

神父連聲說道：「不！不！不！」

我有點駭然：「不？那是甚麼意思，使者的外形——是甚麼樣的？」

神父道：「使者的樣子是那麼高貴，他——簡直美麗得像是雕像！他的頭上有一圈光芒，他身上的衣服，也閃閃生光。而最重要的一點，唉，我和倫蓬尼先生，親眼看到他從天上飛下來！他真是從天上飛下來的！」

神父在說到這裏的時候，捉住了我的手，用力搖著，像是唯恐我不相信。

我吸了一口氣：「這並不算太稀奇。」

神父睜大了眼望著我，像是當我是患了熱病一樣。我道：「我慢慢向你解釋，你再說下去。」

神父停了片刻，才又道：「當時，我們只有兩個人，在河邊，離我們紮營的地方，約有半里，倫蓬尼先生有著各方面的興趣，他提議趁著夜晚，去捉一種體型十分大的螢火蟲，我們沿河走著，看到有一點亮光飛過來，當時我還和倫蓬尼先生開玩笑：『不會有那麼大的螢火蟲吧！』我的話才一講完，那一點亮光來得好快，一下子就來到了眼前，光亮照得我們兩人連眼也睜不開來，那情形就像聖經上所說的一樣！」

當神父在說的時候，白素在我的手背上畫著，我感到她畫出了三個字：外星人！

我立時點了點頭。

事實上，當我一聽到神父提及「上帝的使者」自天上飛下來，而頭上又有光芒等等時，我已經想到這一點。所以我才向神父說這並不算太奇怪。一個外星人，來到地球上，這種事，實在不值得大驚小怪。

我和白素交換了意見，並沒有打斷神父的敘述。神父繼續道：「當時，我和倫蓬尼先生，簡直嚇呆了！那時，我只是一個普通的教徒，和很多普通人一樣，倫蓬尼先生則比較虔誠。我目瞪口呆，他則喃喃地道：『使者，那一定是上帝的使者！』」

我點頭道：「原來那是倫蓬尼先生說的！」

神父道：「是的，我也立即同意了他的話。使者飛到了我們的面前，自大約一百呎的高空，落了下來，向我們說了一連串的話。他所講的話，聲調優美，可是我一句也不懂。倫蓬尼先生到過世界各地，精通很多種語言，也一樣聽不懂。」

神父講到這裏，嘆了一口氣，默然片刻，現出很難過的神情。

片刻之後，他才又道：「這真是我們的不幸。當時的情形，使者分明很想我們和他交談，倫蓬尼先生也用了他所能講的語言，可是上帝的語言，畢竟不是我們所能了解！使者在我們交談了半小時之後，現出十分失望的神情，突然升空，飛走了！」

神父揚起了他手中的書籤：「當使者飛上天空之際，我看到天上落下了這個來，我看著它飄下來，倫蓬尼先生也看到，我們看著它飄下來，一起跳起來去接，我的個子比較高，而且那時年輕，跳得也高，所以給我接到了。我忙問：『這是甚麼？』倫蓬尼先生道：『看來像是一枚書籤！』我們立即發現那上面有字，我興奮地道：『使者因為我們不懂他的語言，所以留下了文字！』倫蓬尼先生也極興奮：『是這樣，一定是這樣！我要向全世界宣揚這件事！』」

我皺了皺眉：「結果，就在他的手稿之中，記述了這件事？」

神父道：「是的。不但記述了這件事，而且，由於他精於繪畫，所以憑他的記憶，畫出了上帝使者的樣子，當他畫好之後，他給我看：『你看像不像？』我一看之下，就道：『像極了！簡直比攝影還像！』他顯得十分高興。也不再探險，開始歸程。」

神父講到這裏，又嘆了一口氣：「唉，想不到在遇到了上帝的使者之後，我們的運氣，真是壞透了！我一直不明白為甚麼會這樣？使者不是明顯地想告訴我們一些甚麼嗎？他的出現，一定是想通知我們，向世人宣布他的來臨，可是我們為甚麼會這樣壞運氣呢？」

我有點吃驚：「你們又遇到了甚麼？」

神父苦笑道：「雨！一連三天的大雨！」

我不禁吸了一口氣，在熱帶森林之中，一連三天大雨，極其可怕，大雨可以令得前進的途程，每一步都變成死亡陷阱！

但是，我立時又聽出了不對頭的地方，我道：「神父，倫蓬尼先生是一個經驗豐富的蠻荒探險家，他不應該選擇雨季去探險的！」

神父攤開了雙手：「不是雨季！我們出發之前，搜集過極完整的氣象記錄，這地方，在那季節，從來也沒有過下雨的記錄！」

我點了點頭：「突如其來的天氣變化！」

神父道：「是的，倫蓬尼先生歸心如箭，我們冒著大雨，艱難地前進，總算出了森林，到了帕修斯，在那七八天之中，我們的身上，沒有一處地方是乾的，我年紀輕，可以抵抗得住，倫蓬尼先生卻不行了！在最後一天，他已經開始發燒，到了帕修斯，他完全病倒了，他在病床上躺了三天，就……就被上帝的使者召去了！」

神父長嘆了一聲，又默然半晌，才道：「我奉他的遺命，將他的文稿帶回法國，找到了資助探險的地理學會，連同那枚書籤、畫像，一起呈上去，過了一個月，地理學會的負責人告訴我，他們不準備出版倫蓬尼先生的遺著。儘管我願意鄭重發誓，他們也不接受我的誓言。我沒有辦法，只好要回了那枚書籤作紀念，這許多年來，它一直陪著我！」

神父又停了一停，望著我和白素：「那上頭有文字，你們看，這一定是含有深意的文字，而絕不是花紋，使者一定想對我講甚麼，而我無法了解！於是我進了神學院，在結業之後，志願到圭亞那！我在帕修斯主持一個教堂，已經三十多年了！」

神父鬆了一口氣，表示終於講完了他的經歷，他問我：「你相信我的話？」

我道：「絕對相信！」

神父再鬆了一口氣，白素問道：「這許多年來，你有沒有再到遇見使者的地方去過？」

神父苦笑著：「非但去過，而且我還在那地方，建造了一個小教堂，在那個小教堂中，我住了很久，大約是三十年，希望能夠再見到上帝的使者——」

他講到這裏，現出了悲哀的神情來：「儘管我日夜禱告，可是沒有機會再見到使者。」

我和白素互望了一眼，我相信，在那一剎間，我們的心中，都有相同的問題，白素向我示意，由我來發問。我吸了一口氣：「神父，你在見到『天使』的地方，可曾遇見過一個十分美麗的墨西哥少女？」

神父眨著眼，顯然他一時之間，不明白我這個問題是甚麼意思。我又補充道：「這個少女的名字是姬娜，她到那裏去的時候，只是一個小女孩。」

神父的神情更疑惑，搖著頭：「沒有！那地方十分荒涼，連土人都很少去，自從四十年之前，我們的探險隊之後，也沒有人去過。」

我聽得神父那樣講，十分失望，神父望著我們：「兩位是……」

白素道：「我們要去找一個人，她是一個美麗的墨西哥女郎，從帕修斯附近來的，叫姬娜・基度。」

神父認真地想著，過了好一會，他才又搖頭道：「不，我不知道有這樣的一個人。我在神學院畢業之後，三十多年來，一直住在帕修斯。帕修斯如今的人口是六千人左右，我曾替其中的四千人洗禮，認識當地的以及附近幾個村落中的人。」

能在這架飛機上遇到這位神父，可以說是我們的運氣。可是對於尋找姬娜，並沒有多大的幫助。甚至，還減少了我們找到姬娜的可能性，因爲神父在那附近住了那麼久，卻根本不知道有姬娜這個人！

或許是我和白素的神情，都表示了相當的失望，神父反倒安慰我們：「兩位要找的人，如果真是在帕修斯居住的話，我一定可以幫助你們！」

白素忙道：「是的，我們正需要你的幫助！」

認識了神父之後——神父是有名字的，他也告訴了我們，但是堅決囑咐我們，不論在任何情形之下，他都不喜歡被人提及姓名，所以，我自始至終，只稱他爲神父。在認識了他之後，法屬圭亞那的行程，變得容易得多。下了飛機之後，神父的一個助手在機場接機，那是一個熱衷神學的青年人，由他駕著一輛吉普車，我們直駛向帕修斯，一路上，每經過鎮市、村落，神父都下車，爲當地的居民祝福。

這樣，使我們的行程耽擱了不少時日，八天之後，到達了帕修斯，我和白素就住在神父主持的教堂中。在接下來的日子中，神父帶著我們，在帕修斯逐戶訪問，想知道是不是有人認識姬娜。

第六部：十年前出現的神秘少女

第六天，就有了收穫，那一天，我們訪問了一個雜貨店的老闆，那老闆大約六十歲，他的雜貨店，開設已有好幾十年，一當我們提起姬娜的時候，他就道：「是的，那個神秘的少女！」

我和白素喜出望外，道：「神秘的少女，你說她神秘，是甚麼意思？」

雜貨店老闆有點忸怩，而且神情也略現緊張，在我將同樣的問題，問了第二遍之際，他才搓著手，道：「印地安人，有許多古老的傳說——」

我一聽他忽然牛頭不對馬嘴，說起印地安人古老的傳說來，不禁有點不耐煩，白素向我使了一個眼色，示意我別打斷他的話頭。

雜貨店老闆在講了那一句之後，又遲疑了一陣，才道：「那些古老的傳說，有的——有很多是和鬼神有關的，我記得，從十年前開始——」

我和白素趁雜貨店老闆又遲疑著不說下去之際，互相握了握對方的手。因爲他說的十年前，那正是姬娜在墨西哥神秘失蹤的日子。

老闆望著神父，在胸口畫了一個十字：「神父，請原諒我，這件事，我從來也未曾對任何人說起過，而且，」他苦笑著，「就算說了，也不會有人相信！」

神父喃喃地道：「是的，很多事情，說了也不會有人相信。」

老闆又道：「我一直獨身，住在店後，十年前有一個晚上，正是月圓之夜，我在睡夢中，被一陣連續不斷的拍門聲弄醒，我起來，穿過店堂，去開門——」

老闆一面說著，一面指著店堂。這時，我們正是在他的店堂之中，我相信這狹窄的，雜亂無章，堆滿了各種各樣貨物的店堂，十年來一定沒有多大改變過，我也完全可以想像當時，他從店堂後面的房間中，穿過店堂去開門時的情形。

雜貨店老闆在停了片刻之後，繼續說道：「我來到了門口，一打開門，就看了隱兒站在門口。」

我呆了一呆：「隱兒？那是甚麼意思？」

神父插了一句口：「隱兒是本地的土語，意思是一種神秘的精靈。」

我「哦」了一聲，還是有點不明白，老闆神情很不好意思：「我一打開門，看到的是一個十二三歲的小女孩，極美麗，站在門口，是一個我從來也未曾見過的小女孩。我以後一直在見她，但是她從來也未曾告訴過她叫甚麼，我也沒有問她，只是在我心中，當她是一個神秘的精靈，所以心裏叫她『隱兒』。」

我道：「不論你叫她甚麼，我相信她就是我們要找的人，接下來的情形怎麼樣？」

老闆道：「當時我心中奇怪之極，我在帕修斯出生，居住了幾十年，這是一個小地方，很少有外地來的人，我認識在這裏居住的每一個人，可是從來也沒有見過她。我第一句話就問：『小姑娘，你是從哪裏來的？』」

白素道：「這個小姑娘的手上，戴著一隻紅得異樣的紅寶石戒指？」

老闆點頭道：「是的，她一直戴著那隻戒指，當時，她揚著手，開口說話，我就已經看到，她道：『我想買一點東西，對不起，吵醒你了！』當時，我心中極其疑惑，可是我卻沒有再問下去，我只覺得她既然出現得如此神秘，我就不應該追問她的來歷！」

老闆講到這裏，向我和白素望了一眼：「兩位是不是覺得我很蠢？」

我沒有反應，白素道：「一點也不蠢，不追問她的來歷是最聰明的做法，在我們中國有一些民間傳說，和你的遭遇相類似，有美麗的女人，午夜拍門，要求購買物品，結果商店的老闆好奇心太濃，暗中跟蹤前來購物的神秘女人，結果，神秘女人消失在墓地，跟蹤者嚇得生了一場大病！」

我聽得白素這樣講，又好氣又好笑。白素所講的，是中國民間故事中最普通的一種傳說，在如今這樣的情形之下，忽然講起只該講給小孩子聽的傳說，有點滑稽。

老闆神情極為嚴肅、緊張，不斷在胸口畫著十字，喃喃地不知在說些甚麼，或許是在慶幸他自己並未曾去跟蹤不知來歷的人！

這時，我心中也在迅速地轉著念，疑問一個接著一個而來。

從雜貨店老闆的敘述之中，至少可以肯定了一件事：十年前，姬娜在墨西哥突然失蹤，的確是來到了帕修斯。

這就已經夠奇怪的了，從墨西哥到法屬圭亞那，並不是一個短距離，而且，旅程所經之處，是世界上充滿了危險的地區之一。一個十二歲的小女孩，且不說她為甚麼要來，她如何來的，已經是一個百思不得其解的大疑問。

帕修斯如此之冷僻，決不應該在一個久在東方居住的十二歲小女孩的知識範圍之內。也就是說，她知道有這個地方，已經是一樁怪事，她到這裏來，為了甚麼？就算是假設一千條理由，只怕也沒有一條，可以解釋得通！

白素問道：「她要買些甚麼呢？」

老闆吸了一口氣，白素剛才講的「故事」，在他的心中，顯然造成了相當程度的恐懼，是以白素一問之下，他反問道：「她……她是鬼魂？可是……這些年來……她不斷地長大……到最近，她已經不是小女孩，而是少女了！」

白素笑了笑：「別害怕，我的意思只是說，一個人好奇心太強烈，沒有好處，有很多事，還是別去尋根究底的好！她絕對是人，當然會隨著時光逝去而長大！」

老闆鬆了一口氣，再在胸口畫了一個十字，才道：「她第一次要買的東西很普通，一袋麵粉，一包鹽，還有一塊醃肉，大約二十磅東西，大多數是食物，還有一點雜物，可是她卻訂購了一件十分古怪的東西。」

老闆講到這裏，連神父也被引起了興趣：「訂購甚麼？」

老闆道：「她給我一張紙，上面有這件東西的型號，我也不知道那是甚麼，她告訴我，要我寫信到美國一家工廠去訂購，並且給了我錢，我答應了她。三個月後訂購的東西才寄到，我偷偷拆開來看了看，也不知道是甚麼，後來問人家，才知道那是一具小型的示波儀。」

我吸了一口氣：「示波儀？」

老闆道：「是的，示波儀！」

我道：「是一種儀器，看起來有點像電視機，有一個小小的螢光屏，螢光屏外，有著方格的刻度，在面板上，還有許多掣鈕的那種東西。」

我一面說著，一面順手取過櫃上的紙筆來，大致畫出普通示波儀的樣子來。

我一面說，老闆就一面點頭：「正是！正是這樣的東西。當時我不知那是甚麼，也曾畫了下來，後來向人家問起，當時我畫的草圖還在，你等一等，我去找出來給你看！」

他說著，轉身向內走去。

這時候，我實在不知道自己應該向哪一方面去想才好！一具示波儀！姬娜要一具示波儀，有甚麼用處？

老闆不一會，就從店後出來，手中拿著一張紙，紙上有著示波儀的草圖，他畫得十分詳細，連面板上各個掣鈕旁的文字，也照寫了下來。我看到這張圖，就可以肯定這是一具相當精密、雙線掃描示波儀，最高頻率，達到五十萬赫斯。

這種精密的儀器，普通來說，只應用在一些精密的工業製作測試上。一個十二歲、神秘地由墨西哥來到帕修斯的小女孩，要來有甚麼用？

我向白素望去，白素搖了搖頭，顯然她的心中，也只有疑問，沒有答案。

老闆又道：「我估計，她買去的食物，至多足夠她一個月用，所以在一個月之後，就一直等著她來，可是她卻一直沒有來，訂購的東西寄到之後，她也沒有來。一直到半年之後，一個晚上，我才又被拍門聲弄醒，我連忙跳起來，打開門，又看到了她。這一次，她卻沒有買甚麼，只是拿走了示波儀，我一再問她是不是還需要甚麼，她才又買了一隻洋娃娃。」

神父喃喃地道：「真是怪極了，難道你一點也不關心她，問她是從哪裏來的？」

老闆苦笑了一下，道：「我……心中將她當作了是『隱兒』，我也問過，她甚麼也不回答我，所以我不敢再問下去。」

我忙道：「以後呢？」

老闆道：「在她第二次出現之後，我曾經多次在鎮上打聽她的下落，可是一點結果也沒有。自從那次之後，她不時出現。」

老闆道：「每次總是在深夜，拍店門。有時隔一個月，有時隔三個月，來買些雜物、食物。每次，我當她離開之後，關上門，在店門的縫中看她向外走去，走到那街口，就轉過去，看不見了！」

老闆指著店舖門外，我看到他指的那個街角。

老闆又道：「好幾次我想跟出去看她究竟到甚麼地方，但總提不起勇氣來。她一年一年長大，爲了她，我訂了不少美麗的衣服，有一些，她很喜歡，一看到就買了去——」

他講到這裏，我才陡地想起了一個問題來：「她用甚麼貨幣和你交易？」

老闆雙手緊握著：「是的，我應該說出來，她用來買東西的是一種金幣，我從來也沒有見過這種金幣，但是我可以肯定，那是金幣！」

「一種從來也沒有見過的金幣！」

我立時想起米倫太太的遺物之中，就有幾枚這樣的金幣，我向老闆望去，老闆道：「我不知道這種金幣的價值，但是她告訴我，那很值錢，我就相信了她，她每次都給我一枚，有時大一點，有時小一點，我也從來沒有拿去兌換過，一直保留。」

我大是興奮，忙道：「你一直留到現在？」

老闆卻搖了搖頭：「不，最後一次，她深夜拍門，見了我之後，道：『我知道我給你的金幣，你一直保留著，現在我想贖回來——』」

我忍不住插言道：「那是甚麼時候的事情？」

老闆道：「是五天之前！」

「五天之前」！

這是我和白素無論如何未曾想到過的一個答案！

五天之前！那也就是說，姬娜已經回來了！從荷蘭回來了！

她是不是知道我們一直在追蹤她？而如今，她又隱藏在甚麼地方？無論如何，五天之前，姬娜曾在帕修斯出現過，這是一個極其重大的收穫！

老闆道：「她給了我很多美鈔，多得我幾乎不能相信，然後，她取回那些金幣，又留下了一張訂購單，就離去了。」

我聽到這裏，心頭更是怦怦亂跳，興奮得難以形容！姬娜五天之前，曾來見過這個雜貨店老闆，並且還留下了訂貨單！那也就是說，她會回來取貨！那更是說，就算我們用最笨的辦法，就在這間雜貨鋪中等，就總有一天，可以等到姬娜的出現！

本來是茫無頭緒的長途跋涉，一下子變成了有肯定的結果，心中許多大大小小的謎團，都可以因此而解決，那自然令人興奮之極！

神父也顯得很高興，說道：「我們可以見到這位神秘的少女了！」

老闆卻用一種擔憂的神情望著我們，我知道他的心意，安慰他道：「你放心，我在十二年前就認識她，她最近還寄過一樣極其重要的東西給我，我們和她是好朋友，她一定很樂於見到我們的！」

老闆的神情，疑信參半，我道：「她有沒有約定甚麼時候來取貨？」

老闆並不直接回答我這個問題，只是道：「雖然她從來也沒有要求我別在他人面前提到她，可是我卻一直感到我不應該隨便向人說起她，如果她知道了……我向你們說起她……我……」

白素道：「請你相信，我們是她的好朋友！」

老闆的神情仍然十分疑惑，我也知道，單是這樣說，很難令人相信我們和姬娜是好朋友，是以我又補充道：「我們已經很久沒見面了，而我們相信，在這些日子之中，在她的身上，一定曾發生過極其神秘的事情，我們正想找出究竟是甚麼事！」

老闆喟嘆了一聲：「我不知道自己是做對了，還是做錯了！」

他的這個問題，沒有人可以答覆，我們靜了片刻，白素才道：「這次她訂購的是甚麼？」

老闆道：「是許多化學用品，我也不知她要來幹甚麼用。」

我道：「單子在麼？」

老闆遲疑了一會，才拉開抽屜，拿出了一張單子來，交給我，我和白素一看，就呆了一呆。事實上，我們只看到了其中一項「甲醛十加侖」，就已經立時聯想到了姬娜在巴黎，曾經拜訪過一個殯儀專家，研究如何保存屍體的方法一事。

甲醛，正是用來浸製標本用的一種化學藥品！

那等於已告訴了我們：有一具屍體和她在一起。

自然，屍體不會一開始就是屍體。屍體在未死之前，是人，那麼，這十年來，她是不是一直和這個人在一起呢？

問題越來越撲朔迷離，這些問題，除了和姬娜會晤之外，沒有別的解決方法，所以我忙問道：「她有沒有和你約定，甚麼時候來取這些貨物？」

老闆道：「我們這裏是小地方，交通很不方便，她要的那些東西，我估計至少要一個月才到，我約了她四十天之後來取。」

我知道這件事，非事先說明不可，是以我立時道：「到時，我想在你的店中等候她！」

老闆現出了一種無可奈何，猶疑不決的神色來：「要是隱兒發了怒，那……我……」

我大聲說道：「她不是甚麼『隱兒』，是人，而且，她決不會發怒，見到了我，只會高興！」

白素也道：「如果她發怒，也決不會怪你，讓她怪我們好了！」

老闆的神情十分害怕，十分不自然，他並沒有答應我們的要求，只是攤著雙手，作出一種十分為難的神情。我也不再向他多說甚麼，反正我知道姬娜到那時一定會來，就算老闆堅持不讓我們在店裏等，我們在街上等，也是一樣可以見到姬娜的！

當時，我和白素兩人，都興奮莫名，雖然我們感到，三十多天的時間未免太長，但是當知道若干時日之後，一切謎團就可以有肯定的答案之際，等上三十多天，也不算甚麼了！

正因爲我們兩人的心情十分興奮，是以我們都忽略了十年來，在雜貨店老闆心目中，造成了「隱兒」地位的姬娜，有一種超自然的力量在，我們沒有料到這一點，這是我們的失策。

當下，我們和神父一起回到教堂，神父問道：「那位少女，究竟怎麼了？」

我道：「神父，你或許不相信，但是對整件事，我已經略有概念，四十年前你遇到的上帝的使者，其實並不是甚麼上帝的使者！」

神父一聽得我這樣說，立時臉上變色，說道：「孩子，一定是！」

我本來想告訴神父，他所謂「上帝的使者」，其實是一個和米倫太太同一個地方來的人。他會飛，會發出光芒，那多半是一具十分進步的個人飛行器之類的東西。

這個人，可能十年來一直和姬娜在一起，而且，他多年已經死了！

我本來想將自己的推測說出來，可是看到神父對他的信仰是如此之堅定而不可侵犯，所以我突然之間，改變了主意：「是的，我說錯了！」

神父諒解地拍了拍我的肩頭，我說道：「我想到你遇見上帝使者的地方去看看，需要多少時間？」

神父「哦」地一聲，道：「需要三天。不過，我不能陪你去。我已經離開了一段時間，有很多事要處理。」

我道：「那不成問題。事情，我認為已解決了，只不過是時間問題而已，你給了我太多幫助，我們實在不知如何感激你才好！」

神父的神情很感慨：「不，我應該感謝你們，四十年來，只有你們肯相信我講的話。」

他講到這裏，略頓了一頓，說道：「請問，你們要找那個神秘的少女，是不是和我曾遇到過的上帝使者，有甚麼直接的關係？」

我想了一想，才道：「可能有一定的關係，但是我們還不能肯定。」

神父點著頭：「我可以給你們一幅地圖，多年來，我屢次來往，已經闢出了一條小路。我也可以將我的十字架借給你們，沿途有幾個村落，居民並不是太友善。有了我的十字架，你們就可以受到很好的招待。」

我連忙稱謝，神父走了開去。神父才一走，白素就問我道：「我們有必要到那地方去？」

我道：「反正這三十來天，我們沒有事情做，要在這裏等那麼久，不是悶死人？而且，你難道看不出來？神父遇到的那個所謂『上帝的使者』，其實是來自米倫太太同一地方！」

白素吸了一口氣，說：「是，可是神父在那地方，甚至建立了一個教堂，他也沒有甚麼發現！」

我道：「關於這一點，我也想過了，我的猜想是神父沒有新的發現，是因為他一直等在那地方，而未曾深入去調查！」

白素的神情有點不解，望著我。

我道：「那個人，他的情形和米倫太太不同。米倫先生和米倫太太的太空船失事跌進了一個火山口中，而這位使者，他卻安全降落。」

白素眨著眼，並沒有表示她的意見。

我繼續道：「所以，我認爲，使者的太空船，根本還在，可能就停在離神父遇見他不遠處。如果我的推想不錯，那麼這十年來，姬娜根本住在那艘太空船之中！」

白素道：「現在也是？」

我攤了攤手：「照說，她沒有別的地方可去！」

白素道：「我們如果找到了那艘太空船的話，那就可以——」

我立時接著道：「就可以解決一切謎團！」

白素想了片刻，才道：「對我而言，最大的謎團是何以姬娜寫出了這種文字，而她自己卻又不認識這種文字！」

我沒有表示甚麼，因爲我心中大大小小的疑團太多，白素所提出來的，只不過是其中之一。

隔了沒有多久，神父回來，交給了我們一隻銀質的十字架，和一幅手繪的十分詳細的地圖，並且替我們兩人祝福。再告訴我們，有一輛舊吉普車，可以供我們使用。

第二天一早，我和白素出發，照著地圖上指示的方向，駕著那輛舊吉普車進發。開始的第一天，相當順利，我們在當天下午已經到達了阿邦達米的河畔。河水並不湍急，河灘平坦，雖然生滿了雜草灌木，但是對車子的行進，並不造成多大的妨礙。

當晚，我們就在河邊紮營，我在營旁，燃起了十幾個大火堆，那不但爲了防範兇惡的野獸，火堆的火頭和煙，也可以驅散成群結隊的蚊蚋——我從來也沒有見過小飛蟲在成群結隊之後，可以造成這樣驚人的現象。一大群一大群的蚊蚋，簡直就像是形狀變幻莫測的魔鬼一樣，漫天飛舞，發出震耳的嗡嗡聲，天知道這些飛蟲會造成甚麼樣的損害。

平安度過了一晚之後，繼續依照地圖，沿河進發。這一天的途程，已不如上一天那麼容易，河灘上高低不平，低處積著水，在水潭中，長出一種盤虬曲折的植物，那種植物的根，硬而有刺，在地上蔓延著，使得車輪在輾過它們之際，不住地跳動。一天下來，只不過行進了一百公里左右。

當天晚上紮營，除了有六七十條兩尺以上的大鱷魚圍住了我們，說甚麼也不肯離去之外，倒也沒有甚麼別的驚險。不過在火光的照映之下，看那些大鱷魚，有時一起張開口來打呵欠，白牙森森，那滋味也決不太好受，這一夜我和白素輪流值夜，不敢鬆懈。等到再次出發，已經是行程的第三天了。照地圖上的距離來看，我們在當天晚上，應該可以到達了。

這一天的上午，我們經過了兩個小村落，神父的十字架果然有用，我們受到極佳的招待。下午開始，進入了森林，我們已經盡量靠近河邊行駛，可是那種紅木林，一直蔓延到河水之中，河兩岸全是樹，很多樹根本是從水中長出來的，行進分外困難。

幸而神父說得沒有錯，他多次來往，總算開出了一條小路，勉強可以供車子行進。但等到我們在夕陽西下，可以看到那座簡陋的小教堂的尖頂之際，也已經被車子震得頭昏腦脹了。

小教堂只有一個年老的印地安人看守，一見到我們取出來的十字架，看守人極其興奮，將教堂中的幾條長木凳併起來，供我們睡。我和白素盡量使用我們會講的印地安語，和看守人交談著。看守人在教堂一造好之後就開始他的工作，已經有二十年了。問到他可曾見過姬娜這樣的一個少女時，他瞠目不知所對。我們在他的口中，全然得不到甚麼。

晚上，我和白素商量明天我們應該如何進行。教堂在叢林的中心，我想像中的太空船，可以在教堂四周的任何一個方向。而且，我們除了步行之外，無法使用其他的交通工具。我們在商量了一會之後，我道：「我看，我們不妨採取蜜蜂的覓途方法。」

白素點頭道：「這樣比較可靠些，雖然花的時間相當久，但這是唯一的辦法。」

所謂「蜜蜂覓途的方法」，是以一點爲中心，繞著這個中心，不斷地繞圓圈，而將圓圈的直徑，不斷擴大，這是蜜蜂尋覓目的地的方法。用這個方法，可以找到在中心點外任何一個方向的目的地。

第二天我們開始準備，要看守人替我們準備食物，並且在神父豎了一個十字架標明那是「上帝的使者」曾經站立的地方，觀察了一會。

那地方，就在教堂之旁的一塊空地上，時間已經過去了四十年，當然不可能在那地方，再找到甚麼特別的線索。

我站在大十字架前，抬頭向天空望，想像著當年，神父和偉大的探險家倫蓬尼，忽然之間，見到有一個頭上發光的人，自天而降的情形。這種情形，自然是極其令人震懾，一個年輕的地理教師，在這種現象的震懾之下，變成了一個虔誠的神職人員，也可以想像。

當我抬頭望向天空的時候，白素在我的身邊，她問道：「你在想甚麼？」

我道：「我在想，如果我知道那位上帝的使者是從哪一個方向飛來的話，事情就易辦得多！」

白素道：「我昨晚也想過這個問題，有一點線索，對我們很有用。依照你的猜測，太空船降落，使者走出太空船，利用個人飛行器飛行，那麼，是不是可以假定，神父或倫蓬尼是他遇到的第一個人。」

我道：「那又有甚麼關係？」

白素道：「關係很大！」她一面說，一面攤開了神父給我們的地圖，指著：「你看，在教堂的南邊，有一座村落，離教堂三公里，西邊四公里處，也有一座村落，如果使者降落之後第一次見到的人是神父，那麼他必然在四公里的範圍之內！不然，他會見到村落中的土人！而土人如果曾見過有人飛下來，一定會形成一種傳說，不會一直沒有人提起！」

我點頭道：「分析得很有理，那也就是說，就算我們用蜜蜂覓途的辦法來打圈，那個圓圈的直徑，也不會超過四公里，是不是？」

白素道：「是的，我想，有五天時間就足夠了！」

我搓著手，五天，如果在五天時間之中，我們就可以有所發現的話，那實在不算太久。

等到中午，看守人替我們盡量準備好了我們需要的東西，我們將東西放在一輛手拉車上，開始出發，以教堂爲中心，開始打圈子。

到了晚上，開始在叢林中一個空地紮營，我們估計，離教堂一公里。

當然，距離中心點越遠，每一個圈所費的時間也越多，但如果四公里是最大的距離，五天也足夠了。

接連兩天，我和白素在叢林中打轉，一望無際的叢林，樹木茂密，每一株樹的樹身上，都掛滿了各種各樣寄生植物，有的開著極美麗的花朵。兩天來，我們沒有新的發現。可是第四天一早，我們才開始不久，仍然在叢林中打轉時，白素陡地叫了起來：「看！」

當她叫出來的時候，我也已看見了。她伸手所指的，是一片沼澤。

第七部：姬娜駕著飛車來

這幾天來，我們曾經遇到過不少沼澤，有的大，有的小，我們總是設法繞過沼澤，繼續前進。這一片沼澤，和以前曾經見過的沼澤，並沒有甚麼不同，看過去，其實根本看不見水，水面上，長滿了浮在水中生長的植物和水草以及在水中長出來的灌木。只可以憑藉植物的種類和停在水中植物寬大葉子上的水鳥，來判斷這是一片沼澤。

令得白素驚叫起來的是，在這個沼澤的中心部分，有一個尖圓形的東西，突出在一叢灌木之上。那東西約有五十公分高，呈銀灰色，上面也已爬滿了水草的葉子，要不是恰好是早晨，陽光照射在它近水的基部，令得那東西發出反光，我們也根本不會發現。

我和白素一看到了那東西，立時一起向前奔去，直到我的一隻腳，踩進了水中，濺起了老高的水花之際，白素才一把將我拉住：「你想幹甚麼？」

我叫道：「我想幹甚麼？你看那是甚麼？那就是我所說的太空船的頂部！」

白素道：「就算是，你也無法這樣接近它！你再向前奔出幾步，就會陷進污泥去，再也出不來！」

我揮著手：「那麼，想想辦法接近它！」

這時，我的心情，真是興奮到了極點。我的猜想之中，有一艘太空船，而如今，在沼澤的中心部分，有一個這樣的東西！我一眼就可以肯定，那是一艘太空船的尖頂部分！

白素說道：「先別心急，我們來研究一下，那究竟是甚麼東西！」

我道：「這還用研究？這種銀灰色，是一種金屬，太空船在沼澤中，它的尖頂部分，露在外面。我們快點砍樹，紮一個筏，可以接近它！」

當我急急地在這樣說時，白素取出了一個小型望遠鏡來，向前看著，然後，她將望遠鏡遞給我：「你自己看，我想那不是甚麼太空船的頂！」

我一臉不服氣的神色，接過了望遠鏡來。可是一看之下，我也不禁呆了一呆。

那東西露出在水面部分，大約有五十公分高，距離我們大約有兩百公尺，不用望遠鏡，看起來好像是一動不動的，但是望遠鏡一將它的距離拉近之後，就可以看出它在水面搖動。搖動的幅度不是太大，因爲它的四周圍長滿了水草。

照這樣的情形看起來，那的確不像是甚麼太空船的頂，倒像是一隻蛋形的桶，一半在水中，一半在水面之外。我看了又看，不禁有點洩氣，放下了望遠鏡：「不論這東西是甚麼，我們總得接近去看一看。而且，這東西無論從哪一角度來看，都不應該是原始叢林中的物事！」

白素點頭，同意我的說法。我們兩人開始用小刀割下樹枝，一層一層地編織起來，兩小時之後，我們已經有了一隻勉強可以供一個人站上去的筏。

我又砍下了一根相當長的樹枝，將筏推到水面上，站了上去，水浸到我的小腿，在筏上平衡著身子，用樹枝一下又一下撐著，使我自己，漸漸接近那東西。筏移動得相當慢，但終於，我來到了那東西的近前，我急不及待地用樹枝去點那東西。樹枝才一點上去，那東西就沉了一沉，但立時又浮了起來。

這種現象，證明我第二個猜想是對的，那是一個空的桶！我再接近些，等到我可以碰到那東西時，肯定那是一隻橢圓形的金屬桶。我蹲下身子，將之拖到了筏上，又用樹枝撐著，回到了岸上。

我才將那東西推上岸，白素就蹲了下來，用手拂去沾在上面的水草。我跳上岸：「看來像是一個空桶！」

白素將之豎起來，指著一端的一個管狀物：「看，好像是燃料桶！」

我又興奮了起來：「太空船的固體燃料！」

白素點了點頭：「你看這管子附近的壓力控制裝置，一定是固體或液體燃料，才需要這樣的裝置！」

我們都極其興奮，甚麼樣的東西才需要這種燃料，那真是再明白也沒有了。而且，這隻空桶，又恰好在我們假設有太空船的地方發現，那就決不是巧合！

我四面看著，團團轉著身子，不住問道：「太空船在甚麼地方？它應該就在附近，它在甚麼地方？」

白素又好氣又好笑：「我不相信你這樣叫，就可以叫出一艘太空船來！」

我站定了身子：「一定是在附近，說不定就在沼澤的下面！」

白素皺起眉：「陷在沼澤之中？」

我道：「那有甚麼奇怪，米倫太太的太空船陷在火山中！」白素搖頭道：「你忘了自己曾說過姬娜在這十年來，可能一直住在太空船中，如果太空船陷在沼澤，她怎麼出入？」

我眨著眼，答不上來，白素道：「別心急，我們總算已經有收穫了！」

我道：「大收穫！」

白素並不和我爭，將那隻空桶，弄上了手推車，我提議我們繞那沼澤，轉一個圈子，因爲這隻空桶是極重要的發現，我猜想中的太空船，可能就在附近。

由於這隻空桶的緣故，我們改變了計畫，變得以這個沼澤爲中心來打圈。

可是，時間一天一天過去，我們早已離開那個沼澤超過十公里以上，還是沒有任何發現。到了第十六天晚上，白素道：「我們該啓程回去了，不然只怕連見姬娜的機會都要錯過了！」我實在不捨得離開。因爲若是甚麼也未曾發現，那倒也算了！可是我們卻發現了那隻空桶！

這些日子來，到了晚上，我們就研究那隻空桶，空桶的鑄造極精美，用的也不知道是甚麼金屬，又輕又滑，可是又十分堅硬，小刀用力刻上去，一點痕跡也不留下。空桶一點銲接的痕跡也沒有，顯然是整個鑄成。只有一個管子，那管子的口徑很小，無法觀察桶內的情形。但是管子基部那個壓力裝置，卻被我拆了一小部分下來，每一個零件，都精巧之極。

這樣的一件東西，別說出現在原始森林的沼澤之中，就算放在最先進國家的太空博物館，也一樣極其引人注目！

白素提議回去，這些日子來，我們用來充饑的東西，已經和野人沒有甚麼分別，其中包括了不知名的植物根、果實，以及大條的水蛇肉、水鳥肉等等，可是我還是不想回去，想再掙扎幾天。當我向白素望去之際，白素一下子就看穿了我的心意：「我不會同意我們分頭行事！」

我苦笑道：「有甚麼不放心的？這裏很平靜，我們這些日子來，一直很平安。」

白素嘆了一聲：「我們這樣找下去，其實根本找不到甚麼！」

我道：「我們已找到了一隻空桶！」

白素道：「一隻空桶，那又怎麼樣？這隻空桶，根本可能是天上落下來的！」

我呆了一呆，不禁有點啼笑皆非。如果這隻空桶盛放燃料，那麼是不是用完了燃料之後，在飛行中自半空中拋下來的？如果是這樣的話，那麼，我猜想中的太空船，根本不可能在附近！

白素看我仍在猶豫不決，再道：「還是回去吧，見到了姬娜，甚麼問題都可以解決，總比在這裏打轉好！」

我嘆了一口氣，雖然極其不願意，但是也無可奈何，只好回去。回途沒有甚麼好記述的，我們進入市鎮，先到教堂去看神父，人一進教堂，神父就向我們急急走了過來，一副急不及待的神氣，使我們立時感到他有重要的事要告訴我們。

還沒有等我開口問，神父就大聲道：「你們回來了！你們回來了！」

我忙道：「發生了甚麼事？」

神父搓著手，道：「頗普離開了帕修斯，他走了！」

一時之間，我還記不起「頗普」是甚麼人，白素記性比我好，她碰了碰我，道：「是那雜貨店老闆！」

神父道：「在你們離開之後的第三天，他就走了！唉，一定是我們的拜訪，擾亂了他平靜的生活，唉，他不知道上哪裏去了！」

我看到神父那種焦急的樣子，忙安慰他道：「或許他只是去旅行？」

神父搖著頭：「不！我知道他走了！而且，永遠不會回來了！」

我陡地想起，姬娜訂購的化學藥品，就在一兩天之內，應該來取，莫非姬娜已經來過了？要是姬娜已經來過的話，那麼，我們等待的一切，就全要落空了！

神父不斷地嘆著氣，嘆得我心煩意亂，白素已道：「神父，那少女已經來過了？」

神父道：「我不知道，我只知道頗普將他店中所有的貨物，賣的賣，送的送，全都清理了，而且，還提清了他在銀行中所有的存款，離開了帕修斯。」

我聽得神父這樣講，迅速地轉著念，定了定神：「這一切，全是我們走了之後的第三天發生的事？」

神父點著頭：「是！」

我和白素互望了一眼，想到：既然那是我們離開之後三天的事，那麼，頗普和姬娜的約會，還未曾實現。頗普無法和姬娜聯絡，姬娜也不應該知道頗普已經離開了帕修斯，到了約定的時間，她仍然會來！

我一想到了這一點，忙道：「神父，雜貨店還在，是不是？」

神父可能一時之間，不知道我這樣問他是甚麼意思，是以眨著眼，不知道如何回答才好。

我笑了一笑：「神父，頗普是一個成年人，他有他自己的選擇，我們不必為他擔心。」

神父又嘆了一口氣：「頗普在離開之前，曾對他一個好友說，他不應該洩露『隱兒』的秘密，他害怕有災禍會降臨在他的身上！」

我只覺得可笑，道：「我們要到雜貨店去看一看！」

神父沒有阻止我們，我們離開了教堂，一直來到雜貨店門前，店門關著，上著一柄生了銹的鎖，我很快就打開了這柄鎖，推門進去。

我和白素進了店鋪，店堂中凌亂不堪，全是廢紙箱、廢木箱和一些剩下來，沒有人要的雜物，一望而知頗普走得十分匆忙。

店堂後面是頗普的住所。我們上次來的時候沒有到過。店堂後面是一個小小的院子，種著不少花草，頗普的住所中更亂，一些粗重的東西全未曾帶走。

我撥開了一張椅子上的幾件舊衣服，坐了下來，四面打量著。

白素道：「看來他走得如此匆忙，我們真要負責任才是！」

我翻著眼，道：「他可以不走，那是他自己在疑神疑鬼，大驚小怪！」

白素沒有和我爭論下去，在淩亂的雜物之中，隨便翻了翻：「我們是不是就在這裏等姬娜出現？」

我道：「當然。」

白素道：「根據頗普說，姬娜每次出現，總是在深夜，我們要在這裏過夜才行！」

我道：「那也沒有甚麼不好，這裏雖然亂，也可以住人，廚房在哪裏？我們可以自己煮東西吃！」

白素笑了笑：「好，那我到市場去買點食物回來！你不要亂走！」

我聳了聳肩：「我為甚麼要亂走？」

我準備將一些大件雜物，塞進衣櫃去，可是當我打開衣櫃之後，就陡地一呆，我看到衣櫃中，有一件直立著的東西，那東西用一大幅麻布遮著，乍一看來，在麻布的覆蓋之下，簡直就是一個人！因為那東西的大小、形狀，就恰好像一個身形高大的人！

當我才一看到這件被麻布覆蓋的東西之際，實在吃了一驚，剎那之間，我第一件想到的事就是：那是頗普！他並不是離開這裏，而是神秘地死亡了！

但是這種念頭，在我的心中，只不過一閃而過，我立時想到，頗普是一個矮胖子！而在麻布覆蓋之下的那個人（如果是一個人的話），卻身形相當高，決不可能是頗普，一定是另一個人！

事實上，我一看到那被麻布覆蓋著的東西之後，立時就伸手去揭開麻布，以上，是在我揭開麻布的那一剎那間所想到的。

我一伸手，拉下了麻布，又是一怔。在麻布覆蓋之下，並不是一個人，而是一件人形的物體。正確一點說，那是一隻人形的大箱。或者說得更具體一點，那是一隻恰好可以容下一個人的木箱，木箱的形狀，和一個人體，十分接近，那形狀有點像用來盛放木乃伊的箱子，但比之更像人體。

我這時，心中的疑惑，實在是到了極點。在頗普的住所之中，有著這樣的一個人形木箱，那實在是古怪之極的一件事。

一般來說，由於人類對死亡的不可測和恐懼，凡是和死亡有關的物體，都不會放在居室之中。其中，尤其是棺材，那更使人聯想起死亡，很少有人會在房間的衣櫥之中，放置一具棺材。而如今在這個衣櫥之中的那東西，我雖然稱之爲「人物的木箱」，但實際上，那除了是一具棺材之外，不可能是別的東西。

在那一剎間，我心中又是疑惑，又是緊張，因爲我只看到了木箱的外面，不知道木箱的裏面，是不是有人，如果有的話，那麼，人一定是個死人，不會是活人！

我將木箱移出了衣櫥，發現木工十分精美，木箱可以齊中打開，我揭開了箱蓋，木箱之中，除了墊著一層布之外，空無一物。

木箱的外形看來已經像是一個人，內部的空間，更是恰好可以容一個人躺下去。那是用整塊大木挖成的，空間是一個凹槽，可以容納一個人。

我呆呆地望著這個木箱，實在想不透頗普要這樣的一隻木箱有甚麼用處。

我望了一會，自己向木箱之中躺了下去，發現這個木箱，是爲一個比我高出約十公分的人準備的。這個人的手，也比我要長出五公分左右。那是一個相當高大的人，決不會是頗普。

而這隻木箱，也不會是爲活人準備的，那麼，是不是爲姬娜要處置的那具屍體準備的？

我就立時想到，頗普雖然對我們說了他認識姬娜的經過，但是一定還有許多事隱瞞著未曾告訴我們！

例如這隻木箱，他就一個字也未曾提起過。如果這木箱和姬娜要處理的那具屍體有關，那麼一定是姬娜委托他找木匠做的。這具屍體，會不會就是神父曾經遇見過的那個「上帝的使者」？

我不斷思索著，想找出一個答案來，以致一直躺在那個大木箱之中，忘記起身，直到白素進來，陡地發出了一下驚呼聲，我才坐了起來，看到白素一臉吃驚的神色，瞪著我。

白素一見我坐了起來，她才道：

「你——從甚麼地方找到這具棺材？」

我道：「這不是棺材。」

白素有點啼笑皆非：「如果這不是棺材，那麼請告訴我，是甚麼？」

我本來想說：「這不過是一個放死人的箱子」，但是繼而一想，放屍體的箱子就是棺材，這是廢話，根本不必說了。所以我道：「我在衣櫥中找到它，真是怪事。」

白素皺著眉，放下了手中買回來的東西，來到了木箱前，合上了箱蓋，看了一會，又將之翻了過來：「你看，這棺材上面，本來應該有雕花，不過還未動手雕刻！」

我循她所指看去，看到她翻了過來的一面，上面有鉛筆描出來的圖案，那是一對翼。木箱齊中分開，我一將之移出來之際，就底、面不分，我躺下去的地方，事實上是木箱的蓋，所以我一直沒有發現這點。

而這時，當我看到了那一對用鉛筆描出的翼之際，我便陡地一震，失聲道：「果然，那是爲上帝的使者準備的！就是姬娜要處理的那具屍體！」

白素用手指撫摸著木箱蓋上的那對翼：「和米倫太太遺物中的裝飾圖案一樣？」

我道：「是的，完全一樣，那看來是他們的一種徽號，代表著飛行！」

白素苦笑了一下，神情有著極度的惘然：「這是一種甚麼樣的飛行？」

我無法回答白素這個問題。我曾在墨西哥的一個火山口之中，進入過米倫先生的太空船，我知道那是極其偉大的宇宙飛行。可是，飛行從哪裏開始？目的地又何在？爲甚麼米倫太太以爲回到了原來出發的地方，可是她卻又迷失了？

在我思緒極度紊亂之際，白素又道：「這是姬娜要頗普製造的？」

我點頭道：「看來是這樣。」

白素搖了搖頭：「頗普還有很多事瞞著我們！」

我有點憤怒：「這可惡的禿子！」

白素道：「別責怪他，他已經告訴了我們許多，再加上這具棺材，我們了解的事情更多了！我們現在至少可以肯定，在這十年來，姬娜一定並不孤獨，她和一個人在一起，這個人，可能和米倫太太一樣，迷失在不可測的宇宙飛行之中！」

我「嗯」地一聲：「這個人，最近死了！」

白素吸了一口氣：「當然是，不然，姬娜不會離開這裏！」

我揮著手：「她住在甚麼地方？爲甚麼我們花了一個月的時間去搜索，一點結果也沒有呢？」

白素對任何事都不失望，她道：「我們也不算是沒有成績，至少已找到了一隻空桶，可以從這空桶之中肯定很多事！」

我悶哼了一聲：「一隻空桶，一具空的棺材，要是再找不到姬娜，我想我會發瘋！」

白素笑著：「我剛才在市場上，學會了印地安人辣煎餅的做法，你要不要試一試？」

我沒好氣地道：「隨便甚麼，我只要天快點黑！」白素拿著她買回來的東西走了出來，去弄她所謂的「辣煎餅」了。

我坐了下來，將這些日子來所發生的一切，整理了一下，我發現如果不見到姬娜，一切疑團，都解決不了。

白素煮出來的「辣煎餅」可能很可口，可是我卻食而不知其味，只是心急地等著天黑。

天終於黑了下來，在天黑之前，我特意在店門口做了一番功夫，使得雜貨店看來，不像是已經人去樓空。然後，我就在店堂中等著，等姬娜的出現。

時間慢慢過去，四周圍靜到了極點，我敢打賭，只要有人在離店鋪二百公尺外走過，我就可以聽到他的腳步聲。可是入黑之後，簡直連走動的人都沒有。

上半夜，白素陪著我。等到午夜之後，她打了一個呵欠，說道：「或許會遲一兩天，我不等了！」

她回到頗普的房間去，我繼續等著。

一直等到天亮，我才死了心，由門縫中向外望出去，街上已經有了行人，看來姬娜不會來了！

我苦笑著，走向頗普的房間，白素醒了過來，我沮喪得甚麼也不想說，倒頭就睡。

第二天晚上，天一黑，我在店堂中爲自己準備了一個相當舒服的，可以躺下來的地方。反正我白天已經睡夠了。和昨晚一樣過了午夜不久，白素向我作了一個無可奈何的手勢，又自顧自去睡了。我獨自一個人留在店堂中，留意著最低微的聲音。

頗普只說姬娜每次出現，總是在深夜，並沒有說確切是在甚麼時候。事實上，這樣一個小地方的人，也不會有甚麼時間觀念。既然是深夜，那麼在過了午夜之後，就應該加倍注意。

一直等到清晨二時左右，我突然聽到一陣「胡胡」的聲響，打破了極度的寂靜。那種聲響，轉來十分均勻，如果是一個在熟睡中的人，決不會被這種聲響吵醒。可是我一聽得這種聲響，就立即跳了起來。

那種聲響，顯然地由遠而近地傳來，而且來勢好快，我一聽到有聲音就跳了起來，而一到我站定身子，聲響已到了近前，而且，消失了！

我呆了一呆，在我還決不定應該如何做才好時，就聽到有腳步聲傳了過來。

腳步聲極輕，如果不是四周圍如此寂靜而我又在全神貫注留意聲音的話，根本聽不出來。

一聽到有腳步聲，我更加緊張，立時向門口走去，我離店堂的門口，還不到五步，可是我走得太急了，跨到了第三步，就絆倒了一隻該死的木箱，發生了一下巨大的聲響來。

我跨過了倒下的木箱，繼續來到門口，然後就著門縫，向外面望去。

這一晚的月色普通，外面街道上，並不是十分明亮，但是白色的石板有著反光作用，也已經足夠使我可以看到姬娜了！

姬娜站在離店門口約莫十多公尺外，望著店門，現出一腔疑惑的神情，沒有再向前走。

我立時知道她為甚麼不再向前走來的原因了，她一定是聽到了自店堂中發出的那一下木箱倒下時的聲響，而在疑惑究竟發生了甚麼事！

我已經看到了姬娜，當然長大了，而且，極其美麗，足以使看到過一眼的人，就留下深刻的印象。在她的身上，我幾乎全然找不到當年那個小孩子的影子，但是我可以肯定她是姬娜。

她在猶豫著，像是決不定是不是應該繼續向前走來，我極其緊張地望著，等了片刻，看到她仍然決不定，我心急，一伸手，推開了門。

在那一剎間，我未曾估計到姬娜根本不知道我到了帕修斯，會在她常來的雜貨舖中等她！在她而言，當我一推開門，現身出來之際，她看到的是一個陌生人！而她揀深夜來見頗普，當然絕不想有任何其他人知道她行蹤，在這樣的情形下，她陡然見到了一個陌生人，會有甚麼樣的結果，實在可想而知！

當然，這一切全是我事後分析的結果。當時我全然未曾想到這一點，只是唯恐姬娜不向店堂中走來，所以冒冒失失推開門，想叫她過來。

我才一推開門，看到姬娜陡地震動了一下，發出了一下低呼聲，還未及等我開口叫她，她已經疾轉過身，向前奔了出去。

一看到她向外奔去，我也發了急，拔腳便追。

我在追趕她的時候，如果立時發聲呼叫，相信我甚至不必報出自己的名字，只要叫出她的名字，她就一定會知道叫她的是她以前認識的人，而會停下來的。

可是，我卻未曾想到這一點。我只是想到，我和她之間的距離不是太遠，而我一定奔得比她快，一定可以立即追上她的。

的確，我在不到半分鐘內，就追上了她，她奔過了街角，我就追了上去，已經離她不過三公尺了。在街角的空地上，停著一輛樣子十分奇特的車子，我從來也未曾見過這樣的車子。整輛車子的形狀，有點像一艘獨木舟，姬娜一躍進了那輛車子，我根本未及看到她如何發動車子。

當她躍進那一輛車子之際，我伸手抓向她，已經碰到了她的衣服。

然而就差那麼一點，她已經上了車子，我直到這時，才想起我應該叫她，可是我才一張口，「胡」地一聲響，一團熱氣，直噴了過來，那輛車子，竟立時騰空而起。

那團迎面噴來的氣，灼熱如火，使得我張大了口，一點聲音也發不出來，而那輛車子（那當然不是車子）騰空而起的速度又極快，我心中一發急，一伸手，在那車子已到了我頭頂之際，抓住了車子上的一個突出物體，那突出物體，我也不知道有甚麼用，它只有二十公分長，略呈彎曲形，可以供我抓住它。

我的手才抓住了那東西，雙腳便已經懸空，「車子」正在迅速升高。

直到這時，我才發現，我抓住的那東西，是一根噴氣管，灼熱的氣體，就從那管子中噴出來，噴向我的頭髮，而我在略為觀察了一下之後，發現除了抓住那根管子之外，沒有別的地方，可以供我的身子附著在這輛車子之上。自然，我可以鬆開手，只要我不怕自二百公尺的高空跌下去的話！

「車子」在升高了約莫三百公尺之後，發出均勻的「胡胡」聲，向前迅速地飛行著，而我則吊在半空，勁風和熱氣，撲面而來，令得我全然無法出聲。

從那管子噴出來的熱氣十分灼熱，幸而那根管子並不太熱，還可以抓住。可是我的處境，可以說糟糕之至。

那根管子只不過二十公分長，要不是它略呈彎曲，我可能根本抓不住。但就算抓住了，要憑它來支持整個人的體重，手心不斷出汗，也是危險得很，我只好雙手緊抓住那根管子。

「車子」的飛行速度快得出奇，轉眼之間，便已經離開了帕修斯的市區，向下面看去，已經全是莽莽蒼蒼的原始森林了！

我幾次想大聲呼叫，但是每當我一張口，大團熱氣直噴了過來，幾乎連氣也難透，根本無法出聲。

約莫在五分鐘之後，我實在不知道自己是如何支持了這五分鐘的，我才看到，姬娜自車子之中，探出頭，向我望來。

她的神情，仍是十分驚惶，當她看到我吊在車外的情形之際，更是吃驚。

她望著我，在驚惶之中，她顯然未曾認出我來，大聲道：「你答應不再追我，我降低，放你下去！」

我又想和她講話，可是一開口，熱氣又噴進了口，我只好搖頭，表示我一定要見她。

姬娜又急又驚：「你……會跌下去摔死！」

我仍然不斷搖著頭，姬娜又道：「我不想你死，可是我不能冒險，你是甚麼人？爲甚麼要這樣多管閒事？你答應不追我，我放你下去！」

直到這時，我才暗罵了自己千百句蠢！我何必拚命搖頭？我只要點頭，表示答應姬娜的要求，等她放我下去時，我就可以有機會說明白了！

是以，我立時連連點頭，姬娜的神情，像是鬆了一口氣，又道：「你發誓？」

我又連連點頭，姬娜的上半身縮了回去，「車子」開始向下降落。

「車子」直上直下，當它向下降落之際，我留意到，下面是極其茂密的森林。不一會，車子離森林的上空，已只有三四公尺了。

這時，姬娜又探出身子來，大聲道：「你跳下去！落在樹上，只要小心，不會受傷，而且可以爬下去！只當沒有見過我！」

我不禁大是發怒，我和她相隔極近，她講的話，我每一個字都聽得清清楚楚，可是自那管子噴出來的熱氣，卻令得我根本無法開口告訴她我是甚麼人！

我當然不肯就這樣跳下去，雖然我此際只要一鬆手，就可以落在樹頂上，也可以爬下樹去，但是天知道，我只要一鬆手，是不是還有機會見得到她！

我拚命搖著頭，而且盡我一切可能，運動著臉部的肌肉，做出種種的表情，希望她明白我不是甚麼好奇心強，想探明她來歷的人，我是衛斯理！

直到此際，我才知道語言是多麼有用。「衛斯理」三個字，任何人，只要能講話，就可以輕而易舉將之講出來。可是，你試試在臉上做表情，要去表達這三個字！

姬娜顯得很憤怒，她道：「你自己不肯鬆手，我一樣可以令你跌下去，不過，你可能受傷！」

我繼續努力想表達自己，可是這時，「車子」陡地又下降了一些。

「車子」一下降，我的雙腳，立時碰到了樹枝。雙腳碰到了樹枝還不打緊，在拖了不到十公尺之後，樹枝勾住了我的褲腳。

那被我用來抓住的管子，十分光滑，在將近二十分鐘之中，我一直抓住它，上面已全是手汗，本來就已經不怎麼抓得住的了，褲腳再一被樹枝勾住，手一滑，便離開了那根管子。

手一離開了那根管子之後，我直向下跌去。同時也擺脫了迎面噴來的熱氣，可以出聲，在那一剎之間，陡地大叫了一聲：「姬娜！」

我叫了一聲之後，人陷進了濃密的樹枝之中，樹枝在我的臉上擦過，當我抓住了樹枝，好不容易掙扎著，找到了踏足點，將頭探出樹葉來之際，姬娜和她的「車子」早已蹤影不見了！

我在樹頂，呆了片刻，一時之間，實在不知如何才好，從我打開店門到如今，只不過半小時左右，可是事情的變化，竟是如此之大！

第八部：犯錯鑄成大恨

本來，我可以在店鋪中，等姬娜拍門，讓她進來，可是如今，我卻在原始森林的樹頂之上！

依白素的說法，甚麼事都不是沒有收穫，如今我雖然狼狽之至，但也不能說沒有收穫。至少，我知道爲甚麼找不到姬娜的原因了！

我們曾在原始森林之中，用所謂「蜜蜂的尋找方法」找了將近一個月，自以爲已經搜索得相當徹底。可是姬娜「飛車」的速度，一分鐘的飛行，我們可能要走上好幾天！

我決定在夜間不採取任何行動。夜間在森林之中，爬上樹最安全，所以找在一根粗大的樹枝上，半躺了下來，等候天亮。

這時，我首先想到的是，白素一醒來，發現我不知所終，她會怎麼樣？只怕不論她如何設想，也想不到我是吊在半空中離開的！

這一晚，我不知道在心中對自己罵了多少次「笨蛋」，好好的事情，全叫我弄糟了！現在，不知道上哪裏找姬娜才好。而事實上，我連自己身在何處也不知道，是不是能夠回到帕修斯，都有問題，情形糟透了！

當我在樹上三小時之後，我才漸漸平靜了下來，嘗試用白素的處世方法，白素總是在事情最困難和最糟糕的時候，找出樂觀的一方面來。我鎮定了下來，仔細想了一想，來尋找事情好的一面。

首先，我想到了姬娜的那輛「飛車」。這絕對是一輛先進科學的產品。我甚至可以斷定，地球上不會有這樣起飛快速，飛行平穩而速度又如此之高的交通工具。

姬娜對操縱這輛「飛車」，顯然十分熟練，這輛飛車，自然是屬於神父口中「上帝使者」的東西。

「上帝使者」，依據我的推測，和米倫太太一樣，來自不可測的一處所在，而這個所在的一切，要比如今地球人類進步得多，所以，有這樣的一架「飛車」。

從這一點引伸開去，我以前的推測也是對的，我推測姬娜在這十年來，一直和「使者」在一起，而且，居住在一艘太空船之中。「飛車」自太空船中飛出來的，她如今，又回太空船去了！

今晚的遭遇雖然糟糕，但至少已經在某種程度上，證明了我的推測正確。

我苦笑著，向天空看去，天邊已經現出了一抹魚肚白色，天快亮了。

天亮之後，我該怎麼辦？是覓路回帕修斯去，還是發一發狠勁，向著「飛車」飛走的方向前進，去尋找姬娜？我在考慮，在毫無準備的情況下，能夠在原始森林之中生存多久？

正當我在這樣想著的時候，我突然聽到，在眾多雀鳥的鳴叫聲中，我所熟悉的那種「胡胡」聲，又傳了過來。

我心頭狂跳，立即循聲望去，直到這時，在微曦之中，我才看清了那艘「飛車」，呈一種可愛的銀白色。陽光照射銀白色的車身，反映出一種極其柔和，令人心曠神怡的光輝。而這時，我心中的高興，也難以形容！

飛車回來了！姬娜在找我！過去的幾小時，我陷入極度的失望之中，可是飛車一出現，我沮喪的情緒已一掃而空。

我覺察到「飛車」來到臨近之後，降低了高度，在迅速地打著圈，我立時攀著樹枝，使自己的身子，冒出濃密的枝葉，雙手揮舞。大聲叫嚷起來。

我的動作，很快就引起了注意，飛車向我飛過來，在我頭頂不到十公尺處，停了一停。我仰著頭，看到姬娜自車中探出上半身來，向下指了一指，和我作了一個手勢。接著，飛車又向前飛了出去，飛出不遠之後，再降低，隱沒在林木之中。

我完全明白姬娜的意思，她要我下樹，到她降落的地方去，和她會合。

飛車隱沒在濃密的枝葉處，離我存身之處並不遠。這時，我心中的高興，實在難以言喻，我忍不住發出一連串的歡呼聲，一面叫著，一面迅速地自存身的大樹之上，向下落去。

當我越過了許多橫枝，來到大樹的樹幹上，雙手抱住了樹幹下落，離地大約只有三四公尺的光景之際，我只消雙手略鬆，就可以直滑下去了。

可是也就在此際，在我左面突然傳來了一下隆然巨響。這一下巨響，和一陣耀目迸發的火光，一起發生。

火光和巨響，毫無疑問。那是一下極其猛烈的爆炸！

爆炸的火光和聲響傳來之處，就是姬娜在幾秒鐘前，飛車下沉，降落的所在！

一輛「飛車」降落，發生了這樣猛烈的爆炸，那麼究竟發生了甚麼事，可想而知！一時之間，我雙手抱緊了樹幹，不知道如何是好。

就在那一剎間，就在第一聲爆炸聲之後約莫三五秒鐘，我又看到了一大團火花，那團火光是如此奪目，發出的光芒，近乎一種奇異的青綠色，而且，閃耀著一種異常強烈的閃光，火團才一升起，又是一下爆炸聲。

那一下爆炸聲，更令得我心頭震動，以致我雙手不由自主一鬆，整個人，自樹上向下，直跌了下來，還好地上的落葉積得相當厚，我雖然是在極度驚惶失措的情形之下落下來，倒並沒有受甚麼傷。

我立時一躍而起，也顧不得由於我的突然下墮而被驚得四下亂竄的好幾條各種各樣的蛇。我一躍之後，立時向前衝去，高叫道：「姬娜！」

當我向前奔去之際，並沒有第三下爆炸，耀目的火光也不再出現，只是在前面，起了一股濃煙。

森林中的林木，生長得十分茂密，我估計冒出濃煙的所在，離我不會超過一百公尺，可是我腳高腳低，撥開自樹上掛下來，阻住去路的籐蔓，跨過腳下盤虯的老樹根，由於實在心慌意亂，還跌了好幾次跤，等到我來到了幾株大樹之間的一小塊空地之際，我呆住了！

我看到了是甚麼發生爆炸，不出我所料，是那輛「飛車」！

這輛「飛車」的尾部，這時還在冒著黑煙，整個車身，呈現著一種灼熱的光，車身實際上已裂了開來，有許多閃耀著奇異光芒的金屬片，散落在四周圍，而這些金屬片上的光芒，正在迅速地暗淡了下去。

「飛車」在降落時失事！

我同時也看到了姬娜，姬娜臉向下，伏在離飛車主要的殘骸，約莫三公尺處，一動也不動。

我看到了這樣的情景，全身的血液，像是凝結了，一動也不能動。我相信我只是呆立了極短的時間，便大叫著，向前奔了過去，到了姬娜的身邊，俯下身來，大叫著，伸手將姬娜翻了過來。

姬娜的臉色，白得可怕，奇怪的是她身上看來竟像是一點也沒有受傷，因爲我看不到任何血跡。我在那一剎間，心中還存著希望，希望姬娜是被震昏了過去，並沒有受甚麼傷。我扶起姬娜的頭來，拍著她的臉頰。姬娜立時張開眼來，向我望著。

看來她的神態，十分疲倦，自她蒼白的臉上，現出了一個笑容。從她的這個笑容來看，她顯然已經認出我是甚麼人了！

接著，她的口唇顫動著，像是想說話，可是卻沒有聲音發出來。

我忙道：「別急，你可能受了震盪，別急，你覺得怎麼樣？」

姬娜的口唇仍劇烈地抖動著，看來她真是急於想告訴我甚麼事，但是她卻始終沒有多發出聲音來。她掙扎著，伸手向前指著。

當她伸手向前指出之際，手指開始是不堅定的，像是不知該指向哪一個方向才好，但接著，在手指略為移動了一下之後，就堅定地指向一個方向，同時，以十分焦切的目光望著我。

我忙道：「我明白你的意思，這些年來，你在這裏居住！」

姬娜點點頭，當她點頭點頭到第三下之際，突然長長地吁了一口氣。

本來，我是托住了她的後腦的，當她長長地吁了一口氣之後，她的頭突然向旁一滑，滑開了我的手掌，向一旁垂了下去。

我陡地大叫了一聲。我的大叫，實在一點意義也沒有，只不過是極度震駭之下的一種自然反應。我一面叫著，一面立時再扶住了她的頭，將她側向一邊的頭，扳了過來。

姬娜的臉色，依然是那麼蒼白，她的雙眼，也一樣睜得很大。可是任何人一眼就可以看出來：姬娜死了！

我伸手去探她的鼻息，發覺已經沒有了呼吸。可是我還是不願意承認那是事實，我不斷地替她做人工呼吸，又用力敲擊她的心口，每隔半分鐘，便俯身去傾聽，希望可以聽到她的心跳聲。

我不知道自己忙了多久，當我終於放棄，挺直僵硬、酸痛的身子，發覺透過濃密的林葉射進森林中的陽光所形成的光柱，已經是筆直的，而不是傾斜的了！

那也就是說，已經是正午了！

我怔怔地望著姬娜的屍體，緩緩轉過身，叫著，奔向身邊的一株大樹，一拳一拳向樹上打著。我根本不知道自己這樣做是為了甚麼，可是我卻必須這樣做，以宣洩我心中的懊恨和悲傷。

事情竟是從哪裏開始，以致演變到如今這樣糟糕局面的？從我要尋找姬娜開始？我要找姬娜，那並沒有錯，她既然將這樣一疊古怪的文稿寄給了我，我當然要弄明白這批文稿的內容，唯一的辦法，也只有找到她才行，那並沒有錯。

可是，總有甚麼地方犯了錯誤！

我思緒亂到全然無法控制。突然之間，我想到了，我所犯的最大錯誤，是我低估了雜貨店老闆頗普的恐懼！

頗普對於神秘的、在深夜出沒的姬娜，懷著極度的敬意，也有極度的恐懼。當我和白素訪問他，他忍不住講出了一部分有關姬娜的秘密之後，心中的恐懼更甚，害怕姬娜會向他報復，所以，隔不幾天就溜走了！

而在頗普離開之後，事情就開始一步一步越來越糟糕。以後的事情，有些是被我弄糟的，我突然在雜貨店門口出現，姬娜一時之間未曾將我認出來，嚇得她立時逃走，而我雖然及時抓住了「飛車」上的一根管子，可是卻偏偏無法開口！當我被逼要跌下來之際，我才開口叫了她一聲。我相信，姬娜在離去之後，再度回來找我，一定是她聽到了我這一聲叫喚。一個能叫出她名字的中國人，除了我之外，不可能有第二個！所以她才又飛回來找我。

本來，我們可以見面，許多許多問題，在我和她見面之後，都可以解決，可是她卻在降落時，突然出事！

我不知道出事的經過和原因，在外表看來，姬娜沒有傷痕，一定是劇烈的震盪使她受了內傷，以致她連講一句話的機會都沒有，就這樣死了！

這一切，陰差陽錯，如果不是我那樣舉止失措，不夠鎮定，我們根本可以在頗普的雜貨店中相會！

當我想到這裏之際，我心中更是感到一陣難以形容的絞痛！

一直過了好久，射進林子的陽光柱，又已開始斜了，我才漸漸鎮定下來。我一生中，經歷過許多突如其來的變故，可是像如今那樣的劇變，卻也還是第一遭。雖然說定下神來，可是仍然不知道該如何才好。我只是想到，我這樣自怨自艾，一點用也沒有。可是，甚麼又有用呢？姬娜已經死了！

我懊喪自己根本不應該到圭亞那來，就讓那一大疊奇異文字寫成的文稿永遠成爲謎團好了，那又有甚麼關係呢？至少，比現在要好得多了！

事情會在一剎之間，演變成這個樣子，那真是我事前絕對想不到的！

我又嘆了一會，慢慢地走向姬娜，我必須先處理她的屍體。

若是任由她的屍體留在森林中，那麼，只要一夜，她的遺體，就會成爲毒蛇、猛獸的食糧，雖然說人死了，甚麼也沒有分別，但是我卻不想那樣。

我必須將姬娜的屍體，帶回她的「住所」去！直到這時，我才又想起，姬娜在臨死之前，曾經堅決地向一個方向指了一指。那個方向，是在西南方。而我曾問她，她是不是這些年來一直住在那裏時，她又曾點頭。

我抬頭向西南方看去，身在濃密的原始森林之中，向前看過去，除了樹木和樹身上掛下來的籐蔓，根本看不到別的東西。

我沒有交通工具，一個人要在這種蠻荒地方行進，已經十分困難，再要加上一具屍體，我實在不能想像我是否有能力到達那個不可測的目的地！姬娜臨死之前，只不過是伸手一指，指出了一個方向，可並沒有指出距離。那一指，可能近在咫尺，也有可能在一千公里之外！

我再定了定神，走向那架「飛車」的殘骸，看看是不是有甚麼可供利用的東西。

車身早已停止了冒煙，除了許多碎片之外，還剩下了斷成兩截的主要部分。

我發覺車身斷裂部分的金屬片，依然是那種耀目的銀白色，而且斷口的邊緣，十分鋒利。我先扳下了狹長的一條來，這狹長的一條金屬片，看來像是一柄利刃，可以供我在森林中開路和自衛之用。

車身的後半截，在捲裂的金屬片之中，是許多散亂了的，我全然不知用途的機械裝置。我試圖去弄明白這些機械裝置的作用，徒勞無功。

我又去注意車身的前半截，整個「車身」，是橄欖形的，樣子像是一艘流線型的小快艇。在車身的前半截，有著兩個並排的座位。座位的柔軟部分，已經完全毀於高熱，但是金屬架還在。

我立時動手，拆下了其中一個，搬了出來，抱起姬娜的屍體，放在座椅形的金屬架上。那樣，我可以用一條籐來拖著走，比較省力。當我放好了姬娜，我再去留意車身的前半截部分。在並排的兩個座椅之前，是許多儀表。那當然是「飛車」的控制部分。

我發現其中有不少儀表的損壞程度，並不十分嚴重，就試著按下一些掣，或是旋轉著它們，到我接到了其中一個淺黃色的掣時，一旁的一個螢光屏，突然亮了起來，在那二十公分的螢光屏上，我看到了許多閃耀不定的線條。

這些線條，或許代表著甚麼，但在我看來卻毫無意義。我看了一會，由得這些雜亂的線條閃動著，再去觸摸其他掣鈕，在旋轉一枚深黃色的掣鈕之際，我發現螢光屏中的線條在轉變，變成了一個一個的半圓。如果那是一具示波儀，那麼，這種半圓形波浪式的波形，是正弦波。

這具附有螢光屏的儀器，本來可能是一具通訊儀，它顯然已經損壞了。

我渴望試圖在螢光屏上得到一點甚麼，可是花了相當的時間，一點結果也沒有。在這期間，我又發現了在儀表板的右下方，有一個鐵箱子。那鐵箱子和整個「飛車」，卻顯得格格不入，而且，那種金屬，我十分熟悉，那是普通的不銹鋼。

這隻鐵箱子，顯然並不屬於飛車原來的設備。

鐵箱的蓋子上著鎖，我設法將之撬了開來，箱蓋一撬開，我就忍不住叫了一聲。鐵箱中是一副無線電通訊儀，在這具通訊儀之下，還有一個小小的商標牌，商標牌上，是一個我熟悉的廠家的名字。

這真出乎我意料之外，略為檢視了一下，就發現那是一副性能十分優異的無線電通訊儀，而且，對於操作這樣的通訊儀，我也並不陌生，有一個時期，我曾經熱衷於業餘的無線電通訊，用過和這具通訊儀相類似的儀器。我有了這個發現，心中暗暗希望它沒有損壞，我先按下掣，然後，拉出了耳機，塞在耳中。我立時聽到了一些雜亂的聲音。

那種雜亂的聲音，相當微弱，但也很有規律，其中有一種「得得」聲，大約每一秒鐘，就響上一次。我不知道那是甚麼意思。

然後，我又小心地旋轉著另一掣鈕，改變著頻率，不一會，就聽到了一陣拉丁音樂，那不知道是哪一個電臺的廣播。

這時，我的心中十分緊張。因爲我在這裏，發生了一些甚麼事，身在帕修斯的白素，完全不知道。而我的面前，是一具性能優良的無線電通訊儀。當然，我絕對無法和白素直接通話，但是我卻有希望聯絡到業餘無線電通訊者，可以通過他們，設法轉告白素。

我慢慢地旋轉著掣鈕，在十多分鐘之後，我聽到了兩個人的對話聲，一個道：「我這裏正在下雪，雪積得很深，我一定要多準備些柴火來取暖了！」另一個則道：「雪？我從來也沒有看到過！」

一聽到這樣的對話，我就知道是兩個業餘無線電通訊者在對話，我忙道：「對不起，打斷你們，我有要緊的事！」

那在對話的兩個人停了一下，然後，其中一個歡呼道：「有第三者了，歡迎介入！」

我忙道：「我不是來參加通訊的，請問，你們兩位，在甚麼地方？我需要緊急援助！」

歡呼的那一個道：「我在比魯的山腰，我們這裏正在下雪，你在甚麼地方？」

我苦笑了一下：「你離我太遠了，還有一位，請問在甚麼地方？」

那一個說道：「我是聖保羅市的一個中學教員，你在甚麼地方？」

我嘆了一口氣，道：「我在法屬圭亞那，距離帕修斯市不知道多遠的一處叢林之中！」

那兩人同時叫了起來：「能幫你甚麼？」

我道：「我要請巴西的朋友幫忙，我叫衛斯理，請你記下我的名字，用無線電通知駐貴國的國際刑警總部。」

那中學教員答應著：「你是一個大人物？」

我道：「不是，可是他們知道我的名字，在通知了他們之後，你要他們轉告在法屬圭亞那，帕修斯的我的妻子白素，告訴她，我在——」

那中學教員叫道：「等一等，這太複雜了，我用錄音機錄下來。」

我等了半分鐘，心中極其焦急，因爲這種通訊，隨時可以因種種干擾而中斷。

總算在停了片刻之後，我又聽到了他的聲音，我忙道：「請你告訴他們，轉告我的妻子，我在帕修斯附近的叢林之中，不知自己身在何處，但是我必須向西南進發。而最重要的一句話是：姬娜死了！」

兩個人同時叫了起來：「究竟發生了甚麼事？」

我道：「我無法向你們解釋，只要求轉達我的話。」

那中學教員道：「我一定盡力！」

我吁了一口氣，在事情最糟糕的情形下，可以讓白素知道我的下落，那自是一件好事。

我同時也想到，在我從事不可測的征途，去尋找姬娜的「住所」之際，這具無線電通訊儀可能有用，所以我將它拆下來。

可是，當我移開那隻鐵箱子之際，卻拉斷了一根極細的金屬絲。那根金屬絲一斷，電源就切斷了！

這又使我頹然，只好放棄原來的念頭。在樹上拉下了一條籐，繫在金屬架上，並且將姬娜的屍體綁緊。看了看時間，已經將近下午四時了。大約兩小時之後，天色就會黑下來。天黑之後，我無法在叢林中前進，如今出發，還可以利用這兩小時。

我將樹籐負在肩上，像是縴夫一樣，拉著金屬架，向西南方向走去。

行進的困難可想而知，我不想多費筆墨來形容我路上遭遇的困難，在接下來的十天之中，我是一個與世隔絕的野人，拉著一具屍體，天一黑，就上樹休息，天一亮，就繼續向西南方向走。

其實，我早在第五天起，就應該放棄姬娜的屍體了！可是我卻固執地仍然拖著她的屍體在叢林中行進。那情形極其駭人。我早應該放棄屍體的原因，其實很簡單，任何屍體，即使美麗如姬娜，在若干時日之後，必然會變壞。而我固執地不肯放棄，是因為心中對姬娜的死，感到內疚，想為她做點甚麼。如今我所能為她做的，似乎只有努力將她的屍體帶回她的住所去。

可是到了第十天，我無法不放棄了。

我在一株大樹之下，掘了一個洞，埋葬了她，並且做了一個記號，而我則繼續前進。

到了第十三天，我走出了叢林，在我的面前，是一條相當寬闊的河流，河流的對面，是高山峻嶺。

在過去的十餘天，我一直在向著西南方向走，我未曾想到在面前，會有一條河流阻住去路。

河水看來十分平靜，我估計如果游泳過去的話，不到半小時就可以過河。但是任何人，除非是無知，否則決計不敢在南美洲的河水中游泳。南美洲的河流之中，至少有六種以上，成群結隊而來，能使一頭野牛在三分鐘內變爲白骨的食人魚！

我在河邊停留了片刻，運用那片金屬片，砍著樹枝，花了一整天時間，編成了一個筏，估計可以仗以過河，我站在筏上，用自製的槳划著筏，向對岸進發。

渡河相當順利，過了河之後，當天晚上，已經來到了山腳下。

而到了山腳下之後，我躊躇了起來。

我全然不知自己是在甚麼地方，過去的十幾天，我只是一直向西南走。在平地上，依循一個方向向前走，還不成問題。可是，在山中，怎樣能依循一個方向前進呢？

我在山腳下躺了下來，不知道該如何才好。四周圍靜到了極點，就在寂靜之中，我聽到了一陣鼓聲，隱隱約約地傳了過來。

我站了起來。當我看到了這座山脈之際，我已經想到，我推測中的太空船，一定就在那座山中某一處，可是茫無頭緒地尋找，不會有任何結果。我也想到過，當地如果有土人的話，或者可以問出一點線索來，可是偏偏十多天來，一個人也沒有遇到。

而這時，我聽到了鼓聲，鼓聲自山中傳出來，山裏有人居住！這使我大爲興奮，我忙循著鼓聲向前走，鼓聲斷續傳來，到天色完全黑下來時，我已可以看到對面山腰處，傳來火光。

我加快腳步，向前走，鼓聲一直在持續著。而當我開始可以更清楚地聽到鼓聲之際，我不禁呆住了！

最初，我一聽到鼓聲之際，我就試圖弄清楚鼓聲的涵義。因爲所有蠻荒土人，都用鼓聲作爲通訊的語言，不同的鼓聲，代表著不同的意義。西藏的康巴族人，甚至擁有一套完整的「鼓語」。

可是，我一直未能弄清楚斷續聽到的鼓聲的含義，而這時，當我可以更清楚地聽到鼓聲之際，我發現鼓聲或長或短，那簡直是電報密碼！

那是不可能的，即使是最普通的摩斯密碼，這樣與世隔絕的圭亞那腹地中的土人，也不會懂得使用的！

然而，當我停下來，再仔細傾聽之際，發現自己並沒有弄錯，那是摩斯電碼，而且，我已經聽出了，鼓聲在不斷重複著四個字：「我在這裏！」

老天！那是白素！

那一定是白素！在巴西的那個業餘無線電通訊者已經設法代我通知了她，而她趕在我的前面，已經到了前面的那座山中！

她當然是利用了先進的交通工具前來的，根據我說的方向，來到了那座山脈中，她自然也是在到了山中之後，不知道怎麼走才好，所以才停了下來。

白素也料到我一定還未曾到達，所以才利用了鼓聲，告訴我她在山中！

這些日子來，由於姬娜的猝然死亡，我的心情，真是沮喪到了極點，每天，除了向著固定的方向前進之外，腦中一片混沌，不知道自己在想些甚麼，我之所以這樣固執地，要依靠步行，在沒有任何裝備的情形下，向著姬娜臨死之際指出的方向走著，全然是爲了心中的內疚，彷彿我自己在原始森林中多受一分苦，就可以使我心中的內疚減輕一分。

在這樣的情形下，雖然我目前只不過聽到了鼓聲，並不是聽到了白素的聲音，但是我既然可以肯定那是白素，她在前面等我，我心中的興奮，實在是難以形容，一面不可遏制地淚如泉湧，一面我大聲呼叫。

我大聲呼叫，當然沒有作用，鼓聲自山中傳來，不知有多麼遠，白素不會聽到我的叫聲。但是我還是不斷叫著，不但叫，而且向前狂奔，像是只要奔上片刻，就可以見到她。

我奔了足足有一小時之久，到了一條小河旁，筋疲力盡地倒在河邊，身子向前略為滾動了一下，肯定了那條小河中不會有甚麼危險的生物，將頭浸在水中，大口地喝著水。

等到喝飽了水，抬起頭來，打量一下四周圍的形勢，我已經到了山腳下，大約再有一小時的途程，就可以進入山區的範圍。

鼓聲還在傳來，由於隔得近了，聽來也更清晰，仍然是「我在這裏」的密碼。我挺直了身子，直到此際，我才發覺自己是多麼可怕，頭髮蓬鬆，滿面鬍子，看來簡直是一個野人。

我伸手抹乾了臉上的水，正準備再向前走去之際，突然看到，在前面的山上，升起了一架小型的直昇機，那架直昇機升起之後，略一盤旋，就向著我飛了過來。

久在蠻荒之中，陡地看到了文明的產物，而那直昇機又極可能是來找我的，心中自然更興奮，我脫下了已被森林中的荊棘勾得破爛不堪的上衣，揮舞著，一面不斷地跳躍。

不到五分鐘，我就看到直昇機向著我直飛過來，顯然是直昇機的駕駛者已經發現了我。直到這時，我才發覺自己是多麼疲倦，我在河邊的草地上，頹然倒下來，攤成一個「大」字，四肢百骸，像是一起要散了開來。

自直昇機上望下來，我這樣躺著，自然是最好的目標，不多久，直昇機便盤旋著，在離我身邊不遠處降落。

等到直昇機停定，我才坐起身來。看到白素自機上跳了下來，向著我直奔了過來，她來到我的身前，我欠身，拉住了白素的手，令得她和我一起滾跌在草地上，我們互相望著對方，一時之間，實在不知說甚麼才好。

過了好久，白素才取出了一小瓶酒來，掀開瓶蓋，遞了給我。

在這樣的情形下，我的確需要酒，我一大口一大口，三口就吞完了這一小瓶酒，然後，我長長地吁了一口氣，將空酒瓶遠遠地拋了開去：「我們又在一起了，我們又在一起了！」

白素見到了我，當然也極其歡喜，但是她卻並沒有像我那樣激動，只是道：「這也不是第一次了，看來，一定發生了甚麼不尋常的事？」

我的心又向下沉去，慢慢地走向河邊，望著流水，白素跟在我的後面，我嘆了一聲：「姬娜死了！」

白素陡地一怔，用一種十分疑惑的神情望著我：「那天晚上，聽到外面有點聲響，起來看，只看到店堂的門開著，你已經不見了。姬娜是不是曾經來過？」

我點了點頭，從白素的神情上，我看出她急於想知道事情發生的經過。但是整件悲慘的事，由於我的「失誤」而造成，再叫我從頭至尾講一次，實在需要極大的勇氣才行。

第九部：雙眼流露深切悲哀的外星人

但是我還是非講不可。猶豫了一下之後，我道：「還是你先說，你是怎麼來的？」

白素道：「巴西警方通知了法國的國際刑警總部，再轉知圭亞那方面。他們借給了我一架直昇飛機，給了我一幅地圖，我根本不知道你在甚麼地方，只是根據口訊，向西南方向飛，在山中找到了一個降落的所在。」

我陡地抬起頭來，那一陣陣的鼓聲，還自山中傳來，我道：「有人和你一起來？」

白素道：「沒有，那是我預先製造成的錄音帶。我紮營的地方很不錯，有一道瀑布，你或者到了營地，再和我詳細說？」

我想了一會：「我可以一面去，一面對你說！」

白素並沒有催我，我們一起走向直昇機，那是一架小型軍用直昇機，相當舊。但儘管舊，在這種蠻荒地方，用處可大得很。人步行，要花上三天五天的途程，它可以在半小時就達到目的地。

白素駕著機，一起飛，我就開始講述那天晚上所發生的事。我講得十分詳細，白素如同往常一樣，只是默默地聽著。

等到我講完，直昇機也降落在一個小小的山谷之中。那山谷四面環山，有一道相當大的瀑布，直瀉而下，注進一道異常湍急的山溪之中，蜿蜒向外流出。山谷之中，全是奇花異草，美麗如同仙境。

在我講完之後，白素望了我半晌，才道：「事情不能怪你！」

我苦笑了一下：「不怪我，怪誰？」

白素低著頭，慢慢地走向一座營帳，我和她並肩向前走著，留意著她的神情。看她的神情，像是在思索著該如何回答我這個問題才好。

到了營帳之前，她才抬起頭來：「世上有很多事情——」

她講到這裏，略停了一停，然後強調道：「有很多很多事情，任何人都沒有錯，任何人都不需要負責，那只是——」她又苦笑了一下，才道：「那只是造化弄人，命運的安排！」

我瞪大了眼，一時之間，實在不明白白素何以會講出這樣的話來。「命運的安排」，這種說法，是一種最無可奈何的推諉，實在是不應該出諸白素之口！

雖然我沒有出聲，但是我那種不以爲然的神情，顯而易見。白素立時道：「我也不願意這樣說，可是事實上，除了這樣說之外，沒有別的說法。整件事，沒有人出錯！」

我道：「有，我們低估了頗普心中對姬娜的恐懼！」

白素道：「是的，但如果我們估計到了這一點，你想想，事情會有甚麼不同？還不是一樣？頗普一樣會逃走，我們一樣會在雜貨店中等姬娜來，結果，仍和現在一樣，不變！」

我眨著眼，答不上來。的確，白素說得對，結果一樣。但如果我不是那麼心急，等姬娜走進店堂來之後，再和她見面呢？

我隨即想到，就算是這樣，結果也不會變，總之，我和姬娜已有那麼多年沒見面，她不可能一下子就認出我來，一見到了我，就一定當我是陌生人，也一樣會轉身逃走，我也一樣會追上去。那也就是說，結果不變！

不論在事情的經歷過程中有著甚麼樣的變化，總是達致同一的結果，這，除了說是命運的既定安排之外，實在沒有甚麼別的可說！雖然我絕不願意這樣想，但也沒有別的想法可以替代。

白素看到我發怔，說道：「別再去想它了，反正事情已經發生，重要的是我們現在該如何做？」

我道：「當然是找到姬娜在這些年來居住的地方！」

白素道：「她只是指出了一個方向，可能那地方很遠！」

我道：「當然可能很遠，但是也決計還不到——」

我本來是想說「也決計還不到海邊去」的。可是我話講了一半，就住了口。因為姬娜指出的方向是西南方，自法屬圭亞那，指向西南，那可能橫越整個南美洲大陸，才到達海邊。

當然，姬娜指出的方向，不可能那麼遠，但是一直向西南去，是南美洲的腹地，天知道那是在甚麼地方！

我話說了一半，瞪著眼，無法再說下去。白素嘆了一聲：「我看，先休息一下，別太悲觀。」

我道：「帕修斯一定是離這個地點最近的城鎮！」

我這樣說，當然很有根據，因爲如果帕修斯不是最近的城鎮，姬娜又何必捨近圖遠，專程到帕修斯去？

白素取出了一幅地圖來，指著一處：「我們現在這裏。你看，向東北，到帕修斯，是二百多公里。如果要到別的城鎮去，最近的一個，也在四百公里以外！」

她說到這裏，抬起頭向我望來：「所以，最大的可能是，她就住在這座山中！」

我吸了一口氣：「那範圍就小多了，我們有直昇機，你估計在空中搜索，要多久才行？」

白素道：「最多兩天，可是如果直昇機花兩天的時間來搜索，就沒有燃料飛回去了！」

我道：「我們可以走回去！」

白素並沒有表示反對，只是道：「兩天是最長的打算，或許，第一天就可以發現。」

我道：「那我們還等甚麼？」

白素冷靜地道：「等你休息，你一定要好好地休息一晚，不然，我不會答應你去搜索！」

看到白素這種堅決的神情，我知道再堅持下去，也不會有甚麼結果，所以我不再說甚麼，進了營帳，營帳中的一切當然極簡單，但是比起這些日子，我每晚棲身在樹上，已經是舒服之極了。

我躺下，可是睡不著。不一會，食物的香味自外面飄進來，白素居然替我烤了一條獐子腿，我吃了一個飽，問道：「姬娜的那疊稿，帶來了沒有？」

白素道：「在直昇機上。」

我撫著飽脹的腹際：「我們一找到了那艘太空船，就可以知道那上面寫些甚麼了！」

白素道：「何以見得一定是一艘太空船？」

我道：「不是太空船，會是甚麼？我進入過米倫太太的那艘太空船，裏面設備之完善，難以想像。」

白素皺著眉：「如果是一艘太空船，停在山中的某一處地方，那應該不難找，只要天氣好，有陽光，太空船的金屬就會反射陽光！」

我道：「別太樂觀了，如果太空船躲在山洞之中？」

白素攤了攤手：「那就沒有辦法了，如果是在山洞中，這座山，周圍至少一百公里，誰知道有多少山洞，絕無法逐個搜索。」

我道：「就算我在這裏花上十年，二十年，我也一定要找到它！」

白素低嘆了一聲，十年二十年，當然是誇張的說法，但如果要找遍整座山，三年五載免不了。

第二天一早，經過了一夜休息，精神充沛，和白素一起上了直昇機，一直升到這架直昇機所能達到的高度極限。

從上空望下去，整座山脈，圍繞著一個主峰的許多山峰所形成，而在山峰和山峰之間，有著不少平地，瀑布處處，山溪縱橫。

直昇機中有著一具三十倍的軍用望遠鏡，我就利用著這具望遠鏡，向下看著。

整坐山中，似乎並無人跡，直昇機盤旋著向前飛，到了中午時分，我已經叫了起來：「我發現一點東西了，你看，這是甚麼？」

我一面說著，一面接替了駕駛的責任，將望遠鏡遞給了白素，指著下面的一個小山谷。

我的發現，自空中，用望遠鏡看來，像是一柄只有傘骨，撐開了的，插在地上的傘。

自一根豎著的桿子，向四面散開的那些銅枝，看來像是一種奇特形狀的天線。這種東西，自然不是蠻荒山谷中所應有的。

白素只看了一眼，便道：「看起來，像是一種天線！」

我道：「和我的意見一樣！」

我一面說，一面已操縱著直昇機，向下落去，落在這個山谷之中。

在高空看來，我發現的那東西，並不給人以「高」的感覺。但是一旦從地面上來仰視那個裝置，卻給人以極高之感。其實，它也不是十分高，大約十公尺，可是由於那金屬桿相當細，直徑不過三公分，筆直地向上聳著，四周圍絕沒有其它的附件來穩定它，是以就給人以一種十分高聳之感。

在那根金屬桿之上的，是每根約有一公尺的細金屬棒，我數了一數，一共有十二根。

我一等直昇機停下，就跳了下來，直奔到那金屬桿之旁，雙手扶住了金屬桿，抬頭向上望著，然後，我觀望著那金屬桿，不到幾秒鐘，我就看到有一股線，自金屬桿的基部，伸延向前。我興奮得連話也講不出來，一面向白素打著手勢，一面沿著那向前伸展的線（那看來像是電線，或是不平衡式的一種引入線），向前奔著，奔出不到二百公尺，站定，我發現自己是在一個山洞之前。

那山洞的洞口，並不是太大，至多不過可容三五個人同時進出，和我想像之中，可以容納太空船的山洞，似乎並不適合。

我在山洞之前呆了一呆，白素也已經奔了過來，她也極其興奮，叫道：「進去啊！呆在門口幹甚麼？」

我說道：「這山洞太小，好像——」

我的話還沒有說完，白素已經道：「你看看洞口的岩石，山洞的洞口，經過改造！」

白素比我細心得多，她一眼就看出了這一點，而我則是在經過她指出之後，才看出洞口有許多大岩石，是堆砌上去的，原來的洞口要大得多！

這時，我心頭狂跳，大叫一聲，向內奔了進去。

山洞進口之後的一段，相當狹窄，而且不多久，便來到了盡頭了。不過我們一點也不失望，反而覺得興奮莫名，因爲那盡頭處是一扇拱形的金屬門！

我一躍向前，雙手高舉著，孩子氣地大叫道：「芝麻開門！」

白素瞪了我一眼，來到門前，觀察了片刻，伸手去旋轉著門口的一個掣鈕，發出一陣輕微的「格格」聲，不一會，「拍」地一聲響，白素用力推了一推，沒有推動，可是隨著她的一推，那道金屬門，卻緩緩向上，自動升了起來。

門一升起，一股柔和的光芒，就自內射出，我們立時看到，門內是一個到處散發著柔和光芒的空間，約莫有三十平方公尺，除了正中有一根直徑五十公分、高約兩公尺的金屬圓柱之外，別無他物。整個空間的四壁，全是銀色的，那種柔和的光芒，也不知從何而來的。而且看來也不像有其他的通道。

我和白素互望了一眼，一起來到那根柱子之前，柱子異常光滑，看不出是甚麼材料所造的。我伸手向柱子摸去，才一碰到那柱子，只覺得觸手像是十分溫暖，忽然間，一個人聲傳來，講了一句話。

當我和白素進來之際，我們幾乎都已肯定，這裏，就是我假設的那艘「太空船」的內部！

但是，我們卻都沒有期望著會聽到人聲！

因爲我的推測是：這些年來，姬娜和一個來自神秘外星的人在一起，這個人，就是被神父認爲是「上帝的使者」的那個。但是根據我的推測，這個人，應該已經死了！因爲姬娜有一具屍體要處理，那自然就是這個人的屍體了！

可是這時，我們卻陡然聽到了有人講話！

我們立時四處找尋聲音的來源，同時心中，充滿了疑惑。白素道：「或者是錄音機留下的聲音！」

我點了點頭，可是還沒有開口，突然又聽到一陣急促的喘息聲，那只有當人遇到意外，才會發出。

我立時道：「請問是誰在說話？你是不是可以聽到我的聲音？」在我發問之後，喘息聲仍然繼續著，大約半分鐘，接著，是幾句喃喃自語，聲音似乎就從圓柱上傳來。

那圓柱子看來是一個整體，不能想像它會發出聲音來！

我又將剛才的話，重覆了一遍，喘息聲靜了下來，然後，便是一個聽來極其疲倦的聲音：

「兩個陌生人來了，姬娜死了，是不是？」

一聽到那聲音如此講，我心中的疑惑，更是到了極點！

忽然聽到人聲，已經是足以令人驚訝，而居然那人還知道姬娜已經死了！這豈不是更加令人無法置信？一時之間，我還以爲，是因爲姬娜的死亡，帶給我太大的刺激，以致我在聽覺之上，產生了幻覺！

可是，當我向白素望去之際，發現白素也一樣充滿了驚訝的神情，這使我知道，我所聽到的，不是幻覺，而是真正聽到有人在那樣說！

我張大了口，一時之間，實在不知說甚麼才好。而就在這時，我又聽到，自那圓柱形的物體上，傳來了一下嘆息聲來。

那一下嘆息聲，聽來充滿了悲哀和無可奈何，令得人的心直向下沉，白素比我先開口，她道：「是的，姬娜死了，請問你是誰？」

在白素講了那句話之後，我屏住了氣息，等待著回答，心中極其緊張。

我等了約有半分鐘，才又聽得那聲音說道：「我……我是……」

那個人的聲音十分猶豫，像是對這個簡單的問題，也不知道該如何回答才好。他又停頓了片刻，白素道：「或者我們面對面說，會好一些？」

白素十分技巧地要求這個人露面，那使得我的心中，更加緊張了。

那人這一次，回答得倒相當爽快：「好的，請你們旋轉一下面前的圓柱，向反時針方向旋轉！」

我一聽得他這樣說，連忙雙手抱住了那根圓柱，用力向反時針方向旋轉著。那人說得十分清楚，是向反時針方向旋轉，那也就是說，我抱住了柱子之後，向著我左手方向旋轉。

可是，那柱子卻一動也不動，我再出力，柱子仍是一動不動。

我不禁有點氣惱：「對不起，我轉不動，我應該出多大的力氣才行？」

那聲音立時道：「怎麼會？」他在講了三個字之後，頓了一頓，立時又道：「對不起，真對不起，雖然我已經來了很久，可是對於相反的方向，還是不能適應，應該是……順時針方向，照你們的說法。」

我呆了一呆，和白素互望了一眼，一時之間，卻不知道這人如此說，是甚麼意思。甚麼叫作「對於相反方向，還是不能適應」？但是從他說「我雖然已來了很久」這句話，倒可以肯定他是從外星來的，這又令我感到了一陣興奮。

急於想和這個人見面，所以，我又抱著柱子，用力向順時針的方向轉動。

其實，我根本不必出那麼大的力氣，一轉之下，柱子立時轉動，柱子一動，在我的身後，「嗤」地一聲響，一道門自動移開。我們立時向門內望去。

門內，是一個更大的空間，我們先看到的，是一幅對著門的、巨大的螢光屏。

我對那裏的一切，一點也不陌生。那和我多年前，曾進入的陷在火山口，米倫太太的那艘太空船的內部，完全一樣！

在巨大的螢光屏之前，是一系列的控制臺，控制臺的前面，是兩張駕駛椅，兩旁，有著各種的機械裝置。

我們終於找到了想像中應該存在的那艘太空船！

白素伸過手來，我們互相握了一下手。她對於這樣的太空船，也不應該陌生。她雖然未曾進入過米倫太太的太空船，但是我在向她講述起的時候，曾經向她詳細地形容過。

這時，在控制臺之前的兩張駕駛椅上，一張空著，另一張上，顯然有人坐著。這個人背對著我們，他的肩、頭，高出椅背，這個人，有著一頭金髮，金得光芒燦爛。可是看起來這個人並沒有站起來歡迎我們的意思，因爲他坐著，一動不動。

那張駕駛椅，應該可以旋轉，但是他顯然連轉身過來的意圖也沒有，只是一動也不動的坐著。

我看到這樣的情形，呆了一呆，白素立時向我作了一個手勢，示意我不要開口，她道：「我們來了！」

那人仍是一動不動，但是卻道：「請進來，請進來！兩位一定是衛斯理先生和夫人！」

那人坐著一動不動，十分無禮，但是他的話，卻又十分客氣，而更令人驚訝的是他居然知道我們是甚麼人！我心急，立時大踏步向前走去，來到了駕駛椅前。這時，我已經可以清楚地看到這個人！

這個一頭金髮的男子，身子相當高，至少有一百九十公分，可是卻瘦得出奇，臉色異常蒼白，雙眼也茫然失神，現出一種極其可悲的、茫然無助的神色，和剛才的那一下嘆息聲，倒十分配合。

這個人，在我想像之中，他應該就是神父口中的「上帝的天使」。根據神父的形容，他應該英姿勃勃，如同天神。可是眼前那個，卻分明陷在極度絕望之中！他坐在那裏，一動不動，甚至毫無生氣！

我一看到了這種情形，不禁呆了一呆，這時，我聽得在我的身後，白素也傳來了一下吸氣聲，顯然，她也未曾料到會有這樣的情形出現。若不是我們剛才聽到有人講話，而眼前又分明只有他一個人，真會以爲那是一座雕像，不是一個活的人！

我瞪著那人，這樣看一個人當然不禮貌，但是我心中訝異太甚，無法控制我自己。

那人的雙眼之中，所現出的悲哀、無可奈何的神色更甚。人的雙眼，是十分異特的器官，當人的心情高興或悲傷之際，是可以在一雙靜止的眼睛之中，反映出來的。那人甚至不眨眼，也不轉動眼珠。但我深深地感到了他的那種深切的悲哀。

我可以肯定這個人和米倫太太來自同一地方。他的悲哀，自然也和米倫太太一樣，因爲他不能回去！這些年來，伴隨著他的，一定只有姬娜一個人，而如今，他又知道姬娜死了（我不知道他是如何知道的），當然，悲哀就更加深切。

我被他雙眼之中顯露出來的那種悲哀所感染，嘆了一口氣：「你不必太難過，或許，這就是所謂命運的安排！」

我在這時，自然而然，用上了「命運的安排」這樣的話，極其無可奈何。上次，白素用同樣的話來安慰我，我還大不以爲然，可是這時卻也這樣說。的確，除了這樣說之外，還有甚麼別的話可講呢？

那人聽得我這樣說，仍然一點反應也沒有。我所說的「一點反應也沒有」，不單是指他坐著一動也不動而言，而是真正一點反應都沒有，他整個人，就像是一座石像，連面部的肌肉，也沒有絲毫「動」的象徵。

面對著這樣的一個人，而又確知這個人並不是死人，這種情景，極度詭異。

我轉頭向白素望去，白素也盯著那人在看，現出了一種極度深切的同情。不等我開口，她就道：「這位朋友，看來遭到了極大的困難，不能運動他的身子任何部分！」

白素的話，陡地提醒了我！

的確，我面對著的，是一個活人，而一個活人可以這樣一動不動，只在他雙眼之中，流露出如此令人心碎的悲哀，那也只有一個可能：他是個癱子！他全身癱瘓，他不是不想動，而是根本不能動！

如此嚴重的全身癱瘓，一般來說，只有腦部和脊椎受過嚴重傷害，才會這樣。而如果是腦部受傷而導致如此嚴重的癱瘓，傷者在絕大多數的情形下，神智不清，昏迷不醒，決不會再在雙眼之中，現出如此悲痛的神情來。那麼，這個人，一定因為脊椎受傷而癱瘓！

眼前的現象，太過令人震懾，我腦中一片混亂，所想到的，竟全然是些雜亂無章，無關要旨的事，例如對方是受了甚麼傷害，才會變成如今這樣子之類。

白素看來比我鎮定得多，她在深深吸了一口氣之後：「朋友，我們了解你的困難，但是你至少可以說話？我們曾聽到過你的聲音，請相信我們對你絕無惡意，你可願意和我們講話？」

那人望著白素，自他的眼神中看來，他全神貫注地在聽著白素的話。

等到白素講完，他眼神之中，流露出一種極度無可奈何的神情，自他的喉際，發出了一陣輕微的咕咕聲。那一種「咕咕」聲，實在不能稱之為語言。而且聲音十分低微，若不是我們都屏住了氣息的話，根本就不可能聽到有聲音自他的喉際發出來。

但是，正如白素剛才所說，這個人是可以講話的，我們曾聽到過他的講話，而且，他還曾問過：姬娜是否死了！為甚麼這時，他只能在喉際發出「咕咕」聲呢？

我正想問他，忽然聽得身後，傳來了一個聲音，就是我們剛才在外面空間聽到，發自那根圓柱狀物體上的聲音：「姬娜真的死了？」

我和白素都陡地一怔，因為我們絕未期望這裏還有另一個人在！所以我們一聽到聲音自背後傳來，立時轉過身去看。可是，身後除了一系列的儀表裝置之外，卻又沒有人。

只不過有一排儀表，上面有許多指示燈，這時，正在不斷地、有規律地閃動著。

當我們轉過身之後，又聽到那聲音道：「她真的死了，她……果然逃不脫……安排……沒有人可以逃得脫……這一切，是早已實現過……的……」

我全然不懂這聲音那樣說是甚麼意思，可是當那聲音斷斷續續發出來之際，我卻看到儀表上的指示燈，閃動更加頻繁，而且，顯然根據音節的高低在決定閃動的指示燈的數字。另外，我也發現，聲音從控制臺上某一部分所發出來。

我立時向前走去，聲音來自一片圓形的、有著許多小孔的金屬膜。那金屬膜，看來類似是一種揚聲裝置。

當我向著眾多的儀表板走去之際，白素卻相反，她反倒向那人走去，來到那人的身邊，我轉過身，想告訴白素我的發現，白素已先出聲：「衛，就是這位朋友在和我們說話！」

白素一面說著，一面指著那人的頭部。直到這時，我才注意到，那人的一頭金髮上，束著一個「髮箍」。「髮箍」這叫法，或者不是很確當，但是一眼看去，那一個極細的、黃金色的一圈，就圍在他的髮下、額上，看來的確像是一個「髮箍」。我立時走向前去，當我來到這人身前之際，更發現那個金屬圈之中，有很多極細極細的金屬絲，那些金屬絲自線圈中傳出來，刺進那人的額頭，看來，直入那個人的腦部。

第十部：不知自身從何而來

這種景象，真是駭人，我揮著手：「你的意思是，他喉部的肌肉，無法運動，但是……他腦部的思想還可以活動，他通過腦部的活動……用腦電波來影響……儀器，發出聲音來？」

我一面說，一面望著白素，神情充滿了疑惑。

白素還沒有回答我，我就聽到了聲音傳來：「是的，而且，事實上，我能聽到你們講話，也是依靠儀器的幫助。除了腦部之外，我整個人全死了！」

我感到一陣寒意。我早已有這種「死」的感覺。因爲那個人，根本上一點生氣也沒有，我一直用「雕像」在形容他。

生和死，本來就神秘，而眼前這個人，竟然介乎生、死之間，這更是不可思議，也更加令人覺得有一股莫測的詭異。

我一時之間，不知道說甚麼才好，只是喃喃地道：「腦部活動……通過儀器來表達……這在地球上，不知要多久才能實現？」

我是因爲極度的迷惑，所以才會將自己所想的，喃喃講出來，卻料不到那聲音立時回答道：「大約再過一萬三千多年，當腦電波的游離狀態被肯定之後的十年間，就可以達到目的！」

我陡地震動了一下：「你怎麼知道？」

那人的聲音，雖然是通過儀器發出來的，由於儀器受他情緒所影響，是以他的聲音，聽來竟也充滿了一種無可奈何的感嘆。

那人道：「因為早已發生過了！」

他剛才預測地球上的人類，對腦電波研究的進展過程，說得十分清楚，可是這時的一句話，卻又聽得人莫名其妙。甚麼叫做「因為早已發生過了」？

我向白素望去，發現她也有同樣疑惑的神情，我忙道：「請問，你是從甚麼地方來的？我以前見過一艘相同的太空船，飛行員是米倫先生和米倫太太，你是不是和他們來自同一個地方？這些年來，姬娜和你在一起？你怎麼知道她死了？你究竟受了甚麼傷？你——」

我發出了一連串的問題，若不是白素拉了拉我的衣袖，我一定還可以繼續問下去，因為疑問實在太多。

白素一拉我的衣袖，我才省起，不論我一下子問多少問題，對方一定要一個一個回答我，不可能一下子就得到全部答案的。然而儘管我想到了這一點，在白素阻止我，我略為停了一停之後，還是忍不住又問了一句：「姬娜會用奇異的文字，寫下了很多東西，那究竟是甚麼意思？那枚紅寶石戒指——」

這一次，白素不是輕輕拉我一下衣袖，而是重重地推了我一下，才使我停了下來。

我停止了發問，緊張地等待著對方的回答。

過了好一會——我不知道爲甚麼那人會隔如此之久，才開始回答，或許，他在想如何講，才能使我一下子就明白——那人的聲音才傳了出來：「是的，米倫夫婦比我早出發，米倫夫婦、雅倫，以及另外三批人，他們都比我出發得早，不過我想他們不知道自己是從哪裏來的，只有我才明白自己從甚麼地方來。」

我相信自己的理解力並不低，對於很複雜的事，也有一定的處理能力，可以極快地分析出條理。而我的聽覺，也絕無問題，可是這時，我聽得那人這樣說，我真的糊塗了。

我糊塗到了無法再進一步發出問題，只是瞪著那人，不知如何才好。

那人的這段話，真是不可理解。一個人，或是幾個人，從一個地方出發，到達某一個地方，只有可能不知道自己到了甚麼地方，絕沒可能不知道自己是從甚麼地方來的。

但是，那人卻的確這樣說，「米倫夫婦、雅倫和另外三批人，他們都不知道自己從哪裏來！」

過了一會，我吸了一口氣，白素低聲道：「你聽不懂他的話？」

我又好氣又好笑：「你聽懂了？」

白素道：「不全懂，但是懂一部分。」

我道：「說來聽聽！」

白素道：「他、米倫夫婦、雅倫和另外三批人，是從同一個地方來的。米倫夫婦我們是知道的。你還記得那個在銀行中存儲了大量金子的人？他的名字就是雅倫。」

我點頭道：「是的，所以姬娜才能知道這筆一百多年前的存款。那也就是說，除了他之外，一共是六批人，從他們的地方，來到地球。」

白素道：「是的。」

我聳了聳肩：「我想其中有一個問題，你沒有弄清楚，他說，他比這另外五批人都出發得遲。他是最後才出發的。可是他到得比米倫太太早，米倫太太在十年前到達。」

我說：「如果神父遇到的『上帝使者』就是他，那麼，他已經到了四十年了。而那個雅倫，在一百多年前已經來到。不知道另外三批人是甚麼時候到的！」

白素皺著眉，點了點頭，向那人望去，現出發問的神情來。

那個發聲的裝置，在這時發出了一下類似呻吟的聲音，然後，才是那人的聲音：「在你們看來，幾十年的時間差異，但是，在長期的宇宙飛行之中，一千年的差誤，事實上，只不過是由於小數點之後十幾位的數字所造成的，根本微不足道，不能算是有差誤！」

那人這樣解釋，更令人有啼笑皆非之感，我悶哼一聲：「那麼，是不是另外三批人，有的早在一千年之前，已經到達了地球了？」

那人的聲音，聽來認真而嚴肅：「事實上，我已經查到，有一個，是在約四千年前到達地球的。」

我忙道：「四千年？他降落在甚麼地方？」

那人的聲音立刻傳了出來：「東經一百十一點三七度，北緯三十四點五七度處的一個山谷中。」

我一聽到這經緯度，不禁直跳了起來：「那是中國的河南省！」

那人的聲音道：「我對於地球上地名不十分清楚，只知道經緯度的劃分。我曾經想弄清楚這裏的地域劃分的方法，這種方法，在我們那裏，一定也曾實行過的，但是年代實在太久遠了，我真的無法了解。」

這一段話的真正涵義，我還是不十分了解。我思緒極亂，無可奈何地笑著：「四千多年前，那時，中國的河南山西部山區，是——甚麼時代？」

那人道：「我也不清楚，但是我知道，楊安和一個人很接近，楊安到達之後，這個人是他唯一接觸過的人——」

白素道：「楊安？就是四千年前到達地球的，你的同伴？」

那人道：「是的，楊安到達了地球之後，一直和他一起的那個人，叫王利。」

我思緒之混亂，無以復加，而更有一種極度的啼笑皆非之感。我在聽得對方居然講出一個地球人（從名字看來，顯然是中國人），在四千年前，曾和一個不知從何而來叫楊安的人在一起生活之際，這種感覺更甚，實在不知道說甚麼才好了！

而更令得我啼笑皆非的是，白素居然神情嚴肅道：「你是說，這個地球人的名字是王利？」

那人的聲音道：「是的，王利。」

我向白素瞪著眼，想制止她再胡亂糾纏下去，一個四千年前的普通中國人的名字，實在是一點意義也沒有，有何值得追問之處？

白素不理會我的態度，又進一步地問道：「關於這位王利，還有甚麼進一步的資料？」

那人的聲音又傳了出來：「不很多，只知道楊安沒有多久便死了，那位王利，在楊安處學到了不少知識。」

我道：「在四千年之前？那麼，這個王利，一定是極其出類拔萃了？」

白素立時沉聲道：「當然他是！你怎麼啦？連他也想不起來？」

白素說得這樣認真，倒真的使我呆了一呆。我可能是由於思緒太混亂了，是以將這個「王利」忽略了過去。這時被白素大聲一喝，我一怔之後，立時在心中迅速地轉著念，在中國歷史的出類拔萃人物中，去尋找這個叫作「王利」的人。

這個王利，他早在四千年前，就和一個駕著太空船來到地球的人相處過，而且學了不少東西，那麼，他毫無疑問，是一個先知了？一定是歷史上最特出的人之一，可是這個名字，是不是有點陌生？

我皺著眉，想著，白素用責備的眼光望著我，看她的神情，她一定早已想到這個王利先生是甚麼人。而且，她分明是在責備我還未曾想到。

我竭力思索著，白素張口，看來她要告訴我，我連忙作了一個手勢，我想到了！我陡地吸了一口氣：「是他！」

白素道：「是他！」

我攤了攤手：「你不能怪我一時之際想不起他來，因為他的外號太出名了，很少人在提及他的時候，會提到王利這個名字！」

白素道：「可是，王利確然是他的名字，方士王嘉所撰的『拾遺記』，就是記載著他的名字。」

我苦笑著，又開始有虛浮在空中的感覺，這時，那人的聲音又傳了出來：「這個王利，在歷史上十分有名？他做了一些甚麼事？」

我道：「他其實沒有做過甚麼，但在中國的傳說上，這個人的記載，卻極其神奇，一般來說，正史的修撰者，不怎麼肯承認有這個人存在。因為這個人的一切，不可思議，他能洞燭先機，預知未來，神出鬼沒，可以數百年不見，又再出現，一般的說法是，他已經是一個仙人。所以，沒有人提及他原來的名字，都稱他為鬼谷先生，或鬼谷子。」

鬼谷子的名頭，對那人來說，好像並沒有甚麼特別，他的聲音傳了出來：「那沒有甚麼不同，反正只是一個名字。」

我當然沒有向他進一步解釋鬼谷子在傳說中的地位，因爲並沒有這個必要。只有自己的心中，充滿了一種難以形容的感覺。

那人繼續道：「有的人在一百二十多年之前到達，有的在二百多年前來到——」

我有點急不及待地問道：「你說他們都不知道自己從甚麼地方來的，這一點，我實在不懂，是不是可以請你進一步解釋一下？」我這個要求，不能說不合理。可是那人卻很久沒有回答，我想催他，白素道：「我們或許應該先關心一下這位朋友，他究竟受了甚麼傷？我們是不是可以幫助他？」

我點頭道：「是！」

我一面說，一面向那人望了過去，那人的眼神更是悲哀，他的聲音傳了出：「很多謝你們，但是我——我的情形，沒有人可以幫助我。」

我道：「不見得吧？我雖然不是醫生，但是也有點常識，你是脊椎受了傷？」

幾下苦笑聲傳了出來，我不等他的同意，就走過去，想將他的身子，扶離椅背。他一直靠椅背坐著。當我要這樣做之際，我聽得他的聲音，極其急促地傳了出來：「別，別這樣！」

可是他的警告，已經來得遲了一步，我已將他的身子，扶離了椅背少許。而在那一剎那，我陡地嚇了一大跳，因爲那人的身子，才一離椅背，整個人，以一種十分怪異的情形，向一旁「軟」了下來。我從來未曾見過這種情形，手一震，幾乎令得他自椅子上直跌下來，等到我立時再將他扶住，令他的背，穩固地靠在椅背上之際，已經不由自主，出了一身冷汗。

我被他身體的這種惡劣情況，嚇得有點口吃，說道：「對——對不起，我不知道——你的情形——那麼壞！」

那人望著我，他的聲音，自傳音器中傳出來：「真是壞透了，我的脊椎骨全碎了！」

我吸了一口氣：「這是甚麼時候發生的事？有——兩個人，屬於一個探險隊，曾遇見過你，那時，你——好像沒有事的！」

又是一連串的苦笑聲傳來，那人道：「是的，我一降落，以爲已經完成任務回來了——」

他講到這裏，又發出一連串喘息聲。

他的話中斷，而他已經講出來的話，使我的心中，又增進了一層疑惑。

他說，當他降落地球之際，以爲自己「已經完成任務回來了」。而米倫太太的情形也相類似，米倫太太自己也以爲回來了。這究竟是甚麼意思呢？是不是他們出發的地方，天體環境，和地球十分相似，是以才會有這樣的錯覺？

我心中儘管疑惑，但是我卻沒有問他，因爲他開始敘述自己的事，我不想打斷他，免得事情越來越亂。

那人停了片刻，才繼續發聲：「可是我立即覺出事情很不對，我不是回來了，而是迷失了！我甚至不知自己是在甚麼樣的情形之下迷失，這是一種極其可怕的情景，我明明是回來了，可是——可是——」

我知道他很難說出這種情形的實際情形來，但是我卻完全可以了解，是以我道：「我和米倫太太作過長談，她也認為她回來了，可是，一切好像完全不對，一切都變了。我想，可能你們在宇宙長期的飛行中，突破了時間的限制，回到了從前！」

那人苦笑起來：「在開始的幾年，我也這樣想。在降落之後，查定了自己降落的地點，那地方不應該是一個山谷，應該是一個城市的附近，可是為甚麼變成了荒涼的山谷？我利用個人飛行器，飛出了數百里，遇到兩個人，可是他們全然不懂我的語言，我又飛走了。自此之後，我花了三年時間，研究自己的處境，想知道自己在甚麼地方。」

我道：「看來你不會有結果。」

那人又靜了一會，才道：「我想我的情形，比另外幾批人好，我的太空船最後出發，裝備也最好。」

那人道：「我的太空船有一副極其完備的——資料儲存分析系統，你們的語言，叫這種系統叫電腦！」

我向四面看了一下，空間的三面，的確有著類似電腦的裝置，我道：「我相信地球上還沒有一具電腦，可以比得上這一具。」

那人道：「當然！當然，差得太遠了。」

他又頓了一頓，才道：「而更幸運的是，我安然降落，所有的設備，完全沒有損壞。在最初幾年中，我竭力想弄明白發生了甚麼事，為甚麼我明明回來了，卻會一切不同。我也想到過，我可能是突破了時間的限制，可是我卻又否定了這一點。開始的幾年，真是痛苦之極，在幾年之後，有一次，我偶然收到了一股游離電波，這股電波，經過處理之後，成為文字，是雅倫發出來的。」

白素「啊」地一聲：「你見過雅倫？」

那人道：「沒有，我只是收到了他不知在甚麼時候發出的電波，電波一直在空間以游離狀態存在，而被我在無意中收到。」

我說道：「那你一定很興奮，因為你第一次有了同伴的消息。」

那人的聲音，聽來很苦澀：「開始時是，我以為和他取得了聯絡，但是我隨即知道，那只是怕若干年前發出的一些電波，我仍然是孤獨一個人。」

我和白素都不出聲，對方的處境，十分值得同情，而我們又實在不知用甚麼語言去安慰他才好。

過了一會，那人的聲音才又道：「不過這一次無意中收到了那股游離電波之後，卻使我開始了一個新的嘗試，我改進了一些設備，在以後的一年中，我又收到了不少我同伴的訊息，知道他們來到這裏的經過。」

我感到一陣極度的迷惑：「包括四千年前到達地球的那位在內？」

那人道：「是的！」

我苦笑了一下：「那怎麼可能，時間已過去了那麼久！」

那人道：「是麼？我倒不覺得，他當時發訊息出去，是想告知基地報告他的處境。不過我想他發出的訊息，沒有機會到達基地，我卻將之追了回來。」

那人的這一番話，我又是不十分懂，我只可以想像其中一定有著複雜的操作過程，而這種過程，決不是我的知識範圍所能理解的。

那人略停了一停，又繼續道：「一直到我收集了許多我的同伴的訊息，那過程相當困難，其中，我還收到了一大批資料，是關於地球上的人的資料，那是我的一位約在一千年前，到達地球的人，所發出來的。」

我和白素，一直在由得對方敘述，並沒有打斷他話頭的意圖。可是，聽到這裏，我忍不住道：「那麼，你怎麼和姬娜聯絡上的？」

那人聽了我的問題之後，好半晌沒有反應。過了好一會，我才聽到了一下嘆息聲：「那是在一次意外之後的事。那次意外，由於我想回去，試圖再令太空船起飛，但結果卻發生了一次爆炸。爆炸令我受了嚴重的傷害，開始的時候，我還能行動。我想到我在這些年來，一直在收集別人發出來的訊息，而我卻未曾發出過甚麼訊息，我們一共有六批人出發，其餘的，我都已知道他們來到了地球，而且也全死了，只有米倫夫婦的那一批，未曾有過訊息。」

那人道：「我已經知道，地球上幾千年時間的差異，在我們的航程中，簡直不算是甚麼，所以我想，他們可能到得比我遲。」

我道：「是的，他們比你遲到了三十年。」

那人又停了片刻，才道：「我不斷地發出信號，要和他們聯絡，希望他們也到了地球，要他們來和我聯絡，我實在希望見到自己人。」

他講到這裏，我忙道：「那，那是甚麼時候的事情？」

那人的聲音道：「十年之前。」

我嘆了一聲，搖著頭，白素也嘆了一聲，搖著頭。

我們兩人心中所想到的，都是同一件事：如果那人早一年，或者甚至早半年，早幾個月，想到要和他的同伴聯絡的話，那麼，說不定，他可以和米倫太太見面，因爲那時，米倫太太正寂寞地隱居著，還沒有死！

而他卻太遲了，等他想和他同伴聯絡之際，米倫太太一定已經死了。當然，他沒有希望和米倫太太見面了！然而，姬娜又是怎麼收到他的訊息的呢？

我望著那人，喃喃地道：「十年前才開始，那——太遲了，我不明白，姬娜那時，不過是一個小孩子，她怎麼能夠收到你的信息？」

那人的聲音，聽來低沉：「姬娜有米倫太太給她的那具超微波接收擴大儀。」

我呆了一呆。

米倫太太的遺物，我很清楚，其中並沒有甚麼「超微波接收擴大儀」在，我剛想問，白素已經道：「你的意思，那是一枚紅寶石戒指，是戴在手上，作爲裝飾品用的那件東西？」

我心頭陡地一跳，那枚紅寶石戒指！

關於那枚紅寶石戒指，有著不少謎團，看來如今可以揭開了！一枚紅寶石戒指，那人竟稱之爲甚麼「微波接收擴大儀」，這真有點不可思議。

那枚紅寶石戒指，一直在我身邊，這時，我忙將之取出來，遞向那人的面前：「就是這個？」

那人道：「是的，不過，現在，這具儀器的超微波，已經放射完畢。在這裏，無法得到補充。」

我吞了一口口水：「當它……當它有著……超微波的時候，它看來……」

那人不等我說完，就接上去道：「看上去是一種極美麗的紅色。有點像地球上的一種礦石。」

我又深深地吸了一口氣，那人所謂「一種地球上的礦石」，當然是紅寶石！這枚紅寶石戒指，竟然是一具極其微妙的儀器！我從來也未曾想到過！

我不由自主，伸手在自己臉上，用力擦撫了幾下。這樣的動作，一點意義也沒有，只不過表示我內心的震動，想要竭力鎮定。

我道：「豈止相似，就算是用儀器來分析，它也十足是那種礦物——紅寶石！」

那人發出一兩下十分乾澀的笑聲：「那是儀器分析得不夠細微的緣故！那一小塊物體，有放射性能，也有接收性能，當它的能量完了之後，看來就是現在這樣子！」

我喃喃地道：「只是一塊石頭！」

那人道：「當然不是石頭，如果有足夠的設備，它可以補充能量！」

我在那枚戒指上，呵了一口氣，再將它放在衣襟上，用力擦了幾下，心中在想，我該怎樣向連倫和祖斯基兩個人解釋才好？這根本是解釋不明白的事情！反正連倫的珠寶公司並沒有實際上的損失，我想，不必向他們解釋了！我問道：「姬娜是不是知道它會起變化？」

那人立時回答：「當然不知道！唉，姬娜，她甚至一直不知道我……是甚麼人，她的知識不很豐富，而且最大的毛病，是她根本沒有接受新的、在她思想範圍之外的新知識的靈性！」

那人在這樣說的時候，可以聽得出，他的語氣之中，充滿了懊喪。

白素道：「你這樣指責姬娜似乎不很公平，她至少和你一起，生活了十年！」

那人停了片刻，才又道：「是，我很感激她，多虧了她，我才能苟延殘喘到今天。但是，唉……」

他再長長地嘆了一口氣，又停頓了片刻，才道：「但是，如果十年前，接到我訊息的不是姬娜，是你們，或者你們之間的任何一個人，那麼情形只怕不同！」我仍然不是很了解他的話，因為對於他和姬娜之間，究竟發生了一些甚麼事，我全然不知，我甚至不明白姬娜「收到」的，是甚麼樣的「訊息」！

我一面做手勢，一面道：「你發出去的訊息，姬娜是怎麼收到的？她聽到有聲音自那枚戒指上發出來？」

那人道：「當然不是，這是一個十分微妙的過程，接收儀的功能，收到了我的訊息，姬娜本身一點也不知道。但是由於她將接收儀緊貼著她的肌膚，微弱的、帶有我所發出的訊息的電波，進入了她的體內，刺激了她腦部的活動——」

當我和白素聽到這裏之際，心頭不禁感到一股寒意！我想，我已經明白了他的意思。他發出去的訊息，是一種極其微妙的電波，這種電波，在進入了人體之後，會刺激人的腦部活動。換句話說，也就是能影響人的思想！

當我想到這一點之際，白素也想到了。她陡地問：「姬娜並不知道發生了甚麼事，只是她的思想，忽然想到了你的存在，她要來見你？」

那人並沒有立即回答，過了片刻，才道：「如果接收儀是在我的同伴手上，譬如說，是在米倫太太的手上，她自然立時可以知道是怎麼一回事。在一個地球人手上，情形就像你所說的一樣。」

白素「嗯」地一聲：「於是，她就身不由主，或者說，不由自主，向你這裏來了？」

那人道：「不能說是不由自主，是她自己『想』到要來的！」

我道：「可是，她的思想，卻是你給她的！這情形，和催眠一樣？你可知道甚麼叫『催眠』？就是用自己的思想去影響另一個人，叫另一個人產生和他相同的想法的一種行爲！」

我有著相當明顯的責備意義。因爲我對姬娜的死，始終是內心負疚。我聽得那人如此說之後，立即想到，如果不是眼前這個人，用他的訊息，使得姬娜來到這裏的話，那麼，姬娜和每個人一樣，都是普通人，當然也不會有甚麼飛車失事的意外發生在她身上！

我當時一面說，一面望著對方。從那人的眼神來判斷，我想，他如果可以移動他的頭部的話，一定不敢和我的目光相對。可是他卻連閉上眼睛都不能夠。他只好和我對望著。

過了片刻，才又聽到他苦澀的聲音：「你在責怪我？可是，我並不知道接收儀是在誰的手上，我要和我的同伴聯絡！」

我立時道：「那麼，至少你在見到她之後，就該叫她離開你才是！」

那人嘆了一聲：「我在等待著，等到她突然出現，我真的失望到了極點。那時，我的情形比現在好得多，我還能直接和她講話。她當然不懂我們的語言，不過那不成問題，這裏的裝置，可以將我的語言，翻譯成地球上每一個角落的語言，我終於明白了她是如何得到那具接收儀的。」

我堅持道：「你沒有叫她離去！」

那人幾乎在嘶叫：「我有！我曾叫她離去，可是由於我的情形，迅速惡化，她卻願意留下來，不忍心這樣離開我！」

我苦笑了一下，姬娜是一個十分好心腸的小女孩，而且，在如今這樣的情形之下，對方也沒有理由騙我！姬娜的不幸，或許只好歸於命運的安排了！

我沒有說甚麼，在擴音器中，又傳出了那人的聲音：「幾天之後，我的傷勢就惡化到現在這樣，我們花了很多時間，才能繼續交談，那是我在還能說話之際，我教會了姬娜，將一個思想傳遞系統，連接上我的腦部和發聲裝置，就像如今我和你交談一樣。」

我點了點頭，那人續道：「我完全不能動了，但是還繼續可以和她交談。我利用藥物，維持自己的生命，當然，是姬娜替我注射的。我也教會了她如何使用飛車，到最近的市鎮中，去購買一些必需用品，她很聽話，雖然她對我的一切全然不了解，但是她一直照著我的話去做。」

白素低聲道：「你們就一直這樣相處著？」

那人道：「是的，在這期間，我要姬娜做一項工作，我利用我的腦電波，使她的接收儀在受到我的腦電波影響之後，再去影響她的腦部，來進行這項工作。我要她記下許多事——」

我失聲叫了起來：「那就是她所寫下的那一大疊稿件！」

那人道：「是的，我要她記載下來，將許多事全記載下來。」

我大聲道：「你利用她的身體！你雖然自己一動也不能動，但是卻利用她做你的替身！她不斷在寫著，可是她在寫些甚麼，她並不知道，那不是她在寫，根本是你在寫！」

那人道：「由於地球上文字的表達力太差，我們的一個字，可以表達比地球上任何文字多一百倍的意思，所以我要她用我們的文字，或者說，我要用我們的文字，將一切記載下來！」

白素來回踱了幾步：「你用你們的文字，寫下那麼多，那有甚麼用？這些文字，在地球上根本沒有人看得懂！」

那人道：「這不成問題，這裏有自動翻譯裝置，你將姬娜寫的，送進自動翻譯裝置去，就會翻譯成你所希望得到的地球上的任何文字！」

我嗖地吸了一口氣，一伸手，拿過了白素手中的一個帆布袋來。

姬娜交給我的稿件，就在那個帆布袋中。這時，我真想立即將姬娜寫下來的那麼多字翻譯出來！我一面抓住帆布袋，一面道：「姬娜寫下的一切，她全交給了我，自動翻譯裝置在哪裏？怎麼使用？」

那人道：「等一等，在你知道我所記載下來的內容之前，你必須確定你自己是不是真的想知道它的內容！」

我道：「當然我想知道！你記下來的目的，也是想人知道！」

那人又停了片刻，才道：「當然是，但是我還是必須向你說明一些情形，你要經過考慮之後，才能決定。」

我是不大耐煩：「我不必考慮，我一定要知道它的內容，這些像天書一樣的文字，究竟表示了甚麼！」

那人又傳出了一下嘆息聲：「你太心急了，還是照我的辦法好些。」

白素輕輕碰了我一下，向我使了一個眼色，要我接受那人的意見。我雖然極不願意，可是卻也沒有辦法。因為我根本不知道這許多裝置之中，哪一些是自動翻譯裝置，就算知道了，也不知道如何使用！而且，我也無法強迫那人告訴我！

第十一部：天書中，記載著將來的一切事

我緊握著那一大疊文稿，憋住氣不出聲。白素道：「好，請你解釋一下。」

那人道：「剛才你用了『天書』這個詞，用得很好。在你手中的，的確是一本天書！」

我「哼」地一聲，沒好氣地道：「是又怎樣？我只想知道它的內容。」

那人道：「我可以告訴你，天書的內容，可以用幾句話來概括，在天書中記載的一切，是地球上一切會發生的事，地球上所有人一生的歷程。」

我吃了一驚，一時之間，我實在不明白他這樣說，是甚麼意思。而且，他的話是如此之驚人，令我根本無法在震驚之餘，去好好思索。

我在呆了一呆之後：「這……這……樣說來，那真是一本天書了？」

那人道：「是的，地球上的一切事、一切人，都在這本天書之中！」

這時，我已經略為鎮定了下來，而當我略為鎮定之後，再想一想他所說的有關「天書」的話，我就忍不住哈哈大笑了起來。

白素瞪了我一眼：「你笑甚麼？」

我轉向白素：「你不覺得好笑嗎？他給了我們一部天書！在這部天書之中，記載著地球上一切人、一切事，不是過去，而是將來！請注意，他說一切人！一切事！」

白素仍然一點不覺得好笑，又問道：「那又怎麼樣？值得大笑？」

我仍然笑著：「當然好笑！你知道我想起了甚麼人？我覺得自己像是甚麼人？我覺得自己像黑三郎宋江！宋江曾蒙九天玄女，賜了一部天書！」

白素冷冷地道：「仍然一點也不好笑！」

那人附和著白素：「是的，一點也不好笑！」

我覺得十分無趣，而且，還十分氣憤。我冷笑道：「當然好笑！我承認你來自一個十分進步的地方！但是你也決不會進步到可以預測地球上一切人、一切事的發生！你絕對不能預料！」

那人道：「我不必預料，我只是知道。」

我大聲叫，幾乎近乎吼叫：「你不預料，你又怎能知道？」

那人道：「你昨天做了一些甚麼事，你知道不知道？」

我伸手直指看那人的鼻尖：「別扯開話題！我在問你，你怎樣知道將來的事？」

那人嘆了一聲，在他的嘆息聲中，竟大有責我其蠢如豕之意，這更令我冒火。而更令人氣惱的是，白素竟然完全不站在我這一邊，她竟然裝成相信（這是我當時的感覺）的模樣：「我確信你留下的記錄，一定極其不凡，但是我還有不明白的地方，請你詳細解釋一下。」

我不等那人有反應，又大聲打了一個「哈哈」：「好啊，等你讀懂了他那本天書之後，你就能知道過去未來，神機妙算，成爲女鬼谷子！」

白素望著我，低嘆了一聲：「衛，你怎麼啦？你經常自詡可以接受一切不可思議的事情，爲甚麼會對他的天書，抱這樣懷疑的態度？」

我吸了一口氣：「我抱懷疑態度的原因，是因爲他將天書的內容太誇大了。我承認他比我們先進，但也決不至於先進到可以明白地球上每一個人的一生。你想想，地球上有接近四十億人！」

白素像是有點被我說動了，眨著眼，一時之間，不知如何回答才好。

在這時候，那人的聲音又傳了出來，道：「四十億，在你看來，是一個龐大之極的數字。但是在我們的記憶儲存系統中，卻不算甚麼。」

我指著四壁的那些儀器：「你是說，地球上所有人的資料，全在其中？」

那人道：「當然不是每一個人實際上的一切全在……」

我不等他講完，又「啊哈」一聲，表示他講的話，有自相矛盾之處。那人繼續道：「但是，人可以分類，分起類來，就不會有四十億那麼多，可以根據每一個人的分類，來推算這個人的一生。」

我又忍不住笑了起來：「好啊，算命先生的那一套也來了！我想，所謂分類，是根據人的生辰八字來分，對不對？你明白甚麼叫生辰八字？要不要我教你？」

那人的聲音聽來似乎有點生氣，以致他一直是聽來十分軟弱的聲音，這時也變得大聲起來：「不用你來教我，我知道甚麼是中國人的生辰八字計算法。你以爲中國人是怎麼會發明這種計算法？」我冷笑一聲：「總不見得是你教會中國人的！」

那人嘆了一聲：「不是我，是賓魯達。」

我眨著眼，那人立即又道：「他在大約一千多年前，降落地球，在中國，用一個人的出生年、月、日、時、分，來推算這個人一生命運的辦法，就是通過他傳了下來的。」我還想笑，可是卻有點笑不出來了，因爲對方說得如此認真。當然，更主要的原因之一，是根據一個人的出生年、月、日、時、分，來推算這個人一生的歷程這種方法，中國人一直稱之爲「排八字」，而且的確，有一種不可忽視的準確性。這是相當奇妙的事，中國在傳統上，有「排八字」的一定方法，根據這個方法，可以推算出一個人的大致遭遇。這種推算命運的方法，在中國民間，一直盛行不衰。近幾十年來，由於對科學的一知半解，而被目爲「迷信」。可是「反對派」對於排八字，的確能夠在大致上推測出命運這一點，卻又提不出任何的反對證據。

我對於一切不可解釋的事，都有相當興趣，也曾在「生辰八字」上，下過一番研究功夫。我自己設想的理論是：人在地球上生活，整個星空之中，地球是如此之微小，一種在如此之微小的星體上生活的生物，如果說不受整個星空、星體運行的影響，那是說不過去的。

所以，我認爲，一個人出生時的年、月、日、時、分，實際上是指一個時候，星空之間特定的一種情形，必然會影響這個人的性格，是決定命運的主要因素。所以「生辰八字」對一個人的命運，就一定有影響。

我在那一段時間內，不但致力於中國式的計算法，也曾涉獵西洋的類似方法，如「星座」對人的性格、命運的影響。

我曾發現，「星座」的計算法，遠遠落後於中國的計算法。因爲根據「星座」的計算法，只有十二個星座。也就是說，人的性格、運程，只分爲十二種而已，可是根據中國的計算法，六十年爲一個周期，六十年中，每一月、每一日、每一個時辰，都分成不同的推算。有一種更精細的計算法，甚至於每一個時辰之中，又分爲六十分，來推算其中的不同之處。

西洋的「星座」推算法，只有十二類，而中國以六十年爲周期的推算法，卻可以多達一百五十萬五千五百二十種分類，比較起來，西洋的「星座」推算法，真是遠遠不及了。

在我熱衷於這一方面的知識之際，我在法國，當時，我曾和一些法國朋友，他們也有這方面興趣的，一起利用科學設備，來研究這種事。我們利用電腦和計算推理上的歸納還原法來進行。

進行的方法是這樣的：將一大批同一職業的人的出生年月日時，作爲原始資料，輸入電腦，找出他們之間的相同點。然後，再根據其中的相同點，來推算與相同點有著類似資料的人的將來。在這一點上，我們獲得了相當的成就。例如，我們發現，一個人的出生年月日時，對於這個人的職業，有一定的影響。作家，大都在五月出生；醫生，出生於七月，等等。

我們也曾通過有關方面，獲得了大批凶犯的資料，尤其集中於研究死因，也用同樣的方法，先儲存資料，然後再還原推算。

可是，這種工作，不久就放棄了。雖然研究工作不能說是沒有成績。但是參與研究的人，包括我在內，都覺得這種推算法，有一個解不開的死結，無法獲得圓滿解釋。

這個無法解釋的疑問是：即使依照中國人傳統的「生辰八字」排列法，已經將人的生辰分得相當細，但是，在同一時間之內，出世的人是不是命運都相同？

如果說是，同一時間出生的人，命運全相同，這很難使人相信，譬如說，難道在拿破崙、希特勒這些人出世的時候，全世界只有他們出生？

我們對這個問題研究了很久，由於沒有結論，所以漸漸令得參與研究的人，對之興趣越來越淡，研究工作，也就不了了之。

我的興趣轉移不定。在熱衷了一個時期之後，也就擱置下來，沒有再繼續下去。直到這時，那人告訴我，這種推算一個人命運的辦法，是一個叫「賓魯達」的人傳下來的，我才又迅速地將我當年感到興趣的事，想了一想。

我心中的訝異和驚詫，自然都到了極點。何以中國人在傳統上，會有根據一個人的出生年月日時分，來推算一個人命運的這種發現，本來就是一個謎。因爲這種推算法，牽涉到數字極其龐大的計算，這種計算，沒有先進的科學相輔，簡直不可思議。

如果照那人的說法，是他的同伴，來到了地球，傳下來的，雖然怪誕一點，倒也不失是一個解釋。

我望著那人，神情充滿了疑惑，那人像是看出了我的心中充滿了疑問，他不等我再發問，就道：「賓魯達已經摸到了路子，留下了大批資料，他幾乎已經可以知道事情的真相了。」

這又是我所聽不明白的幾句話。自從和那人對話以來，那人所說的話之中，有不少我全然莫名其妙，例如他曾說過，六批人，除了他以外，其餘的五批人，竟然「不知道自己從甚麼地方來」！而這時，他提及賓魯達，說「幾乎可以知道事情的真相」，那是甚麼意思，我也一樣不明白。

在我疑惑中，那人又道：「賓魯達的記錄，我也全得到了，賓魯達曾和一個叫李虛中的地球人，十分接近，我相信這位李虛中，得到了這種推算法！」

我不由自主，深深吸了一口氣。不久之前，在我聽到了「王利」這個名字之際，我一時想不起他就是鬼谷先生的本名。但是李虛中這個名字，我卻絕不陌生，在根據出生的年月日推算一個人一生運程的方法上，李虛中是最早有確切記載的一個人：「唐李虛中以人生年月日之干支，推人禍福生死，百不失一。」這是有著確切的文字記載的。

一時之間，我眨著眼，一句話也說不出來。

那人卻像是全然不理會我驚異的反應，又像是在自言自語：「賓魯達幾乎成功了，他已經想到了用一個人的出生年月日時分來作分類，來觀察，但是他還差了一步，以致他無法知道自己是從甚麼地方來的。」

我再吸了一口氣。他又提到了這個古怪的問題。我道：「那麼，你究竟是從甚麼地方來的？」

那人並不回答我的話，只是道：「然而他的工作，極有價值。如果不是他已打下了基礎，我也不可能明白自己是從甚麼地方來！」

這一次，是我和白素同時發問：「那麼，你究竟是從甚麼地方來的？」

那人並沒有出聲，而在他的雙眼之中流露出來的那種悲哀，更加深切。

我和白素都不催他，只是等著。因爲我們知道，眼前的這個人，以及他口中的楊安、賓魯達、雅倫和我在十年前曾經見過的米倫太太，一定有一個極其曲折的歷程，不是三言兩語可以說得明白的。

過了好久，才聽得那人嘆了一聲：「我，我們，從很遠很遠的地方來，太遠了，遠到了我們也無法想像的地步。」

我忍不住插了一句口：「對不起，我曾和米倫太太談過，米倫太太說，她根本是回來了，回到了出發的地方，回到了她起飛時的那個星球，這個星球，環繞一顆七等恒星運轉，本身有一個衛星，這個衛星，就是地球！所差別的是時間，你們或許是突破了時間。」

那人又沉默了半晌，才道：「這是我最初的想法，就是因爲這個錯誤的想法，浪費了我許多時間。直到我後來，陸續接受了比我先到地球的其餘人的訊息之後，我才漸漸明白，我們不是突破了時間，我們是突破了……突破了……」

那人的聲音，從擴音器中傳出來，我一直都聽得懂，雖然有時，他所講話的含意，我不明白，但是話可以聽得懂。可是這時，他講到這裏，突然在「突破了」之後，加上一句我聽不懂的話。

我忙問道：「你們是突破了甚麼？」

那人立時，又將我剛才聽不懂的那句話，重覆了一遍。我還是不懂，我道：「那是你們的語言？能不能用地球上的語言告訴我？」

那人發出了一下苦澀的笑聲：「不能，我想是翻譯裝置找不到適當的地球語言，所以才原音播了出來。」

我只好苦笑了一下，試圖從上文下義，去了解這句翻譯不出來的話的意思。但是我想不出來。我猜想這句話的意思，多半超乎地球人的知識範圍之外，所以我無法了解。

我只好將之暫時擱在一邊，不再去探究。我心中的疑問極多，我和那人之間的對話，已經持續了很久，但是我可以說，仍然沒有得到甚麼具體的解答。

趁這個時候，白素沒有出聲，那人也沒出聲，我迅速地在心中，將我和那人的對話，回想了一下，在內心中整理出一個頭緒來。

在那人的對話之中，我知道這個人和米倫太太，以及另外四批人，來自一個不可測的所在，到達地球。他們到達地球的時間，以地球時間來計算，上下竟相差達四千年之久。不過照他們的說法，那只不過是一種「小小的差誤」。

他們六批人，來到地球之後，各有各的活動。照眼前這人和我的對話之中所提供的資料，至少已可知道，有一個叫楊安的，到達最早。這個楊安，他在地球上的活動，是和一個叫王利的地球人接近，並且傳授了王利不少知識。於是，這個王利，就成為中國傳說中的一個有鬼神莫測之機的神仙式的人物。

除了楊安之外，還有一個「他們的人」叫雅倫。這個雅倫，在地球上做了一些甚麼事，不可考，但是他對地球人的生活，一定有相當程度的了解，因為他曾經將一批黃金，存進了南美一家銀行。

這筆存款後來由姬娜動用。而姬娜之所以可以說得出密碼來，當然是由於雅倫曾將這件事記錄下來，並且發出訊息，而讓眼前這人收到了的緣故。

還有，最可憐的是米倫太太，米倫太太在到達地球之後，發現一切全不對頭，她幾乎沒有展開任何活動，只是在極度的迷失和哀傷之中，過了十年幽居的生活，而最後死在海中。

除此之外，還有一位「他們的人」，是一千多年前到達地球的，這個人，傳下了以一個人的出生年月日時分來推測命運的方法。

再就是眼前這個人，他發出了訊息，因爲姬娜收到了這種訊息，而來到這裏。這個人就和姬娜一起生活了十年。在這十年之中，他不斷用自己的思想去影響姬娜，使得姬娜寫下了一部「天書」。而實際上，「天書」不是姬娜寫，是由這個人寫下的，他並且還聲稱，在這部「天書」之中，記下了地球上的一切事、一切人！

除了已經知道的之外，應該還有一個「他們的人」到達地球，但這人並沒有告訴我，所以我也不知道。

在我思索了片刻，整理了我所知的資料之後，我總算已多少得到了不少解答。我也發現，那人所說的話之中，凡是我聽來莫名其妙的，不能明白的一些，幾乎都和這個人從甚麼地方來有關。

所以，我決定暫時拋開枝節問題，先弄明白他究竟從甚麼地方來。

在弄明白這個問題之後，其餘的疑問，也許就不再成爲疑問了！

我定了定神，我看到白素像是正要開口問甚麼，我忙做了一個手勢，不讓白素發問，我直視著那人：「你的談話，已經解答了我心中不少的疑問。可是最大的疑問，還沒有解決。」我說到這裏，頓了一頓，才緩慢而又清晰地道：「請問，你究竟是從甚麼地方來的呢？」

我在問出了這個問題之後，白素向我點了點頭。我明白她的意思，那是表示，她也正想問這個問題。

我等著那人的回答，不過在開始的一分鐘內，擴音器中並沒有傳出那人的話聲，只是傳出了一連串難以辨認的單音，聽來倒有點像是一個人在啜泣。

然後，在大約一分鐘之後，才又聽到那人的聲音，那人道：「我該怎麼說，才能令你們明白？」

我道：「只要說出實際的情形來，那就可以了。」

在我這樣說了之後，那人仍然好一會沒有聲音自擴音器中傳出，顯然他仍未決定該怎麼說才好。在這時候，白素低聲講了一句：「你來的地方，和地球極其相似？」

白素的這一句話，立時有了反應，那人先發出了一下苦笑聲：「甚麼『極其相似』，簡直一模一樣！」

我呆了一呆，道：「你的意思是在宇宙之中，有其一個星球和地球完全一樣？那就是你來的地方？」

那人又停了片刻，對我的問題，卻並沒有直接回答：「好，我們就從宇宙開始說，在你的知識範圍看來，宇宙是甚麼？」

我吸了一口氣，我不明白他為甚麼要「從宇宙開始說」，而且，他的問題，也絕不好回答。「宇宙是甚麼？」這個問題，應該如何回答才好？看來，我非回答他這個問題不可，不然，他不會繼續說下去。

我想了一想，才道：「一般來說，宇宙是許多許多星體的一個組成。大到不可計算，其中的星體，也多到不可計算。」

那人對我這樣簡單的說來，居然表示滿意。他發出了「嗯」的一聲：「可以這樣說，我再問你，宇宙是不是有邊緣，不論它如何大，是不是有邊際？」

我又想了片刻，才小心道：「這個問題，只怕沒有人可以回答你，因為我們生活在地球，地球是宇宙之中，萬萬億星球中的一個極小的星體，地球上生活的人，無法了解宇宙，就像是一滴污水中的阿米巴，無法了解地球一樣！」

那人再度苦笑：「這個比喻倒不錯，阿米巴不了解地球，是快樂的阿米巴，當他了解了地球之後，他就是痛苦的阿米巴了！」

我聽得出他話中的含意，說道：「那麼，你已經了解了宇宙？」

那人對我這個問題，又是好一會不出聲。寂靜中，在感覺上時間過得極慢。好一會，那人才道：「我們六批人出發的目的，就是想探索宇宙究竟有多大，是不是有邊緣，這是一個長時間飛行的計畫。參加這個計畫的飛行員，都打定了犧牲的主意，因為誰也不可能知道要飛多久，飛多遠。」

我想起了在米倫太太的那艘太空船之中看到過的一連串航行圖，她的航程之遠，確有點不可思議。所以我點了點頭，表示我明白他的話。

那人的聲音繼續道：「我們起飛的日子，相隔不遠，在起飛之後，和基地，以及相互之間，還有聯絡。可是在若干時日之後，所有的聯絡完全中斷。我不知道其他人的情形怎樣，我只是獨自在浩渺無際的太空中飛行，經過了許多星球。」

他講到這裏，略停了一停：「在我們那裏，時間、空間的相對理論，早經證實了。」

我道：「先別理會這些細節問題，你還是集中力量說本身的主要問題好。」

那人停了片刻：「在長期的飛行中，時間幾乎停滯，對飛行者不發生多大影響，這是一種相當奇妙的感覺，我一直向前飛，經過一些星球，有的是早在我們的知識範圍之內的，一直到記錄儀上的航程表，表示我已經越過了我們在宇宙研究的範圍之外時，我才接觸到了一種新的境界。」

我十分耐心地聽著那人在敘述他飛行的經過，實際上我已經很不耐煩，因爲說來說去，他還是沒有說明他從甚麼地方來！

可是我也沒有去催他。因爲我至少了解到，他要解說自己是從哪裏來的，一定不是一件容易的事。只好讓他從頭慢慢說起。

那人繼續道：「到達了那一境界之後，我知道自己實在是飛得極遙遠了，可能真的已經到了宇宙邊際了。」

他停了一會，才又傳出聲音來：「請你按下左邊那一組掣鈕中那個金色的掣，我當時一面飛行，一面攝影，你看了圖片，印象會深刻一點。」

我立時走了過去，按照他所說，按下了那個掣。那個掣才一按下，整個船艙（我相信我這時所在的空間，是一個太空船的船艙）的頂部，就出現了一個巨大的銀白色的屏，接著，銀白色的屏上，出現了迅速變幻不定的各種色彩和各種圖形。

那人的聲音又傳了出來，道：「你看到那一組推桿沒有？將水平推桿推到五〇三三的刻度上，垂直推移到一九七〇四的刻度上。」

我依照他的吩咐去做，兩支推桿推到了他所指定的刻度之後，頂上的整個屏，立時呈現一種極深的深藍色。我從來也未曾看到過那麼深的藍色，可是那又使人感到，這是藍色，不是黑色，它雖然深，但是看起來，無窮無盡的深邃通明。在一大片深藍色的右方，是兩團看起來極其遙遠的星雲，在它的左方，則是一條極寬的，橫亙著的，深不可測的黑色帶狀物體，看來像是實質。

這種情景，看來極其駭人，我道：「這……是甚麼地方的情景？」

那人的聲音道：「你看到那兩團星雲了？這兩團星雲，地球人還不知道它們的存在，因爲離地球太遠了。我們當時，也對這兩團大星雲了解不多。我拍攝這幅圖片之際，已經離這兩團大星雲極遠，那兩團大星雲的體積極大，離地球是一千兩百光年。」

我吸了一口氣，呆了片刻，才道：「你爲甚麼拿地球來比較，這兩團大星雲離你們的星體多遠？」

那人道：「你聽下去就會明白。在穿過了這兩團大星雲之後，我繼續前進，太空之中，竟連一顆星體也沒有，只是浩渺無際的空蕩，這一大片空蕩，我的估計，接近一萬光年。所以，我當時想，我一定已經成功地來到宇宙邊際了。」

白素容易留心小問題，她問道：「爲甚麼要估計？應該有準確的記錄！」

那人道：「是，準確的記錄不到一萬光年，你看到左方的那一條黑帶？」

我和白素一齊道：「那是甚麼？看起來，異常陰森可怖。」

那人道：「我也不知道那是甚麼，在我拍攝了這幅圖片之後不久，太空船就不受控制，直向那條黑色的帶中衝進去。」

我失聲道：「宇宙黑洞！」

那人立時道：「我不認爲那是宇宙黑洞。在我的飛行中，已經遇到過不少宇宙黑洞。對於黑洞，我有足夠的了解，而且，完全記錄下來。在宇宙飛行之中，完全可以避開黑洞的強大引力，但是我卻無法避開那一條寬闊的黑色帶。」

我聽得十分緊張，忙道：「那麼，你的太空船……」

那人道：「不論我怎麼努力，我的太空船被吸進了這股黑色地帶之中。請你再按一下那掣。」

我又按下了那個掣，屏上出現了一片深黑色，甚麼也沒有，只是一片深黑，在深黑之中，好像有許多「旋」，但是也看不真切的。我向那人望去，那人的聲音繼續傳出來：「在這條黑色的帶中，我甚麼也接收不到，也無法通過任何儀器看到任何東西，只是一片黑色，太空船完全不受控制，一切儀器盡皆失靈。我以爲我一定完了，再也沒有機會回去了。可是，突然之間，忽然又出現了轉機！請你再按一下掣。」

我再按下那個掣，屏上的黑色消失，又是一片深藍，而且，一邊是兩大團隱約可見的星雲，另一邊，是一條寬闊的黑色帶，和第一幅顯示的，完全一樣。

我道：「這幅圖片，我們已經看過了。」

那人道：「請留意它們的不同。」

我道：「一模一樣，沒有甚麼不同！」

白素卻道：「有不同，和第一幅圖片相反。」

一經白素指出，我也立即覺察到了這一點，忙道：「是，方向掉轉了，但那不算是不同，一定是你回航了，才會有這樣的不同。」

那人道：「你現在的想法，和我當時的想法，正是一樣。當我一脫出那黑色帶，又看到那兩團星雲，而那兩團星雲又在我的前方，我就自己告訴自己：我回航了。何以我會回航，我想不出，我猜想，那條黑色的帶，是宇宙的邊緣，而我的太空船未能闖過宇宙的邊緣，一定是被一種不可知的力量，反彈了回來，所以我又回航了。」

白素皺著眉：「當時你這樣想，相當合理。」

那人苦笑一下：「我想，回航正是我的願望，我已經見到了宇宙的邊緣，而且有了記錄，回去之後，可算是一個極其重大的發現。在回程中，我十分興奮，輕鬆，因爲我成功地完成了一次偉大的航行！」

那人講到這裏，又略爲停了一停。我和白素交換了一下眼色。那人這一大段的敘述，並沒有甚麼晦澀難懂之處，我完全可以了解。可是我在聽了之後，卻仍不明白他爲甚麼要從頭說起。

過了一會，那人才道：「若干時日之後，我又穿過了那兩大團星雲，展示在我眼前的，全是我所熟悉的星體，我真是回航了。我越過了許多星體，這些星體，在我前進時，全曾經通過。在有的星球上，我甚至曾降落過，留下了詳盡的記錄，所以，當它們一出現在螢光屏上，我完全可以肯定，它們就是我曾見過的那些星體，我越來越接近出發點了。」

我越聽，心中越是疑惑不已，因爲我實在不明白他究竟想說明甚麼。

那人的聲音，轉來低沉而緩慢，續道：「在飛行記錄儀上，每一個星體和星體之間的距離，也和我前進之際，所記錄到的距離，完全一樣。」

我聽到這裏，忍不住悶哼一聲，說道：「當然一樣，第一次你是向前去，這一次你是回航，不會有甚麼變化，那何足爲奇？」

那人像是根本沒有聽到我的話一樣，只是自顧自道：「終於，我看到了阿芬角星雲。」

我吸了一口氣，阿芬角星雲，是人類天文知識的一個極限，對這個星雲，人類所知道很少，只知道它極大，極遙遠，而且確實存在，如此而已。可是聽那人的口氣，一見到了阿芬角星雲，就像是快已到家了。由此可知，他航行的歷程之遠，實在不能想像。那兩團大星雲，那股橫亙的黑色帶狀物體，究竟是在甚麼地方，全然不可想像像，或許，真是在宇宙的盡頭？

我在想著，那人仍在繼續說下去，道：「過了阿芬角星雲之後就是蜈蚣星座、金牛星座、昂宿星座，我越來越興奮，等到我終於駛進了銀河系之後，我興奮得大叫起來。」

那人說道：「我開始和基地聯絡，報告基地，我已經成功地回航了。」

我吞了一口口水，沒有打斷對方的敘述。

白素的神情看來也很緊張，她緊鎖著眉。看她的神情，像是正在苦苦思索著甚麼，不過還沒有結果。

那人頓了一頓之後，又重覆了幾次：「我回航了，我回航了。」然後又道：「上次，一飛出銀河系的邊緣，我和基地的通訊就中斷，在回航之後，我又飛進了銀河系，照說，一定可以和基地開始通訊。可是，不論我發出多少訊號，卻一點回音也收不到。起先，我以爲是通訊儀器有了故障，但是經過詳細的檢查，卻一點毛病也沒有。通訊儀器完全沒有壞，但我卻收不到基地的訊號。這時候，我已經開始疑惑了。」

他的聲音越來越低沉，又停了一會，才道：「我不知其餘的人怎樣想，但是我相信，楊安、雅倫、米倫夫婦他們，當時一定有著和我相同的經歷。」

白素「嗯」地一聲：「當然，他們和你一樣，結果到了同一地方。」

我道：「甚麼『到了同一地方』！他們全回到了原來出發之處。」

白素沒有和我爭論下去，只是凝視著那人。自擴音器中傳出那人的一下苦笑聲，和又一下嘆息聲，然後才是語聲。

那人續道：「雖然收不到任何訊息，使我的心中十分疑惑，但是我仍不覺得怎樣，因爲在不久之後，我就看到了太陽系，那是我再熟悉也沒有的了，飛過了冥王星、海王星，家鄉簡直已經在望。我一直想和基地聯絡，但是也一直沒有回音。終於，我穿破了地球的大氣層，降落在地球的表面上。」

我攤開了雙手，大聲道：「看！你回來了！只不過因爲時間上的差異……」

我還想繼續發揮「時間差異論」，想說明那人和他們的同伴，原來就是從地球上出發的，只不過在回來的時候，突破了時間的界限，倒退了幾萬年，或者是早了幾萬年。可是我的話才講了一半，就被白素不耐煩地打斷了我的話頭：「你別發表意見，讓他說下去！」

我楞了一楞，白素很少這樣打斷我的話。而她之所以如此，那一定是我的話十分愚蠢，犯了極大的錯誤。可是，我卻又想不出自己的話有甚麼錯。

我當時，只好眨著眼，不再說下去。

那人道：「衛先生的想法，也正是我一開始的想法。你們都已經知道，當我降落地球之後，發覺一切全然不對。除了抬頭向天空，還有我熟悉的星體之外，其餘的一切，完全不對！」

我道：「米倫太太的遭遇和你一樣。星空永恆，地球表面上的一切，卻全然改變。」

那人全然不理會我的話（這一點，令我相當氣惱），只是道：「我降落地球之後，一些大致的過程，你們已經知道，我也不必再說了。後來雖然受了傷，不能動，可是在姬娜的幫助下，我的腦部，卻可以直接和這裏的所有裝置聯絡，成爲其中的一部分。在我開始取得了其餘各人發出的訊號之後，作了仔細的研究，我明白，我不是回來了。」我忍不住又想開口，可是想到那人往往不理會我說些甚麼，就賭氣不再開口。

那人道：「我不是回來了！你們還記得那黑色橫亙在太空中的帶狀物體？我在衝向前去之後，經過了一段航程，才又見到了回程的景色。」

我不出聲。白素道：「是的，自那一刻起，你以爲自己是回程了。」

我咕噥一聲：「難道不是？」

那人道：「我曾假設那是宇宙的邊緣，而我無法通過，所以被反彈了回來。」

出乎我意料之外，白素竟然立時接了一句口：「事實上，你通過了，而你不知道！」

我立時向白素瞪著眼，想說她在胡說八道。可是我還沒有機會開口，那人的聲音之中，充滿了傷感：「是的，我通過了那黑色帶，我不知道！」

我「哼」地一聲道：「你說那黑色帶是宇宙邊緣，那麼，在你通過了那黑色帶之後，應該已經闖出了宇宙，到達了一個新的境界，怎麼又會見到了前進中見到過的那兩大團星雲？」

我問了這個問題之後，那人好一會不出聲，我雖然沒有再催他，可是神情不免有點「你也答不上來了吧」之感。就在這時，白素突然道：「鏡子的比喻，或者可以使他明白。」

我怔了一怔，白素是在對甚麼人說話？她是在對那人說？那算是甚麼意思，難道她已經明白了那人的話？而我還不明白？

第十二部：無數宇宙無數地球一切相同重覆

正當我想要問白素之際，那人的聲音又響了起來：「是的，鏡子，鏡子，鏡子。」

他接連講了三次「鏡子」，聽得我有點無明火起。他立時又道：「衛先生，假設你在一條跑道上，駕車疾駛，而跑道的盡頭處，有一面極大的鏡子，在感覺上，會怎樣？」

我本來並不想回答這個問題，因為聽來十分無聊。可是我想了一想，心中陡地一動，覺得自己已經捕捉到了一些甚麼，可是卻還理不出一個頭緒來。

我思緒中一捕捉了這一點，就開始感到自己一定未曾想到整件事情之中一個極其重要的關鍵，所以我立時心平氣和了許多。

在我還不知道該如何回答之際，那人的聲音又響了起來：「你假設道路極寬闊，而前面的『鏡子』又極其巨大。」

我又想了一想，才道：「在這樣的情形下，我會感到路一直在延長，並不是到了盡頭。」

那人道：「是的，你如果一直向前駛，那會怎樣？」

我揮著手，道：「自然是撞向那巨大之極的鏡子——」我講到這裏，心中又陡地一亮，道：「你的意思是說，那條黑色帶，就是鏡子？」

那人道：「鏡子只不過是一種比喻。在鏡子的比喻之中，如果你繼續向前駛，結果一定是撞破了鏡子，是不是？你很難想像的一種情形是：駛進了鏡子中！」

我呆呆地站著，像是傻瓜一樣地眨著眼。「駛進了鏡子中」，這種話，的確不可想像。

如果真有一面碩大無朋的鏡子，在鏡子中的一切，自然和鏡子之外，完全一樣，只不過方向相反，鏡子中的一切，全是虛像，鏡子一被撞破，一切鏡中的東西也就消失了。

而那人說「駛進了鏡子中」，這是甚麼意思？這……這難道是說……

我想到了這裏，陡然之間，我明白了！

我不由自主，發出了一下呼叫聲來：「你，你是說，你當時不是被黑色帶彈了回來，而是衝過了黑色帶，進入了黑色帶的另一邊？你不是回航，而是繼續前進？」

當我發出這個問題之後，我首先聽到白素吁了一口氣，像是在說：「你終於明白了！」接著，便是那人的聲音：「是的，我突破了那黑色帶，繼續前進，黑色帶是一個界限，而界限的兩邊，完全一樣，只不過方向不同，恰如實物與實物在鏡中的影子。」

我張大了口，一時之間，一句也說不出來。

黑色帶是一個界限，界限的兩邊，完全一樣，所以那人在衝過了黑色帶之後，又見到了那兩團大星雲，而星雲的方向相反，才使他以爲自己在回航，而不知道自己在繼續前進！他一直在前進，一直到了地球，而這個地球，是我們的地球，並不是他們的地球，他到達的，是「鏡子中的地球」，或者說，他來的那個地球，是「鏡子中的地球」！

我一面迅速地想著，一面覺得喉頭有點發乾。白素伸過手來，握住了我的手，低聲道：「當然令人震驚，但宇宙本來就不可測。」

我努力咳了幾下，清了清喉嚨，直視著那人：「你的意思是，一共有兩個宇宙？」

那人道：「如果只有一面『鏡子』，那麼就可以簡單地理解爲兩個宇宙。如果『鏡子』有兩面，而又是相對排列的，那麼……」

我失聲道：「那麼，就可以有無窮宇宙！」

那人道：「是的，應該是那樣！」

我用力抓著頭，思緒上一片混亂。白素道：「就假設是兩個宇宙，這兩個宇宙中的一切，全一樣？」

那人的語意肯定：「完全一樣，不但星體一樣，連在星體上的生物的活動，也完全一樣！」

我「咯」地一聲，吞下了一口口水：「你是說，在我們地球上，一切人的活動，和你們地球上……一樣？」

那人道：「是的，這裏將發生的事，在我們那裏，早已發生過了。」

我再吞了一口口水：「可是……爲甚麼，會有時間遲、早之分？」

那人又沉默了片刻，才道：「或許仍然可以用鏡子來作比喻。你對著一面鏡子，搔了搔頭，可以看見鏡子中的你，也在搔頭，兩者之間的動作，看來同時發生，但是實際上，兩者的動作之間，有極其微小的時間上的差異，因爲差異實在太小，所以根本覺察不到。」

我點了點頭，表示明白。

那人又道：「這種極微小的差異，是因爲你和鏡子之間的距離近。如果將鏡子和你之間的距離拉遠，時間上的差異，也會越大。這種差異，和光的進行速度相同，成爲一種恆數。也就是說，鏡子和你之間的距離是一光年，那麼，時間上的差異，就是一年了。」我伸手在臉上撫摸了一下。我已經進一步明白了。距離相差一光年，時間就相差一年。從地球到那股黑色帶的距離是多少年，時間就相差多少年！那距離，是不可測的巨大，也就是說，那人的地球，和我們的地球上所發生的事，差了不知多少萬年！

在他們的地球上，早已發生過的事，在我們的地球上，也遲早會發生的！你對著鏡子搔頭，鏡子中的你，一定也搔頭，而不會變成別的動作，只不過鏡子中的搔頭動作在甚麼時候發生，要視乎你和鏡子間的距離而定，它肯定會發生！

等到我明白了這一點之際，我實在覺得以前感到好笑的事，一點也不好笑了。那人說過，他在他寫下的「天書」之中，記錄了地球上一切將要發生的事，一切人的命運，那又有甚麼稀奇？這並不是他的「預測」，而是在他們那裏，早已發生過！

他也曾經問過我：「昨天發生的事，你是不是知道？」昨天發生的事，自然知道。而在我們地球中將要發生的事，對他來說，就像昨天發生的！

我和白素互握著手，越來越緊，兩人的手心中，都在冒汗。

那人又道：「我明白了，我相信其他的人並不明白。」

我喃喃地道：「是的，米倫太太就一點不明白，她一直以為自己回到了家鄉，卻不知道她是進入……進入了『鏡子之中』。」

那人道：「現在，你相信我所寫下的一切，真是一本天書？」

我喃喃地說道：「自然相信！你在天書中，記錄了多少年的事？」

那人道：「不多，不過一萬年。」

我又喃喃地道：「一萬年……當然不算多，不過……也夠多了。」

那人道：「有關於你們地球上的人，所有的人，我就根據他的出生年、月、日、時分來分類。在我們那裏，在這個時辰出世的人的命運，也就是你們這裏，這個時辰出世的人的命運，這是早已肯定了的，絕不會改變，我在『天書』中寫下的，用這裏的資料分析儀一分析，一個人一生的命運、遭遇，立時可以知道，因為那是早已發生過的。」

他講到這裏，停了片刻：「兩位想不想知道你們日後，到這一生的終結，將會發生，肯定發生的一切？」

一聽得他那麼說，我不禁感到了一股極度的寒意！我幾乎連想也不想，就出聲叫了起來：

「不！我不想！不想預先知道的！」

白素也吸了一口氣，跟著道：「我……我也……不想。要是全知道了……」

她沒有向下說去，但是我知道她的意思。她沒有說出來的話是：「要是全知道，而又無法改變，那麼，今後的歲月，活著還有甚麼意思？」

正因爲一切將來的事，一定會依照已經發生過的發生，絕不能改變，所以，不知道實在比知道更好！

那人低嘆了一聲，說道：「你們不想知道，但是姬娜卻想知道，她知道她自己一定會在死後，連屍體都沒有法子保存得好，她對這一點，感到十分悲哀，她一直設法，想改變她已知道的事實！」

我一聽，毫無目的地打了幾個轉。姬娜曾到處向殯儀專家詢問保存屍體的辦法，我一直以爲，她有一具屍體需要處理。她甚至向頗普——那個雜貨舖老闆——訂購了保存屍體需要用的一切化學藥品！

可是，實際上，她要處理的屍體，就是她自己！她希望自己的屍體，不致於腐爛。可是，即使這一點小小的願望，她也無法達到。她不能改變已經發生過的事！她的屍體，在熱帶森林中，被我拖著走了十天，到我終於不得不將她埋葬的時候，她的屍體已經腐爛得……我實在不願意再形容下去了。

我和白素兩人怔怔地互望著，實在不知該說些甚麼才好。那人又道：「姬娜其實不十分相信資料分析的結果，她只是疑信參半。而且，由於我說得極其肯定，她對我起了一定的反感。在這樣的情形下，她才離開了我，她想去改變自己的命運，然而結果，她的命運，正是早已發生過了的事。」

我盡量使自己鎮定，姬娜的行動，倒是可以理解的，她自然無法知道，她的試圖改變，也是早已發生過的——一想到這裏，我陡地震了一震，說道：「對不起，我又糊塗了！譬如說，姬娜、我們，遇到了你，也全是早已經發生過的事？」

那人道：「當然是的。」

我又說道：「在你們的地球上？」

那人道：「是的。」

我喘了一口氣，道：「這就有點不可理解了。難道在你們地球上，也早有一個來自另一個地球的人，到過你們的地球？」

那人的聲音聽來十分乾澀：「這又牽涉到『鏡子』的問題了。我們剛才說過，如果只有一面鏡子，那自然只有兩個相對的宇宙，如果有兩面『鏡子』的話……」

他還沒有講完，我已經叫了起來：「那就有無數的宇宙，無數的地球！」

那人的聲音有點無可奈何：「恐怕是的。在你來說，我比你們先進了幾萬年，但我又可能比另一個地球上的人落後幾萬年。同樣的，你們又可能比某一個地球上的人，進步幾萬年。鏡子中的一切，一個一個傳遞下去，宇宙是不是有邊際，我實在說不上來。」

我望著那人：「那麼，你自己……」

那人道：「我？我當然推算過我自己，維持我最後生命的藥物，已經用完，在地球上又找不到，所以，我已經到了生命的盡頭。從現在算起，只有三十一分二十秒。」

我吃驚道：「然後……」

那人的聲音平靜：「當然是死亡！」

我揮著手，實在說不出甚麼安慰的話來，好一會，我才道：「其實，所謂死亡，根本還沒有開始！」

那人道：「沒有開始又怎麼樣！開始了之後，還不是一切依照已經發生過的再來一遍？」

我覺得無話可說，那人道：「你是不是想讀懂天書的內容，現在該有一個決定了。請將你的決定告訴我，因爲我時間已經不多，要教會你使用翻譯儀器，並不簡單。」

我望著那一大疊稿件。

稿件是天書。我已經確信這一點。將天書翻譯出來，我可以預知在地球上將會發生的一切事。也可以預知地球上一切人的命運，而時間長達一萬年之久。

我讀懂了天書之後，就可以成爲真正的先知！

這實在是一個極大的誘惑。古往今來，哪一個人不想預知將來？（這一點也很奇怪，將來應該不可測，但是人類一直頑固地相信有方法可以推測將來，就像是人類隱約知道將來其實是早已發生過的事！）

我望著，心中猶豫不決。就在這時候，白素大聲道：「不！我們不想知道天書的內容。」

我陡地向白素望了過去，不知道她何以回答得如此肯定。本來，對於是不是要知道這部「天書」的內容，我仍然在猶豫不決，可是一聽得白素這樣說，我也覺得十分突兀，忙道：「爲甚麼不要？這裏面記載著那麼多未來的事情，要是我們知道了……」

白素向我走出了一步：「知道了又怎麼樣？」

我大聲道：「如果知道了，那我們就是先知！是這個星球上最偉大的人！」

白素的神情很鎭定：「是的，或許最偉大，但也是最痛苦的人！」

我吸了一口氣，白素立時又道：「我們讀了天書，知道將來要發生的事，不能夠改變，一切悲哀的事，都只好眼看著它發生，這豈不是最痛苦的事？」

我道：「可是……」

白素揮了揮手，打斷了我的話頭：「而且，人的一生，到頭來一定是死亡，如果極其確切地知道自己甚麼時候會死亡，這是甚麼滋味？不論還有多少年，但是死亡的陰影，卻一直籠罩著！我實在想不出，這樣的生活，還有甚麼樂趣可言！」

我被白素的話，說得一句話也答不上來。

就在這時，那人微弱的聲音，傳了出來，道：「請快點決定，我時間已不多了！」

白素的神情更堅決：「我們完全不想知道天書的內容！」

她一面說，一面突如其來，作了一個我絕未曾料到的動作。她在和我爭辯之際，已經離得我相當接近，這時，她陡然一伸手，竟在我毫無防備的情形下，將我手中的那一疊稿件，全搶了過去。

我大聲叫道：「你想幹甚麼？」

我一面叫著，一面想將之搶回來。可是白素的身手，本來就不在我之下，她有了準備，我想在她的手中，奪回東西來，就不那麼容易。我連出了兩次手，皆未成功，而白素已迅速地退到了一列控制臺之前，一伸手，將手中那疊稿件，向著一個圓筒形的入口處，陡地拋了下去，同時，望定了那人，叫道：「銷毀它！」

我還未曾知道發生甚麼事之間，就在白素的一下呼喝之後，那金屬圓筒中，傳來「轟」地一聲響，一篷火光，冒了起來。

那篷火光青白色，一望而知，是溫度極高的火燄。而那疊稿件，寫在各種各樣的紙張上的，火光才一冒起，就看到一大篷紙灰，向上升了起來。我發出了一下怪叫聲，向前疾撲了過去，一團紙灰恰好向我迎面撲了過來，我一伸手，抓了一把紙灰在手，再向那金屬圓筒看去，看到圓筒中的紙灰，在迅速消失，轉眼之間，除了幾縷青煙之外，甚麼也不剩了！

我呆呆地站著，隔了好久，才向白素望去，白素有點抱歉地望著我，可是她顯然未對她的作爲有任何內疚之感。

我有點懊喪：「你怎麼知道將東西投進那金屬圓筒中，就可以銷毀？」

白素道：「我比你更注意四周圍的一切，我早就看到那金屬圓筒之中，有一些灰燼，我猜想那是要來銷毀東西用的。同時，我也想到，我們的朋友，他一定還有力量，可以開啓這個裝置，果然……」

我苦笑了一下，接了上去：「果然給你料中了！」

我一面說著，一面無可奈何地攤開手。

當我攤開手來之際，我不禁發出了「啊」地一聲。我在衝向前來之際，曾有一團紙灰飛舞升起，被我一把抓住，我一直握著拳。直到這時，攤開手來，我才發現，在我手掌之中，還有著一片小小的殘剩紙片，沒有燒去，而在那紙片上，還有著幾個字！

我望著手掌心的那紙片，立時又抬起頭來，白素忙道：「聽我說，對於將來的事，知道了，一點好處也沒有！」

我也忙道：「整部天書已經銷毀了，就讓我知道這一點點，有甚麼關係？」

白素苦笑了一下，我立時轉身，向那人望去，說道：「我想知道這一角紙片上，你寫下了甚麼。翻譯機怎麼使用法，請告訴我！」

那人的聲音傳了出來：「你看到那一組淡黃色控制鈕？那便是翻譯裝置的控制，你將這紙片上的文字，對準其中的一個有著接近符號的掣鈕上……」

他一直在指導著我如何使用翻譯裝置。正如他所說，使用起來，相當複雜，他一直不停地說了十分鐘左右，我才算弄明白了一個大概。我立時照著他所說的方法，按動了一連串的掣鈕，在我面前的一個螢光屏上，開始閃耀出文字來。

那人早已說過，他們的文字，代表的意思相當多。但是我卻再也想不到，那小紙片上，看來只不過三五個字，所代表的意思，竟是那麼多，在螢光屏中閃耀出現的英文單字，竟有上千個之多，有的根本是文義完全不連貫的，那自然是燒剩的字只剩下了一部分之故。我猜，文義連貫的那五六百字，只是小紙片上三個完整的字所化出來的。我一面看，一面心驚。

我轉過頭去，想叫白素一起來看，但是白素看來對之一點興趣也沒有，她在傳出那人聲音的擴音裝置之旁，望著那人，全神貫注。

我注意到，自擴音裝置之中，還有微弱的聲音傳出來，白素還在和那人交談，不過，看來那人的生命快要結束了，他發出的聲音如此微弱，我距離得相當遠，已經完全聽不清楚那人在說甚麼。

我道：「你快來看，天書的內容如此豐富，如果整部天書全在，我們只怕花十年的時光，也看不完！」

白素卻像是沒有聽到我的話一樣，仍然在用心聽著，我向她走過去，她向我作了一個手勢，示意我不要出聲，過了約莫一分鐘左右，她才吁了一口氣：「我們的朋友死了！」

我怔了一怔，向那人望了過去。那人本來就像是死人一樣，自從我見他起，他的全身，完全沒有動過。這時，他仍然一動不動地坐著。可是我卻可以分辨得出，的確，他已經死了。他的雙眼仍然睜著，但是，雙眼之中，只是一片茫然，而不再有那種深切的悲哀。

我慢慢走向前去，伸手，撫下了他的眼皮：「我們怎樣處理他的遺體？」

白素道：「他臨死之前，已有安排，這裏的一切，快要毀去，我們立即離開吧！」

我忙道：「你還沒有看到翻譯出來的那一角天書！」

白素道：「我不想看！」

我發急道：「就算你不想看天書，這裏的一切裝置，全是那麼先進，每一個零件拆出來，都可以叫科學家大開眼界！有甚麼法子可以停止那人的安排？」

白素道：「沒有！」

我叫了起來，道：「你使人類的科學，遲緩了不知多少年！」

白素對我的大聲疾呼，竟然完全無動於衷：「這一天，總會到來的！」

我道：「我可以令之提早！」

白素道：「你能改變既定的事實？」

我呆了一呆，白素不等我再說話，已拉著我，向外直奔了出去。我實在想將這裏的東西帶點出去，可是白素一下子就將我拉得奔了出去，又來到外面，那個只有金屬圓柱的地方。

我一伸手，按住了那金屬圓柱，叫道：「等一等！可以商量一下。」

白素道：「除非你準備死在這裏！」

我十分氣惱，道：「如果我是應該死在這裏的，誰也改變不了！」

白素笑了一下：「你不應該死在這裏，也不能在這裏得到甚麼！」

我不理會她，還想掙扎，可是就在這時，處身的所在，溫度陡地提高，白素叫道：「快走！」

溫度一下子變得如此之高，簡直就像是置身在火爐之中一樣，我手按著那金屬圓柱，也變得滾燙，我一縮手，又被白素拉著，向外奔去。

當我們奔出了那個山洞之際，我甚至聽到了頭髮發出「滋滋」的聲響，和聞到了一陣焦臭味。一出了洞口，我和白素倒在洞外的草地上。我期待著自山洞中會傳出巨大的爆炸聲，或是整個山洞崩坍的聲音，可是卻並沒有這些現象。只是有一股各種顏色的氣體，自山洞中冒了出來，立時被風吹散。

過了好一會兒，我坐起身來：「那太空船，已經不存在了？」

白素道：「是的，他告訴我，一切全化成氣體。」

我眨著眼，嘆了一聲：「我們不知花了多少心血，爲了想弄清楚姬娜給我的那些稿件上，寫著的是甚麼。我們終於知道了那是一部如此驚人內容的天書，可是你卻全然不想知道它的內容。」

白素站了起來，掠了掠頭髮：「至少，你已經知道了一部分內容，我不以爲你知道了那一小部分內容之後，還想知道全部！」

聽得白素這樣說，我默然半晌，才道：「你怎麼知道？你已經在螢光屏上看到了那段文字？」

白素道：「沒有，我既然已打定了主意，不想知道天書的內容，就不會再去看一點點。我從你臉上驚恐的神情，看出你讀到的那一段內容，一定令你十分震驚！」

我不由自主喘著氣：「是的，那……」

白素一伸手，捂住了我的口：「等一等，先聽我說了再開口！」

我點了點頭，不知道她要說甚麼。白素放下手，神情極之嚴肅：「你知道了一件將會發生的事，這件事，令你震驚、駭然，甚至害怕。你明知這件事會發生，絕對沒有任何力量可以改變。從知道的那一剎間起，你已經開始擔心，你心中極度徬徨，不知該如何才好，這件事成爲陰影，一直盤踞在你的心中。你仔細想一想，我是不是有必要，和你同受這樣的痛苦？如果你認為有這個必要，那麼，就請將你看到那一角天書的內容告訴我！」

白素講完之後，一直望著我，我的心情極其苦澀，過了好一會，我才道：「不必了，我不會將我看到的天書的內容告訴你，也不會告訴任何人，就讓它在我一個人的心中好了，沒有必要讓這種痛苦傳播開去。」

白素十分同情地握住了我的手，我苦笑著。白素道：「我早已對你說過，我們不應該知道天書的任何內容！」

我道：「算了，我還可以承受得起，就算是對我想預知將來的懲罰吧！唉！姬娜甚至為那人準備了棺木，可是她自己卻……」

我們向直昇機走去，直到這時，我才留意到，在山谷中的，那座引得我們降落的那個天線型的裝置，也消失無蹤了，只是在地上留下了一個相當深的洞，叫人知道這地方原來有甚麼東西豎立過。

上了直昇機，不多久，就回到了白素在山中紮營的地方，我在營帳前躺了下來，喝著白素給我的熱咖啡。白素在我的身邊坐了下來。

我轉著手中的杯子：「當我在看那一小角天書的內容之際，你一直和那人在交談，你們在談些甚麼？」

白素道：「我開始時，問他何以姬娜的行動，會如此古怪。」

我揚了揚眉，道：「也沒有甚麼古怪，姬娜早已知道自己要死，她一定是想將紅寶石戒指出售所得的錢，好好享受一下。」

白素道：「我也這樣想，可是令我不明白的是，姬娜明知道她將飛車折回來看你，然後就會飛車失事而死亡，她爲甚麼一定要這樣做呢？她不可以直接飛回去，根本不來理你麼？」

我忙道：「是啊，她可以不理會我的！」

白素道：「那人的回答說，姬娜知道她自己會因飛車失事而死，這一點，她早已知道了，爲了這一點預知，她一直生活在極度的恐懼、痛苦之中，那種恐懼的心理所形成的痛苦，決不是普通人所能承受的，長年累月忍受這種痛苦的結果是演變爲她非但不想逃避，而且反倒盼望這一刻越早到來越好！」

我「啊」地一聲，心中感到極度的震驚，半晌說不出話來。過了好一會，我才道：「不錯，預知將來，真是十分痛苦的事情！」

白素又道：「她由於恐懼，無法一個人獨處，那人發出的訊號一直在影響她，已經可以不通過儀器，她在酒店，也可以寫『天書』，就是這個道理，她忽然離開荷蘭，只怕也是那人召她回去的！」我嘆了一聲，同意白素的看法。

白素又道：「幸而賓魯達留下來的資料，早已失散了一大半！」

我怔了一怔：「賓魯達？」

白素道：「你怎麼忘了？賓魯達，就是那六批人中的一個，他留下根據一個人的出生時間，推算這個人的一生方法。」

我茫然應著：「是啊，這種推算法，在中國極其普遍。」

白素道：「雖然普遍，但是由於資料殘缺不全，所以推算並不是十分準確，只有掌握到一些較齊全資料的人，才能夠推算出一個朦朧的將來。」

我「嗯」地一聲：「是的，可是奇怪的是，幾乎所有人，都極其熱切地想知道自己的將來，用盡方法去推算。卻沒有人想得到，一個人對於他的將來，如果了然於胸，會是一種極大的痛苦！」

白素十分同意我的話：「人類並不知道，所謂將來，事實上是另一個地方的過去，一切早已發生過，根本不能改變。人希望知道將來，無非是想依照自己的意願去改變它。如果知道將來是根本不能改變的時候，一定不會再去追求預知將來。」

我喝完了咖啡，嘆了一聲：「你可曾問那人，這種推算方法……」

白素道：「這其實是一種還原法。他們那裏的人，是在這個時候出生的。有這樣的命運，拿到我們地球上的人身上，也就一樣。」

我想起了我自己在研究這一方面的時候所遭遇到的困難，就道：「那樣說來，凡是在分類中，屬於同一類的人，也就是說，出生的時辰完全相同的，他們一生的命運，完全一樣？」

白素吸了一口氣：「是，如果有同一時間出生的人，命運應該完全相同。」

我一怔：「你說『如果有同一時間出生的人』，是甚麼意思？事實上，同一時間出生的人，世界上不知道有多少！」

白素笑了起來：「你別急，聽我解釋！」

我作了一個請她快點解釋的手勢，因爲這正是我多年之前放棄研究的原因，我亟想知道答案。

白素道：「首先，在他們那邊，由於資料的儲存系統已經有了驚人的發展，幾乎任何資料都可以無窮無盡地儲存起來，所以他們才有能力去發展這種推算法。其次，他們發現，人的性格，一定受億萬星體運行的影響。星體的運行有一定的規律，人的命運，也就有一定的規律！」

我道：「是啊，我並不否定這一點，可是同一時間出生的人，這一點怎麼解釋？」

白素道：「事實上，沒有同一時間出生的人！」

我本來已經躺了下來，一聽得白素那樣講，不禁直跳了起來：「怎麼沒有！天下同八字的人，不知道有多少！」

白素笑道：「同八字，就是出生的年、月、日、時相同，是不是？」

我大力點著頭。

白素道：「這就是了，賓魯達傳下這個推算法之際，地球人的知識還十分低，無法作精密的推算，所以他只傳下了八字。事實上，他們的資料儲存系統之中，有著十六個字的。」

我瞪著眼，一時之間，不知道白素這樣講是甚麼意思。白素道：「西洋人將人的出生時間，分為十二星座，當然是十分粗糙，而中國人將人分為『八字』，一共有五萬一千多種分類，自以為夠精細了？其實，一樣粗糙不堪。賓魯達原來的分類法，在時這一方面，已是分為二十四小時，而不是十二時辰，時之下，再分成六十分，又再分成六十秒，再將每一秒，分成一百份，總分類數目，是二百二十多億。在這樣精細的分類之下，沒有同時間出世的人，所以，也沒有相同命運的人！」

我呆了半晌，吁了一口氣，多年來存在我心目中的疑問，總算解開了。

別說賓魯達沒有傳下這個方法來，就算傳下來了，地球人也無法照他的方法來推算。誰會將出生的時間，計算到百分之一秒？

而且，就算知道了，也無法計算，因為人類沒有這樣龐大精密的資料儲存系統！看來，人只好利用粗糙的方法，約略知道一下將來的命運。這，或許是目前地球人的幸運，不必為了不能改變的將來而苦惱！

當晚，我們在山坳中過了一夜。第二天一早，就駕駛直昇機，回到了帕修斯。

在帕修斯，我們和神父見了面，我們並沒有對神父說出一切經過，只是說我們的搜索，一點也沒有發現。神父並沒有失望，因為他已經在他的信仰之中，得到了最大程度的滿足。

在離開了帕修斯之後，我和白素循著來時的道路回去，一直到荷蘭。在荷蘭，又見到了祖斯基，祖斯基十分關心姬娜的下落。我也沒有告訴他姬娜已經死了，只是勸他別再將姬娜放在心上。祖斯基的神情十分沮喪，他又問道：「那枚紅寶石戒指，為甚麼忽然會變了？姬娜是不是騙子？」

我笑了起來：「你何必追問那麼多？世界上有很多事，根本是不知道比知道好得多！」

祖斯基有點茫然地望著我，他自然不能明白我對他的告誡的真實意義，而我，也無法向他們作進一步的解釋。離開了荷蘭，我們啓程回家。在航機上，我忽然想起了一個問題，立時對白素道：「有一件事，忘了問那人，真是可惜。」

白素道：「甚麼事？」

我道：「我們知道，一共有六批人，到過地球。最早到的是楊安，後來是賓魯達，還有米倫、雅倫和那個人……」

白素道：「你是可惜我們沒有問那人的名字？」

我道：「那人叫甚麼名字，根本無關緊要。而是算起來，連那人在內，一共只有五批，還有一個人，是甚麼時候到地球的，在地球上做了一些甚麼？」

白素笑而不答，我望著她，陡地道：「你已經問過了，是不是？」

白素點了點頭，我忙湊過去：「這個人是甚麼時候到的？」

白素道：「這是那人告訴我的最後幾句話。他告訴我，另一個人，是在九十七年之前，到達地球的。這個人，做了一件極偉大的事。」

我側著頭，九十七年之前？九十七年之前，地球上有甚麼特別的事，我實在想不起來。

白素道：「這個人降落之後，接觸到的一個地球人，是一個三歲的孩子，這個孩子是一個智力低的笨孩子，三歲了，甚至還不會開口講話。這個人用他自己的思想去影響這個笨孩子，結果使得這個三歲還不會講話的笨孩子的智力，超越了地球上的所有人，這個笨孩子所知的知識，到現在為止，地球上的頂尖科學家，還在摸索之中。」

白素講到這裏，我已經忍不住大聲叫了起來，我的聲音，令得航機中的搭客，一起向我望來。

我不顧旁人詫異的眼光，仍然大聲道：「那三歲還不會說話的笨孩子是……」

白素向我作了一個手勢，阻止我說下去。而我也沒有說出來的意思，這個「笨孩子」，如果還活著，今年一百歲，九十七加三是一百，很容易計算，而這個「笨孩子」是誰，不用我說，也很容易知道，是不是？

（一九八六年按：這個「笨孩子」是誰？寫「天書」的那一年，恰好是他的一百歲冥誕，他是愛因斯坦！）

後記

「天書」這個題材，由溫乃堅先生提供。溫乃堅先生原來的設想相當奇妙，設想一本有著十的一〇六次方字數的「天書」。在這部「天書」之中。有著地球上以前、現在、將來的人所做、所講的一切，也有著宇宙萬物的一切。這本來是一個十分玄妙的題材，在構思過程中，曾經想到過一個問題：這些資料是哪裏來的呢？這部「天書」的內容，是由誰提供的呢？想來想去，想起了在「奇門」中不知自己從何而來的米倫太太，於是就成了如今這篇「天書」，距離溫先生原來的設想相當遠。

在「天書」中，特別強調一點，預知將來，不論是小至個人命連，或是大至世界前途，都沒有甚麼好處。寫完之後，核對舊稿，才發現自己這個觀點，早在以前所寫的「叢林之神」一篇中徹底表現過。在「叢林之神」中，曾為了一個對一切事物有預知能力的人，他的生活，枯燥得就像是一份看過了千百遍的舊報紙一樣，沒有任何新鮮事物出現，自然，也了無人生樂趣。

人生最大的樂趣之一是有著不可測的將來，每一天，展示在人生前面，全不可測，如果全知道了，只怕沒有甚麼人可以活得下去，尤其是知道，而又無法改變，那更是乏味。

「天書」中也曾提及推算命運的方法之一種：「八字」。事實上，根據「八字」，來推算一個人的命運，有其一定的準確性。很多人都知道，有一種根據「八字」，通過一種複雜的推算法來預算命運的方法，叫作「鐵板神數」，這種方法推算一個人的過去經歷，百分之百準確，甚至可以肯定地指出一個人一生之中，對之影響最大的許多人的姓氏，而這個姓氏，有時極其冷僻。「鐵板神數」所依據的，是一部宋朝邵康節先生留下來的著作，幾乎所有人的一生命運遭遇，全在這部書中。在「天書」中，已有強烈暗示，這部書，自然也是從「那個地球」來的一個人留下來的，一切事，全在那個地球上發生過，自然也會在我們這裏發生。

這算是甚麼？提倡「宿命」？不論任何人如何想。命運實在太奇妙，奇妙到了有時叫人無法不相信早有定數，無法改變。

（一九八六年按：作者被「鐵板神數」批算的經過和「命書」，刊載在題為「靈界」一書中，有興趣，不妨參考一下。）

迷藏

序言

時間中的前進或後退，一直是幻想小說幾個熱門題材之一，「迷藏」這個故事，寫人在時間中旅行。當然，那是典型的幻想故事。有趣的是，在這個故事的前半部，人在回到了「過去」的時候，以另一個身份（前生）出現，到後來，才變成可以自由以一個固定的身份，在時間中自由來去。前一半的設想，在「迷藏」這個故事中，沒有得到發揮，後來在另外幾個故事中，都用了「前生」這個題材。

「在時間中旅行」這種設想，十分迷人，試想，人若是真可以隨時間回到過去，進入未來，這是什麼樣一種情景？故事中的王居風和高彩虹兩個人，就一直在過著那樣的「日子」，若干時日之後，又曾有相當怪異的一個故事，是由他們引起的，那是後話了。

故事是虛構的，歐洲歷史上，並無保能大公其人，自然，安道耳也沒有大公古堡。安道耳是滑雪的好去處，冬季，遊客也是很多的。

倪匡

第一部：古堡中不准捉迷藏的禁令

捉迷藏是一種十分普通的遊戲，中外兒童都曾玩過。在中國，捉迷藏這種遊戲的歷史，至少可以上溯到唐朝——有正式記載，沒有記載的，相信更早。捉迷藏有兩種方式，其一，是將一個參加遊戲者的雙眼綁起來，令之不能視物，其他的遊戲參加者，就在他的身邊奔馳，引他來捉，另一種方式，是一個或幾個參加者找一個一定範圍內的地方，匿藏起來，要另外的參加者把他找出來。

在後一種方式的捉迷藏遊戲中，最適合的遊戲地點，是一幢古老而巨大的屋子，在這樣的大屋中，有許多可以藏身的地方，可以不被人找到。

這裏要記述的故事，和捉迷藏有關，也和一幢極古老的大屋有關。

白素有一個表妹，叫高彩虹。就是這個高彩虹，在她十六歲那年，因為玩「筆友」遊戲，而生出一場極其意外的大事，使得一個龐大軍事基地上的一具極複雜的電腦「愛」上了她。這件事，多年之前，我記述過。

近十年中，我很少有她的消息，只知她熱愛自由，反正她家裏有錢，於是她過著那種無憂無慮，富有的流浪者生活。

在這些年來，她每到一處她認為值得留下來的地方，就會留上幾天，直到興盡，才又去第二處。凡是她逗留之處，她就會選一張當地風景的明信片，寄來給白素，多年下來，彩虹的明信片，已經有滿滿一盒子，她幾乎到過世界上任何地方。

那一天早上，我正在看早報，白素自門口走進來，手中拿著幾封信，將其中的兩封，交給了我，我注意到她在看一張明信片。明信片上的圖畫，是一座式樣十分古老的大屋，或者說，是一座古堡。

那堡壘是西班牙式。西班牙這個國家，在它的全盛時期，有極輝煌的歷史，也有極宏偉而具代表性的建築，十分具特色，一看就可以看出來。而我們在西班牙，已沒有甚麼特別的親友，所以，我一面喝咖啡，一面道：「彩虹到了西班牙？」

白素並不回答，看來她正全神貫注地讀著那張明信片。我沒有再問下去，因爲我不認爲明信片上，有甚麼重要的事。如果有重要的事，寄信人不會用明信片！

所以，我在問了一句而沒有反應之後，又去看報紙。當我看完了報紙，發現白素還在看那張明信片，不過這次，並不是在看明信片後的文字，而是看明信片上的圖畫——那座古堡。

這就不能不引起我的好奇心了，一張明信片怎值得看那麼久？

我正想問她，白素已經向我望來：「彩虹寄來的，她出了一個問題考你！」

我笑了起來，果然是她那寶貝表妹寄來的，我攤了攤手：「她會有甚麼問題？」

白素道：「你自己去看！」

她將明信片遞了過來，我接了過來，明信片上只寫了寥寥的幾行字，如下：

「表姐、表姐夫，我很好，在安道耳，這是安道耳的一座古堡。我今天才知道這座古堡有一個極奇怪的禁例：不准捉迷藏！表姐夫可知道世界上有任何其他古堡有這樣的怪禁例？為甚麼這座古堡會禁止捉迷藏？我急於想知道，能告訴我嗎？」

我看了之後，不禁又好氣又好笑：「彩虹今年多大了？二十五？二十六？」

白素道：「差不多二十五六歲吧？」

我嘆了一聲：「女孩子到這年紀，應該嫁人了，不然，耽擱下去，會有問題。你看看，二十五六歲的人，還像兒童。人家古堡有禁例不准捉迷藏，她想玩，大可以上別的地方去，難道這也值得研究？」

白素聽著我說話，一副不屑的樣子。我才一說完，她就道：「你老了！」

我直跳了起來，大聲道：「你憑甚麼這樣說我？甚麼地方顯示我老了？」

白素望著我：「你自己想想，如果十年之前，你看到了這張明信片，會有甚麼反應？」

我用力揮著手：「和如今完全一樣，根本不加注意！一個古堡，不准捉迷藏，那有甚麼稀奇！」

白素沒有和我再爭下去，只是微笑著，過了一會，才道：「在古堡捉迷藏，十分有趣，一座古堡，至少有一百間房間以上，而且有無數通道、地窖、閣樓，躲在一座古堡中，要找到真不容易！」

我為了表示對白素的話沒有興趣，在她講的時候，故意大聲打著呵欠。

白素卻一點也不在乎我的態度，在講完之後，又補充道：「你可曾注意到，這座古堡叫做大公古堡，安道耳還是一個大公國的時候，由一位主政的保能大公建造。明信片有註明，這古堡建於公元八九四年。」

我又大聲打了一個呵欠：「昨晚睡得不好！」

我一面說，一面向前走去，順手將明信片還給了白素，上了樓，進了書房。

進了書房之後，我立時找出了一本有關安道耳這個小國的書籍。安道耳是夾在西班牙和法國之間的一個小國，那是真正的小國，小得可憐，只有一百七十五平方哩面積，人口一萬五千人。國境在庇里牛斯山上，土地貧瘠，幾乎是歐洲最不發達的地方，受法國和西班牙共同保護。在歷史上，曾經是一個君主國，君主稱大公，也出了幾個能征慣戰、有野心的大公，其中之一，就是保能大公。

書上記載著，這位保能大公，曾不顧所有人的反對，在國境中，建造一座極其宏偉的古堡，這就是如今成為這個小國最著名的名勝——大公古堡。

不過，書上並沒有記載著，在大公古堡中，有一條不能玩捉迷藏的禁條。

我迅速翻了一下，合上書，白素推開門，探進頭來，笑道：「找到了沒有？」

我不禁有點啼笑皆非，做夫妻年數久了，雙方都能知道對方的心意，掩飾也絕無用處。我裝著不感興趣，一到書房，立刻查書，白素顯然早已料到！

我只好苦笑了一下：「有這個古堡的記載，可是絕沒有甚麼准不准捉迷藏的禁條！彩虹太孩子氣了！」

白素道：「算了吧，如果這件事有趣，彩虹一定還會再來報告！」

我又想再打一個呵欠，可是一想我的心意，白素完全看得透，不免有點尷尬，所以只是答應了一聲：「可能會！」

當天，沒有甚麼事發生。第二天，又是在看早報的時候，門鈴響，郵差送來了一個郵包。郵包相當大，當白素將郵包放在桌上的時候，可以知道它相當沉重。

我向郵包望了一眼，白素已經道：「彩虹寄來的，不知是甚麼東西！」

彩虹從來也沒有寄過郵包給我們，可能是相當重要的東西。不過也很難說，像彩虹這樣的人，說不定心血來潮，會用空郵老遠寄一塊石頭過來！

白素拆了郵包外頭的紙，裏面是一隻木箱子。撬開木扳，將木屑倒出來之後，有一塊用紙包著的東西，拆開紙，紙內包著的是一塊銅牌。

那塊銅牌，約莫有六十公分寬，三十公分高，三公分厚，上面銅銹斑斕，看來年代久遠，在它的四角上，有著四個小孔，一望而知，這塊銅牌，本來用來釘在牆上或是門上。

白素略為抹拭了一下銅牌，看了一眼，現出訝異的神情。

我明知裝出不感興趣的樣子來沒有用，而事實上，這塊銅牌才入眼，我就下意識地覺得它有點不尋常，所以我也俯起身來，伸過頭去。

銅牌上有字鐫著，一段是西班牙文，一段是法文，但是兩段文字的涵義，完全一樣：「在此堡內，嚴禁玩捉迷藏遊戲，任何人不能違此禁例。」

在這兩段文字後面，有一個鐫出來的簽名，我認不出這是誰的簽名。但是從文字中那種嚴厲的口氣看，這個簽名，當然是當時這個古堡的主人。

在銅牌的背面，貼著一個信封，信封上寫著「表姐夫啓」。我取下信封來，撕開，這封信內只有一張小小紙片，上面寫著一句話：

「表姐夫，這塊奇異的銅牌，可能吸引你到安道耳來嗎？」

我看了之後，不禁苦笑了一下：「彩虹太胡鬧了！這塊銅牌，一定是她從大公古堡中拆下來的，這樣破壞人家的文物，怎麼說得過去？」

白素望著我：「能吸引你到安道耳去嗎？」

我連想也不想：「不能！」

白素雙手舉起了銅牌來：「真奇怪，看來當日下命令的人，一定有他的原因，不然，何必鄭重其事，將這道命令，鑄在銅牌上？」

白素一面說，一面用一種近乎挑戰的眼光望著我，想我解釋是「爲了甚麼」。

我道：「中世紀時，歐洲的政治十分紊亂，國與國之間的戰爭不斷，形勢險惡，尤其是一些小國家，隨時有被強鄰併吞的可能。所以在古堡之中，有很多秘密所在，不願被人發現，是以才下令不准捉迷藏，以免有人進入這些秘密所在！」

白素揚了揚眉，顯然對我的解釋，不是全部接受，但是除此以外，我相信她也不會有更好的解釋。

白素沒有再說甚麼，收拾好了廢紙、木屑，留下那塊銅牌，在我的面前。看完早報以後，我略爲休息了一下，帶著那塊銅牌，離開了住所，去看一位朋友。

我那位朋友，是歐洲歷史學家，對於歐洲的幾個小國，如列支坦士登、盧森堡、安道耳等等，特別有著極其深湛的認識。昨天，我已經想到要去見他，但想到甚麼不准捉迷藏的禁例，可能是高彩虹的胡說八道，而我那位朋友，又是一個十分嚴肅的人，所以才打消了去意。今天，我有這塊銅牌在手，而且彩虹的那句話中，又是充滿了自信，以爲可以吸引我到歐洲去，這塊銅牌也不是假造的，我可以去找他商量一下。

至少，我那位朋友，應該可以認得出鐫在銅牌上的那個簽名，知道是古堡的哪一任主人，下這道古怪命令。

我那位朋友，由於他在以後事情的發展中，擔任著相當重要的角色，所以有必要先將他介紹一番。

他叫王居風，歐洲歷史學權威，柏林大學和劍橋大學博士，是一個巨大的工業家族中的一員，可是他對於工業卻一點興趣也沒有。王居風為人嚴肅，我認識他已有好幾年了，幾乎沒有見過他笑，老是皺著眉，在思索著不知是甚麼問題。所以，他的年紀並不大，不過三十出頭，眉上的皺紋，卻十分深，看來比他的實際年齡，要老了許多。

王居風對他研究的科目，簡直已到了狂熱的地步，任何人和他談話，他必然可以在不到三句話之內，扯到他有興趣的事上去，而不理會旁人在講些甚麼。

有一次，我和人家打賭，賭的是我可以使王居風在十句話之內，不提及歐洲歷史，結果我輸了。那一次，我和王居風的對話如下：

我先選擇了一個決不可能和歐洲歷史扯上關係的話題，經過深思熟慮，我選擇的話題是「四聲道立體聲音響」。大家不妨想一想，這樣的話題，應該絕對和歐洲歷史扯不上關係的了吧？

我對王居風說：「你的生活太枯燥了，弄一副四聲道立體聲音響玩玩？」

我事先的估計是：王居風可能根本不知道甚麼是四聲道立體聲音響，只要他向我一問，我就可以向他解釋，在一問一答之間，至少可以拖延十句對話，那麼，這個打賭就是我贏了！

可是，王居風的第一句話，就使我敗下陣來。當時，他一聽得我那樣講，略想了一想，翻了翻眼：「這種音響，能使我聽到法國卡佩特王朝結束，瓦羅亞王朝代之而起時，腓力六世接王位時群臣的歌頌聲麼？」

我輸了這個打賭，而且輸得心服，曾經有一個時期，我根本不和他交談，因爲我對歐洲的歷史，並沒有甚麼興趣，怕被他悶死！

而如今情形不同，這塊銅牌，那座大公古堡，還有這個不准捉迷藏的怪禁例，我想只有從王居風那裏，才能有答案。

我在找他之前，並沒有用電話和他聯絡，因爲我知道他一定在家裏。我駕車來到了他住所的門口，他住的是一幢相當大的古式洋房，牆上本來爬滿了長春籐，可是他爲了怕植物上的小蟲，早將長春籐剷了個一乾二淨，以致那幢古老洋房的外形，看來十分古怪。

我在鐵門外按鈴，一個僕人出來應門，僕人認得我，帶我進去，我也不必在客廳中坐，逕自進了王居風的書房。

王居風的書房，是名副其實的書房，到處全是書。四壁全是高與天花板齊的書架不必說，地上、桌上，幾乎一切可以堆書的地方，全放了書。爲了一找到書，就可以立即翻閱，王居風書房中的書架，特別設計，每一層，都有一塊板可以翻下來，供人坐著閱讀。

當我走進書房之際，王居風正雙腳懸空，坐在高處，全神貫注地在翻書。

我抬頭向上，大聲道：「王居風，很久不見，你好麼？」

王居風向我望來：「我很好，不過查理五世有點不妙，教皇李奧十世命他將路德處死，這個神聖羅馬帝國的皇帝遇上難題了！」

王居風這種與人對話的方式，我早已習慣，所以並不詫異。我本來想請他下來再談，但我知道，如果我不是一開口就引起了他的興趣，他不會下來。所以我大聲道：「安道耳在大公國時代，保能大公造了一座古堡，這座古堡你可曾去過？」

王居風道：「當然去過，那古堡——」

他一面說，一面攀了下來，同時，喃喃不絕地講著大公古堡的歷史。當他落地之後，我才道：「這座古堡之中，有一個奇怪的禁例，不准人玩捉迷藏，你可知道為了甚麼？」

王居風陡地一呆，從他的神情看來，他顯然沒有聽懂我在說甚麼，所以我又重覆了一遍。因為我要說的話十分特別，所以我在重覆一次之際，講得十分慢而清楚。王居風顯然聽清楚了。

當他在聽清楚之後，他在一剎間的反應，真是令我吃驚，蒼白的臉一下子變成了紅色，額上的青筋也綻了起來。瞪大了眼，張大了口，看來他正想叫嚷些甚麼，但是由於實在太憤怒，以致一句話也講不出來，只是揚起了手中的那書本，要向我打來，可是多半是忽然之間，想到他手中的那本書，可能比我的腦袋更值錢，所以才沒有砸下來。

一看到他這種情形，我雖然不至於抱頭鼠竄，可是也著實連退了好幾步。我一面退，一面叫道：「是真的，不是開玩笑！」

王居風立時厲聲罵了一句：「你該上十次斷頭臺！」

王居風的這句罵人話，也十分出名，那是當年蘇格蘭女王瑪麗，被囚在倫敦塔中，寫了一封密函給西班牙國王菲力二世求救，但這封密函卻落在英國女王伊利莎白手中，伊利莎白女王在看到密函之後，憤然而罵出來的一句話。王居風連罵人的話，也和歐洲歷史有關，朋友間全知道，而這時，他就用這句話來罵我。我一想到這句話的出典，又想到瑪麗女王後來果然被送上斷頭臺，就不能不考慮後果的嚴重性。我也知道，再解釋下去也沒有用，只有將證據給他看。所以，當他又聲勢洶洶地向我衝過來之際，我忙舉起了那塊銅牌。

那塊銅牌，我進來時就抓在手上，這時，我舉起銅牌，將有字的一面向著他，叫道：「你看，你自己看！」

王居風一直衝了過來，衝到了離銅牌只有半公尺處才站定，盯著銅牌看。我一看到這種情形，就大大吁了一口氣，知道暴風雨已經過去。在接下來的三分鐘之內，王居風的雙眼，瞪得比銅鈴還大，我留意到他先看看那兩段文字，接下來大部分的時間，盯著那個簽名。

我想開口問他怎麼樣，他忽然吸了一口氣：「天！這是保能大公的簽名，你從甚麼地方弄來這塊銅牌？來！來！請坐！請坐！」

他握住了我的手臂。三分鐘之前，我還被他罵著該上十次斷頭臺，可是如今看來，誰想碰我一踱，只怕他會拚命保護我。

我被他連推帶拉，到了一張桌邊，坐了下來。他一把從我手中，將那塊銅牌，搶了過去，移一副放大鏡過來，仔細看著，神情越來越是興奮。然後，他以極快速度的動作，奔了開去。

這一點，我真是沒有辦法不佩服他。他書房中的藏書，至少有五萬冊，而且看來是如此凌亂，可是，他找起他所需要的書來，幾乎不必經過甚麼過程。他直撲一個書架，爬了上去，取下了厚厚的一本書，又回到桌邊，打開來，翻到了一頁：「你看，這是絕無僅有的一個簽名，是保能大公簽署一份文件所留下來的，原件在法國國家博物館！」

我向他指的那頁看了一眼，果然兩個簽名一模一樣。原來這道古怪的命令，就是古堡的建造者保能大公留下來的！

我道：「其實你不必找證明，你講這是誰的簽名，就一定不會錯。問題是這位才能傑出的大公，為甚麼要立下這樣的禁例？」

王居風望著我，又翻著眼，望著那塊銅牌，口唇掀動著，整個人像是中了邪。

我看到他這種情形，不禁十分同情他，忙道：「你不必難過，任何人不可能知道所有事的！」

王居風像是遭到了前所未有的慘敗一樣，望著我：「我應該知道，我知道保能大公的一切，我應該知道！」

我忙道：「你只不過是根據歷史資料來研究，怎麼可能連這種小事都知道？」

王居風又呆了半晌，才說道：「這塊銅牌，甚麼地方拿來的？」

我將這塊銅牌的來源，約略地告訴了他。他又呆了好一會，才又道：「你或許不知道，這位保能大公，有一個十分怪的怪脾氣，他不輕易簽名，剛才你看到的文件，是他向西班牙發出的宣戰書，隨著這份宣戰書而來的那場戰爭，在歐洲歷史上十分有名，那場戰爭——」

我連忙打斷了他的話，因為我怕他一講起這場戰爭的來龍去脈，我會苦不堪言。因為他口中「十分重要」的戰爭，可能在歷史上根本微不足道，不是極其專門的歷史書籍，根本不會記載。

我揮著手：「我明白你的意思，你是說，這條禁例，保能大公十分重視，所以才會鑄在銅牌上，而且簽了名！」

王居風道：「是的！」

我又將我向白素所作的解釋，對他說了一次，王居風大搖其頭：「這個理由，根本不成立。我想，這其中，可能包含著一個從來也未曾被人發掘出來的歷史秘密——」當他講到這裏時，雙眼之中，射出興奮的光芒：「我一定要發掘出來。」

我一聽得他這樣講，拍手道：「那再好也沒有了，你可以去，我相信高彩虹一定在等你——她本來想吸引我去安道耳的，但是我沒有興趣！」

王居風雙手握住銅牌，連聲道：「我去！我去！」

我想起了彩虹，望著眼前的王居風，我想這兩個怪人會面的情形，忍不住笑了出來。我道：「好，你去，我寫一封信給高彩虹，介紹你去見她！」

王居風連聲叫好，走了開去，用一張紙，拓著銅牌上所鐫的字。我寫了一張便條給彩虹，說明王居風的身份，並且說，如果他不能解釋這個怪禁例之謎，那麼，沒有人可以解答！

我寫完了便條，王居風像是根本不當我存在，只是翻來覆去研究那塊銅牌。我大聲喝了他三次，他才抬起頭來。

我道：「我要告辭了！這塊銅牌，你帶回安道耳去。我相信彩虹一定是用非法手段弄來的！希望你快點去，不然我真擔心她，會將整座古堡都拆掉！」

王居風道：「我盡快走，盡快走！」

看他那種魂不守舍的樣子，我再留下去，對他也沒有甚麼幫助，我向外走去，他也不送。到了門口，我才又道：「有甚麼結果，不妨通知我一聲！」

王居風又答應著，我就離開了他的住所。

等我回到了家中，向白素講起見王居風的經過後，白素問道：「你預料會有甚麼結果？」

我攤開了雙手：「料不到。不過我想，不會有甚麼大不了的事，別忘了，安道耳根本是一個微不足道的小國，小到了即使是歐洲人，也有許多不知道有這樣一個小山國存在！」

白素同意了我的說法，這件事就告一段落。過了幾天，高彩虹也沒有甚麼信、郵包或明信片寄來。我打電話給王居風，知道王居風在我去見他之後第二天，就啓程到歐洲去了！

一直到第七天之後，白素去參加一個親戚的喜宴，我一個人在家裏，正在研究一枚連有銘邊的中國早期郵票，電話鈴忽然響了起來。

我拿起電話來，聽到了一個女人的聲音：「長途電話。」過了一會，那女人又道：「西班牙長途電話，馬德里打來的，衛斯理先生或夫人！」

接線生還沒有繼續講話，我已經聽到了高彩虹的聲音：「表姐！表姐！」

我道：「我是衛斯理！」

我道：「不是表姐，是表姐夫！」

彩虹叫道：「一樣，表姐夫，王居風，那個王居風，他出事了！」

我吃了一驚：「出了甚麼事？」

彩虹的聲音十分惶急：「我不知道是甚麼事，可是你非來不可！你一定要來！事情很嚴重！」我到這時，才吃了一驚，忙道：「王居風在哪裏？我和他講幾句話！」

我始終認爲高彩虹並不十分成熟，有點小題大做，大驚小怪，所以我想和王居風說話。誰知道彩虹語帶哭音：「要是知道他在甚麼地方，也不會打電話叫你來了！」

我更加吃驚：「甚麼？他失蹤了？」

彩虹道：「你別在電話裏問我，好不好？你馬上來，我在馬德里機場等你！」

我大聲道：「彩虹，你聽著，我要你用心聽著，如果王居風失蹤，那麼，你應該立即通知警方！」

彩虹幾乎哭了起來：「通知警方？你要我怎樣對警方說？說我和他，因爲在大公古堡玩捉迷藏遊戲，而我找了兩天也沒有找到他？」

我真是啼笑皆非，這種事，在電話裏講，真是有點講不明白，我只得道：「好，我盡快來！我不來，你表姐也一定會來！」

彩虹又道：「快！快點來！」

我放下了電話，不由自主搖著頭。此去西班牙，最快也要兩天。而我實在不想去，因爲等我到了那裏，可能根本沒有事！在古堡中捉迷藏！我真不知道王居風在搗甚麼鬼，彩虹有點瘋瘋癲癲，王居風可不是這樣的人！

當晚，白素相當晚才回來。她一回來，我就將彩虹的電話講給她聽。白素十分焦急道：「彩虹一定沒有辦法可想，才會到馬德里去，從安道耳到馬德里，要多久？」

我不禁呆了一呆，我沒有想到這一個問題。安道耳是庇里牛斯山中的一個小國，離馬德里相當遠，交通也不怎麼方便。照彩虹電話裏所說，她兩天沒有找到王居風，人又到了馬德里，那麼，如果王居風出了事，至少已超過兩天了！

我一面想，一面皺起了雙眉。白素道：「怎麼樣，我看你得去一次！」

我滿腹牢騷：「彩虹這人也真是，怎麼像是頑童一樣。世界上最可怕的就是這類超齡兒童，我已經派了王居風去看她了，還要生事！」

白素淡然道：「第一，王居風恐怕不是你派去的，他感到有東西吸引他，所以才去的。第二，王居風也不如你所說的那麼權威、嚴肅，只怕也是一個超齡兒童，因爲他竟然和彩虹在古堡裏玩捉迷藏遊戲！」

我不禁苦笑了一下，真有點不可想像，王居風這樣的人竟會做出這樣的事來！真不知道他見了彩虹之後，發生了甚麼事！

白素又道：「你總得去看看她！」

我望著白素，可是我還沒有開口，她已經大搖其頭：「我不去，我對於古裏古怪的事，一點也沒有興趣！」

我大聲抗議：「如果事情古怪，我早就去了，就是一點也不古怪，所以才不能吸引我去哩！」

白素望了我半晌，現出了極其訝異的神情來：「你覺得事情一點也不古怪？」

我點頭道：「是，請問，古怪在甚麼地方？」

白素道：「保能大公是一個極有才能、極有野心的人，他也可以說是一個天才的軍事家，以小國寡民，當時甚至威脅過整個歐洲的局勢，像這樣的一個人，為甚麼要鄭而重之，下一條這樣的禁例？」

我翻著眼，這一點，我答不上來，不但我答不上來，連歐洲歷史權威王居風也答不上來！可是，那也沒有甚麼特別奇怪！

白素看出了我的心意：「好了，就算這道禁例的本身，沒有甚麼奇怪。可是何以那麼多年來，一直沒有人知道有這道禁例？連王居風也不知道，由此可知任何書籍之中皆沒有記載！」

我點頭，同意白素的說法。因為只要任何一本書中，有著這樣記載的話，王居風一定知道這件事。

白素又道：「彩虹是怎麼發現這道禁例的？她在甚麼情形下，找到了那塊銅牌？大公古堡，公開開放，供人參觀，何以那麼多年來，千千萬萬的人進過大公古堡而沒有發現，彩虹卻有了發現？何以王居風這樣性格的人到了大公古堡，就會對捉迷藏有興趣？何以他會不見了兩天之久？哦！這件事，值得探索的，有趣味的問題可實在太多了！」

白素還沒有講完，我已經直跳了起來，趨前，在她額上吻了一下：「再見，我去了！」

白素的神情充滿了自信，像是早已料到有這樣的結果一樣。

事實上，我也的確因為白素的分析而被勾起了好奇心，覺得整件事，確然有可疑之處，也值得探索，並不像是我起先想像的那樣無聊！

第二部：獨自在古堡過夜

我一面說著，一面已向外走去，向白素揮著手。整個上午我在辦手續，下午，白素駕車送我上機，第二天，已經在馬德里機場下了機。

我和白素約好的，我一上機，白素就通知彩虹我來了，所以，當我一通過檢查，步出閘口之際，我就看到了彩虹，踮高了腳，在接機的人叢中向我揮手，我也連忙向她揮手，急急來到了她的近前。

當我一到了離她不遠之際，我陡地呆住！

彩虹不是一個人來接機，在她身邊，站著一個人，那個人，正是彩虹宣稱爲了玩捉迷藏，而兩天找不到他的王居風！

我一看到了王居風，剎那之間，不禁無名火起，我的樣子一定極其難看，以致彩虹一副高興的神情，僵凝在臉上，變得十分尷尬。而王居風，卻只是望著我，一臉茫然的神情。

我站定，大喝一聲：「你們在搗甚麼鬼？」

我的呼喝聲太高，引得許多人向我望來，在我身邊經過的一個女人，甚至嚇得尖叫了起來。我不加理會，因爲我實在極其憤怒。彩虹本來就是「超齡兒童」，她會想出各種古怪的念頭，甚麼王居風玩捉迷藏失蹤了兩天的鬼話，我居然相信了她，這真是莫大的恥辱！

所以，我在喝了一聲之後，轉身便走，已經打定了主意：立即回去！我才走出了兩步，彩虹和王居風兩人，就急步追了上來，一邊一個，拉住了我的手臂。

我如果手臂揮動，要將他們兩個人一起摔出去，輕而易舉。但這裏畢竟是大庭廣眾之間，似乎並不適宜使用暴力，所以我才忍了下來。

彩虹一面抓住了我的手臂，一面急急地道：「表姐夫，聽我說！聽我說！」她很知道我的脾氣，也知道我真正發怒了，所以才氣急敗壞地哀求著。就在這時，有一個身材高大的洋人，一副見義勇為的神情，走了過來，向彩虹道：「小姐，可是這個人給你甚麼麻煩？」

那洋人一面說，一面毫不禮貌地用手直指著我。彩虹還沒有開口，我憋了一肚子火，正無處發洩，立時大聲道：「這位小姐沒麻煩，你有麻煩了！」

那洋人轉過頭來，惡狠狠瞪向我，我不讓他的眼珠有再向前彈的機會，已經一拳將他打得連退了幾步，撞倒了另外幾個人。

機場大堂中立時混亂了起來，在混亂中，我被彩虹和王居風兩人，拉得向外奔去，登上了一輛汽車。在車子向前駛去之際，我聽到機場大堂之中，不斷地有警笛聲傳出來。

彩虹駕著車，我和王居風坐在後面。我定了定神，向王居風望過去。這傢伙，居然一點慚咎之色都沒有，反倒有十分焦切的神情。

看了他這種神情，我心中有氣，悶哼了一聲。彩虹忙道：「表姐夫，我一點沒有騙你，事情真是怪極了！如果你知道了從頭到尾的事實，那麼，你一定不會怪我，也不會怪他！」

我冷冷地道：「好，那麼將事情從頭到尾告訴我！」

彩虹吸了一口氣，道：「好，事情是從我進入安道耳國境那一天開始——」

彩虹接著，就說著「從頭到尾的事實」，以下，就是她進入安道耳開始的種種經歷。要加以說明的是，彩虹的敘述相當長，其間也略有停頓，包括我們先到酒店，又從酒店再到一個軍用機場，在這個軍用機場中，彩虹租了一架小飛機，飛到安道耳，再從安道耳的機場，駕車到大公古堡的過程在內。

所以，當我知道了「從頭到尾的事實」之際，已距離大公古堡只有幾公里的路程，車子正在盤旋曲折的庇里牛斯山的山道中，駛向大公古堡了。

彩虹進入安道耳國境，是兩個月之前的事。這個不怎麼爲人知的歐洲小山國，每年有不少遊客來，但遊客有季節性，大多數是在夏天，入秋之後，遊客就逐漸減少，深秋時分，更少得寥寥可數，到了冬天，根本就沒有遊客。因爲庇里牛斯山山風凜冽，山間到處積雪，氣溫極低，並不好玩。

彩虹來的時候，已經深秋，她本來沒甚麼目的。正像我一開始就說過，她只是在世界各地「遊蕩」，「以廣見聞，充實人生」，但究竟這些年來，她增廣了多少見聞，充實了若干人生，真是天曉得。

彩虹到了安道耳，就在一個山區的村落中，租了一幢房子，住了下來，深秋的山景，十分迷人，而且由於遊客稀少，彩虹受到村民十分隆重的招待。住了幾天，興致盡了，想要離去，村長組織了一個惜別會來歡送她。就在惜別會舉行的時候，一個村民，多半是偶然地提起，向彩虹道：「小姐，下一站，是不是準備去參觀大公古堡？」

彩虹直到那時，還是第一次聽到「大公古堡」這個名稱，在這以前，她根本不知道在安道耳境內，有這樣的一座古堡。

（當彩虹說到這裏的時候，王居風狠狠瞪了她一眼，彩虹居然臉有慚色。）

當時，她順口道：「是又怎麼樣？」

那村民道：「如果是的話，那麼你要提高駕駛速度，因爲大公古堡在五天之後，就要關閉，不讓人參觀了！」

彩虹問道：「大公古堡，離這裏很遠？」

那村民指著一座山頭：「不是很遠，翻過這座山頭，就可以看到它聳立在山上。」

彩虹笑了起來：「那只要半天時間就夠了，我何必要趕路？」

那村民道：「是啊，半天時間趕路，你就只有四天半時間看古堡了，四天半的時間太少了，你能早到一分鐘，就可以多看一分鐘！」

彩虹當時，呵呵笑了起來，她心中想，安道耳這樣的小地方，以爲自己境內有一座古堡，就十分了不起。歐洲各地都有古堡，不知見過了多少！當然，爲了禮貌，她當時只是笑著，並沒有說甚麼。惜別會結束之後，她駕車離去。

她使用的那輛車子，性能極高，特別製造，她在世界各地遊蕩，這輛車子是主要的交通工具。彩虹本來不準備到大公古堡去，因爲她認定安道耳這樣的小國，不會有甚麼值得參觀的古堡。可是當她駕著車，翻過了村民所指的那個山頭，看到了聳立在另一個山頭上的大公古堡之後，她改變了主意。

那時，正是黃昏時分。深秋的藍天，襯上了一團團的晚霞，景色本來就極其迷人，再加上古堡建築的宏偉，隔得又遠，看起來，簡直就像是童話中的仙境，彩虹只看了一眼，就愛上了這景致，而且，照著那村民所說，加快了速度，向大公古堡駛去。

當她的車子，飛一般地駛過大公古堡的空地，驚起了一大群鴿子之際，天色早已黑了下來。她著亮了車頭燈，照著古堡的大門。古堡的大門，是極厚的橡木所製，上面釘著許多拳頭大小的銅釘。

彩虹熄了車子的引擎之後，四周圍靜得一點聲音也沒有。聳立的古堡，就在她的面前，古堡有許多形狀不同的窗子，每一個窗子，都黑沉沉地，反映著星月的冷光，古堡的圍牆很高，陰森幽邃，無可名狀。

如果換了旁人，看到了這樣的情形，說不定就此掉轉車頭離去，可是彩虹卻覺得極其刺激，高興莫名，不斷地按著汽車的喇叭。

喇叭聲在寂靜的山間響起來，驚天動地，古堡附近的林子中，一群一群的飛鳥，衝天而起，發出各種叫聲。

在喇叭聲響起了幾分鐘之後，古堡中傳來了一陣犬吠聲，彩虹知道自己已將古堡中的人驚動，她停止了按喇叭，將車子駛得更近大門，下了車，等著。不一會，犬吠聲漸漸接近大門，她也聽到了腳步聲。再過了一會，大門旁的一扇小門打開，一個人提著一盞蓄電池的燈，走了出來。

彩虹期待著古堡中走出來的是一個面目恐怖，神態陰森，身形傴僂的老人，可是自門中走出來的，是一個身形高大，而且相當英俊的年輕人。那年輕人看到了彩虹，現出十分迷惑的神色。

彩虹也知道自己的行為多少有點不對頭，所以她忙道：「對不起，我是來自東方的遊客，我迷路了，看到這裏有屋子，以為可以度過一宿，我驚擾了你？」

那年輕人不由自主，用手打著頭：「天！你竟然到大公古堡來投宿！」

彩虹也知道自己這種說法很滑稽，自這座古堡建成以來，她可能是第一個以借宿為名義，要求進入古堡的人。當時她攤著手：「正如我說過，我從遙遠的東方來，我叫高彩虹！你不至於拒絕我的要求吧！」

那年輕人現出無可奈何的笑容：「請進來，我叫古昂，是古堡的管理員。」

高彩虹和古昂握著手，隨著古昂進了古堡，一踏進門，彩虹就看到一隻極大的長毛牧羊狗，在前面迅速地奔了進去。

（我之所以不厭其詳地講述彩虹的經歷，是因為整件事由彩虹身上引起。而且，古堡的管理員古昂，以及古堡的一切，和以後事情的發展，很有關係。再加上現在先弄明白古堡的情形，也比較好些，等我來到古堡時，可以省略了一番敘述。）

彩虹看到門內，很高的圍牆之後，是一個很大的院子，院子中黑沉沉，再向前走，可以看到大廳的門，門緊閉著。

古昂帶著她，繞過了古堡的一個牆角，穿過了一條巷子，那條巷子相當狹窄，抬頭望去，兩旁全是高聳的石牆。彩虹心中嘀咕著，不知道古昂要帶她到甚麼地方去。過了那道巷子，是一個較小的院落，在院落的左首，有一排平房。

古昂指著那排平房：「這本來是僕役的住所，現在是古堡管理處的辦公室！」

彩虹不禁有點好奇：「那麼大的古堡，只有你一個管理員？」

古昂的神情，十分不好意思：「本來不止，一共有十個管理員，還有好幾十個不定期的工人，來維持古堡——可是每年到古堡關閉前幾天，根本沒有遊客再來，所以他們——」

彩虹是一個很惡作劇的女孩子，古昂的神情越是不好意思，她就越要佔上風，她冷笑著：「所以其餘九個管理員都偷懶溜走了？」

古昂現出無可奈何的神情，彩虹望著黑沉沉，看來像是龐大得無邊無際的古堡，又望了望古昂，當時她心中不禁有點佩服：「這麼大的古堡，只有你一個人！」

古昂笑著：「本來是，但現在有一位美麗的小姐來和我作伴！」

彩虹瞪了他一眼，跟著他走進了一間房間。雖然說那本來是僕役的住所，可是房間也十分寬大，隔了兩間，外面的一半，放著些桌椅，相當凌亂，彩虹向內邊的一半望了一下，發現裏面是一張大床，那隻長毛牧羊狗，這時伏在床前。

彩虹坐了下來，古昂張羅著煮咖啡，等到彩虹喝了一口熱咖啡之後，才又問道：「你一個人住在這樣的古堡中，難道不害怕嗎？」

古昂道：「我習慣了，我的父親、叔父，他們全是古堡的管理員。我從小就在這一座古堡中長大的，幾乎熟悉整座古堡的每一塊石頭！」

彩虹笑道：「你的父親、叔父偷懶去了？」古昂的神情，陡地變得十分嚴肅，說道：「不，他們——他們——」

古昂像是十分難以形容他父親和叔父的處境，猶豫了好一會，才道：「他們——失蹤了。」

在這時候，彩虹如果不是那麼好取笑人，談幾句同情說話的話，以後事情發展，可能完全不同。彩虹如果說幾句禮貌的同情的話，那麼，她和古昂之間便不會有衝突。她和古昂之間沒有衝突，古昂自然不會負氣答應彩虹的要求，那麼，一切全不同了！可是，彩虹在當時，一聽得古昂說他的父親和叔叔失蹤，卻「哈哈」大笑起來：「失蹤了？不會迷失在這座古堡之中了吧！」

古昂的神情，一直十分友善，可是這時彩虹的話才一出口，古昂的兩道濃眉陡地一揚，臉上有了怒意：「一點也不好笑，正是在古堡中失蹤的！」

彩虹如果知道甚麼是適可而止，那倒也好了，可是她卻不懂，仍然笑著：「古堡中有甚麼怪物？吸血殭屍？狼人？還是甚麼其他的鬼怪？說不定是一大群鬼怪，所以才會使人失蹤，失蹤者多半是當了怪物的點心了！」

彩虹的話才一住口，古昂的神情更怒，大聲喝道：「夠了，別再講下去了！」

彩虹扮了一個鬼臉：「再講下去，你就不敢一個人住在這裏了？」

彩虹牙尖嘴利，一直在山中長大的古昂，想要和她鬥口，那兩人之間的「段數」，相差實在太遠。古昂只是憤怒道：「當然不是！」

他否認了一句，接著又道：「這座古堡的歷史太悠久，總會有點不可思議的怪事！」

彩虹「啊哈」一聲：「歷史悠久，多久了？」

古昂挺了挺胸，神情相當自傲：「這古堡，是公元八九四年建造的！」

彩虹就是要引出他這句話來，因爲她早知道歐洲的古堡歷史再久，也不會久到哪裏去。是以古昂的話一出口，她又放肆地大笑了起來：「公元八九四年，這就叫歷史悠久？你別忘了，我來自中國，在我們的國家裏，要公元前兩千年的東西，才夠資格稱得上歷史悠久！」

古昂的神情，狼狽不堪，一聲不出，彩虹又撩他講話，他也不開口。彩虹無法可施：「好了，今晚我睡在甚麼地方？」

古昂向外面一指：「外面有十幾間房間，隨便你喜歡哪一間。」

彩虹實在性格上太具挑戰性，她已經看出古昂很不高興，可是她還不肯就此爲止，立時道：「你不是說這些屋子是僕役居住的麼？原來你們安道耳人，招待客人居住在僕役的院子中？」

古昂也有點忍無可忍了。

事實上，任何人對著彩虹這樣的人，都會忍無可忍，古昂已經算是好脾氣的了。

古昂大聲道：「那麼你想睡在哪裏？」

彩虹向外面指著：「當然是在古堡中，專爲貴賓而設的房間！」

古昂望著彩虹，眨著眼睛，看他的神情，像是不能相信自己的耳朵。隔了好半晌，他才道：「小姐，你想證明些甚麼？如果你的目的是使我震駭，那我承認，我的確十分震驚！」

彩虹搖頭，說道：「不，我不會睡在原來是僕役睡的地方，我要睡在古堡中招待貴賓的房間中！以前，女王或是公主睡過的房間！」

古昂一聲不出，打開了一個抽屜，取了兩柄巨大的鑰匙來，放在桌上：「這兩柄鑰匙，可以由東端或西端進入古堡的主要建築，據我所知，堡中招待貴賓的地方，是在三樓的東翼，你可以到那裏二十多間房間中，自由選擇一間，希望你別再來騷擾我！」據彩虹說，她當時看出古昂的神情，以爲她一定會害怕起來，打消原來的念頭，所以她偏偏要去，不在古昂的面前示弱。她一伸手，取過了鑰匙，抬頭挺胸，氣勢如虹地走了出去。當她來到院子中的時候，涼風吹來，她心中已經有了點悔意，一個人，在這樣深沉、有著上下好幾層、幾百間房間的古堡中過夜，那可不是鬧著玩的。

事情有時候，真很難說，如果不是古昂心地太好，只要讓彩虹一個人在院子裏多站一會，彩虹說不定就不去了。可是古昂卻跟了出來：「小姐，如果你改變主意，現在就是時候！」

彩虹就是這樣的「超齡兒童」，明明心中害怕了，古昂這樣一說，她反倒硬著頭皮，說道：「誰說我改變主意？」她一面說，一面深深吸了一口氣：「山間的空氣多清新！」

古昂沒有再說甚麼，只是將手中提著的那盞燈，放在地上：「你可以用這盞燈照明。」

他說完之後，就退了進去。彩虹望著那盞燈所發出的光芒，心中本來是想賭氣連這一盞燈也不要。但想了一想，總不能在黑暗中摸索，所以走過去，將燈提了起來，一直向前走去。

她穿過了院子，從一道橡木門中走出去，來到了古堡主要建築物的牆前，沿著牆向前走。四周圍靜到了極點，燈光映著她的身子，令她的影子，在灰麻石砌成的牆上，不斷晃動，看起來陰森可怖。

彩虹咬了咬牙，繼續向前走著，轉過了一個牆角，看到了一道關著的門。

彩虹以前根本沒有到過這幢古堡，古堡的建築情形，她也全然不了解，看到有一扇門鎖著，她就來到了門前，用古昂給她的兩柄鑰匙之中的一柄去開門，可是卻未曾打開，再用第二柄，巨大的鑰匙插進鎖孔之後，轉了一轉，「喀」地一聲響，鎖打開了。

彩虹在門前呆了片刻，心中說：只不過是一座沒有人的古堡，難道真會有甚麼吸血殭屍，怕甚麼！自己鼓勵著自己，一推門，就走了進去。

在這裏，必須補充一下整座大公古堡的建築情形，以方便記述彩虹的遭遇。

整座大公堡，如果從空中俯瞰，其形狀恰如一隻啞鈴。東邊和西邊，是兩個六角形的建築，各高五層，最頂層，是尖角形的尖塔。

在東、西兩翼之間，是兩層高的長條形建築。彩虹才到時，走進來的那個大院子，是長條形建築的正門。而古昂住的那個院子，則在長條形建築的後面。長條形建築將東翼和西翼連結起來。

這只是大公堡外形的簡單描述，內部的建築十分複雜，不是一下子說得明白，只好哪裏有事情發生，就介紹到哪裏。

古昂給彩虹的兩柄鑰匙，是打開東翼和西翼底層大門的，這時，彩虹打開的，是東翼底層的大門，所以，當她推門走進去之際，走進了東翼的底層。

才一進門，彩虹舉起燈來，向前照著。她看出自己是置身在一個極大的廳堂中。因爲這個廳堂實在太大，她手中的提燈，根本照不到廳堂的牆壁，只是朦朦朧朧，可以看到四壁上，畫滿了壁畫。

抬頭向上看去，隱約可看到有一盞很大的吊燈。左首，是一道盤旋向上的樓梯，提燈的光芒照在欄杆上，映出一種奇異詭譎的圖案。

彩虹不禁呆住了，心怦怦跳著，她咳嗽了一聲，在大廳中響起的回音，令得她手心冒汗。她以前到過不少古堡，但那都是在白天，古堡中除了她之外，還有各種各樣的人，而且，那些古堡也未必有大公古堡那麼大。

這時，彩虹真有點進退維谷。放在她面前的，只有兩條路可供選擇，一是退出去，去接受古昂的嘲笑，一是留在古堡之中。

彩虹勉力定了定神，儘管這時她心中十分後悔，可是她還是不願意退回去。

彩虹慢慢向前走著，她已經將腳步放得十分輕，可是這要命的古堡，地上像是空心的一樣，每一步踏出去，還是發出隆然巨響來。

（彩虹的確說是隆然巨響，但事實上決不是，我想所謂隆然巨響也者，只不過是她害怕之極的心跳聲。）

彩虹總算來到了大廳堂的中心部分，她看了看手表，晚上九時半，算來五時半天明，就算拚著一夜不睡，也只不過八小時而已，彩虹一想到明天一早，昂然而出，對古昂打招呼之際，古昂一定會又驚訝又欽佩，勇氣又增加了不少。

她留意到大廳四壁的壁畫，大多記述戰爭，畫得十分逼真，在正中，是一個騎在馬上，挺著長矛，矛尖正刺中一個敵人心口的武士，神情威武。彩虹當時並不知道那就是保能大公。

她一直來到樓梯口，開始向樓上走去，靠近樓梯的牆上，掛著許多畫像，有男有女，彩虹也沒有細看。她走上了三十多級樓梯，就到了二樓。

二樓的入口處，是一道甬道，甬道的兩邊，全是房間，彩虹只略走前了幾步，就退了回來，因爲古昂說過，貴賓的房間是在三樓。

她又走了三十多級樓梯，到了三樓。三樓的格局和二樓一樣。

那甬道看來迂迴曲折，陰森之極，彩虹實在沒有勇氣再向前走去，所以，她經過第一扇房門之際，就推開房，走了進去，並且立時將門關上。

這時，彩虹在大公古堡東翼三樓，近樓梯口的第一間房間之中。

彩虹進房之後，總算鬆了一口氣，據她的形容，當她走進東翼的大門之後，直到了房間之內，這一段路，她真不知道自己是如何走過來的。而到了房間之中，關上了房門之後，雖然她一樣因爲心中的恐懼而在冒汗，但處身的空間小了一些，心裏多少有一點安全感。

彩虹並不是一個膽小的人，要不然，她也決不會在世界各地「流浪」。才一進古堡之中，由於太靜和環境太陌生，她無可避免地感到害怕，但進入了房間之後，她已經鎮定了下來。

背靠門站了一會，打量著房間中的情形。整間房間，大約有五十平方公尺，一邊是一張巨大的四柱床。由於古堡一直在悉心的保養之下，作爲名勝供人參觀，所以房間中的帷幔等物，都相當好。那張四柱床的銅柱，也擦得明亮，可以照得見人。

在床的對面，是一具相當大的壁爐，壁爐的架上，有著極其精美的雕刻，上面也有著古物的陳設。在壁爐之前，是兩張巨大的安樂椅。

另一面牆上，是一具古色古香的大櫥，再一面牆是窗，窗帘掛著，遮住了窗子。

在三分鐘之後，彩虹已經完全鎮定了下來，這只不過是一座古堡，而她是在古堡的一間房間之中。她心中自己告訴自己，一點沒有甚麼值得害怕的，她甚至告訴自己，要是真有一個吸血殭屍，化成蝙蝠，自窗口飛撲進來，那倒是一個千載難逢的經歷。

當她想到這一點之際，她來到窗前，向外看了一看。她無法看清楚窗外是甚麼地方，因爲外面一片黑暗，看起來，像是一個大花園。

然後，彩虹來到床前，和衣倒在床上，深深地吸了一口氣，閉上眼睛。

彩虹已經很疲倦，所以當她閉上眼睛之後不久，就睡著了。

彩虹講到這裏的時候，特別強調一點。她說，她膽子再大，也不敢熄了燈來睡。所以，當她睡過去的時候，她可以肯定，那盞蓄電池手提燈，是開著的。

當然，她也曾注意到，當時燈光已顯得十分昏黃，可能電的儲存量已經不多。所以，當她在睡了若干時候之後，突然醒來，發覺自己是處在極度的黑暗之中時，她只驚訝了極短的時間，就明白那手提燈的電，一定耗完了。

明白了這一點，本來沒有甚麼可怕，可是彩虹立時想到自己處身在一座已有將近一千年歷史的古堡中，那樣的環境，四周圍一片漆黑，這無論如何不是一件令人愉快的事。

彩虹記得當初她打量房間的時候，在壁爐架上，有一座相當精緻的燭臺，燭臺上有一對未經點燃的燭。彩虹決定去點燃那對蠟燭。

她在身邊，摸到了自己的手提袋，取出了打火機，打著，打火機的火光閃耀著，將她的影子，形成一個巨大的暗影，顯在牆上，當她向壁爐走去的時候，她有點不怎麼敢看自己的影子。

她來到壁爐前，踮起腳尖，點壁爐架上的蠟燭。那時，她整個人，是在壁爐之前，突然之間，她感到一股寒風吹向她，那突如其來的一股寒風，令得她陡地打了一個冷顫，手一震，手中的打火機落在地上，熄滅了，變成了一片黑暗。

當時的情形，實在足以令一個膽子再大的人，也自內心深處，生出極度的恐懼感。而彩虹當時也真正地僵呆了，當她勉力定過神來之際，第一便是想找回自己的打火機。可是當她蹲下身去，雙手在地上摸索著的時候，她卻找不到她的打火機。

打火機落下來，一定落在她的身邊，可是她卻摸來摸去摸不到！

（我可以打賭，彩虹那時在地上摸索著的雙手，一定在刷刷地發著抖。因爲當她向我講述她在古堡中的經過之際，講到這裏，她臉色煞白，雖然極力鎮定，但是聲音還是不由自主的，有點發顫。）

（我是一個十分心急的人，心中有意見，一定要急不及待搶著發表。我在聽到彩虹講到這裏之際，略爲想了一想，就忍不住哈哈大笑了起來。）

（當時，彩虹、王居風和我在一起，我們全在那架小型飛機上，他們兩人狠狠地瞪著我。）

（我道：「彩虹，當時你站在壁爐之前？」彩虹點頭道：「是！」我又道：「那麼，有一股寒風，向你吹來，陰氣森森，吹得你遍體生寒，就一點也不奇怪！」）

（王居風冷笑一聲：「彩虹，他和我一樣自作聰明，想告訴你，壁爐一定有煙囪，煙囪設計的目的，是要達到空氣對流，那一陣風，從煙囪中吹進來！」我呆了一呆，我正想那樣說，這是再顯淺不過的道理，王居風也想到了！）

（我道：「難道不是？」王居風道：「你最好聽彩虹再講下去，別太早下論斷！」我悶哼了一聲，沒有再說甚麼，彩虹則苦笑了一下。）

彩虹在地上摸索著，找來找去，找不到打火機，心中越來越急，也越來越害怕，四周圍一片漆黑，不論她多麼努力，一點東西也看不到。她不知道自己蹲在地上摸索了多久，才陡地想起來，自己實在太笨了！

房間中之所以如此黑暗，當然是因爲掛著厚厚的窗帘之故。如果將窗帘拉開來，儘管外面也是黑夜，多少有點星月微光映進來，那麼就可以找到跌在地上的打火機了！

當她想到這一點之際，她已經準備直起身子來了，可是當時她蹲在地上相當久，雙腿有點麻木，所以一時間站不起來。她於是伸手按向地上，想借著一按之力，站起身子來。就在她的手向地上一按之際，她的手，按到了一個人的手。

那是一個男人的手背！彩虹可以肯定。粗大，有凸起的骨節，和相當濃密的汗毛！

（當我聽到這裏的時候，我忍不住直跳了起來。小型飛機是由我駕駛的，我離座跳了起來，以致令得飛機忽然向下降了一百公尺，我連忙又坐回來，將飛機控制好了，才吁了一口氣。）

（我期望彩虹會有一個很離奇的故事講給我聽，可是也沒有希望她講述的事，離奇到這一地步！）

（深夜，在一座千年古堡的房間中，一團漆黑，她掉了打火機，在地上摸索著，竟摸到一隻男人的手！真是有鬼？鬼又可以摸得到？）

（當我坐下來之後，我瞪著彩虹。）

（彩虹儘管臉色煞白，但還是在向下講著她的遭遇。最可氣的是在她身邊的王居風，神情也一本正經，絲毫也不以爲彩虹講的事荒謬可笑，像是他也曾在黑暗之中摸到過那隻手！）

（我當時沒有說甚麼，因爲我看出即使我發出一連串的問題，也不會有甚麼結果，彩虹不會回答我，她只是自顧自地講下去。）

突然在那樣的情形下摸到了一隻手，彩虹自然而然的一個反應，就是一聲尖叫，身子向後彈出去，跌倒在地上。她叫了一聲又一聲，彷彿在尖叫中，可以減輕恐懼。她不知道自己叫了多少下，才開始可以想一想究竟發生了甚麼事。

她畢竟是一個相當聰明的人，她立時想到了那個管理員，她大聲叫道：「你不必嚇我！我知道是你在搗鬼！這房間有暗道，是不是？你嚇不倒我！」

她叫了幾遍，沒有回音，接著，她便聽到了「噹」的一聲響，像是有一塊相當沉重的金屬物體，跌到了地上。彩虹這時，整個人像是浸在冰水之中，雖然她想到了是那管理員的惡作劇，因爲不可能有其他的人，甚至整座古堡的範圍之內，也只不過她和管理員兩個人。但是她仍然感到害怕，因爲她不知管理員在「惡作劇」之外，是不是還有別的目的，而且這樣的「惡作劇」，也實在太過分了！

可是她在叫了幾遍之後，卻沒有聽到任何回音，這時，她所聽到的聲音，除了她自己急促的呼吸聲和劇烈的心跳聲之外，就是一種「嚓嚓」的聲響。那種聲響，從壁爐中傳出來，聽起來，就像是有人躲在壁爐之中，正試圖想打著她那隻打火機一樣。

彩虹陡地跳了起來。她跳起來的目的，是想奔向門，打開門衝出去。可是，在一間陌生的房間之中，又是漆黑一團，要一下子在那樣惶急的情形之下，衝到門口，並不是容易的事。

她跳了起來，向前一衝，撞在大床的一根銅柱之上，發出了一下巨大的聲響，她立時伸手，抓住了銅柱，定了定神，記憶著方向，來到了門口，喘著氣，拉開了門。

當她一拉開門之後，她竟然看到了燈光！

這是她絕不期待的事，她看到了燈光！在這樣的情形之下看到了燈光，這真令得她心中興奮之極，她張大口想叫，可是一時之間，她發不出聲音來。

而也就在那一剎間，她看到，那燈光，是一具手提燈發出來的，在燈光之後，是一個相當高大的人，正是那個曾和她鬥過氣的管理員。

這時，管理員提高了燈，向上照來：「小姐，我像是聽到了尖叫聲，發生了甚麼事？」

管理員站在下面，就是一進東翼之後，就看到的那個大廳之中。彩虹站在門口，她站的地方，離樓梯不是太遠，所以她可以看到下面的情形。

剛才，彩虹認爲她摸到的那隻手是管理員的惡作劇，這時，她心中猶豫，從她的房間，到如今管理員所站的位置，距離相當遠。如果管理員剛才在房中，似乎不可能在一時之間，就到了樓下。

但是彩虹在極度的驚恐之中，不知自己尖叫了多久，對時間的觀念，也相當模糊，再加上她認定了在這座古堡，一定有暗道，那麼，管理員在嚇了她一大跳之後，再回到樓下，似乎也不是甚麼不可能的事。

彩虹性格十分強而好勝，任何人在這樣的情形之下，一定不想再「玩」下去了。可是彩虹卻不同。她這時心中想的是：哼，你以爲嚇倒我了？其實我一點也不害怕，而且戳穿了你的鬼計！

彩虹這時心中所想的是：你嚇了我一大跳，我也要想辦法來嚇你！

所以，當她一聽到管理員大聲向她問發生了甚麼事之際，她定了定神，立時答道：「沒有甚麼，或許是我做了一個惡夢，我有在夢中尖叫的習慣。」

管理員抬高著頭，臉上的神情很誠懇：「小姐，還是下來吧，離天亮還有一段時間，我們可以——」

彩虹不等他講完，就拒絕了他的提議：「不必了，你以爲我害怕？告訴你，我一點也沒有害怕，再會！」

彩虹一說完，立時重重關上了門，又退到了房間中。這時候，她已經鎮定了許多。

她在關上房門之後，用心傾聽著，聽到腳步聲，關門聲，管理員走了。

彩虹心中暗自咒罵了幾句，房間中仍是一片黑暗，她認定了方向，向前走著，來到了窗前，用力將窗帘一起拉了開來。

窗帘拉開之後，正如她以前所預料的那樣，外面多少有一點星月微光射進來。她在黑暗之中久了，儘管只是一點微光，也多少可以使她看清楚房間中的一點情形。她首先看到那座壁爐，壁爐沒有甚麼異樣，然後，她也看到了，在壁爐前的地上，有一塊銅牌。

這使得彩虹呆了一呆，這塊銅牌，她可以肯定，是以前所沒有的。

當她才一進房間來的時候，她曾仔細打量過這間房間，那時，手提燈的電還沒有用完，房間中的一切，她可以看得很清楚，如果地上早就有了這樣一塊銅牌的話，她決沒有理由視而不見。

而且，她記得，當她在摸到了一隻男人的手，驚駭莫名地跌退之際，曾聽到「噹」地一聲響，像是有甚麼金屬物，自壁爐中跌出來，當然，那一定就是這塊銅牌了！

彩虹既然認定了是管理員在搗鬼，她反倒不怎麼害怕。她想，這塊銅牌，本來可能裝在壁爐中，因爲那傢伙鑽進鑽出，所以將它碰掉了下來。

她定了定神，走過去，將銅牌拾了起來，她可以看到，銅牌上鐫著字，但是太黑暗，她沒有辦法看清楚那是甚麼字。

彩虹心想，這可不能怪我，是你惡作劇在先，這塊銅牌，就算是我嚇了一大跳之後的紀念品好了。她用一幅絲巾，將銅牌包了起來，然後，在窗前坐了下來，等天亮。

這真是漫長的等待，彩虹心中想了千百個方法，想去回嚇管理員，可是她畢竟提不起勇氣來走出這間房間。天終於亮了，彩虹以勝利者的姿態走出去，來到了管理員的房間前，大力踢著門。

第三部：玩捉迷藏失了蹤

管理員醒了，打開門，彩虹雙手叉著腰，大聲說道：「你沒有嚇倒我，這古堡也沒有甚麼可怕，我走了，謝謝你收留我！」

彩虹一面說著，一面將鑰匙向對方直拋了過去，然後，不理會對方一臉錯愕的神色，大踏步向前便走，而且，立時上了車子，疾馳離去。

彩虹極好尋根究底，她這時心中不是沒有疑點，但是她卻沒有深究。因為她「做賊心虛」，帶走了那塊銅牌。

她知道，像大公古堡這樣的古堡之中，每一件東西，都有極高的歷史價值，絕不容任何人帶走。而她居然帶走了一塊銅牌。雖然她自己以為，那是對管理員「惡作劇」的懲戒，但是她內心深處，也知道自己這樣做法是不對的，所以唯恐給人發現，來不及離去。

當她駕車駛出了相當遠，在下山的路上，經過了一個小鎮，才停了下來，一面喝著熱牛奶，一面取出了那塊銅牌來，這才看清了銅牌上面刻的是甚麼字。

這塊銅牌，自然就是她後來寄給我，我又拿去給王居風看的那一塊了。

在銅牌上鐫著的字，就是保能大公簽了名，不准在古堡之中捉迷藏的禁例。

當時，彩虹就呆了一呆，她第一個想法是：這也是一個玩笑！

但是，看那塊銅牌製作精美，卻又不像是甚麼玩笑。她在不明白之餘，就寄了一張明信片給白素。她之所以不立即將那塊銅牌一起寄來，是因爲那個小鎮上的郵政設備簡陋，沒有寄郵包的服務。

當她離開了那個小鎮之後，越想越奇，在經過了一個小城之時，就將銅牌寄了來給我。

我在收到了銅牌之後的情形，一開始時已經講述過了，不再重覆。

在彩虹講述了她第一段的經歷之後，雖然在事前，她曾要我別打斷她的敘述，而我也曾答應了她。

事實上，由於可疑之處，實在太多，是以我一聽到她的敘述告一段落，便道：「等一等，我有很多不明白的地方，一定要先提出來向你問一問！」

彩虹說道：「你先別問好不好？在第一段中，你聽到有不明白的地方，再聽下去，就會明白！」

我堅持道：「不行，我如果不弄明白那些疑點，一直在我心中想著，會影響我集中精神，聽你再講以後的經歷！」

彩虹有點無可奈何地嘆了一口氣：「好，你問吧，我早準備你問任何問題！」

我立時道：「或許我們已有很多年沒有見面了，你的性格，有了改變。我覺得，你的行動，和你的性格不合，這很難理解！」

彩虹道：「譬如——」

我道：「譬如說，你在黑暗之中，摸到了一隻男人的手，而你以爲那是惡作劇！」

彩虹道：「是的，當時我那樣認爲！」

我呆了一呆，彩虹這樣回答我，那表示事情在以後，確然還有異乎尋常的發展，而我太心急了。但是我還是問道：「你當時認爲是惡作劇，自然認爲有人從壁爐中鑽出來了？」

彩虹道：「我正是那樣想。」

我道：「你竟沒有在事後，去察看一下壁爐中是不是有暗道，這和你喜歡尋根究底的性格，極不相合！」

彩虹吸了一口氣：「是的，我曾經這樣想過，但是一則，我收起了那塊銅牌，心中有點內疚。二則，我當時實在害怕，害怕事情不是如我所想的那樣，那我實在不知該如何捱過那下半夜才好！」

彩虹這樣解釋，倒可以接受。

我又道：「還有，你那隻打火機呢？你沒有再提起它，它在哪裏？」

彩虹嘆了一聲：「你太心急了，這隻打火機，在我第二段經歷中，我又找到了它，但當時我沒有發現它，一則，由於心中慌亂，二則那打火機並不名貴，不見了也不要緊，所以我沒有找下去。」

我點了點頭，再道：「我和你表姐收到你的明信片，你寫那幾句話，寫得很輕鬆，一點也不像你曾經有過如此驚險的經歷！」

彩虹笑了一下：「我又不是小說家，無法在文字上將我的經歷寫出來。事實上，我剛才也不過平鋪直敘，一點也沒有誇張。當時，我已經離開了大公古堡，而且，我真的爲銅牌上的那禁例所吸引，覺得十分奇怪和有趣，所以才告訴你。」我點了點頭，將我們收到明信片和銅牌之後，我如何去找王居風的事，約略講給了彩虹聽，然後道：「王居風來了，是在哪裏找到你的？」

彩虹沒有回答，王居風已經道：「要找她很容易，我一到了安道耳的首都，那個小城，只不過六千居民，有一小型飛機場，彩虹每天在飛機場等，她本來想等你來的，可是等到了我！」

彩虹道：「很少中國人到安道耳來。本來，我以爲你一定會來，可是——」

彩虹在安道耳的機場沒有等到我，等到了王居風。王居風一下機，走出機場，就看到了高彩虹。正像彩虹所說，很少中國人到安道耳來，所以王居風逕自向彩虹走過去。

王居風來到了彩虹的身前，放下了衣箱，自我介紹：「我叫王居風，是你表姐夫衛斯理的朋友。」

彩虹十分興奮，說道：「他呢？」

王居風道：「他沒有來，派我來的！」

彩虹的神情有點疑惑：「你是——」

王居風再進一步自我介紹：「我研究歐洲歷史，特別對歐洲幾個小國的歷史有興趣，對保能大公古堡，我很熟悉，看到了你寄給衛斯理的那塊銅牌，認出了鐫在銅牌上，是保能大公的簽名，這對一個研究安道耳歷史的人來說，不可思議！」

彩虹聽說我沒有來，本來十分失望，可是一聽得王居風這樣講，她又興高采烈起來：「真的，很有研究價值？」

王居風道：「太有研究價值了！歷史上有關保能大公的記載不少，可是從來也沒有記載著他曾經下過一條這樣古怪的禁例。請問，你是從哪裏，在甚麼情形之下，找到那塊銅牌的？」

彩虹道：「說來話長，如果你性急的話，請上我的車，我們立時到大公古堡去，不必再耽擱！」

王居風叫了起來：「我來的時候，就嫌飛機實在飛得太慢了！」

他們兩人一起上了車，由彩虹駕駛，一路上，彩虹就告訴王居風，如何得到那塊銅牌的經過。

等到彩虹講完之後，王居風和彩虹之間，已經逐漸消失了初相識的拘謹，王居風訝異道：「那塊銅牌，是從壁爐中跌了出來的？」

彩虹道：「一定是那樣，因爲當時，我聽到『噹』的一聲響，那是銅牌落地的聲音。」

王居風用手指輕拍著自己的額角：「聽來不合理，保能大公下了這樣的一條禁例，當然是希望人人遵守，那麼，這塊銅牌，應該鑲在當眼的地方，怎麼會放到一間客房的壁爐之中去？」

彩虹瞪了他一眼：「你問我它是從哪裏來的，我據實告訴了你，是不是合理，我不知道。」

王居風看出彩虹有點不高興，他道：「對不起，我只不過說有點怪。」

彩虹道：「當然怪，而且不是有點怪，而是怪得很！你想，這塊銅牌若是一直放在當眼的地方，早就被人看到，有關大公古堡的記載之中，也早就有提及了。可是兩本有關大公古堡的書，都沒有提到，所以它一直在很隱蔽的地方！」

王居風聽得彩虹這樣說，可興奮得吹了一下口哨，說道：「你看了哪兩本書？一本是『保能大公古堡介紹』，那不是甚麼——」

王居風講到這裏，彩虹點頭道：「那只不過是寫給遊客看的。另一本是『保能大公古堡探索』，這一本才專門得很！」她向王居風望了一眼：「這兩天，我就在圖書館中啃這本書！」

王居風興奮地搓著手：「你認爲那傢伙從壁爐的暗道中出來嚇你，單單這一點，就是一個偉大的發現！」

彩虹道：「是的，這是大公古堡暗道的首次發現！」

（慚愧得很，我沒有看過他們提及的那兩本書。所以，當我聽到他們這樣的對話之際，我有點莫名奇妙，插了一句嘴：「所有的古堡之中，幾乎全有暗道，那又有甚麼稀奇？」）

（王居風回答道：「你對大公古堡不了解，又沒有看過那本書，所以不知道。據古堡建造時的情勢看，大公古堡之中，一定有著極其完善複雜的暗道，可是長久以來，被發現的，只是極普通的暗道。專家認為堡中的秘道決不止此，可是歷年來，卻一直沒有新的發現。所以，彩虹的發現，極其重要。」）

（我聽他講得神乎其事，忍不住又道：「就算那是一個重大的發現，發現者也不是高彩虹，而是那個自暗道中走過來開她玩笑的人！」）

（當時，王居風和彩虹兩人，瞪了我一眼，沒有再說甚麼。）

王居風和彩虹兩人說著話，討論著他們所知的大公古堡，時間很容易打發，當晚，他們在一個小鎮過夜，第二天繼續駕車前進，在路上，他們遇到了幾個山居的人，那幾個人看到他們駕車向山中駛，神情都不勝訝異。顯然在這個時候，遊客早已絕跡。

王居風和彩虹到達大公古堡門口，車子又驚起飛鳥之際，是下午二時左右。彩虹狂按喇叭，可是足足按了十五分鐘之久，除了山中響起的回音之外，沒有任何回音。王居風下了車，來到了門口，才看到古堡的門口，掛了一塊木牌，上面用英文、法文、西班牙文三種文字，寫著告示：「本古堡已經封閉，參觀者必須於明年五月，才可進入參觀。所有管理人員，皆已離開，遊客如果想得到古堡的資料，可到就近城鎮中尋找。請注意，任何人如果擅自進入大公古堡，將觸犯刑法第三十二條，可以受到極重的刑罰。」

王居風和彩虹兩人，看到了這告示，呆了半晌。王居風喃喃地道：「我可不能等到明年五月再來！」

彩虹本來就是唯恐天下不亂的人，她立時道：「古堡中如果沒有人，我們進行研究，也更方便，你說是不是？」

王居風的雙眼之中發光：「那當然，你的意思是偷進去？」

彩虹攤開雙手：「還有更好的提議？」

王居風道：「沒有！」

（我聽到這裏，不禁嘆了一口氣。當地的民風，十分淳樸，而且，居民對古堡，也有一定程度的寶愛、崇敬，或是忌憚。而遊客在這時，根本不會再來。所以，一塊這樣的告示牌，足夠防禦古堡！可是對付高彩虹，沒有用！）

王居風本來也不是這樣不守規矩，可是在彩虹的鼓勵下，再守規矩的人，也會胡來。

古堡外面的圍牆相當高，可是砌牆的石塊，因為年代久遠，有不少剝蝕之處，而且四周圍根本一個人也沒有，他們可以肆無忌憚地放心行事。

於是，王居風和高彩虹兩人，就利用圍牆上大石的隙縫，手腳並用，像猴子一樣地攀進了大公古堡。

（「近朱者赤，近墨者黑」這句話是一點不錯的。王居風本來是一個何等嚴肅的人，嚴肅到了連笑容也不常在他的臉上出現，可是當他和彩虹在一起一兩天之後，居然攀著牆，進了大公古堡！」）

進了大公古堡之後，彩虹還怕古堡之中有人，大聲叫了幾下，除了一陣一陣的回音之外，沒有任何聲響。彩虹來過一次的，可稱熟門熟路。王居風以前雖然也曾來過幾次，但他都是正式來參觀，管理員是住在甚麼地方，他就不知道。

彩虹帶著王居風，向管理人員住的那個院子走去：「我們先到管理人員住的地方，找點工具，希望可以發現一點食物，我們可能在古堡裏耽擱很久！」

王居風同意了彩虹的辦法，他們一起來到那院子中，打開了所有管理人員居住的房間，真給他們找到了不少東西，包括豐富的罐頭食品，幾瓶酒，一些應用工具和手提照明燈等等。

王居風已經急不及待，當彩虹還在管理人員的宿舍中東搜西找的時候，他已經繞過牆角，到了古堡東翼的大門之前。

可是王居風在大門前十多分鐘，無法進入，因爲大門鎖著，而王居風只對歐洲歷史有研究，對於開鎖，一點經驗也沒有。

十多分鐘之後，彩虹來了。彩虹對開鎖頗有經驗的（從我那裏學去的），可是裝在那厚厚的橡木門上的鎖，年代久遠，是一種古代的鎖。古代的鎖，其構造有的比現代鎖還複雜得多，彩虹一樣拿它沒辦法，不過，在彩虹找到的工具之中，有一柄利斧。

（我聽到這裏，不由自主叫了起來：「不！」）

（彩虹瞪著眼：「為甚麼不？」）

（我大聲道：「你……你們用斧頭砍開了門。這……對歐洲的歷史，是一項犯罪！」）

（王居風明顯地站在彩虹的這一邊：「當時，我自己告訴自己，我們這樣做，可能會令得歐洲的歷史改寫，破壞一道門，不算甚麼，可以修補！而後來，證明我的想法沒有錯。」）

（我「哼」地一聲：「你們發現了甚麼？歐洲的歷史真的需要改寫？」）

（王居風盯著我，半晌沒回答，才道：「我不知道，我不知道該怎樣說才好！」彩虹也瞪著我：「門早已劈開了，你聽下去自然會明白，吵甚麼！」）

（我無可奈何，只好攤了攤手，我可以對付很多人，可是對付彩虹，相當困難！）

彩虹和王居風用利斧，向鎖劈著，不到三分鐘，他們就將鎖劈了開來。

當時，四周圍十分寂靜，而當利斧砍向橡木門的時候，所發出的聲響，極其驚人，即使有人在一公里外經過，也一定可以覺察大公古堡之內，有不尋常的事情發生。

如果有人發現的話，那麼，就一定可以阻止彩虹和王居風的破壞行動。可是不幸得很，竟然完全沒有人，任由他們來破壞！

（我說「不幸得很」，是我當時的想法。後來事情發展下去，究竟是「幸」或是「不幸」，實在極難加以判斷。）

鎖一被劈開，連一直嚴肅的王居風，也不禁歡呼了一聲：「你知道我現在感到自己像甚麼人？」

彩虹道：「誰知道！」

王居風挺了挺胸，道：「我就像是才收降了詹姆士二世的軍隊的奧倫治公爵！如今，大公古堡整個是我們的了！」

（王居風這時，將自己比喻爲奧倫治公爵其實大有深意。）

（公元一六八八年，英國發生政變，詹姆士二世的軍隊，向奧倫治公爵投降，奧倫治公爵的妻子瑪麗成爲英國的新君。當時，新教徒從荷蘭迎奧倫治公爵夫婦回來，而奧倫治公爵的妻子瑪麗是詹姆士二世的長女，信奉新教。）

（王居風用這件史實，自然是在向彩虹暗示一種愛意，只可惜這種表達情意的方式，用在彩虹身上，一點不起作用，因爲彩虹對於歐洲歷史，所知很少，真是「俏媚眼做給瞎子看」！）

彩虹當時一點反應也沒有，王居風自然相當失望，他決定再等待另外的機會。

他們兩人進了東翼的大廳，彩虹指著樓梯：「那間房間，就在上面！」

王居風抬頭向上望了一眼：「我知道，大公堡才建成之後不久，有一位顯赫人物，曾在這間房間中作過客，他是西班牙的一位海軍上將，當時率領西班牙海軍，縱橫七海！」

彩虹眨著眼：「這位海軍上將很喜歡捉迷藏？」

彩虹這樣的問題，在嚴肅研究歷史的王居風聽來，自然是幼稚之至，如果換了別人提到這樣的問題來，王居風一定會勃然大怒。可是這時，他對彩虹已經有了莫名的好感，是以反而覺得彩虹的問題，十分有趣，笑了起來：「歷史上沒有這樣的記載——」

他在講了這一句話之後，陡地一怔，現出一種十分古怪的神情來。

彩虹注意到了他那種古怪的神情，忙道：「怎麼啦？你……看到了甚麼？」

彩虹以為王居風在剎那之間，不知道看到了甚麼怪東西，是以才會有這樣古怪神情的。雖然在白天，但在這樣陰森的古堡中，總不免令人害怕的，是以她不由自主，向王居風靠近了些。

王居風的雙眉打著結，彩虹望著他，過了約莫半分鐘，王居風才道：「怪事，真是怪事！」

彩虹更嚇了一大跳，四面看看，想弄明白王居風說的怪事，是指甚麼而言，可是古堡之中空洞陰森，看起來卻又不像是有甚麼怪事發生。

王居風自顧自說著：「這位海軍上將，在大公古堡逗留了幾天，和保能大公作了一次會談，可是當他離開大公古堡之後，回到西班牙，他卻突然不經宣布，就離開了海軍，在西班牙南部的一間寺院之中，成了隱士。真怪，一個叱吒風雲的海軍上將，忽然之間，成了隱士，真是怪事！」

直到這時，彩虹才知道王居風的「怪事」，並不是指古堡中有了甚麼怪事，還是指歐洲的歷史而言。她不禁瞪了王居風一眼：「你少講點歐洲歷史好不好？我們要探索的是這座古堡！」

王居風道：「你難道不覺得這位大將軍的突然變成隱士，和大公古堡有關？」

彩虹是聰明人，王居風這樣一說，她立時明白了王居風的意思，說道：「你是說，這位大將軍——」

王居風道：「海軍上將皮爾遜！」

彩虹道：「皮爾遜是因爲在大公古堡住了幾天，所以才成爲隱士？」

這時，他們一面說，一面已來到了三樓，彩虹曾住過的那間房間門口。

王居風伸手向房門一指：「正確地說，他是在古堡的這間房間中住過幾天之後，才忽然成爲隱士的！」

彩虹望著他，說道：「你說房間有古怪？」

王居風道：「一定是，你也在這間房間中，遇到了怪事！」

彩虹大聲道：「我遇到的不算是甚麼怪事，不過是一個無聊的人惡作劇，想嚇我，沒有嚇到！」

王居風沒有說甚麼，伸手推開了房門。

那間房間，還是那樣子，和彩虹上次來的時候，沒有甚麼不同，陳設和所有的擺飾品，都完全在原來的位置。房間中很黑暗，王居風逕自來到窗前，拉開了帘帷，房間中明亮了起來。

王居風轉過身來，他已經取出了那塊銅牌來：「當時，你是在哪裏看到這塊銅牌的？」

彩虹指著壁爐前的地上：「這裏！」

王居風走過去，將銅牌放在彩虹指著的所在：「是這裏？一點也沒有錯？」

彩虹有點生氣：「當然不可能一點也沒有錯，但就在這裏！」

王居風做任何事都很認真，他又問了一句：「你肯定你進房間來的時候，這塊銅牌，不在地上？」

彩虹是一個性急的人，她真有點不耐煩了，大聲道：「你也可以看到，這塊銅牌又不是小，如果早在地上，我又不是瞎子，怎會看不到？」

王居風仍然未曾覺察到彩虹的不耐煩，再道：「你肯定它是從壁爐中跌出來的？」

彩虹將聲音提得更高：「當時一片漆黑，我只聽到銅牌墮地的聲音，不知道它是從甚麼鬼地方跌出來的，不過我想，在壁爐中跌出來！你的問題，問完了沒有？」

王居風呆了一呆，才知道彩虹的小姐脾氣，不易伺候，他沒有再說甚麼，俯下身，向壁爐中看去，著亮了一盞手提燈，向壁爐內照看。

彩虹也和他一起，向壁爐內部看。

壁爐當然已有相當長時期沒有使用了，很乾淨，王居風一面看，一面用手摸索。

彩虹道：「你在摸甚麼？」

王居風道：「這塊銅牌的四角有小孔，它本來應該是釘在甚麼地方，我想找到它原來的所在，那地方，應該也有釘孔！」

彩虹苦笑道：「壁爐有多大，你該看到沒有釘孔！」

王居風縮回手來：「是的，沒有釘孔，而且壁爐被清理過，如果銅牌原來是釘在壁爐之內，早就應該被人發現！」

彩虹說道：「或許是從煙囪中——」

她講到一半，便沒有講下去，因爲探頭進壁爐，可以看到煙囪，煙囪相當狹窄，根本放不下那塊銅牌！

王居風喃喃地道：「保能大公頒下了這樣的一條禁例，又鄭重其事地鑄成了銅牌，一定想每一個人都知道堡中有這樣的禁例，那麼，銅牌應該放在最當眼的地方才是！」

彩虹瞪了他一眼：「照你的推理，這塊銅牌，就根本不應該在這間房間之中出現！」

王居風苦笑道：「這真是怪事，我真不明白——」

彩虹說道：「我倒有一個想法！」

王居風向她望來，彩虹道：「我想，這條禁例，未免有點奇怪，而且不登大雅之堂。普通住在古堡中的人，不會喜歡捉迷藏的，喜歡捉迷藏的人，一定盡量利用古堡中的暗道——」

彩虹請到這裏，王居風已經叫了起來：「這塊銅牌，原來釘在暗道之中！」

彩虹道：「對，就是這個意思！所以，我們應該找尋暗道，而且我可以肯定，暗道的一個出口，就在這個壁爐之中！」

王居風道：「對，有人曾經從這壁爐中出來過，你在黑暗之中，摸到過他的手！」

彩虹點頭道：「是，我碰到過他的手！」

王居風和彩虹兩人，開始在壁爐附近，找尋可以打開暗道出口的樞紐，他們移動著一切擺飾，轉動著一切看來可以轉動的東西，到最後，他們甚至合力，將那張四柱大床，搬了一個位置。

可是，壁爐依然是壁爐，並沒有甚麼暗門忽然打了開來。他們又開始拆壁爐，將壁爐外的裝飾，全部拆了下來，將下面的鐵架，也搬了出來。

到了這一地步，實在是沒有甚麼可以再找的了。壁爐根本沒有暗門，唯一的「通道」，就是那根狹窄的煙囪，而煙囪根本無法爬進一個人來。

王居風停了手，向彩虹望去，彩虹踢著牆，說道：「裏面一定有暗道，只不過我們找不到它的出入口，我看，如果將牆拆開來——」

彩虹這個提議，立時被王居風否決了。

王居風之所以否決彩虹的提議，倒並不是因爲彩虹的提議太胡鬧，而是他感到，大石砌成的牆，絕不是他們兩個人使用簡單的工具可以拆得開來的！

彩虹氣呼呼地生了下來，這時，他們已經忙了好幾小時，天色早已黑了下來，王居風在房間中團團轉著，不住用手拍著額，在思索著。

彩虹忽然道：「我餓了！」

王居風抬起頭來：「哦，餓了！是的，我也餓了！我們好像該吃點東西？」

彩虹沒好氣地道：「獅心王李察在思索難題的時候，也會肚餓，肚子餓了，當然該吃東西，誰都一樣！」

彩虹一面說，一面向外走去：「我去弄吃的東西！你來不來？」

王居風實在很不捨得離開這間房間，可是肚子又餓，他又不好意思叫彩虹將食物送來這裏給他，所以只好跟著彩虹走了出去。

他們來到了管理人員的住所，弄了一些罐頭，胡亂充著飢，兩人都很失望，是以誰也不想開口。等到塞飽了肚子，王居風道：「我們再到那間房間中去找暗道？」

彩虹苦笑道：「還找甚麼？暗道一定在，可是我們找不到！」

王居風道：「或許在那間房間，暗道的構造特別巧妙，所以我們找不到！」

彩虹本來已經垂頭喪氣，一聽得王居風這樣講，陡地跳了起來：「對，我們到別的地方去找！」

（我一聽到這裏，不禁嘆了一口氣，大公古堡遭劫了，不知道要被彩虹和王居風兩人，破壞到甚麼程度！彩虹可以胡鬧，王居風實在不應該跟著她胡鬧！）

（王居風一定看出了我有責備他的神情，立時道：「我沒有選擇的餘地，你想，彩虹明明曾在黑暗之中摸到過一隻人手，那人一定是通過暗道走進來的，而我們卻找不到，要是你，你肯就此停止？」）

（我嘆了一口氣，無法回答王居風的問題。）

在接下來的幾天之中，王居風和高彩虹兩人，從東翼開始，尋找暗道，一直找到西翼。他們找得十分仔細，然後，又找到了地窖中。王居風在去的時候，帶了有關大公古堡的資料，資料中本來就有暗道的記載，但是那只不過是普通的暗道，早已開放給參觀者參觀，並不是甚麼秘密。而除了那些暗道之外，他們沒有任何發現。

（我聽到這裏，又忍不住插口道：「我未曾見過像你們這樣的蠢人！」）

（彩虹惱怒地道：「你有甚麼好辦法？」）

（我道：「當你在古堡中第一次過夜之際，古堡之中，只有你和一個管理員在，是不是？那管理員叫甚麼名字？」）

（彩虹沒好氣地道：「叫古昂，你先說，你有甚麼好辦法？何以我和王居風是蠢人？」）

（我道：「你說你在房間中摸到的那隻手，是古昂來嚇你的——」）

（彩虹大聲道：「當然是他！」）

（我立時道：「那就是了，你們何必費盡心機去找暗道？找到那個管理員古昂，問問他暗道在甚麼地方，不就可以有結果了？」）

（彩虹「哼」地一聲：「第一，古昂走了，我不知道他住在甚麼地方。第二，讓人家指出暗道在甚麼地方，哪有自己找出來好玩？」）

（我聽得彩虹那樣講，也有點氣惱：「你為了好玩，那我也不便表示甚麼意見！」）

彩虹和王居風又繼續到別的房間中去找暗道，可是一樣沒有結果，他們已經要放棄了。

在彩虹和王居風一起找尋暗道的過程中，王居風對彩虹的印象越來越好，所以，到最後彩虹提出了一個任何正常成年人聽來，都會反對的提議時，王居風居然想也不想，就答應了下來。

彩虹提議道：「哼，這個大公古堡，由保能大公下了不准捉迷藏的命令，我們偏要在古堡捉迷藏，你躲，我來找你！」

王居風道：「好！我去躲起來，半小時後，你來找我，不准偷看！」

那時，他們兩人是在西翼二樓最尾端的一間房間之中。他們是從東翼一間間房間走過去的，所以，那時他們在古堡中的最後一間房間之中。

他們決定了在古堡中捉迷藏之後，高彩虹留在房間中，王居風走了出去，去「躲」起來。普天之下的捉迷藏遊戲，全一樣，躲的一方開始躲藏之後，找的一方，在隔了若干時間之後，就開始尋找，在一定的時間之內，找到了對方，遊戲分出勝負，結束。

在王居風離開了那間房間之後，高彩虹在房間之中一張巨大的安樂椅中，坐了下來，過了十分鐘，她就走出了房間，開始去尋找王居風。

由於大公古堡如此巨大，東翼和西翼，各有五層，連地窖，一共六層之多，他們在尋找暗道過程中，已經統計過，一共有一百三十七間房間。

王居風和高彩虹糾正了兩本有關大公古堡的書籍上的錯誤，那兩本書，都說大公古堡只有一百二十間房間。所以高彩虹一走出了房間，開始尋找之際，她知道，如果是一間一間房間找過去，她一定失敗，她必須先想一想，王居風會躲在甚麼地方！

王居風可以躲在一百三十七間房間的任何一間！彩虹並不準備一間一間房間輪著去找，她要在最短時間內，找到王居風，她在想：如果是由她躲起來，她會躲在甚麼地方呢？一定是躲在對方最不容易想到的地方，最出乎意料之外的地方。

彩虹立刻想到了那地方：東翼三樓的那間房間，也就是她發現銅牌的那一間！

那是他們最熟悉的一間！

彩虹一想到了這一點，立時由古堡西翼，直奔向東翼，一面奔，一面她還提防自己萬一料錯，所以虛張聲勢地一路叫著：「王居風，我知道你躲在甚麼地方！我知道了！你出來！」

彩虹的叫聲，在巨大的古堡中，響起了一陣陣回音，二十分鐘之後，她奔進了那間房間，一來到門口，她就知道自己料得不錯，因爲那間房間的房門，竟然沒有完全關上，留著一條門縫。

在他們在整個古堡之中尋找暗道之際，他們離開一間房間，都將房門完全關好，如果不是再有人來過，房門決不會有一道縫。而古堡之中，只有他們兩個人，如果有人來過，那一定是王居風了！

高彩虹心中極其高興，在那麼巨大的古堡之中玩捉迷藏，而她居然能在不到半小時之間就找到了對方，這實在是一件值得驕傲的事！

彩虹一伸手，推開了房門，叫道：「你躲在這裏，快出來吧，你輸了！」

彩虹一面叫著，一面雙手叉著腰站著不動，等著王居風高舉雙手出來投降。

可是她等了片刻，卻不見王居風現身。

彩虹不禁又好氣又好笑，又道：「好，你還不肯認輸？難道真要我將你揪出來？」

她一面說，一面開始就在這間房間中，找尋王居風。彩虹心中想，只要王居風在這間房間中的話，要將他找出來，那再也容易不過！她掀起了床墊，看看床下，沒有。她打開櫥門，看看櫥內，沒有。她抖開窗帘，沒有，她探頭進壁爐，沒有。

五分鐘之後，彩虹知道王居風不可能是在這間房間之中了！房門虛掩，只怕是王居風的詭計，故意引她在這間房間中虛耗時間的！

彩虹又是狼狽，又是惱怒，王居風這傢伙，究竟躲到甚麼地方去了？

彩虹一面想，一面開始在其他地方尋找，隨著時間的過去，她越找越是覺得沒有希望！最後，天色漸漸黑下來了。

一般來說，捉迷藏遊戲，要講定時間，在這個時間之中，如果找的一方，找不到躲的一方，那麼，捉的一方就算輸了！

彩虹在這時候，已經足足找了五個小時，早就輸了。不過她和王居風之間，卻並沒有講好時間，所以，高彩虹可以不認輸。她繼續找。

她先休息了一下，煮了一杯咖啡，吃了一點餅乾，心中暗暗詛咒王居風，居然也不肯認輸，自動出現。休息過之後，彩虹繼續尋找，一直到午夜，彩虹還是沒有找到王居風。

這時候，彩虹開始害怕。王居風躲到甚麼地方去了？前後已經十小時有多，王居風應該自己跑出來了！

高彩虹越想越不對頭，她認輸了！她在東翼大廳中大叫：「王居風，我認輸了！你出來吧！」

彩虹的叫聲，絕對可以到達東翼的每一間房間之中，和每一個角落。但是她叫了好久又到中央大廳去叫，然後，到西翼大廳去叫。

王居風無論如何，應該出來了！

彩虹回到了管理員的住所，下半夜她沒有再到古堡去找，等著王居風自己出現。但是，王居風沒有出現。

這一個下半夜，彩虹只是勉強瞌睡了一回。第二天一早，她一間一間房間去找，去叫，這花了她足足一個上午，可是，王居風顯然不在古堡之中！

彩虹十分惱怒：王居風犯規！講好在古堡之中捉迷藏，他怎麼可以不躲在古堡之中？所以下午，她賭氣不再找，只是睡覺，一覺睡醒，天色黑了，王居風還是沒有出現。

彩虹覺得事情不妙！王居風不可能經過三十小時的躲藏仍然不出現，古今中外，決沒有任何人玩捉迷藏可以躲這麼久！

這一夜，彩虹簡直沒有睡過，她已經知道無法找到王居風，可是又怕王居風是在古堡的哪一個角落，遭到了甚麼意外，正需要人幫助，她不能坐著等王居風出現！於是，她提著手提燈，再一次去找王居風。

這一次是在夜間，而且王居風的突然失蹤，來得如此之神秘，彩虹在古堡中，每走出一步，心就更劇烈地跳動幾十下，一面走，一面叫著，又一面用心傾聽著，希望聽到王居風會發出求救的聲音來。這時候，她肯定王居風遭到意外了！

可是當她在用心傾聽之際，除了古堡外面的風聲和她自己叫嚷的回聲之外，沒有任何其他的聲響。她甚至希望可以聽到老鼠的咀嚼聲，可是就是一點聲音也沒有。

這一晚，等到快天亮的時候，高彩虹支持不住了！連彩虹這樣的人也支持不住，那環境之惡劣實在可想而知。當時，她在中間大廳內，她實在無法再忍得住，放聲大哭起來。

（我聽到這裏，要竭力忍著，才能不發出笑聲。彩虹有這樣的經歷，大快人心。像彩虹這樣的人，如果不是給她受點教訓，她玩出味道來，下一次，可能會想到克里姆林宮去捉迷藏！）

（當我忍不住心中高興之際，我向王居風望去，心中在暗讚王居風真了不起，因爲王居風說不出來就不出來，可以令得彩虹著急得放聲大哭，那真不容易。）

（當我向王居風望去的時候，我想，王居風多少也應該有點高興的神情。可是出乎我的意料之外，王居風非但一點高興的神情也沒有，反倒是神情惘然，極度惘然，不知所措！）

（彩虹打電話給我，說王居風不見了，而當我來到，王居風又赫然在彩虹的身邊，因此可知，王居風終於出現。當然，根據這一事實來推論，王居風一直躲著。我真想說：「你究竟躲在甚麼地方，躲了那麼久！」）

（可是我的話並未說出口，因爲當時王居風和高彩虹兩人的樣子都十分奇特，他們的神情，使我覺得不應該在這時候打趣彩虹。）

（然而，王居風究竟躲在甚麼地方呢？如果我不問一下，我相信我的喉嚨會癢得忍受不住，所以我還是問道：「王居風，你躲在甚麼地方？」）

（奇怪的是，彩虹和王居風，像是都未曾聽到我的問題一樣，彩虹自顧自講下去，王居風也不理我。我只好心中嘆一口氣，再聽彩虹講下去。）

彩虹哭了很久，天漸漸亮了，她覺得再這樣等下去不是辦法，就衝出了大公古堡，駕車下山，到了首都附近的一個小機場，想和我通話，可是那地方的長途電話接不過來，她無法可施，才只好租了一架飛機，直飛馬德里，再和我通話，告訴我，王居風因爲和她玩捉迷藏，在大公古堡中失蹤了！

第四部：王居風躲到了一千年前

她的電話，使我來到了馬德里。

且說彩虹在和我通了電話之後，心中的焦急，自然莫可名狀，本來，她想在馬德里一直等我，可是想想，王居風下落不明，她獨自一個人離開，也不是辦法，而我也不能一下子就到來，所以她又飛回安道耳，再駕車到大公古堡去。

彩虹心慌意亂，她在庇里牛斯山的山路中駕車而沒有跌下千丈峭壁去，簡直可以算奇蹟，當她又來到大公古堡的正門之際，她看到有一個人，站在大公古堡門口。

那時，她隔得還遠，只看到在大公古堡之前站著一個人，並沒有看清那是甚麼人。看到有人，彩虹的心中已經夠高興的了，而當她飛快地駕車駛近之際，已看到了站在門口的，不是別人，正是王居風！

王居風失神落魄站在門口。彩虹停下了車，自車中衝了出來。她心中打算大罵王居風一頓，可是一出了車子，她鼻子一酸，奔向王居風，伏在王居風的肩上，大哭了起來。

彩虹雖然胡鬧，但是卻十分堅強，像這樣，伏在一個異性的肩頭上，放聲大哭，那只怕是她自七歲之後，還未有過的事。

照她來想，她受了那麼多的驚嚇和委屈，無法遏制地哭著，王居風至少應該安慰她幾句。

可是王居風的反應，全然出乎她的意料之外，仍是神色惘然，甚至望也不望她。

彩虹立時覺得事情有點不對，王居風的態度太反常，她抽噎著：「你……你究竟躲到甚麼地方去了？」

彩虹一開口，王居風才向她望來，神情仍是一片惘然：「我……躲到甚麼地方去了？」

他並沒有回答彩虹的問題，而只是重複了彩虹的問題。他這樣的態度，令得彩虹十分生氣，一面抹著眼淚，一面大喝一聲：「我在問你，你躲到甚麼地方去了！」

王居風被彩虹的大喝聲，喝得陡地一震，可是，他卻又重複了一句道：「我躲到甚麼地方去了？」

高彩虹十分生氣，她不再哭泣，只是杏眼圓睜，望定了王居風。王居風這時的情形，像是如夢初醒，伸手抓住了彩虹的手。

彩虹生著氣，用力想甩開他的手，可是王居風將她抓得十分緊，彩虹甩不開。王居風聲音急促：「我——現在是在甚麼地方？」

彩虹又是好氣，又是好笑，她任性起來，不顧一切，這時她心中氣惱，竟不顧王居風在學術界的地位和他的爲人，伸手在他的額上，重重鑿了一下：「你不知道自己在甚麼地方？等我來告訴你！你是在庇里牛斯山上，一座古堡的門口，這座古堡，叫該死的大公古堡！」

彩虹在王居風頭上所鑿的那一下，十分用力，她想王居風一定會跳起來，可是王居風卻恍若無覺，反倒循彩虹指的方向，向身後的古堡看去。

當他看到自己身後有一座巍然的古堡之際，他的神情，像是有生以來，第一次看到那座古堡一樣，「啊」地一聲：「已經——造好了！」

彩虹瞪大了眼，這時候，她有點不知所措！王居風忽然之間，說了那樣的一句話，倒像是他不知道這座古堡早已造好了一千年一樣！

彩虹一發急，頓足道：「你別再開玩笑了好不好？我——開夠玩笑了！你究竟躲到甚麼地方去了？你別以爲這樣欺負我，我會放過你！」

王居風愣愣地望著彩虹，等彩虹講完，他才以十分誠懇的聲音道：「告訴我，我現在是甚麼人？」

彩虹更嚇了一大跳：「你——在古堡中遇到了甚麼事？是——撞了邪？」

王居風大聲道：「快告訴我，我現在是甚麼人！」

他一面呼吸著，一面用力抓住了彩虹的手臂，彩虹給他抓得手臂疼痛，忙叫道：「你是王居風！一個歷史學家！和我一起到古堡來的，我們玩捉迷藏遊戲，你可記得？你不見了，超過兩天！」

王居風用心聽著，點著頭，然後，他又急速喘起氣來：「你有鏡子沒有？讓我看看自己，快，讓我看看我自己！」

王居風的要求，古怪莫名，彩虹看出，在王居風的身上，一定曾有過極其不尋常的事發生，是以她並沒有拒絕王居風的要求，立時自手袋中，取出了一面小鏡子，王居風一看到鏡子，一伸手搶了過來，對住了自己的臉，一面盯著鏡子，一面還用手在自己的臉上，用力撫摸著，像是要肯定自己的臉，是不是真實！

彩虹看到他的行動這樣怪異，不禁感到了一股寒意，忙伸手將鏡子搶了回來：「你在這兩天之中，究竟躲在甚麼地方？」

王居風的神情依然是一片惘然，他喃喃地道：「我不知道！我不知道！」

（我聽彩虹講到這裏，狠狠瞪了王居風一眼，心中在想，他這種故作神秘，裝神弄鬼的動靜，騙騙小姑娘還可以，騙我，可騙不過去！）

（我立時不客氣地道：「王居風，這像是人話麼？你不知道過去兩天自己在甚麼地方？」）

（王居風向我望了一眼，口唇掀動，但是沒有發出聲音來。彩虹搶著道：「他對我說了，他的經歷——」）

（她略停了一停，又道：「他的經歷，還是讓他自己來說的好，我如果轉述，只怕會打折扣！」）

（我向王居風望去：「那麼，請說！」）

（王居風說出了他的經歷。像事情的上半部，彩虹敘述她的經歷一樣，我用王居風的個人作主來轉述。同樣的，我在聽王居風的敘述之間，有反應或是有我自己的想法，就在括弧之中表達出來。）

王居風決定和彩虹在大公古堡中捉迷藏之後，走出了房間。他出了房間之後，立即想：要躲到一個彩虹想不到的地方，好讓彩虹找不到他，佩服他躲得巧妙無比。

王居風立刻想到了那間房間，東翼三樓第一間，也就是彩虹曾在那裏過夜，找到那塊銅牌的那間房間！

（我在這裏就打斷了王居風的話頭：「你決定躲到那間房間去？那麼，彩虹一開始就料到，是不是你後來又改變了主意？」）

（彩虹大聲道：「表姐夫，你讓他講下去，別打斷他的話頭好不好？」）

（我悶哼了一聲，沒有再出聲。）

王居風決定躲到那房間，他逕自向東翼走去，穿過了中間部分，他一面走，一面自己也覺得好笑！好大喜功，野心勃勃，在歷史上也頗有一番作爲的保能大公，居然會鄭而重之下了不准在古堡捉迷藏這樣的一條禁令，這已經夠滑稽了！而他，一個歐洲歷史的權威，居然會在大公古堡中玩捉迷藏，那更加滑稽了！

王居風心中覺得好笑，他來到房間前，推門而入，心中想：古堡的房間和各處地方如此之多，要找一個人，真不是容易的事，如果彩虹找不到自己而生氣，這樣的結局未免太過無趣，總該讓彩虹高興一下才好！

他這樣想，所以在反手關門的時候，並沒有將房門關上，只是虛掩著，算是留下一個「線索」。

王居風走進了房間開始，他準備躲到那個大櫃中。可是，當他打開櫃門，他從一面穿衣鏡的反影之中，看到了那個巨大的壁爐。

王居風在那一剎間，突然興起了一個十分頑皮的念頭。彩虹在這間房間中的經歷，王居風知道。他在想：如果自己躲進壁爐之中，那麼，就算彩虹找到了這間房間，走了進來，自己陡地自壁爐中伸一隻手出來，一定可以將彩虹嚇上一大跳！

（我聽到這裏，「哼」了一聲：「真有出息！」）

（王居風和彩虹都沒有睬我。）

王居風一想到了這個頑皮的念頭，立時關上了櫃門，來到了壁爐之前。

王居風和彩虹兩人，在古堡中尋找暗道的行動，在這間房間的那個壁爐開始。那壁爐，他們找得最仔細。所以王居風知道，在壁爐放柴的鐵枝架下面，有一個相當大的凹槽。這個凹槽，儲存柴灰用的。本來毋需這樣大，這個壁爐的灰槽之所以如此大，多半是爲了可以隔許久才清理積灰的緣故。

王居風俯下身，提起了鐵枝架，那個灰槽勉強可以供一個人屈起身躺下去。王居風躺好，並且移過鐵枝架，放在自己身上。

他已經躲好了，躲得十分妥當，彩虹就算到這間房間，也不容易找到他，他覺得十分滿意。

（我聽到這裏，狠狠瞪了彩虹一眼。彩虹立時叫了起來：「我找過他躲的地方，你聽下去好不好，別那麼快就下結論，以為我粗心大意！」）

（我又向王居風看去，王居風的神情，變得十分迷惘，迷惘得連他的聲音，聽來也像是十分空洞。）

王居風躺在灰槽之中，絕對不會舒服，他心想彩虹一定不會那麼快就發現他，是以他牽動了一下身子，就在那時，他忽然聽到了一個聲音，在粗暴地呼喝著：「出來！出來！」

王居風全然不知道發生了甚麼事之際，他的頭髮已經被人抓住，直提了起來，同時，「呼」地一聲，那顯然是皮鞭抽下來的聲音。

王居風連躲避的機會都沒有，就被抽中了，那一下皮鞭，抽得他痛得眼前金星直冒，他又驚又怒，一面本能地伸手遮著頭，一面直起身來。

等到他直起身來之際，他真正呆住了！

他並不在大公古堡的那間房間之中，而是在一株十分高大的大樹上，一個神情十分粗魯的男人，一手抓著皮鞭，一手抓住他的頭髮，正在惡狠狠瞪著他，等到王居風看清那男人，看出那男人的裝束，是一個古代軍士的裝束之際，他已被那男人用力推得自樹上，直跌了下來。

他估計自那樹上跌下來，離地約有十公尺左右，幸而樹下是一個大草堆，是以他雖然摔得七葷八素，但卻並沒有受傷！

這時候，王居風仍然未曾弄清楚在剎那之間究竟發生了甚麼事，也不知道自己是到了甚麼地方。他只聽得在自己跌下來之後，一陣轟笑聲響起，接著，頭上一緊，頭髮又被人抓住，整個人，又被人提了起來。

王居風又驚又怒，當他看到，提起他的，是另一個身形高大的兵士之際，那兵士已經向看他的臉，一拳打了過來，王居風只感到了一陣劇痛，就此昏了過去。

王居風不知昏了多久，才醒了過來。

（在王居風醒過來之後，由於發生的事，實在太怪異，所以，我又要用另一種方式來轉述，以王居風自己講述，而我不斷發問的方式，那樣，才比較容易明白些。）

（事實上，當我聽到王居風說他躲在壁爐之中，而突然被一個兵士抓出來，變成處身樹上，我已經不斷發出冷笑聲，表示不相信，這可以說鬼話連篇之至！）

（而王居風以後所說的經過，相當混亂，我這裏記述的對話，經過我事後的整理。）

王居風望著我：「你……一定不會相信，我在昏迷之後醒過來，我……變成了另一個人！」

我皺著眉，盡量掩飾著我心中的不信：「變成了另一個人，那是甚麼意思！」

王居風道：「我很難向你說得明白——」

我有點不耐煩：「只要你將經過，完全照實說出來，我不會不明白！」

王居風吸了一口氣：「我變成了另一個人！」

我幾乎忍不住要一拳向王居風打過去，這混蛋，說來說去，都是「我變成了另一個人」！王居風多半也看出我面色不善，忙道：「我變成了另一個人，不同的時代，不同的生活背景，我不再是王居風，而是另一個人！」

我盡量使自己鎮定下來，裝成聽懂了，好讓王居風繼續講下去，雖然當時我還是一肚怒火，而且一點也不明白王居風在講些甚麼！

王居風的神情比較鎮定了一點：「當我醒過來之後，我在一間簡陋的小房子中，看起來，像是一個馬廄，雙手和雙足，都綁著老粗的麻繩，在我的身邊，還有幾個和我同樣的人，在門外，有幾個武裝的兵士來回踱步，那幾個兵士的服裝，所用的武器，全然是中古時代歐洲軍隊所用的。」

我悶哼了一聲，「中古時代的歐洲」！王居風多半是有點神經錯亂了！

王居風看到我沒有打斷他的話頭，他的神態更加從容了些，但是他的神情還是充滿了迷惘。

他略頓了一頓，才又道：「我必要說明的是，當時，當我醒過來，在那馬廄中的時候，我全然不知道自己是王居風，是生活在二十世紀的人，我只知道自己是一個十分貧瘠山村中的人，那個山村，在一座大山中，我沒有知識，甚至不知道整座大山的名字。在我一生之中，可以記憶得到的，只是貧窮和飢餓。」

我作了一個手勢，令得他的話停了下來。我道：「我有點不明白，你那時，全然不知道你是王居風？」

王居風道：「是！」

我又問道：「你對你變成的另一個人，卻十分清楚？」

王居風想了一想，像是不知道該如何回答才好，向彩虹望了過去，彩虹道：「表姐夫，他的情形很怪。據他說，他在那時只是那個人，一個叫莫拉的歐洲山村貧民，直到後來事情又起了變化，他又是王居風了，才記起曾經發生過的事，知道他曾變過另一個人。」

我皺著眉，不出聲，彩虹又解釋道：「我倒可以明白這種情形，當他是莫拉的時候，他只是莫拉。而如今，他是王居風，但又有了莫拉的經歷。」

我吸了一口氣：「不錯，你解釋得比較明白，可是這樣的情形——」

我實在不知怎樣說下去才好，彩虹又道：「我有一個十分怪誕的想法，王居風的前生，不知道是多少代之前，可能是那個山村貧民莫拉！」

我雙手又緊握著拳，眼也瞪得老大，以致彩虹不敢看我，可是她卻繼續在說著：「莫拉是王居風的前生，當他是莫拉的時候，他當然不知道自己的下一生的情形，但是在下一生，就可以有機會知道前生的事。」

我握緊的拳頭，漸漸鬆了開來。

彩虹的講法，雖然荒誕，但是卻可以使人變得容易明白在王居風身上發生的事。我道：「好了，假定是這樣，以後的事又怎麼樣？」

王居風的神情很緊張：「我一醒過來，就感到極度恐懼，我是一個貧民，被保能大公的軍隊自山村中捉了來，強迫在山中建造一座堡壘。」

王居風道：「建造堡壘的過程十分苦，一塊一塊的大石，在山中開採，運到建造的地點，而我不想再幹下去，要找機會偷走，就是在躲起來之後不久，被士兵發覺而抓起來的。在馬廄中的其餘九個人，也和我一樣。」

王居風有點怯意地望著我，我苦笑了一下，我想。而我也豁了出去，不論他向我說甚麼鬼話，我都聽著算了。

但是這種「鬼話」，畢竟聽來十分乏味，是以我趁他向我望來之際，道：「你是莫拉，那段生活一定不是十分有趣，你不妨長話短說！」

王居風點了點頭：「我還想逃走，但麻繩綁得十分結實，我無法鬆得開。在馬廄中一直躺了將近兩天，完全沒有人來理我們，沒有食物，甚至沒有水。到了第三天，幾個兵士將我們拖出去，拖到了一塊空地上，空地上有很多人——」

王居風又向我望了一眼：「你是不是要我形容一下空地四周圍的環境？」

我揮了揮手，意思是「悉聽尊便」。

王居風道：「那空地，就在建造還未完成的大公堡壘之前，在空地上有幾個絞刑架，我和同在馬廄中的幾個人被拖出來。空地上有許多和我同樣，被兵士驅趕來建造堡壘的人，也有很多兵士。一個軍官大聲呼喝著，我被趕到絞刑架前，一道索子，套上了我的脖子，接著，一個軍官，展開一張告示，大聲宣布著我們幾個人的罪狀。」

王居風繼續道：「就在這時，一隊服飾鮮明的軍隊，簇擁著一個極其神氣的貴人，馳了過來，我和幾個脖子上已被套上了絞索的人，一起叫了起來：『大公，饒恕我們！大公，饒恕我們！』」

我實在忍不住了，大聲道：「大公？這個貴人，就是保能大公？」

王居風點著頭：「是的，就是保能大公，他騎在一匹駿馬之上，眼神冷峻得如同兀鷹。我們聲嘶力竭地叫著，他卻在馬上大聲向那軍官呼喝：『爲甚麼還不行刑！』那軍官立時下令，我只覺得自己的身子，被迅速地吊了起來，眼前一陣發黑……」

王居風講到這裏，停了一停，說道：「我在絞刑架上被吊死了！」

我盯著王居風，看他怎麼說下去，他死了之後，又怎麼樣呢？

王居風揮著手：「又不知過了多久，我才發覺自己又站在地上，看到彩虹向我奔過來，我那時知道自己是王居風，但是又知道自己是才被吊死的莫拉，我實在不知道自己究竟是甚麼人，所以我才問彩虹我是甚麼人，我在甚麼地方。」

彩虹道：「我們一起回到古堡中，管理員的宿舍中，他在定下神來之後，向我敘述了他的遭遇。我們並沒有停留多久，就離開了古堡，到馬德里，接你。現在，你明白全部事情的經過了？」

我道：「明白，再明白都沒有了！」

彩虹道：「你一定也明白了，爲甚麼大公古堡之中，不准玩捉迷藏了？」

這時，我們已經在駛向大公古堡的途中，彩虹這樣一本正經地問我，我道：「請原諒我愚蠢，我不明白爲甚麼在大公古堡之中，不准玩捉迷藏！」

彩虹神色凝重：「在王居風的經歷中，你應該明白，古堡相當古怪，躲到某一個地方。例如那房間的壁爐之中，能使人躲到過去，王居風就回到了一千年之前！」

我已經料到彩虹會有這樣的結論，因爲在這之前，她向我提起過「前生」這件事。然而我無法接受彩虹這樣的結論。我道：「沒有人會接受你這種說法，王居風在這兩天之中，不過是做了一場夢，他研究歐洲歷史入了迷，所以才會在夢中見到了保能大公！他沒有見到克里奧巴屈拉，是他的運氣不好，不然，他說不定可以和安東尼決戰，來爭奪這個絕世美人！」

王居風和彩虹兩人的面色十分難看，他們互望了一眼，王居風道：「我早知道，決不會有人相信！」

彩虹大聲道：「我相信！因爲事實上，我在這兩天之中找不到你，而我找遍了古堡的每一個角落。」

王居風喃喃地說道：「謝謝你！」

他們兩人一唱一和，我道：「好了，隨便你們怎麼說，王居風已經在了，我來是爲了找他，現在也不用找了，我也不想到那古堡去，麻煩你送我到最近的，有交通工具可以使用的地方去！」

彩虹駕著車，她一聽得我那樣說，十分惱怒：「你難道不想進一步追究事實真相？」

我冷笑道：「事實的真相是，我被兩個超齡兒童所害，萬里迢迢，來到這裏，聽了一個一點也不精采的荒誕故事，我要說再會！」

彩虹陡地停下了車子，王居風忙道：「你至少應該聽聽我們的計畫！」

我道：「王居風，我想你一定已找到了古堡中的暗道，躲了起來，多半是因爲暗道中的空氣太差，所以才使你有了一些幻覺，不論你有甚麼計畫，我都沒有興趣參加，而且，沒有興趣聽！」

王居風在我指責他的時候，面肉不由自主地抽搐著，等我講完，他才道：「如果我們準備再玩一次捉迷藏，這一次，由彩虹躲起來，她想回到過去，看看自己的前生是甚麼樣的，你是不是有興趣？」

我「哈哈」大笑了起來，一面笑，一面伸手指著彩虹：「你希望前生是甚麼人？是王昭君，還是花木蘭？」

彩虹十分惱怒，張大口，向我指向她的手指，一口咬了過來。若不是我手縮得快，幾乎給她咬中！

彩虹向王居風道：「這個人一點想像力也沒有，隨他去吧！」

王居風的神情，卻還像是很希望我參加，他道：「衛斯理，四度空間一直是一個極神秘的課題，難道你不認爲我們有機會突破四度空間，回到過去？」

我道：「別對我提甚麼四度空間，我對四度空間的知識，絕對在你之上！」

王居風道：「可是我卻有經歷，我確確實實，回到了過去！是另一個人！這個人，是我的前生！」

我指著下山的路：「載我下去，我可以盡快回家去，你們不用我參加，喜歡怎麼玩就怎麼玩！」

我的主觀很強，這時，我認定了彩虹和王居風在胡鬧，雖然他們的敘述之中，有很多處，是十分有趣而值得探索，而且，大公古堡，本身也神秘而充滿了趣味，我大可不必如此決絕。

但是，我來，是因爲彩虹打電話來說王居風不見了，事情很嚴重，非來不可。當我一到，王居風又出現了，我自然不必再多逗留下去，所以才決定要走，而且，王居風的「故事」，又一點不生動。

彩虹也生氣了，她急速地掉轉車頭，向山下直衝了下去，半小時之後，就在一個小村落旁邊，停了下來，大聲道：「請吧！」

我打開車門，下了車，又俯身道：「但願你的前生，不是一頭母猴子！」

彩虹退後車子，又迅速地掉頭，向前疾駛而去。我走進小村，兒童和狗隻歡迎著我，村民見到我，神情又高興又訝異。

第五部：千年古堡中的怪異

我並沒有向他們多說甚麼，村中有一輛殘舊的小型卡車，可以供我下山，我向他們買下了這輛舊卡車，代價足可以買一輛新的，村民都極高興，我駕車下山，當晚，宿在一個小城的旅館中。

那小旅館全是木頭建造，情調極好，附設有一個小酒吧，我在就寢之前，在酒吧中坐了一會，正準備離去之際，看到一個年輕人在和女侍打情罵俏，那女侍大聲罵道：「古昂，你想死！」

我一聽到「古昂」這個名字，心中陡地一動，忙向那年輕人打量，我一眼就可以肯定，這個年輕人，正是彩虹形容過的那個古堡管理員古昂。

我本來已經不打算對這件事再追究下去，如果不是在這家小旅館的酒吧，遇到了古昂，以後的事情發展會是甚麼一個樣子，實在不能預料。這時，看到了古昂，想起彩虹在古堡中的遭遇，一切可能全是古昂的惡作劇弄出來的，這小伙子未免太可惡！令得彩虹受了一場虛驚不止，還令得王居風瘋瘋癲癲，以爲他回到了前幾生去，我得教訓他一下。

一想到了這一點，立時向著古昂走過去，伸手推開了他身邊的那個女侍。由於我的神態看來十分兇狠，一副準備找麻煩的樣子，所以古昂立時現出錯愕而警戒的神情。我不等他開口，一伸手，按住了他的肩頭：「你是古昂？」

古昂一面眨著眼，一面點著頭，他像是開口要講話，但是我卻不給他開口的機會，立時又道：「大公古堡的管理員？」

古昂看來忍不住了，大聲叫了起來：「嗨，這算甚麼？你是甚麼人？陳查禮？」

我冷笑了一聲：「古昂，你可還記得一個中國女孩子，在大公古堡過了一夜？」

古昂陡地吸了一口氣：「記得，記得，這位小姐，這位小姐真是一個怪人——」

我一面聽著他說著，一面已將他推到了吧櫃的前面，酒吧中的人並沒有注意我們，到了吧櫃之前，我將他按得坐在凳上：「你十分卑劣，你竟在半夜三更，在一座古堡之中，去嚇一個女孩子！」

古昂聽到了我的指責，剎那之間，雙眼睜得極大，現出了極其錯愕的神情來，我一看到他這樣的反應，就知道自己一定弄錯了甚麼了！

古昂隨即叫了起來：「我嚇她？我嚇她？」

我不知該怎麼說才好，古昂的神情漸漸激動起來，臉也脹紅了！在這樣的情形之下，我反倒要作著手勢，令他鎮定下來：「有話慢慢說！」

古昂還在叫著：「我嚇她？我被她嚇了一個半死！她一個人要住古堡，到了半夜，又發出比吸血殭屍更可怕的尖叫聲，我勉強令自己的雙腿不發抖，趕去看她，她又將我臭罵一頓，這個女瘋子！她是你的甚麼人？」

我望著古昂，古昂的神情不可能假裝，我看到酒吧中已經有人開始在注意我們，我忙道：「對不起，有點誤會，我可以請你到我房間裏去喝一杯酒？我有很多話對你說！」

古昂眨著眼，望著我，顯然打不定主意是不是接受我的邀請，但是當他看到我向酒保要了一瓶好酒，點頭答應了下來。

我和他一起來到我的房間之中，各自喝了一杯酒之後，他的情緒已平靜了下來，我道：「這位高小姐，是我的表妹！」

古昂一本正經道：「記住我的忠告，別追求她！」

我笑道：「你知道她爲甚麼在古堡中，半夜忽然尖叫？」

古昂搖頭，我吸了一口氣，然後將彩虹當晚在那間房間中的遭遇，略要地講給古昂聽。

古昂聽著，等我講完，他才嘆了一聲：「高小姐算是很大膽的了。然而再大膽的人，在那樣的環境之下，也會生出許多幻覺來的，你可曾聽說過一個大膽的人，在蠟像院中被蠟像嚇死的故事？」

我自然聽過這個故事：一個膽大的人，和人打賭，他可以在一個著名的蠟像院，專門陳列歷年來兇犯的部分過夜。結果，他在陰森可怖的氣氛之下，幻想那些兇徒的蠟像全變成了真人，以致嚇死了！

古昂有這樣的說法，自然不足爲怪，但是我卻知道這事情絕不是那麼簡單，一定不是彩虹的幻覺。幻覺可以使人覺得自己摸到了一隻手，但是不會因爲幻覺而出現一塊銅牌，更不會因爲幻覺而失去一隻打火機！

古昂又道：「高小姐說她摸到了甚麼？一隻手？太駭人了！」

我道：「是的，所以，她認爲你從暗道中，由壁爐到了她那間房間，去嚇她！」

古昂嘆了一聲：「你看我的樣子，像是做這種無聊事情的人？」

我再仔細看著他，他的確不像做這種無聊事情的人。我道：「可是我也不認爲高小姐在房間中的遭遇是幻覺，那塊銅牌，不准捉迷藏的銅牌——」

我說到這裏，古昂現出怪異之極的神情來：「真有這樣的一塊銅牌，你不是在和我開玩笑？」

我攤開了雙手，苦笑道：「你看我像是開玩笑？」

古昂眨著眼，神情極怪異：「對於這座古堡，我們有很多傳說，可是其中從來也沒有不准捉迷藏的傳說。而且，我對古堡再熟悉也沒有，我絕不知道有這樣一塊銅牌，我想——」

古昂講到這裏，忽然笑了起來：「衛先生，高小姐十分惡作劇，會不會是她故意做了一面那樣的銅牌來騙你？」

我也考慮過這個問題，但是我想到了王居風的考證，所以我道：「絕對不會。」

古昂無可奈何地道：「那麼，我就不明白了！」接著，他又喃喃地道：「一座已有一千年歷史的古堡，不免有點不可思議的怪事！」

我只對古昂說了彩虹在古堡的遭遇，並沒有告訴他彩虹後來又和王居風偷進古堡去的事，更不曾告訴他，他們兩人，又到古堡去了。因爲我知道當地人對這座古堡的感情，我怕說了出來，古昂會糾眾前去，將彩虹和王居風兩人自古堡中揪出來，放在乾草堆中活活燒死！

我在聽得古昂這樣說之後，忙問道：「你這樣說是甚麼意思？古堡中曾有過不可思議的事情發生？」

古昂並沒有立即回答我，只是喝著酒，當他喝完了杯中的酒後，才道：「我的叔叔，和我的父親，他們兩人，在古堡中失蹤！」

我聽得彩虹講起過這件事，但當時我並沒有加以任何注意。這時，古昂又提了起來，我不禁有點好奇。我道：「他們同時失蹤的？」

古昂又呆了一會，才道：「那件事很怪，我一直想不通是甚麼原因，八年前，我年紀還小，叔叔和父親，全是古堡的管理員，在古堡封閉之前的一天，他們兩人巡視古堡，我也在古堡中，我在東翼的大堂中，看到他們走上樓去——」

古昂講到這裏，面肉不由自主，扭動了幾下，又大大喝了一口酒，才道：「他們兩人上樓去了之後，從此就沒有再下來。」

我不禁跳了起來：「兩個人失蹤了，難道你們竟然不追究？」

古昂苦笑了一下：「我們這裏的情形，有點特殊，我們是一個十分貧窮而又沒有甚麼出息的地方，許多人都想離開，到法國或西班牙去碰一蹤運氣——」

我打斷了他的話頭：「可是他們是在古堡中不見的！」

古昂不理會我的問題，自顧自道：「他們兩人的婚姻，很不如意，也早有離開家鄉的打算。所以當他們失蹤之後，調查人員認爲他們是藉此機會，逃避現實，離開了他們的妻子，到法國去了！」

我吸了一口氣，在小地方，有這種事情發生，倒也不足爲奇，可是我總覺得奇怪，他們何以要選擇這樣一個方法逃走？

我想了一想：「那麼，你怎麼想？」

古昂抬起了頭，現出了一種迷惘的神色來：「我？我想，他們被古堡吞噬了！一座年代那麼久遠的古堡，在建造的時候，又犧牲了那麼多善良的人的性命，總會有一點古怪！」

我心中陡地一動：「古堡建造的過程，有詳細的記錄？」

古昂道：「是，在國家圖書館中，保存著十分完善的過程記錄。保能大公殘暴，爲了建造古堡，強徵民伕，民伕受不了虐待而反抗，逃亡的，全被大公下令處死，總數接近三百人之多！」

我聽到這裏，心頭不禁怦怦亂跳了起來。我想到了王居風所說的事，那個山村的貧民莫拉，被送上了絞刑架！我不由自主，吞了一口口水，心中告訴自己：王居風的遭遇，純粹是他的幻覺，完全沒有任何實物可以佐證！

可是，我還不免要問古昂：「你說的那份記錄，可有任何書籍上引用過？」

古昂道：「據我所知沒有。而且，這些檔案，不是有一定資格的人，圖書館根本不肯借出來！」

我吸了一口氣，心想王居風以他研究歐洲歷史權威的身份，當然是可以借到那份記錄，他一定看過那份記錄，再加他身在古堡之中，所以才會有這樣的幻想。

當我在自顧自思索之際，古昂已喃喃地道：「一塊銅牌，上面刻有保能大公所頒下的不准捉迷藏的禁令，一定是一個玩笑，一定是！」

我苦笑了一下：「真對不起，打擾了你很久！」

古昂道：「不要緊，還好高小姐已經離開了！」

我忙道：「以你的意見，如果有一個人，或者兩個人，如今在大公古堡之中，會發生甚麼事呢？」

古昂誤會了我的意思，以為我要邀請他，和他一起到古堡去。他忙雙手連搖：「別開玩笑了，我不會去，絕不會去！」

我覺得事態有點嚴重，因為他在那樣說的時候，流露著一種真正的恐懼。我問道：「爲甚麼?你不是一個人在古堡住過麼？」

古昂道：「我住的，是古堡之外的那個院落，並不是古堡！」

我道：「那有甚麼不同，一樣是在古堡的範圍之內！」

古昂瞪大了眼：「我也說不出有甚麼不同，可就是不同。我決不敢一個人，或是兩個人走進古堡去。那天晚上，我聽到高小姐的尖叫聲，是為了要救人，才不得已硬著頭皮走進去的！」

我道：「我明白，晚安！」

古昂也向我道了晚安，向外走去，當他來到門口之際，我又叫住了他，問道：「你肯定古堡之中，沒有未被人發現的秘密暗道？」

古昂道：「我肯定沒有！」

他在門口等著，我沒有甚麼話可以再問他了，向他作了一個手勢，古昂走出去，將門關上。

我在床上躺了下來，心中只想著一件事：彩虹在那房間中，摸到了一隻男人的手，這一點，可以解釋為幻覺。可是那塊銅牌，決不會假!那麼，銅牌從哪裏來的?

古昂對他所熟悉的古堡，尚且如此恐懼，彩虹和王居風兩人在古堡之中——

我一想到這裏，陡地跳了起來。不行，我不能讓他們兩人留在古堡，正如古昂所說，在這樣的一座古堡之中，甚麼事都可以發生！我一定要將他們兩人從古堡中拉出來，別讓他們再胡鬧下去，甚麼四度空間的突破，甚麼回到了前生，只怕全是甚麼凶險事情的前奏！說不定有甚麼不法之徒，盤踞在古堡之中從事不法勾當，彩虹和王居風兩人撞了上去，凶多吉少！

我無法再睡，立時離開了旅館，設法找到了一輛比較像樣的車子，駕著它，向古堡直駛而去。

那輛車子，雖然還像樣，但是在路上，也停了六次之多，以致我來到古堡之前時，已經是第二天的中午時分了。

古堡的大門虛掩著，四周圍靜到了極點，我一推開門，就大叫道：「彩虹！」

我的叫聲，在大堂中，響起了轟然的回聲，回聲靜止之後，並沒有回答。

在古堡的門口，彩虹的車子還在，我可以肯定彩虹和王居風兩人，一定還在古堡。我繼續叫著，一面叫，一面向前走著，我先走向東翼，根據彩虹的描述，我到了東翼的大廳，叫嚷著，走上樓梯，上了三樓。

彩虹曾向我描述過她在古堡中找尋王居風的情形，她曾說，當她找不到王居風的時候，曾在古堡之中大叫，而她的叫聲，保證在古堡中的任何一個角落，都可以聽得到。當時，我對這一點抱著懷疑。但現在我可以肯定，我的叫聲，只要有人在古堡的東翼，一定可以聽得到。

在一座空洞的古堡之中，聲音起著一種極其怪異的迴旋，在弧形的牆和圓拱形的屋頂上，聲音都會反彈回來，形成回音，我只要叫一聲，甚至不必太大聲，就可以聽到一陣又一陣的回音，回聲又會激起新的回聲，直到幾分鐘之後，才會靜下來。

所以，我一面叫著，一面上了三樓，只要王居風和彩虹兩個人是在大公古堡的東翼，他們一定可以聽到我叫聲。

當然，他們聽到了我的叫聲之後，是不是願意出來見我，那又是另一回事了！

古堡中十分陰暗，我在步上了三樓之後，視線已經可以適應。我看到了那間房間——彩虹發現那塊銅牌的那一間。同時，我也看到那間房間的門，並沒有關上，只是虛掩著。

所有的事，全在這間房間中發生，就算不是為了找他們兩人，來到了古堡，我也一定要到這間房間中逗留一陣。

我來到了門前，推開了門，在這一剎間，我自己的心中，也不禁覺得好笑。

一進古堡門，就大聲叫著他們兩人的名字，如果彩虹頑皮起來，聽到了我聲音之後，硬拉著王居風躲了起來，等我去找他們，這變成我們三個人一起在大公古堡中玩捉迷藏了。

當然我不由自主，但是他們兩人既然躲了起來，我也只有將他們找出來！

我推開了房門，在彩虹和王居風兩人的描述之下，我對這間房間絕不陌生。進來之後的第一個印象，就是他們形容得相當好，不過有一點，卻不十分對頭。

王居風和彩虹兩人提到這間房間之際，都曾提到過，房間中的一切，十分整齊，保養得也相當好。可是這時，我一進門，就不禁皺了皺眉，房間中一點也不整齊，非但不整齊，而且十分混亂。

窗前的帷簾，半拉開著，其中有一幅紫紅色的織錦帷簾，被拉下了一小半。床上的一張床單，也有一半，被拉了下來，拉下來的位置，相當奇特，我來到床前，仔細研究了一下，發現只有一個角度，可以將床單拉成這樣的歪斜程度。這個角度是有人在床底下伸出手來，位住床單的一角，想將床單自床上直接由床上拖到床底下，才能造成這樣子。

我俯身，向床底下看了看，床底下的空間窄小，一目了然，當然一個人也沒有。

在我望向床下之際，我又發現一點，那幅一半被拉下來的窗帘，垂在地上的有一個角落，很接近床，而且近床的一部分，束成一束，情形就像是有人用力拉著窗帘的一角，想將之拉到床下，結果才將窗帘拉脫的。

我苦笑了一下，當然，不是王居風，就是高彩虹的作爲。

我早就料定大公古堡要遭殃，現在果然被我料中：看這間房間中的情形，他們兩人之中的一個，或是他們兩人一起，不知在床底下攪過甚麼花樣，不但在床底下拉床單，而且在床底下拉窗簾，這算是甚麼「遊戲」？就算這是一種遊戲，我實在一點也看不出這種遊戲，有甚麼好玩！

我心中相當氣憤，在我未曾進一步搜尋之前，我不知道他們是不是躲在這間房間之中，我大聲道：「王居風、彩虹，快滾出來！你們玩夠了！」

我叫了兩遍，直起身來，一手叉腰，準備他們出來之後，不容他們有任何說話的機會，就狠狠罵他們一頓，然後押著他們離開大公古堡。

可是，我等了一分鐘，並沒有得到任何回答。

在這一分鐘之中，我才發覺大公古堡之中是如何的靜。靜得簡直沒有任何聲響，是以當我在等了大約一分鐘，深深吸一口氣之際，那一下吸氣聲，聽來十分響亮。

我聽到了自己這一下吸氣聲，我至少已經有九成可以肯定王居風和彩虹兩人，不在這間房間！

因為他們兩人，不論躲得多麼巧妙，總不能長時間不呼吸的。而且要是他們呼吸的話，四周圍是如此之寂靜，我一定可以聽到他們的呼吸聲！

我無意再在這間房間中浪費時間，要盡快地將他們兩人找出來才行。所以，我推開了門，跨了出去。

我才跨出了一步，突然聽得我身後，傳來了「拍」的一聲響。

這一下聲響，並不是十分大，可是我已經說過，四周圍是如此之靜，而且，那一下聲響，又在絕不應該有聲響發出之處傳出來，令我嚇了老大一跳。在聽到了聲響之後，我第一個最直接的反應是：他們果然躲在這房間！

我不禁又好氣又好笑，這兩個傢伙，真的以為我和他們在古堡中玩捉迷藏麼？真是太可惡了！我一再迅速地轉著念，一面疾轉過身來。

我轉身的動作十分快，大約只是十分之一秒的時間，同時，我已叫了起來：「快出來！」

當我轉過身來之際，房間中仍然看不到有人，我喝了一聲，又踏回房間之中，正準備再用極嚴厲的語氣，喝令他們兩人走出來之際，突然看到了在壁爐之前——壁爐之前的地上，有一樣東西。

當我看到了這樣東西之際，我陡地呆了一呆，剎那之間，心中有一股說不出來的怪異之感，甚至感到了一股莫名的寒意！

在地上的那件東西，並不是甚麼怪物，只不過是一隻十分普通的打火機。

我有極怪異的感覺，因為這隻打火機，在我進來的時候，絕對不在地板上，這一點百分之百肯定。

剛才曾在壁爐前的地上來回走過好幾次，如果地上有一隻打火機的話，我決不可能看不到！但如今，赫然有一隻打火機在地上！而且剛才又有「拍」的一下聲響。

那「拍」的一下聲響和打火機的出現在地板上，自然有聯繫。說得簡單一點：有人從壁爐中，拋出了這隻打火機來！那情形，就像彩虹當日在這間房間之中，聽到了「噹」地一聲響，隨後，就發現了那塊銅牌，完全一樣！

我一面想著，一面已俯下身來，看到了打火機上，刻著「R・K」兩個英文字母，毫無疑問，這是高彩虹的打火機！

我立時又抬頭向壁爐看去，壁爐中是空的！

那種怪異莫名的感覺，持續了足足有半分鐘之久，然後，我陡地明白了！

當我突然想通了之後，我忍不住自己在自己的頭上，重重地打了一下，以懲戒自己的愚蠢！在大公古堡這樣的環境氣氛之中，的確很容易使人發生幻想，將一些簡單之極的事情，想像成神秘、複雜。

眼前的事，實在再簡單也沒有！而我竟自己嚇自己，以為發生了甚麼怪事。當然是王居風和彩虹兩人，終於發現了壁爐中的秘密通道，他們就躲在暗道之中。我一進房間，他們就知道，當我準備離開之際，他們兩個中的一個——我猜是彩虹——就拋出了打火機來嚇我！他們如今的做法，就像當日管理員古昂嚇彩虹一樣！

（這時，我並沒有想到，古昂曾竭力否認過在古堡中嚇過彩虹，而我也曾相信他未曾做過這種無聊事。）

一覺得已經想通了整件事，又好氣又好笑，拾起了打火機：「出來吧，你們嚇不倒我！就算你們伸出手來，我也不怕！」

我向著壁爐講那幾句話，我想，當我那幾句話說出來之後，不論怎樣，王居風和彩虹兩人，沒有理由躲著不出來了！

可是事情就那麼怪，我講完之後，等了一分鐘，仍然一點動靜也沒有！

我不禁怒火上升，無明火起。在開始半分鐘，我只決定他們出來之後，每人打上他們一拳，後來又決定再加上一腳，以懲戒他們的混蛋行動，到最後，已變成了決定將王居風的眼睛打腫，而且一定要在彩虹的臉上，留下五個指印。可是，他們還是沒有出來。

我有點啼笑皆非，這兩個超齡兒童，究竟在玩些甚麼花樣？

我在想，或者我的語氣太嚴厲了，他們怕被我責罵，所以躲著不敢出來？對付兒童，不能太嚴厲，對付超齡兒童，也是一樣？

我想到了這一點，盡量抑制著心中的怒意，放軟了聲調：「好了！王居風、彩虹，你們終於發現了大公古堡的新秘道，或許可以改寫大公古堡的歷史，真了不起，現在，出來吧！」

我繼續不斷地向著壁爐，講著同類的話，足足講了有五分鐘之久，在這五分鐘之中，我期待著他們兩人，忽然笑著，從壁爐後的暗道中走出來。

在五分鐘之後，壁爐還是那樣子，未曾看到有甚麼暗門打開。

這時候，我真是忍無可忍。頗有點舊小說中「怒從心頭起，惡向膽邊生」的味道。本來一直蹲著向壁爐說著話，這時，霍地站起，飛起一腳，重重踢在壁爐的一個銅罩上，發出「噹」

的一下巨響。

當時，我踢了一腳之後，大聲道：「你們別以爲我找不到秘道！你們可以找到，我也一樣找得到！看我不將你們兩個人，像老鼠一樣揪出來！」

我一面叫著，一面已開始要將他們兩個，當老鼠一樣揪出來的行動。壁爐上的那個銅罩，在被我踢了一腳之後，已經有點鬆動，輕而易舉將之拆了下來，探頭進壁爐去看了一看。

抬頭向上看，可以看到狹窄的煙囪，那上頭不可能有甚麼古怪。我曾經經歷過不知多少稀奇古怪的事情，要是王居風和彩虹兩人，都能找到秘道躲起來，而我竟然不能將他們揪出來的話，那簡直太笑話了！

我立時想到王居風曾說過，他曾躲在壁爐下面的灰槽之中，而彩虹居然沒有找到他！那麼，秘道的入口處，一定是在那個灰槽之中！在灰槽上，有一個鐵枝架，我一伸手，抓起了鐵枝架來，大聲道：「看你們還能躲多久！」

鐵枝架下，是一個勉強可以容一個人屈著身子躺下去的凹槽，當然沒有甚麼灰，因爲壁爐至少有幾百年未曾使用了。

灰槽用石塊砌成，我知道，暗道一定在那些石塊下，石塊下有暗道，敲下去會發出較空洞的聲音。

我四面看了一下，找尋可以敲擊石塊的工具，一時之間，找不到甚麼趁手的東西，直到我的目光，停留在那張大床的銅杜上。

真正對不起保能大公古堡，我將大床的四根銅柱子，拆了一根下來。那銅柱上有一個銅球，我將銅球在手心中輕輕敲了兩下，很沉重，是實心的，正好拿來當作一柄鎚子使用。

我就用這柄「鎚子」，在灰槽上的石塊上，小心地一下又一下敲著。

我敲得十分小心，因爲我知道要發現這條暗道，並不是容易的事情，至少王居風和彩虹在第一次尋找的時候，就未曾發現。我幾乎每隔十公分左右，便敲上幾下。

不需要多久，我就敲遍了鋪成灰槽的所有石塊。

我可以肯定，那些石塊之下，決沒有暗道。暗道不在灰槽，在壁爐的其他部分！

雖然那座壁爐，比起我們通常可以看到的壁爐來得大，可是實在也大不到甚麼地方去。可以想像得到，我花了極短的時間，就檢查完畢，而且，並沒有發現暗道。在接下來的若干時間中，我像發了癡一樣，甚至檢查著一條不到半公分寬的縫隙，將王居風和彩虹兩人，當作可以躲在隙縫中的臭蟲。

我曾經嚴厲指責過他們兩人破壞大公古堡中的東西，可是這時我自己的作爲，也好不到哪裏去。我越來越不服氣，沒有理由找不到暗道的——如果這裏有暗道的話！事實上，當我一開始尋找之後的半小時，我已經可以肯定根本沒有暗道在！

但是，如果沒有暗道的話，王居風或高彩虹怎樣拋出那該死的打火機來？

隨著時間的過去，我越來越感到自己的想法錯了，事情並不如我想像的那樣簡單，一定有甚麼怪異之處在，但是我卻實在不願意相信王居風的話，在古堡之中的某一處，可以通到「過去」！

我當然不相信，雖然王居風言之鑿鑿，說他回到了一千年前，身份是一個待死的農奴，後來又被送上了絞刑架！

可是，他們兩人究竟躲在甚麼地方呢？他們一定在這古堡之中，只不過躲起來了！

他們既然能躲，我也一定能將他們找出來！

我決定不論花多少時間，也要將他們找出來，那時，天色已經漸漸黑下來了，而且我肚子也餓得很。

我離開了這間房間，在臨去之際，又回頭狠狠地向房間中瞪了一眼，我想大聲呼喝幾句，但是一想到王居風和彩虹明明躲著，而我卻找不到他們，他們兩人一定在偷笑，我再說甚麼，也絕沒有意義，還是別開口的好。

下了樓，從東翼的門口走出去，轉過了牆角，來到了管理員的住所。這時，天色已經完全黑下來了，當我弄開了一間房間的門，我手中還捏著彩虹的那隻打火機，我順手打著，想打著火來照明。

彩虹的那隻打火機，是名廠出品的那種，這種打火機，通常先要打開一個蓋，然後用手指轉動一個齒輪，齒輪磨擦到了火石，發出火花來，才能點燃著火。當我用手指轉動齒輪之際，發現根本無法將之轉動，也就是說，我無法用彩虹的打火機打著火。我只好取出自己的打火機來，打著了火，找到了燈掣，開著了燈。

我看到房間中很亂，內有一些罐頭食物，我拿起一罐啤酒來，打開，一口氣將它喝完。

當我喝完了啤酒坐下來之後，情緒已經平靜了很多，也可以開始想一想。首先，連我自己也覺得奇怪的是，我感到自從我一腳踢向壁爐的銅罩之後，我整個人似乎都失去了自我控制，發了瘋一樣地想找出暗道來！

王居風和彩虹到甚麼地方去了？他們根本不在古堡之中，還是躲在古堡的甚麼地方，還是真如王居風所說的那樣，他們到了「過去」，許多年之前？

我盡量不去想最後一個可能，在黑夜，這樣寂靜深沉的古堡中，想到人可以在古堡躲到「過去」去，回到一個人的「前生」，不是愉快的事。我的思緒十分亂，一面不斷思索著，一面無意識地玩著彩虹的打火機，而且無意識地打著火，用手撥動著齒輪。

我一進來時，試圖用這隻打火機打火而不果，直到這時，我又撥動齒輪而不能將之撥轉，我才仔細向那隻打火機看了一下。

一看之下，我立時發覺了齒輪不動的原因，是因為沒有火石了。火石已經用完，齒輪直接抵在用來頂住火石的那一小粒金屬上，自然打不著火。

這本來是一種很普通的情形，使用火石的打火機，用完了火石，都是那樣。

可是我卻立即想起了彩虹說她遺失這隻打火機時的情形來。當時，因爲手提燈的電用完了，身處在一片黑暗之中，這才取出了打火機來想打著火。如果打火機根本沒有火石，她應該知道，可是她並沒有提及這一點。那是不是說明打火機在遺失了之後，曾經被人不斷用過，以致將火石用完了？

我想到這裏，苦笑了一下，沒有再想下去，因爲那沒有甚麼意思，對於我目前要做的事，一點幫助也沒有！我放下打火機，胡亂吃了點東西，一直希望著王居風和彩虹會突然出現，可是希望落了空。

略爲休息了片刻，拿起一隻手提燈，又走了出去。通過了院子，來到了東翼的大廳。手提燈將我的影子，化得十分巨大，投向大廳的牆上，黑影恰好投在牆上巨幅的、騎著馬的保能大公的畫像之旁。

我向畫像望了片刻，心中在想，王居風說他在回到「過去」之際，曾見過保能大公，保能大公下令，將他送上絞刑架，當然，那是他看到過這幅畫像之後的胡思亂想。

他是在甚麼樣的情形下，產生這種幻像的？在夢境？還是在半昏迷的狀態？如果在半昏迷的狀態之下產生幻覺，那麼是甚麼令得他變成半昏迷？最大的可能，自然是處在一處惡劣的環境之中，例如氧氣不足，就容易使人陷入半昏迷狀態。

王居風最後脫了身，連他自己也不知道是怎麼又「回來」的，如果是氧氣不足，當然是在古堡的秘密通道！

一想到這裏，我更覺得情形不妙，王居風和彩虹兩人，可能仍然在秘道，陷於半昏迷或昏迷狀態！如果我不能及早將他們找出來，他們可能死亡！

我在大廳中團團轉著，找尋暗道，每遲一分鐘，他們兩人，便可能多一分危險，我應該怎麼辦呢？是毫無頭緒地繼續在古堡中找下去，還是另外想更有效的辦法？

我立即決定了不再盲目地找尋秘道，因爲那可能花去我好幾天時間而毫無結果，我決定去找古昂。

管理員古昂曾竭力否認過他曾嚇過彩虹，而我也相信了他，但是一切不可解釋的事，都說明古堡之中，的確另有暗道，古昂一定對我隱瞞了甚麼，我要逼他將隱瞞的事說出來。

我估計，使用彩虹的車子，用最高速度行駛，天亮之前，我就可以帶著古昂來到古堡，這比我自己尋找秘道要省時間得多了！我不再耽擱，自東翼的大廳中，直奔向中央部分的大廳，打開大門奔出去，直奔出了古堡前的空地，推開了圍牆的大門，我的車子和彩虹的車子都停在外面的空地上。

來到了彩虹的車子旁一看，車門並沒有鎖，車匙也插在車頭，可見他們兩人是一到就下了車，直衝進古堡去的，並沒有多停留一陣。

我忙上了車，一面關車門，一面發動車子，也就在此際，突然在車頂傳來「蓬」地一下巨響。

那一下巨響來得突然，隨著又是一下重物墮地的聲音，我轉過頭去看，看到一塊相當大的石頭，足有三十公分見方——那是一塊方形的石頭——正在地上，略為滾動一下，停止不動了。

我呆了一呆，打開車門，一出車子，我就看到車子的頂上，有一個相當大的凹痕，自然那是剛才「蓬」然巨響之際，石頭撞在車頂所造成的。

大石落在車頂，又彈到了地上。

我真是又驚又怒，我首先想到的是，彩虹和王居風兩人，實在太過分了，開玩笑開到這種程度，哪還叫甚麼「開玩笑」？

第六部：不可測的變故

我第一個想法是他們在和我「開玩笑」，那是很自然的反應，因爲我不以爲在古堡的範圍之內還有別人。可是當我抬頭向四面一看之間，我立時否定了自己的這種想法。

道理很簡單，車子停在古堡前的空地上，空地的一百公尺範圍之內，沒有可供人躲藏之處。如果有人想躲起來，將這塊大石拋向車頂，最近的隱藏地點，是在古堡的建築物的樓上。然而當我抬頭看去之際，發現那至少有兩百公尺的距離，王居風和彩虹都決不可能有這樣的力道，將一塊超過五十公斤的大石，拋擲得那麼遠，而且那麼準！

我一面想，一面來到了那塊大石之前，先用腳撥了一下，卻撥它不動，我用雙手將大石捧了起來，我的估計不錯，大石的確超過五十公斤。這樣的一塊大石，從甚麼地方來的呢？

我心中不禁感到了一股寒意，手一鬆，大石又重重落在地上。

在那一剎之前，本來我已有了另外一個想法。我想到的是，在古堡之中，可能有著古代保衛城堡常用的一種武器，那種武器，是通過簡單的槓桿機械裝置，將石彈彈向遠方以攻擊敵人，通常叫做「彈石機」。王居風和彩虹可能是利用了古堡中的彈石機向我進攻。

可是，當我一鬆手，大石落在地上之後，我立刻又否定了這個本來極有可能的想法。因爲大石落地之後，發出相當巨大的聲響，而且，令得大石撞擊之處的石板，裂開了一道縫。

我站著，雙手捧著大石，大石離地不會超過一公尺，大石墮地的力道已經如此大。如果大石是由古堡中的彈石機彈出來的話，那麼至少從一百公尺的高空墮下，從加速度和重量的關係來看，這塊大石如果是從一百公尺以上的高空落在車頂，那就決計不止在車頂壓出一個凹痕那麼簡單，它的力量應該可以洞穿車頂！

當我又否定了我的第二個想法之後，儘管我心中的疑問再多，可是此際腦中嗡嗡作響，想的只有一個問題：這塊大石是從何而來的？

我的手心在冒著汗，當我在衣服上抹著，想抹去手心上的汗之際，我發現手上有著不少石粉和細小的石粒，這倒部分回答了我的問題，這塊大石，看來是從山上才開採下來的。

然而，四周圍並沒有人，是誰將一塊才從山上採下來的大石，拋向車頂的？

雖然不斷冒著汗，可是我心中的寒意，卻越來越甚，我感到有一股極其難以形容，妖異莫名的氣氛，包圍著我，而我必須衝破它，要不然，我會支持不住。所以我立時進了車子，踏下油門，向前疾駛而去。

當我在疾駛向前之際，我聽到——真的聽到——一陣呼號聲，那是一陣充滿了痛苦、絕望的呼號聲，我強調真正聽到這種由千百人發出來的呼號聲，是因爲當時我實在不能肯定我是不是真的聽到，那只是一閃而過的一種感覺，而汽車的引擎聲又十分震耳。

事實上，就算當時我可以肯定聽到了這種聲響的話，我也沒有勇氣停下來追究聲響自何而來，因爲在我視線可及的範圍之內，根本看不到任何可以發出聲音來的東西！

我盡我所能地將車子駕得飛快，甚至在三十度的斜路，我也加著油，當我的車子像瘋牛一樣衝進小鎮，停在那小酒店面前之際，我簡直不相信自己已經到了！

小酒店的門已經關上，我大力拍著門，一有人來開門，我就大聲道：「古昂，古昂在不在？」

我看也沒看開門的人，就將他推開，衝了進去。

我發出的聲響一定十分大，是以當我衝進酒店之際，已有幾個人迎了出來，我一眼看到古昂在其中，就直奔到他的面前，一伸手抓住他胸前的衣服，大聲喝道：「古昂，關於大公古堡，你有事瞞著我，如果你不對我照實說出來，我一定扭斷你的頸骨！」

我一面說，一面用力推著他的頭，令得他的頭歪在一邊，在這個樸實的小鎮之中，像我對付古昂這樣的場面，一定極其罕見，是以旁觀的所有人都呆住了，任由我「作惡」。古昂高叫道：「放開我！」

我鬆了鬆手：「你別以爲我半夜三更來找你，是來和你開玩笑！」

當時我臉上的神情，一定極其兇惡，是以古昂連聲叫道：「我知道！我知道！」

這時，圍觀的人之中，有一個中年人大聲向我喝道：「喂，你幹甚麼？」

我轉過頭去：「只是我和古昂之間的事，如果別人有興趣，想參加，我也歡迎！」

那中年人呆了一呆，不知說甚麼才好，我已經不由分說，拖著古昂，走向酒店之外，幾乎將他「塞」上車子，我也上了車，駕車直駛出了五分鐘左右，才停下來。車子停在極其寂靜的山路之上，我雙手按著駕駛盤：「古昂，首先你要知道，我是認真的！」

古昂苦笑了一下：「其實關於那古堡，我並沒有對你隱瞞了甚麼，我所未曾提到的，只不過是一些……說出來也不會有人相信的事。」

我立時道：「例如甚麼？」

古昂吞了一口口水，又向我要了一支煙，深深吸了一口，才道：「那是一些荒誕的事，無法解釋。古堡之中，會時時失去一些東西——請你別誤會，失去的都不是古堡中有歷史價值的古物，而是我們管理員日常使用的一些沒有價值的東西！」

我心中陡地一動：「譬如說，像打火機這一類的東西？」

古昂道：「我未曾遺失過打火機，可是，卻失去過一柄小刀，我的幾個同事，也有類似的經歷！」

我道：「都是在一些甚麼情形下發生的事？」

古昂道：「都是很普通的情形，像將東西放下之後，一個不留意，甚至在極短的時間中，再去看，這件東西就已經不見了！」

我皺著眉：「請你說得具體一些，例如你那柄小刀，是在甚麼情形下失去的？」

古昂疑惑道：「一柄小刀，爲甚麼那麼重要！」

我也說不出所以然來。一柄小刀，當然不重要，只不過我在古昂的話中，已然發覺了一些十分重要的事，可是當時，我的思緒還十分混亂，還不能確切知道自己捕捉到的是甚麼，所以我才要古昂說得詳細點。

我作了一個堅持自己意見的手勢。古昂道：「古堡管理員，有時要做一點維修的工作，那一天，我只記得是去年，記不清哪一天，我在一間房間，修理一隻床腳——」

我打斷了他的話頭：「哪一間？」

古昂望著我，答不上來，呆了片刻：「我記不清楚了，這真的那麼重要？」

我道：「是高小姐過夜的那一間？」

古昂道：「不是，是在東翼，二樓，或者三樓——」

我又道：「你其他同事不見東西，也是在古堡的各處，不是在固定的一個地方，一間房間？」

古昂道：「不是，在古堡各處——」

他講到這裏，陡地停了一停：「對了，好像全是在東翼發生的，中間大堂和西翼，未曾發生過甚麼事。」

我點了點頭：「繼續說！」

古昂道：「我帶了一隻工具箱，進入那間房間，開始整理工作，我在工作的過程中，清楚地將一柄小刀，那是一柄瑞士製的小刀，很精緻，放在壁爐的架上——」

我陡地一震：「壁爐架上？」

古昂眨著眼：「是的，古堡的每一間房間，全有壁爐！」

我攤了攤手：「請繼續說。」

古昂道：「其實，也沒有甚麼特別，等我在一分鐘之後，再想用這柄小刀時，小刀不見了！找來找去都找不到。由於這種情形已不是第一次，我們都當作是一種怪事，所以沒有再找下去，我知道找不到了！整件事情的經過，就是那樣。」

我道：「失去一點東西，也不是怪誕。」

古昂望了我片刻：「怪誕的是，在古堡中，有時會莫名其妙地失去一點東西。有時候，卻又會莫名其妙地多出一點東西！」

我一聽得古昂這種說法，不禁挺了挺身子。無緣無故失去東西，雖然怪，可以想像，而無緣無故多出一點東西來，就有點駭人了！

我忙道：「例如甚麼？」

古昂道：「有一晚，我和幾個同事，正準備睡覺，聽得屋頂上有一下聲響，我和一個同事爬上屋頂去看，看到屋頂上有一大盤麻繩！」

我嚥了一口口水，問道：「不是你們之中任何人留在屋頂上的？」

古昂道：「不可能，繩子又舊又臭，我們根本不用這樣的繩子。還有一次，一柄斧頭，忽然自天而降，落在院子裏，差點沒闖禍！」

我心頭怦怦跳起來：「可有一塊大石頭自天而降？」

古昂搖頭道：「沒有，多半是一些古裏古怪的東西，有的時候，是一隻瓦缽，也有的時候，是一隻酒壺，一隻木杓，等等。」

我伸手按住了他的肩：「我完全相信你的話，因爲我來的時候，在古堡門外，一塊至少有五十公斤的大石，突然落了下來，壓在車頂上！你如果不信，可以去察看車頂上的凹痕！」

古昂的神情，極其吃驚：「甚麼？你……才從大公古堡來！古堡已經封閉了！每年古堡封閉之後，決沒有人前往的，甚至沒有人接近它！」

我苦笑了一下，我在無意之中，露了口風透露自己到過古堡！我忙道：「我……只不過好奇，在古堡的門口，徘徊了片刻而已！」

古昂大搖其頭，神色凝重地道：「那也不好！」

我問道：「爲甚麼？」

古昂道：「每年冬天，古堡不屬於人，屬於神靈，離古堡最近的幾個小鎭，在寒冷之夜，甚至都可以聽到來自古堡的許多呼號聲，從來也沒有人敢接近去看個究竟！我們畢竟只是普通人，誰敢去和神靈打交道呢？」

我聽得古昂這樣說，不禁吸了一口涼氣。我望著他，說我只不過是在古堡門上徘徊了一陣，古昂已覺得嚴重之極，而彩虹和王居風兩人，進了古堡之內，他們如今的遭遇會怎樣呢？

我一面想，一面又問道：「有沒有人因爲在古堡封閉之後進入古堡而出事的？」

古昂道：「沒有，因爲根本沒有人會這樣做！」

這時，我有了一個設想，我再將這個設想整理了一下：「古昂，既然古堡在封閉之後，就沒有人接近，是不是有可能被甚麼人，譬如說，某一種犯罪集團利用來做他們的巢穴？因爲那可說是世界上最冷僻的地方，在古堡之中，不論進行甚麼活動，都不會受到外人的干涉！」

我一本正經提出我這個設想來，而且自己覺得設想也相當合理。不見人影的古堡中，不是正好被大規模的犯罪集團利用來作巢穴嗎？

我的根據是我一直認爲古堡有人躲著。古昂和他的同事的遭遇不說，單說最近的事，彩虹不見了打火機，得到了一塊銅牌，摸到了一隻人的手，這證明當時古堡中另有外人。我發現了那隻打火機，一塊大石向我的車子拋來，這也證明古堡中另外有人！

古堡中如果有人躲著，而又不斷製造一點怪事出來嚇人，那麼一定懷有不可告人的目的，說這些人是犯罪集團，雖不中亦不遠矣！

可是，當我向古昂提出這一點時，我才說到一半，古昂的臉上，已經現出了極其滑稽的神情，等我說完，他忍不住哈哈大笑起來：「當然不會，如果有人，他躲在甚麼地方呢？」

我道：「這就是我要進一步追究的事，我認爲，大公古堡之中，有著極其秘密的地道系統，只不過普通人未曾發現！」

古昂到這時，也有點生氣了，大聲道：「絕對沒有可能，我對古堡太熟悉了！」

我堅持道：「一定有，不然你看這個──」我自袋中摸出了彩虹的打火機來：「這是高小姐的打火機，它忽然出現！」

古昂道：「我早已說過，古堡中有點怪事，會突然之間多一點東西出來。」

我盯著古昂看著，心中在想：古昂會不會就是犯罪集團的一分子？但是我否定了自己的這個想法，古昂無論從哪一方面來看，都是一個誠樸的山村青年。

我呆了半晌，才道：「古昂，我要你的幫助！」

古昂苦笑了一下：「你將我塞進車子的時候太兇了，所以我不幫你！」

我道：「別開玩笑，這事情很嚴重！」

古昂呆了一呆：「嚴重到甚麼地步？」

我道：「你聽著，我所講的一切，你不論是相信也好，不相信也好，絕不能講給別人聽！」

由於我說得嚴重，古昂也變得緊張起來。我又道：「還有，你聽到我的講述之後，不准生氣，換了我是你，我一定會發怒如狂，因為有兩個人，實在太胡鬧了，他們，他們——」

我實在不知該如何開始才好，猶豫了好一會，我才將高彩虹和王居風兩人的事，約略地講述著。古昂可以說是一個十分好脾氣的人，然而，當我說到彩虹和王居風兩人攀牆而入，他已經有點沉不住氣！當我說到他們兩人用斧頭砍開了門進入古堡，古昂的臉脹得通紅，坐立不安，連聲道：「怎麼可以！他們怎麼可以這樣？任何人沒權這樣！」

我苦笑了一下：「你聽我說下去！」

古昂雙手緊握著拳，勉強忍著，我繼續講述著，古昂聽到兩人翻天覆地尋找暗道，只會苦笑，聽到王居風和彩虹要在古堡中捉迷藏，雙手緊緊抱住了頭。

然而，當我繼續說下去之際，古昂憤怒的情緒漸漸減少，驚訝的神情漸漸增加。

他越聽越是奇訝：「你就是因為那王……不見了，才來的？」

我道：「是，當我來到的時候，他又出現了！」

我再繼續講著，等他聽到我轉述了王居風的遭遇之後，他嘆了一口氣：「先生，你才告訴了我兩個瘋子的故事！」

我道：「不，他們的行為雖然乖張，但他們決計不是瘋子！」

古昂衝口而出：「他們兩個人要不是瘋子，那麼，你就是——」

他本來一定想說「你就是瘋子」的，可是他沒有說出來。不過他說不說出來，其實都沒有甚麼分別，因爲他用一種望著瘋子的眼光望著我！

我搖著頭：「古昂，在所有的事中，沒有一個人是瘋子，而一定有甚麼我們不明白的！」

古昂對我的話，沒有甚麼反應：「我實在沒有甚麼可以幫你！」

我苦笑道：「我想要你幫忙的事，還沒有講出來！」

古昂用一種十分奇怪的眼神望著我。因爲我對他講的一切，已經夠古怪的了，如果說還有甚麼未曾講出來，那真有點不可思議了！

我苦笑著：「他們，那位王先生和高小姐，又到古堡去了！」

古昂雙手握著拳：「那太可惡了，我一定要將他們趕出來，這違反我國法律！」

我忙道：「對了！我想請你幫忙的事，就是要求你將他們兩人，從古堡中趕出來！」

古昂的神情很激動：「那不用你請求，除非我不知道，只要我知道，我一定將他們兩人趕出來，我——」他講到這裏，陡地停了下來，盯著我，顯然是在剎那間，他想到了事情一定不那麼簡單，而另外有甚麼不對頭的地方在！

他望著我，現出了詢問的神色，我點了點頭，古昂的神色更難看：「他們……他們……」

我道：「我找不到他們！他們的車子在古堡門口，我也可以肯定他們曾到過古堡，但是我找不到他們，他們……他們……」

我正在考慮該如何形容他們兩人如今在古堡中的情形才好，古昂已叫了起來：「他們失蹤了！被古堡吞沒了，他們……」

古昂越說神情越是可怖，而且，他像是怕我硬將他送到古堡去，一面叫，一面打開車門，向外便跳。我伸手去拉他，一下子沒拉住，他已經下了車子，向前狂奔。我連忙發動車子，追了上去，不一會，車子就攔住了他的去路，他奔得十分急，一下子撲在車身上，喘著氣，叫道：「我不去！我不去！」

我隔著車門，自窗中伸出手去，拉住了他，恐防他再逃走，一面盡量使我的聲音聽來平靜：「你何必這樣怕？你看我，在古堡中，一個人耽了很久，一點也沒有甚麼意外！」

我注意到古昂的視線，定在車頂上，我心中暗叫「糟糕」，因爲在車頂，有一個相當大的凹痕，而我才告訴了他，車頂上的凹痕，是在甚麼樣的情形之下形成的。

果然，古昂立時叫了起來：「還說沒有甚麼事？那塊自天而降的大石，就差一點將你砸死！」他一面說，一面喘著氣，同時望著我：「爲你自己著想，趕快離開，別再去惹大公古堡了！」

我有點啼笑皆非：「古昂，你會不顧朋友，就此離去？」

古昂眨著眼：「再賠上一個，沒有甚麼好處！我一定不去！」

我知道很難說服古昂，只好苦笑道：「你一定不肯去，我也沒有法子，我很後悔將一切經過告訴了你！」

古昂忙道：「你放心，我決不會對任何人說，我會很快將這一切全忘記，就當它完全沒有發生過！你放心，只管放心！」

在那一剎間，我有了一個主意，我放開了古昂，冷冷地道：「我的確很放心，因爲你對你自己的父親和叔叔的失蹤，也可以完全忘記，何況是兩個陌生人！」

古昂陡地一震，臉脹得通紅：「我父親和叔叔，他們……只不過是離開了家鄉，到外面去求發展！」

我冷笑道：「你找了這樣一個理由來掩飾自己沒有探索真相的勇氣，很好！很好！他們到了外面去求發展，不錯。已經有多少年了？你收到過他們寄來的甚麼信件？」

古昂的神色很難看，我打開車門，走了出來，對著他大喝道：「滾回去吧！滾回酒吧去，去和女侍打情罵俏，你這個不求知道事實真相的糊塗鬼和膽小鬼，你只配這樣子生活！」

在星月微光之下，古昂的臉色煞白，我的話，顯然給了他極大的刺激，他的身子有點發抖，盯著我。過了足有一分鐘之久，他才道：「你的話是甚麼意思？你是說，我父親和叔叔，他們在大公古堡之中……失蹤，他們遭到了甚麼？」

我道：「我不知道，我就是邀請你一起去探索，如果你不敢去，那就算了！」

古昂揚著手，一言不發，向車子走來，我連忙將車門打開，古昂進了車子，在駕駛位旁坐下，我駕著車向前駛去。

這時，我令得古昂跟我一起到大公古堡去。事後，發生了一連串意想不到的事，回想一下，不明白爲甚麼要逼著古昂和我一起到大公古堡去！古昂其實幫不了我甚麼，在和他兩次談話中，知道他對大公古堡的了解不算很多，他也不知道古堡之中是不是另有秘道，我拉他一起去，究竟是爲了甚麼呢？

唯一的解釋是，當時我內心深處，一樣存在著莫名的恐懼，想拉一個人來和我作陪，那麼，古昂自然是最理想的人選了。

古昂坐在我的身邊，一聲不出。直到天際現出了魚肚白色，離大公古堡也很近了，他才突然冒出了一句話來：「如果我父親和叔叔還在古堡之中，那麼他們現在……現在……」

我反手拍了拍他的胳膊：「隔了那麼多年，他們的生命，當然已經結束了！」

古昂苦笑了一下，沒有再說甚麼，車子在山路上轉了一個彎之後，已經可以看到大公古堡。在晨曦中看來，格外雄偉壯觀。我禁不住在想：當這座古堡建築期間，工程不知有多麼艱巨，保能大公也不知徵調了多少民伕！只怕沒有一個民伕自願參加古堡的建築工程，在這期間，不知發生過多少悲慘的事情！當我在這樣想的時候，我恍惚聽到了苦工的呼號聲，皮鞭的揮動聲，兵士的呼喝聲，我忙定了定神，使車子的行駛穩定一些。

車子在古堡的大門前的空地停下，我是駕了彩虹的車子去找古昂的，我的老爺車，在古堡門口。看來，彩虹和王居風兩人，還沒有離開古堡，他們要離開的話，當然會用我的車子，而不會步行下山。

我和古昂下了車，來到門口，我向古昂道：「你要不要休息一下？」

古昂搖頭：「不必了！」

我和他一面走進古堡，一面道：「看來，很多事，全在東翼發生，尤其是那間房間，我們就從那間房間開始，好不好？」

古昂深深吸了一口氣：「照你所說來看，你已經在那間房間之中找過了？」

我道：「是的，我沒有找到甚麼，王居風開始時也沒找到甚麼，可是後來，他顯然有所發現！」

古昂喃喃地道：「但願我們也有所發現！」

我們一面說著，一面已從中央大聽，轉到了東翼的大廳之中。然後，沿著樓梯向上走去，到了三樓。那間房間，是在三樓的走廊起端處的第一間。

當我推開了房門，古昂一眼看到房間中的情形之際，不禁發出一下呼叫聲。我也不知道他是爲了憤怒，還是爲了悲哀。

他像是喝醉了酒一樣，走進房間來，然後，頹然坐倒在一張椅子上，臉色蒼白難看。

我看出他極其疲倦，我道：「要不要先喝一杯咖啡？」

古昂揮著手，不說好，也不說不好。事實上，我這時也一樣十分疲倦，自己也需要一杯咖啡。我想令得我們之間的氣氛輕鬆一些，是以我道：「如果你不怕一個人在這房間中的話，我到後院去，拿一壺咖啡來，我們商量怎麼著手！」

古昂苦澀地笑了一下：「一點也不幽默！」

我聳一聳肩，轉身向外走去。當我向外走去的時候，看到他伸手在撫著臉，通常人在覺得疲倦的時候，就會那樣。

我下樓，樓梯是迴旋的，在樓梯旁的牆上，掛著不少畫。這些油畫，照我來看，都有極高的價值，大公古堡在冬天一直空著，可以任由人偷進來，而古堡中那麼多有價值的東西，居然可以保存下來，也算是怪事！

我一面想著，一面下著樓梯，當我來到二樓之際，我突然聽到樓上，傳來了古昂的一下尖叫聲，叫著我的名字。他對我的名字，發音是不很準，可是我清清楚楚地聽到他尖叫著：「衛斯理！」

我陡地一怔！在聽到了古昂的尖叫聲之後，我第一個反應，就是陡地轉身，向樓上直衝上去。那二十幾級樓梯，我幾乎只分了五次就跳上去，我大聲叫道：「甚麼事？古昂？」

我只叫了一句，人已經到了三樓。

我已經介紹過，三樓，古昂所在的那間房間，就是在走廊起端。所以，我一到了三樓，事實上，等於到了那房間，而且，房門開著，我上了樓，只跨出了一步，就可以看到房間中的情形！

我不厭其煩地敘述這一切，想說明一點：自我聽到了這一下尖叫聲，到我可以看到那間房間中的情形，其間的時間間隔，不會超過五秒鐘！

古昂不在那張安樂椅上。

我大叫一聲，衝進了房間，轉身，我看不到古昂，我叫道：「古昂！」

我叫了很多聲，沒有回音，在那段時間內，我只是在房中團團轉著，和做著一些全然沒有意義的事，例如不斷俯身去看床下面，希望古昂在叫了我一聲之後，躲進了床下。

古昂一定還在那間房間之中，這一點我可以肯定。他的尖叫聲，從這個房間中傳出來，而我在五秒鐘之內，就上了樓。他如果在這五秒鐘之間離開房間，除了下樓，就是向走廊的盡頭走去，我一定可以看到他的，而我上樓之際並沒有看到他。

那一下尖叫聲，聽來十分惶急，像是他在我離開的那一段短短的時間之中，突然發生了甚麼極不可測的事情。當然，有甚麼不可測的事情發生過，因為他不見了！一個超過七十公斤的年輕漢子，像是突然消失在空氣中，不見了！

這實在是不可能的事，但是古昂的的確確不見了！

我思緒亂成一片！在我略為定下神來之際，我想到：我離開，古昂坐在那張安樂椅上，如果發生了不可測的事，那我倒希望，這種不可測的事在我身上重演，那麼，我至少可以知道古昂究竟到哪裏去了！

我想到這一點，我也在安樂椅上，坐了下來。而且學著古昂當時坐著的姿勢，盡量將身子放低，那是一個疲倦的人的坐姿。不過這時，由於古昂的失蹤，我早已忘記了疲倦。

我坐了下來之後，期待著不可測的事情發生在我的身上。可是卻甚麼也沒有發生，房間之中，整座古堡之中，甚至於古堡的周遭，都靜到了極點，難以想像會有甚麼不可思議的特殊意外。

我坐著，明知這樣坐著，不是辦法，但是我只能這樣坐著。雖然古昂一直沒有出現，我不應該坐著，應該去找他，可是我怎麼找呢？古昂無疑在房間中，他不應該在別處！

我無法準確判斷自已坐了多久，一直到我聽到了有汽車聲自古堡外傳來，我才陡地跳了起來。

我在那張椅子上坐的時間比古昂久，可是卻並沒有甚麼事發生。

接著，我又聽到了人聲，聽來，像是有好幾輛車子，也有不少人。我離開了那張椅子，走向窗口，向外看去，我看到在圍牆之外，古堡前的空地上，停著三輛車子，有不少人下車，其中四個人，穿著制服，看來他們像是警察。

這時，我才感到事態嚴重！

昨晚在小鎮上，我以極惡劣的態度將古昂帶走。本來，如果古昂還在的話，我的罪名至多不過是私入大公古堡，沒有甚麼大不了。可是如今古昂不在了！我如何向來人解釋古昂的失蹤？

我一想到這一點，就知道要不是我立刻離開古堡的話，可能走不掉了！

在古堡外的那些人，這時不過才來到古堡的大門前，指著打開的大門，在叫嚷著。我聽不到他們在叫些甚麼，但他們立刻就要進古堡來，這一點毫無疑問！不過我也可以有足夠的時間走得脫。

但是，就算可以逃離古堡，以後又怎麼樣？王居風和高彩虹還不知在哪裏，如今又加上一個古昂，我實在不能一走了之！

所以我儘管知道會有極大麻煩，還是打消了逃走的念頭，向下面走去。

第七部：古堡管理員離奇死亡

到了中央大廳，四個警察和幾個小鎮上的居民，也走了進來，那幾個居民，我昨晚在酒店中見過，他們一見到我，就叫了起來：「就是他！」

我相信如果這時，我不是在安道耳這樣的一個小國家中，那些人一叫，那四個警察一定會極其緊張，立時對我拔槍相向！可是這時，那四個警員，卻一副不知所措的樣子，那顯然是平靜的山區生活之中，根本很少罪案，也有可能是由於他們覺得我一個人，竟在這種時候，在大公古堡，有點不可思議。

四個警員在聽了鄉民的指責之後，交頭接耳，商量了一會，其中一個才向我走了過來：「先生，有人來投訴，說你用不正當的手段，帶走了古昂？」

我苦笑了一下：「如果這是正式的指控，那我絕對否認！」

那警員一聽得我這樣說，如釋重負地轉過身，對那幾個鄉民道：「他否認指控，你們——」

一個鄉民叫道：「古昂在哪裏？」

那警員又轉問我：「對，古昂在哪裏？先生，你是不是可以請他出來，問一問他，是自願跟你來的，還是你用不正當的手段強迫他來的？」

那警員的態度，實在十分好笑，可是我卻一點也笑不出來，只感到極度的疲倦，嘆了一口氣：「我不知道古昂在哪裏！」

所有的人都因爲我的話而愣了一愣，一個年老鄉民道：「你不知道他在哪裏？這是甚麼意思？我們都看到，你使用暴力，將他推上車！」

我道：「我不否認上車時，曾經推過他，可是他卻自願跟我到古堡來。到了古堡之後……之後……」到了古堡之後發生的事，其實很簡單，我可以源源本本講出來的。可是我卻無法講下去，因爲如果我照實說，說古昂在發出了一下叫聲之後，五秒鐘不到，整個人就消失，會有誰相信我？

我遲疑著沒有往下說，望著我的人神情越來越疑惑，我向那年老鄉民道：「請問，人是不是會在大公古堡中莫名其妙失蹤？」

那年老的鄉民被我的問題嚇了一大跳，不知道如何答才好，四個警員一起向我走近一步，說道：「先生，你必須跟我們走！」

我揮著手：「我跟你們到哪裏去都沒有問題，問題是古昂不見了！我建議，只要有一個人帶我走就可以，其餘的人留在古堡，找尋古昂，他在三樓東翼第一間房間不見的！不但是他，還有兩個中國人！也不見了！」

四個警員皺著眉，將我當成神經不正常的人，後退了幾步，和幾個鄉民大家互相商議了片刻，我沒有去聽他們在講些甚麼，因爲這時候，我的思緒，正處在極度混亂之中，我只看到，那些鄉民在不斷搖著頭。我也不知道他們商量的結果是甚麼，只看到兩個警員，又向我走了過來：「請你跟我們走！」

我無可奈何地苦笑，隨著那兩個警員，走了出去，在走出古堡大門之際，我回頭向雄偉的大公古堡望了一眼，心中實在不知是甚麼滋味。

那兩個警員一直對我很客氣，而且，像是迫不得已要將我帶走，而覺得很不好意思。可是，當我來到那個小鎭的警長辦公室之後，情況卻不同了。那個警官，大約四十來歲，身形極胖，他的制服，我相信一定是特製的。

當我走進他的辦公室，他挺著大肚子向我走過來，我就覺得有點不妙，因爲他的神情，就像是一頭看見了老鼠的肥貓！

那兩個警員向他報告，他上上下下打量我，然後回到他的辦公桌後坐下來，向我發出了一連串的問題。

這一連串的問題，無非是我從哪裏來的等等，沒有記述下來的必要，我也將護照交給了他，他極有興趣地翻著我的護照——那上面幾乎蓋滿了世界各國的印鑑，然後，他將我的護照，放進抽屜中，從肥肉中，努力凸出他的小眼睛來：「你被捕了！」

我苦笑了一下：「爲了甚麼？」

胖警官的小眼更努力向外突出：「你暴力綁架，受害人不見了，這是嚴重的刑事案！你可以在後面的拘留所中，等候控訴！」

我沒有分辯甚麼，因爲胖警官講的，究竟是事實，我只好希望拘留所的環境，不是十分惡劣，那麼，只要古昂一出現，我就可以沒有事了！

胖警官吆喝著，指揮兩個警員，將我帶到拘留所去，威風八面，我敢說他自當警員以來，只怕從來沒有機會表現過這樣的威風。這個胖警官對我極不友善，我已經注意到了這一點。

所謂「拘留所」，其實是警局後面的一間小房間，有一張床，一張桌子和一張椅子，我一進來，那兩個警員就關上了門。

小房間有一扇窗，臨街，我躺在床上，可以聽到街上來往的人聲。我倒在床上，閉上了眼睛。直到這時，我才算體會到了彩虹在找不到王居風之後，一個人在古堡之中，會號啕大哭的那種心情，這種滋味真是不好受。

整件事，使我的思緒全然混亂不堪，一點頭緒也沒有。我甚至無法肯定我所遇到的是一件甚麼性質的事情！

在古堡之中，至少有三個人失了蹤，真的是「回到了過去」？他們一定躲了起來，可是，究竟躲到甚麼地方去了？這是不是保能大公當年不准在古堡中捉迷藏的原因？可是爲甚麼保能大公的這項禁令，一直未被人發現？

在混亂不堪的思緒中，我漸漸睡著。估計我只睡了不到兩小時，突然被一陣呼喝聲吵醒。呼喝聲自四面八方傳來，我存身的小房間，臨街那堵牆，還發出「蓬蓬」的敲擊聲。

當我才一醒過來之際，我實在不知發生了甚麼事情，我睜開眼來，已聽到街上的人在叫著：「殺死他！殺死他！」

我陡地一呆，一個平靜的山區小鎮上，忽然之間，至少有上百人高叫著「殺死他」，那一定發生了極其不尋常的事情！

我連忙站了起來，我剛一站起，就發現小房間臨街的那個窗口上，擠著五六個少年，正在向內張望。房間中除了我之外沒有任何人，他們當然在張望我。而且，一當我站起身，發現他們，這五六個少年，都不約而同地驚叫一聲，他們的頭部，立時從窗口外消失，而代之以驚呼聲：「他在裏面！」

隨著少年的驚呼聲，又有人高叫著：「殺死他！」這時，我才發覺，叫聲就在窗下傳來。我開始覺得事情極之不對頭！我正想站上那張凳子，從窗口看看外面究竟發生了甚麼事，可是我才一踏上凳子，雙手還沒有攀上窗口上的鐵枝，房門「砰」地一聲被打開，胖警官的一聲大喝：「不許動！」

我回頭一看，只見胖警官和四個警員全在門口，胖警官一馬當先，手中持著一柄來福槍，槍口對準了我，而他的手指，則扣在槍機上。

由於他的手指粗肥，所以當他的手指，伸進槍扣，要放在槍機上之際，逼得槍機向後移動，好讓出空位來容他的手指放進去。也就是說，來福槍在半發射的情形，只要他的手指，再略略一動，我就成為槍靶了！

所以，我一見這樣的情形，嚇了一大跳，連忙高舉雙手：「別緊張，別緊張！可以先放下你手裏的槍？」

胖警官大喝一聲：「你想逃走？」

我這才發覺，我還站在凳上，而且就在窗口，這不免有企圖越獄之嫌，是以我連忙跳下來。誰知我向下一跳，胖警官整個人震了一震。他在全身震動之際，居然沒有令得他手中的來福槍走火，這真可以算是奇蹟了！

他一面震動，一面又大喝道：「別動！」

我解釋道：「我只不過想看看，街上發生了甚麼事！」

這時，街上的呼叫聲、嘈雜聲有增無少，胖警長冷笑了一聲：「轉過身去！面向牆，將雙手放在身後！」

他有槍指著我，我無法反抗，而且，我也不想反抗，我照他的話時，才一轉過身去，將手伸到身後，就被人扭住，而且立刻被加上了銬。

我又驚又怒，大叫一聲：「為了甚麼？」

我一面問，一面轉過身來，胖警官瞪著我：「因爲我們找到了古昂！」

我更是驚疑莫名，找到了古昂，我應該完全沒有事了，爲甚麼反倒將我當作要犯一樣銬起來？我忙道：「找到他了！那很好，叫他來見我！」

胖警官現出了一個極陰森的笑容來：「他恐怕不能來見你，要你去見他！」

我喝道：「那也一樣，帶我去見他！」

胖警官的神情更陰森：「你只要一離開這裏，就一定可以去見他！你沒聽到外面有多少人在叫著要殺死你？」

我陡地一呆，這時，外面的叫聲此起彼落，除了「殺死他」之外，有的在高叫：「殺死那中國人！」

剎那之間，我明白了！我整個人像是浸在冰水之中一樣，張大了口望著胖警官，一時之間，說不出話來。胖警官卻得意非凡地嘿嘿笑著。

我足足呆了半分鐘之久，才道：「古昂……古昂……他死了？」

胖警官道：「你以爲他還會活著？」

我向他直衝了過去，在那一剎間，我完全失去了控制！

古昂死了！我絕對無法預料得到！

古昂死了，那麼王居風和彩虹呢？他們又怎麼樣了？我早就料到事情不但怪異，而且凶險！

我一面向前衝去，一面叫道：「他是怎麼死的？出事地點在哪裏？還有一男一女兩個中國人呢？古堡中有古怪，一定有，一定要進行搜索，徹底的搜索，我們——」

我未能再叫下去，因爲這時，胖警官舉起了他手中的槍，槍管幾乎塞進了我的口中！

胖警官一面用槍指著我，一面回頭，向他身後四個警員道：「看到沒有，兇手就是這樣狡猾！」一聽得他如此說法，我倒反而鎮定了下來。同時想到，古昂死了，我的處境更加不妙，我變成了兇手，環境證據對我極其不利！

我後退了幾步，在床上坐了下來：「我要求見高級官員，你們國家中最高級的人員！」和這樣一個小地方的警官講不通，我非要見他們的高級官員不可！

儘管胖警官本身對我一點也沒有好感，可是他倒也講道理，在接下來的兩天之中，他保護了我的安全，他和他的手下，不斷趕開在拘留所外要將我拉出去行私刑的民眾。

小鎮上的民眾激動無比，因爲鎮上的居民本就不多，每一家人，幾乎都有親戚關係，古昂死了，他們認定我是兇手，是以每天在窗外高叫「殺死他」的人，一直不絕。

兩天之後，我被安排在午夜時分，離開這個小鎮，在四個警員的押送下出發，到了安道耳的首都，一到，就被關進了監獄，十分鐘之後，一個風度極佳的歐洲紳士，走進監獄來見我。

當我知道自己成了「謀殺犯」之後，心中更亂，不斷想知道古昂是怎麼死的，他的屍體在何處被發現，王居風和彩虹兩人的下落等等。可是不論我發出甚麼問題，胖警官總是用陰險的「嘿嘿」冷笑來回答我，所以我對於發生的事，一點也不知道！

在古昂死前，我對於王居風和彩虹兩人的失蹤，還不是太緊張。因爲根據彩虹講述，王居風曾失蹤過一次，過了三天，又出現，所以想，他們兩人失蹤，過幾天，也應該會自動出現的。可是如今，古昂在失蹤之後死了，事情就大不相同。

古昂既然遭到了不幸，王居風和彩虹兩人，就也有同樣的可能！

所以這兩天之中，我在那小小的拘留室中，簡直如同熱鍋上的螞蟻。我的處境尷尬之極，但是自問並未殺人，事情總有水落石出的一天。我要知道古昂的死因！

可是有關古昂的死亡，我卻得不到任何消息，好幾次想逃離這拘留所，可是我想到，逃走之後，又該怎麼樣呢？仍然回到古堡去找他們？又不是沒有找過，可是失敗了！再到古堡去找，結果還是一樣失敗！

我一生的經歷之中，怪事極多，但不論是甚麼怪事，總有一點線索可循，循著這一點線索探索下去，事情會真相大白。唯有這一次，根本一點頭緒也沒有，甚至不知道自己在等待甚麼！

這時，我一眼就看出他十分有地位。那中年人一進來，就自我介紹：「我叫康司，是內政部副部長，也兼任檢察署的負責工作，和處理一些非常事件，我們是一個小國家！」

我苦笑了一下：「你們的國家也不算小，至少，我等了兩天之久才能見到你！」

康司對我的譏諷，看來並不介意：「我本來早可以見你，但是我花了兩天時間來看你的資料！」

聽得他這樣說法，我大是興奮。我並不是甚麼大人物，但如果有人肯花兩天時間，去了解我是一個甚麼樣的人，那麼，這個人至少可以知道，我決不是謀殺古昂的兇手！

我道：「好，那我就不怪你了，這兩天中，你一定了解不少？」

康司道：「是的，衛斯理先生，我覺得我們已經像老朋友。」他一面說，一面伸出手來，我高興地和他握著手，他的手粗大而有力，一面握手，一面用銳利的目光打量著我。

等到我們鬆開手之後，我立即道：「我是不是可以離開這裏？還有許多事要做。有兩個中國人，一定有他們的入境記錄的，可是這兩個人，也在大公古堡之中不見了！」

我還想加上一句：「大公古堡之中，究竟有甚麼古怪？」的，可是我還沒有說出來，康司已經打斷了我的話頭：「要處理的事情太多，我們一件一件來解決。」

我攤了攤手，表示無可奈何的同意。

康司皺起了眉：「首先是你的問題，在我確信對你有一定程度的了解之後，我可以說，你絕不會是殺人兇手！」

我感到釋然：「我本來就不是！」

康司苦笑了一下：「你明白事理，應該知道，我相信你沒有罪，那沒有用，所有的證據，對你絕對不利，最好的律師，也難以替你辯護！」

我瞪大了眼，一時之間，不知道他這樣說是甚麼意思。康司繼續道：「有超過十個以上的證人，看到你強迫古昂上車！」

我說道：「我並不否認。」

康司又道：「一切跡象，又證明你強迫古昂上車之後，就直駛大公古堡。」

我道：「我們曾在途中停了大約半小時，不過那也不要緊。」

康司望著我：「據你說，到了大公古堡之後，古昂就不見了？」

我大聲道：「是！你究竟想說甚麼，不妨直接說出來。」

康司嘆了一口氣：「古昂的屍體，在大公古堡被發現——」

直到這時，我才知道古昂的屍體是在大公古堡發現的，我急急問道：「在古堡的甚麼地方？」

康司瞪著我，我又道：「在我被兩個警員押到了那間拘留所之後，只知道古昂已經死了，他是怎麼死的，等等一切，我甚麼也不知道！」

康司仍然望著我，不出聲，我看出他的神情，十分古怪，不禁心中發起急來，正想催他快點說，康司又嘆了一聲：「警員到大公古堡來，你在中央大堂？」

我道：「是的，我在窗口，看到有人來，就下樓到中央大廳，恰好迎上他們！」

康司道：「就是東翼三樓的那一間？也就是你說古昂不見了的那一間？」

我提高了聲音：「是的！你還要我講多少遍？就是那間，我相信一切怪事，全在這房間中發生，如果你要我從頭講起，我可以保證，你從來也沒有聽過這樣的怪事！」

康司揮手道：「我會聽你的陳述，不過慢一步。我先問你，你在大堂見了警員之後，怎麼樣？」我心中實在十分氣惱，因爲康司既然已經明白了我是甚麼人，爲甚麼還要這樣絮絮不休？而且，他所問的一切，幾乎都沒有意義！我在大堂見了那些人之後的經過，一定早已有人向他報告過了！

不過，我還是忍了下來：「我告訴來人，古昂不見了，兩個警員要將我帶走，我就建議他們在古堡中進行徹底搜索，找古昂和王居風、高彩虹。」

康司望著我：「這時候，你真的不知道他在甚麼地方？」

我忍不住了，大聲道：「要是我知道，我會叫古昂出來，不會讓警員將我帶走！」

康司嘆了一聲：「在你被兩個警員帶走之後，還有兩個警員和那些鄉民，他們當然希望找出古昂來，他們根據你所說，先到東翼三樓的那間房間之中，他們一進去，就看到了古昂！」

我早就知道，康司問得如此詳細，事情一定有某些不尋常的地方，可是卻也未曾料到竟然不尋常到這一地步！我一聽康司這樣說，就震動了一下：「他們……發現……古昂……已經死了？」

康司道：「他們見到古昂的時候，古昂坐在房間的一張安樂椅上——」

我用力一下，拍在自己的額上，失聲道：「天！在十分鐘之前，我還是坐在那張安樂椅上！」

康司十分同情地望了我一眼，繼續道：「你聽著，對你最不利之處，他們發現古昂的時候，古昂傷得極重，但是還沒有死，一見到了那些人，便抓住了其中一個人的手，說：『衛斯理……衛斯理……那中國人，他害死了我！』他在講完這一句話之後，就死了！」

我不禁倒吸了一口涼氣，我似乎有必要問一問安道耳這個國家，是不是有死刑，因爲古昂在臨死之前這樣指證我，而又有幾個人聽到，我的罪名還能洗得脫麼？

一時之間，我僵住了，一句話也講不出來，康司也現出了極度無可奈何的神情。

過了好一會，我才恢復了鎭定：「古昂因甚麼傷致死的？」

康司道：「被一種不知名的武器，打中了胸口。」

我大聲道：「不知名的武器，那是甚麼意思？」

康司道：「很難向你解釋，或許你能提供一點意見？」

我實在有點啼笑皆非：「康司先生，你這樣說法，簡直將我當兇手了！」

康司搖手道：「不是這意思，我是想請你去看一看古昂的屍體，聽聽你的意見！」

我揮著手：「古昂是如何致死的，已不重要了！問題是還有兩個人，可能遭到同樣的命運。在那房間一定有暗道，而且暗道之中，有極其危險的兇徒盤踞著，你們一定要作徹底的搜查！」

康司道：「查過了！實際上，大公古堡是我們國家最重視的建築物，一直在研究它，動用了許多科學的儀器，我可以說，決沒有未發現的暗道，決沒有！」

我道：「那麼，你的結論是甚麼？」

康司道：「我沒有結論。不論從哪一個角度來看，你都是兇手——」

我打斷了他的話頭：「等一等！古昂臨死之際，只說我害死了他，並不是說我殺了他，你是不是覺得這有多少分別？」

康司道：「當然有分別，有可能，古昂是被別人所殺，由於是你將他帶到古堡去而致死的，所以他才會這樣講，不過……不過……」

我知道康司想說，這樣的解釋，不會有人相信，而古昂死得如此離奇，連是甚麼兇器造成的傷害都不知道，當然也未曾找到兇器了！

我想了片刻：「這件事的離奇，超乎你我的想像之外，你沒有結論，可是準備採取甚麼步驟來處理？」

康司道：「第一步，你必須被監禁，等候審訊——」

我苦笑了一下：「正如你曾經說過，最好的律師，也幫不了我甚麼！」

康司道：「我可以設法，將審訊的日期，盡量推後，而在這個時間內，我和你共同努力，解決難題。我看過你的資料，你曾經解決過許多難題，各方面對你都有極高的評價，希望這次，你能爲你自己的命運而奮鬥！」

康司說得極其誠懇，而我也聽得十分感動。

我道：「我可以有行動自由？」

康司道：「我保證你不會逃走，所以，希望你——」

我立時道：「你放心，你這樣信任我，我們是朋友，我決不會出賣朋友！」

康司聽到了我的保證，很高興地拍著我的肩，我道：「既然我們兩人，要一起合作解決難題，我必須將事件的始末，向你詳細說一遍！」

康司道：「好的，我們到殮房去，一路上，你可以告訴我。」

他轉過身，吩咐一個警員打開了門，和我一起走了出去，在監獄外，上了他的車子。從監獄到殮房不遠，但是我們卻在一小時之後才到達，因爲我一開始講事情的始末，康司就聽得出了神，在一個街角處停下了車子，一直聽我講完。

我已經看出康司是一個十分慎重的人，他處事，並不輕易下結論，當我講完之後，他只是一臉茫然之色，愣愣地望著我。

我道：「你不相信？」

康司伸手在自己的臉上抹著：「很難說，我應該相信，但是又無法相信。」

我道：「其實，關於王居風所說的，他的經歷那一部分，我也不相信！」

康司又呆了半晌：「如果能相信王居風的話，問題倒容易解決了！」

我明自康司的意思：「你是說，古昂的死，可以解釋？」

康司的神情古怪：「是的，假定古昂回到了過去，在過去受了傷，忽然又回來了，不論是過去還是現在，受傷的始終是他，他在過去受傷，回到現在死去！」

我瞪著眼：「這……太混亂了！」

康司道：「如果肯定時間也是一種空間，那就並不混亂。」

我略想了一想，道：「是，他在甲時間受傷，在乙時間死去，那就像在甲地受傷，到乙地死去一樣！」

康司點著頭，我卻搖著頭：「可是，怎能在時間中自由來去？」

康司喃喃地說了一句，我聽不清楚他在說些甚麼，好像是「我不知道」之類。接著他駕車，神思恍惚，車子在路上簡直橫衝直撞，我和他走進殮房去，而不是因爲車子失事而被人抬進去，算是幸事了！

下車之後，他向我抱歉地笑了一下，我自然不好怪他甚麼。

康司一到，有幾個職員迎著他進去，所有的人，都以一種十分奇特的目光望著我，我們一直來到了冷藏屍體之處，康司叫其他人全離開，才拖出了一個長形的鐵櫃，揭開白布，白布下面，就是已經僵硬了的古昂。

古昂臉部的神情很怪，他一定是在臨死之際現出這個神情來的。我伸手拂去了他臉上的冰花，以便將他那種古怪的神情看得更清楚些。

他那種神情，十分難以形容，看來並不是恐懼或懷恨，反倒像一種十分熱切的期望，真不知道他臨死之前在想些甚麼？

康司慢慢揭開白布，看到他的胸口，我呆了一呆。古昂的胸口，有一個巨大的傷口，難怪康司說是「不知名的武器」所造成的，傷口可以說是一種球形或鎚形的重物造成，傷口的周圍，脫肉青腫，而且由於那一下重擊，肋骨也斷了好幾根，胸口形成一片可怕的塌陷。奇怪的是，在重擊傷口的附近，還有許多孔，深而且小，分明被尖刺所刺成。

那許多小孔，在重擊傷口的周圍，我在一看之下，倒立時想起了有一種武器，會造成這樣的傷口，那就是中國舊小說中的狼牙棒！叫狼牙棒在胸口重重戳上一下，就會有這樣的傷口！

但是，狼牙棒，那叫我怎麼說得出口？這種大型武器，在中國都不如是不是還找得到，何況歐洲小山國！然而，不論兇器的形狀如何，能夠造成這樣巨大的致命傷，兇器一定相當大型。

我吸了一口氣，挺了挺身子，康司將白布覆上，向我望過來。我道：「兇器一定相當大——我還是堅持我的意見，如果不是有未爲人所知的暗道的話，兇手決計無法將兇器藏起來，不被人發現！」

康司嘆了一聲：「你太固執了！我們動用過雷達探射儀器來檢查，證明沒有所謂暗道！你別老是再想著暗道了，那決不能解決問題！」

我翻著眼，不講暗道，一切古怪的事，便無法解釋。我苦笑了一下：「我給你兩個選擇，第一是古堡中有暗道，未被發現。第二是古堡中有一條看不見的時光隧道，可以使人回到過去。你選哪一樣？」

這次，輪到康司翻眼了。我又道：「兩個人失蹤，一個人死亡，你是不是可以現實一點？」

康司搖著頭：「我如果夠現實的話，我寧願相信三個人全被你殺害了！」

第八部：確信突破時間界限

我當時的神情一定很難看，本來我是想大大發作一番的。但一想到康司這樣信任我，自然發作不出來。我攤著手：「如今唯一的辦法，就是等王居風和彩虹兩人再自動出現！」

康司驚訝地道：「你難道一點不打算爲你自己的命運做點甚麼？」

我道：「我做過，古昂在叫了我一大聲之後突然失蹤，當時他坐在那張安樂椅中。我也在那張椅子坐了很久，希望自己也會失蹤，可是結果，我卻仍然在。」

康司道：「你準備再坐在那椅子上去等？」

康司的話中，有著明顯的譏諷，我自己也覺得，如果我坐在那張椅子上去等，是一件十分滑稽的事情，我應該積極地採取一點行動才是。

呆了片刻之後，我嘆一口氣：「我要有關大公古堡的一切資料。這種資料，外界不多，我相信你有辦法安排！」

康司道：「當然，我們是一個小國家，值得保存的東西並不多，所以我們有保存一切東西的習慣，我們關於大公古堡的資料，極其豐富，我恰好又是文物保管會的負責人，可以任由你翻閱。」

我吸了一口氣：「還有，請別忘了還有兩個人在大公古堡之中失蹤，你要盡一切可能去找他們出來！」

康司道：「那當然——」他停了一停，向我望來：「你估計你要花多少天？」

我道：「無法估計，我不知道資料有多少，也不知道我是不是能在資料中發現一些甚麼。」

康司搓著手，思索著：「這樣吧，我可以給你一個月的時間，不能再多！」

我苦笑了一下，我明白康司的意思，如果在一個月之後，我仍然未曾自己找到救自己的法子，那麼，我就要在證據確鑿的情形下受謀殺罪的審判了！不過，這一點，我倒並不在乎，我只是在想，一個月，一個月之後，如果王居風和彩虹再不出現，那他們兩人，一定凶多吉少！

當下，我只是喃喃地道：「一個月！」

康司又道：「在這一個月之中，衛先生，很對不起，你不能離開資料室。我們會很好地照顧你的生活，但是請你合作！」

我眨了眨眼，隨即點頭答應：「那不成問題，不過我希望打一個長途電話，和我的妻子，談論一下我目前的處境！」

康司為人很爽快，立時答應了下來：「絕不成問題，我竭誠歡迎尊夫人光臨敝國。」

我心中暗笑了一下，康司抱這樣的態度，當然最好。因為可以肯定，白素知道了我的處境，一定會前來和我相會，如果她被拒入境，那麼別看她平時文靜得很，要闖起禍來，彩虹遠遠不如！

當然，我沒有將這些對康司說出來，我只是淡然道：「她一定會來的！」

康司道：「你可以到我的辦公室去打電話！」

十五分鐘之後，進入了康司的辦公室，康司的辦公室，其實很值得形容一番，由於他一身兼著很多職務，他的辦公室也特別之極。但由於那和故事並沒有甚麼直接關係，是以不多浪費筆墨了。

在康司的辦公室中，我和白素通了一個電話，簡略地向她講述了我的一些遭遇，我只是講得極簡單，果然，即使我講得極簡單，白素只聽到了一半，就道：「我立刻就來！」

我道：「好的，你來，內政部、檢察署、文物保管會的康司先生，會帶你來見我！」

接著，我簡略地將事情講完，放下了電話，吸了一口氣：「我該立刻開始行動了！」

康司是一個大忙人，在我打電話期間，不足十分鐘，我看他至少聽了十來個電話，打發了六個訪客，和向十多個下屬發出了工作的指示。但儘管他這樣忙，他還是陪我到了資料儲藏室。

那個儲藏資料的地方，有一個相當正式的名稱，叫作「國家歷史資料博物館」。那是一幢相當殘舊的建築物。雖然舊，可是大得驚人，在棕灰色的牆內，每一間房間，面積至少在一百平方公尺以上，我估計這樣的房間，大約超過三十間。

整間博物館，只有三個職員，雖然說是「博物館」，但儲存的文件記錄，卻是十分凌亂，並沒有科學的分類編號方法，一個職員將我和康司帶到二樓：「保能大公是歷史上最傑出的人物之一，有關他和大公古堡的一切資料，我們也保存得最多，這裏，第一號到第六號房間，全是有關資料！」

那職員一面說，一面推開了第一號房間的門，我向內張望了一下，就不禁倒抽了一口涼氣，也明白了爲甚麼康司這樣慷慨，給了我一個月時間之多！

滿滿的，一百平方公尺的房間中，全是形式古老的木架和木櫃，木架上塞滿了文件夾——全是用兩塊薄木板作爲夾子的，那些薄木板本身，可能也已經是古董，顏色黝黑，有的上面還刻著花紋。一共有六間房間的資料，那也就是說，我必須在五天之內，就看完滿滿一房間的資料，那實在是十分辛苦的事。

我當時只好苦笑了一下，並不擔心，因爲估計三天之後，白素就可以來到，兩人一起工作，進度可以快一倍！我只是道：「希望在文字方面，沒有多大的問題。」

那職員道：「法文和西班牙文，有的是用德文來記載的，還有一小部分，是盧森堡的古文字，那只是極小部分，連我們也不知道它記載些甚麼！」

我道：「好的，謝謝你，康司先生說，在一個月之內，我必須日以繼夜工作，大約三天之後，我的妻子也會來，你可曾替我們安排住所？」

那職員以十分奇怪的神情望向康司，康司道：「我會馬上派人來，將一間雜物室清理一下，暫時只好委屈你了！」

我喃喃地道：「無論如何，總比拘留所和監獄好！」

康司聽清楚了我的話，作了一個鬼臉，那職員卻沒有聽清，仍是一副莫名其妙的神情。我移過了一張椅子，站了上去，從第一個木架的頂部，取下第一個厚厚的文件夾來，開始了我了解保能大公和大公古堡工作的第一步。康司等了我大約十分鐘，保證一有彩虹和王居風的消息，就立即和我聯絡之後就離去了。

我關上了房門，環境十分幽靜，如果存心來做研究工作，那麼，可以說是走進了一個巨大的寶庫。我是想在這許多資料之中，找出一個神秘問題的答案，我甚至不能肯定我的努力是不是會有結果，只好盡力而爲。在這樣的情形下，翻閱那些發了黃的紙張，看著那些甚至還是用鵝毛筆寫出來的字，極其悶氣。

在接下來的三天之中，我幾乎不休息，一直在翻閱著種種文件，那全是一些極瑣碎的記載，有關保能大公的一切，記述出來，一點意思也沒有。

康司每天來看我一次，他替我準備的房間，也佈置得相當舒適，我甚至做夢，也看到彎彎曲曲的文字在眼前跳動。康司每次來，我都問他，是不是有王居風和彩虹的下落，回答總是「沒有」。我心中越來越焦急，因爲他們兩人失蹤，已經超過一星期了！第四天黃昏時分，我像過去三天一樣，正在埋首舊紙堆中時，房門打開，康司嚷叫道：「看看是誰來了？」我一抬頭，就看到了白素。白素急急走向我：「他們還沒有下落？」

白素所指的「他們」，當然是指王居風和彩虹而言，我苦笑了一下，白素不等我回答，就大聲道：「他們是在古堡失蹤的，你不到古堡去找他們，躲在這裏幹甚麼？」

我忙道：「你先聽我講完了經過再說，你還不了解事情的經過，怎麼可以胡亂責備我？」

白素皺起了眉，康司移過了一張椅子，讓她坐下來。我對康司道：「你去忙你的吧，我相信我們兩個人，可以應付任何困難！」

康司點著頭，又向白素鞠了一躬，走了出去。我關上了房門，將事情的一切經過，詳細說了一遍。

白素有一個極好的習慣，就是當她在聽人敘述一件甚麼事之際，絕少插口打斷，所以我可以一口氣將整件事講完。

等我講完之後，白素站了起來，在木架和木櫃之間，來回踱著步：「在整件事情中，你犯了一個最大的錯誤，就是不相信王居風的話！」

我瞪著眼，白素不讓我開口，又道：「彩虹立即相信了王居風，你爲甚麼不相信？他們兩個現在在『過去』！」

我只是道：「你自己聽聽，『他們現在在過去』這種話，像話麼？」

白素道：「那不能怪我，只能怪人類的語彙無法表達人類所不了解的事。」

我挺了挺身子：「你毫無保留地相信王居風的話？他曾到過『過去』，又回來了？」

白素極肯定地道：「是！唯一可以解釋種種怪事，你看，一些東西，會無緣無故失蹤，它們到哪裏去了？又會無緣無故出現，它們從哪裏來？彩虹的打火機，當她在那房間中，跌下打火機之際，由於我們不知道的因素，打火機到了過去。」

我睜大著眼，我明白白素的意思，她這時在說著的，是時間和空間的關係。舉例說，某一個作家，在他二十樓的寓所之中，埋頭寫作，忽然之間，由於不可知的因素，時間倒退了一百年，在一百年之前，作家寓所的這幢房子還根本不存在，於是，這個作家，就會從二十樓那麼高的地方跌下來！

白素繼續道：「打火機後來忽然又出現了，而且，顯然在它失蹤的過程中，曾被人使用過，而使用它的人，又對打火機那樣簡單的東西，不是很熟悉，以致用完了火石，也無法補充。這還不明白？打火機回到了過去：一個並沒有打火機的年代！」

我吞了一口口水，白素越說越起勁：「彩虹摸到的那隻手，當然不是古昂的手，也不是有人躲在古堡中。」

我沒好氣地道：「那麼，是誰的手？」

白素道：「你記得王居風說過麼？他躲在壁爐的那個灰槽之中，忽然之間，變成了身在一株大樹之上。可以假定，在大公古堡未建造前，在如今大公古堡東翼所在之處，有一株極高的大樹，高度至少和如今大公古堡的三樓相等。在這株大樹之上，當時如果有某一個人，無意中伸了伸手，而在他伸手出來之際，他的手，忽然突破了時間的界限，來到了若干年之後，變得從大公古堡三樓一間房間之中的壁爐中伸了出來！」

我只是愣愣望著白素，我倒一直不知道白素的想像力如此之豐富。我並不是沒有想像力的人，也可以接受白素這樣的說法，但是無論如何，聽了心中總不免有點滑稽之感。我道：「照你的說法，那個人伸了一下手，他的手忽然突破了時間，那麼，在那一剎間，他自己是不是可以看到他的手呢？而且，他的手忽然給人摸了一下，一定大吃一驚！」

白素並不覺得我說的話有任何可笑之處，只是一本正經地道：「那我無法肯定，因為我未曾身歷其境。就算這個人吃驚，他也不是沒有報酬的，他至少得了在當時來說，可能是一件寶貝的東西，彩虹的那隻打火機！」

我揮著手，大聲道：「等一等，你可以繼續發揮你的想像力，但是我必須澄清幾個問題！」

白素以一副應戰的姿態望著我，等我提問題出來。我道：「你的意思是，任何物體，都可以突破時間的界限？」

白素以十分肯定的語氣道：「看來是這樣，古昂的小刀，以及其他管理員的一些東西不見了，就是在這種情形下不見的。一些東西忽然出現了，例如一盤舊繩子，一塊大石，也就是在那種情形下出現的。你自己說過，那塊打中了車頂的大石，不可能是從很高的地方落下來，它是平空出現的，就是因爲它突破了時間界限！」

我揮著手：「你是說，我現在揮著手，就這樣憑空一抓，而如果我的手，忽然突破了時間的界限，就可以隨手抓點東西回來！」

白素道：「應該是這樣，那要看你的手，回到了甚麼時候，和那時候，在那地方可有著甚麼東西可讓你抓到！」

我眨著眼，白素忽然笑了起來：「如果你在華清池的遺址，去不斷揮手，或許，你有機會可以碰到正在出浴的楊玉環女士！只要時間湊合得好！」

我不禁苦笑了起來，白素這樣譬喻，本來很好笑，但是我卻笑不出來，我又道：「照這樣說，如果有人可以掌握時間門戶之鑰，他就可以空手取物了？」

白素陡地向我一指，她突如其來的動作，將我嚇了一大跳，她的神情十分興奮：「正是這樣！我也恰好想到了這一點！」

我莫名其妙，不知道爲甚麼白素忽然之間興奮，也無法明白她想到了甚麼，只好望著她。

白素道：「法術，中國古代傳說中的種種法術，五鬼搬運，空手取物，這些法術，我想，全是施法術的人，掌握了突破時間界限的方法所致！」

我只好苦笑，白素所說的，或者言之成理，但是對我們目前的處境，卻一點幫助也沒有，我道：「別再發揮下去了，這對我們有甚麼幫助？」

白素道：「當然有幫助，王居風突破了時間的界限，回到了過去——」

我忙道：「你別忘了，當他在過去之際，他並不是王居風，而是另一個人，一個普通的山村中人，叫莫拉！」

白素道：「是的，這其間還有我們不明白的因素，但是王居風總是回到了那個時代——大公古堡正在建築的時代。所以，我相信我們可以集中力量，來看大公古堡建築期間的資料！希望可以找到王居風曾經回到過去的證據！」

我呆了半晌，白素的確已經找到了一點頭緒，雖然她找到的頭緒，是建立在我所不願意相信的一些基礎上。

但是，反正甚麼資料都要看的，就先看她所提議的那一部分，也沒有甚麼不妥。當我開始看資料之際，已經從職員那裏，取到了一份簡單的分類記錄，查了一查，大公古堡建築期間的文件，全放在第四號房間之中。

我和白素到了第四號房間中，開始各自分頭，翻閱文件。我看的那一部分，關於大公古堡建築材料的來源，建築古堡所有的石料，全是在離如今古堡不遠處的一個山崖中採來的花崗石，當時的專家，對這種石質，研究得很詳細，根據文字記載的形容，我可以肯定，平空落下，打中了車頂的那塊石頭，就是記載中的這種！

我不禁苦笑了起來，照白素所想像的，可能當時，一輛騾車，載運石頭到工地來，其中一塊石頭，忽然落了下來，又打破了時間的界限，所以，一千多年前，從騾車上落下來的石頭，就打到了我的車頂之上！

我想對白素提一提這件事，可是當我向白素看去時，發現她比我忙碌得多，一大疊文件到手，她只不過翻一翻，立即就放回原處，而且作上記號，表示已經翻閱過了。看她的情形，像是在有目的地找尋甚麼。

我沒有問她在找甚麼，只是自顧自照自己的方法來看看大公古堡建築的資料，又發現保能大公重金聘請了西班牙、德國、法國許多著名的建築師來參加工作。而且，王居風講得不錯，保能大公很不喜歡簽名，那塊不准捉迷藏的銅牌上有大公的簽名，不能不算是一件怪事。

當天晚上，我們一起享受了康司送來的豐富晚餐之後，又工作到了深夜，才在那間雜物室中睡了下來。白素在臨睡之前，喃喃地道：「我一定可以找到的！」

我忍不住問道：「你究竟想找甚麼？」

白素道：「我在找大公古堡建築期間因逃亡而被處死者的記錄！」

我心中一動：「你希望找到莫拉的名字？」

白素道：「是的！」

我嘆了一聲：「就算在記錄中找到莫拉這個人，也不能證明甚麼。你別忘記，王居風是一個歷史學家，他可能看過保能大公處死人的記錄，而在腦中留下了深刻的印象！」

白素沒有再說甚麼，睡了下來，過了一會，才忽然又道：「我相信在記錄上，這個莫拉，一定有他特別的地方，因爲王居風又回來了！」

我的腦中很混亂，而且這個問題，討論下去，也沒有意義，而且我也很疲倦了，所以我們的討論，到此爲止。

第二天，我們仍在第四號房間中翻閱資料。到了下午，白素陡地叫了起來：「在這裏了，快來看！」

我放下手上的文件，來到白素的身邊，白素指著她手上的文件：「看，莫拉！因逃亡而被處死刑，吊死在絞刑架上！」

我聳了聳肩：「我早已說過了，這不能證明甚麼，王居風可能也看過。」

白素不出聲，又翻閱著文件，我已經轉過身去，白素又叫了起來：「看，你快來看！」

我又轉回身來，很有一點不耐煩的神情，可是我一看到白素的雙眼放著光，興奮莫名，我知道她一定找到了甚麼重要的東西。白素不但興奮，而且在不住地吸著氣，可知她發現的東西，不但重要，而且極其刺激！

我忙湊過頭去，白素道：「看，這一部分文件，標明官方決不承認這是正式記錄，只不過因爲當時有這樣的事發生，所以才記下來！」

我道：「究竟是些甚麼？」

白素道：「第一件，記著莫拉的事，莫拉在絞刑架上失去了蹤影！」

我吃了一驚，忙將白素手中的文件搶了過來，急不及待地看著。在發黃的羊皮紙張上，的確這樣記載著：莫拉在行刑之後，屍體突然失蹤，在場的人都看到了這一件怪事，大公下令不准任何人談論這件事，但作爲記錄官，有責任將之記錄下來。在這段記錄之後，是一個人的簽名，這個人，自然就是負責記錄當時發生事情的記錄官！

我也不由自主吸了一口氣，和白素互望了一眼，白素向我作了一個手勢。我不禁也有點動搖了：「莫拉的屍體，打破了時間界限，那應該是如今多了一具不知名的屍體，何以又會變成王居風活著回來？」

白素搖頭道：「時間和人的生命，究竟有甚麼微妙的關係，我想還沒有人可以解釋得出。生命和其他任何東西不同。一塊石頭，回到了一千年之前，或是到了一千年之後，一定仍是一塊石頭，打火機也是一樣，它們沒有生命。可是生命卻一定不同，隨著時間的變化，生命本身，也在變化。今年，你是衛斯理，我是白素，一百年之前，我是甚麼人？你是甚麼人？一百年之後，我又是甚麼人？你又是甚麼人？」

白素的這一番話，聽得我目瞪口呆。

過了好一會，我才道：「你說得越來越複雜了，在你的想像之中，生命不滅，一直存在！」

白素道：「當然是這樣，生命一直存在，過去在，現在在，將來也在，只不過方式不同！」

我吸了一口氣：「這和王居風、彩虹講的『前生』是一樣的意思。」

白素道：「對了，很相同。」

我皺著眉，白素的這樣說法，相當難以接受，所以我雖然沒有反駁，但是卻不由自主搖著頭。白素也不和我再爭下去：「再看下去，下面還有許多官方認爲非正式的記錄，看看是甚麼！」

我翻閱著，翻過了幾張紙，就不由自主，發出了一下怪叫聲來。我絕不是輕易大驚小怪的人，可是看到了這一則記錄，我真正呆住了！

白素也湊過頭來看，她看了之後，也不禁叫了一聲。

這則記錄也很簡短：「一個叫拉亞爾的木匠，在樹梢上躺著偷懶的時候，發誓說有一個看不見的人，摸了他的手，這個看不見的人手是冰冷的。拉亞爾在慌亂之中，自樹上跌了下來，和他一起跌下來的，是一件不知名的東西，這東西會發出火來。」——在這裏，有著「不知名東西」的簡單圖畫。

天，那是一隻打火機，而且正是彩虹的那一隻，上面甚至有「R・K」這兩個字母！記錄還記著：「這不知名的東西，獻給了保能大公，大公下令，任何人不准提起，作爲負責記錄的官員，有責任將這件事記錄下來。」

我吞了一大口口水：「這……這……一定是彩虹的打火機！」

白素說道：「也就是我的假設！」

我苦笑道：「還有那塊銅牌呢？怎麼會在同時出現的？那時候，大公古堡還沒有造好，何以會有不准在古堡中捉迷藏的禁令呢？」

白素皺著眉：「我想，銅牌和拉亞爾的手，都突破了時間的界限，但不是同時突破，只不過它們是來到了同樣的時間！」

我沒有說甚麼，又看下去，這一束「不爲官方承認」的記載，全是記載著在大公古堡建築期間所發生的一些怪事，無可解釋，而保能大公也一律下令任何人不准提起。這些怪事，和我所知道的怪事相類似，例如一些物件突然失蹤，一些東西突然出現，最後，又有一件失蹤，記載的是兩個軍官酗酒爭執，其中一個軍官，用一隻鏈鎚，打中了對方的心口，被打中的軍官，在重傷倒地之後，突然消失，兇手所用的鏈鎚，是戰場上的武器云云。

戰場上所用的「鏈鎚」，我知道這種中古歐洲武士所用的武器，那是一隻相當大的鐵球，球上有著許多尖刺，用一根鐵鏈繫著，可以揮動殺人。

我之所以不厭其詳地介紹這種武者，是因爲我立時想到了古昂的傷口。當我一看到古昂的傷口之際，我只想到了中國古代的武器狼牙棒，卻未曾想到歐洲古代的武器鏈鎚！

這時，我不由自主發出了一下呻吟聲，白素問道：「你怎麼啦？」

我苦笑道：「古昂，那個消失了的軍官，是古昂！」

白素望著我，一聲不出，我講了那一句話之後，也一聲不出，我們兩人的神情都十分怪異，而且，有一股莫名的寒意，貫通全身。我知道這股寒意由來的原因，是因爲我們正在人類知識領域之外徘徊。接觸到了一個極其神秘的、不可思議的境界。這種境界，是完全超乎人類知識範圍、超乎人類想像力之外！我竭立想使自己進入這個不可思議的境界，去了解這個不可思議境界中的一些事，但是卻無法做到這一點，因爲這是我的知識範圍，甚至是我的想像力範圍之外的事。

過了好久，白素才首先出聲：「看來我的想像還不太離譜，人，在突破了時間的界限之後，生命起變化，是另一個人，而物體，因爲沒有生命，所以它們的形態不變，打火機還是打火機。」

我不知道自己的神情如何，但可想而知，一定十分滑稽，而且，在滑稽之中，一定還有一種難以形容的可怖，所以白素望著我，神情也變得十分異樣：「你……怎麼完全不表示意見？」

我道：「我已經表示過意見了，那個傷在鏈鎚下的軍官，就是古昂，他在受了重傷之後，又突破了時間的界限，回來了。」

我道：「當他臨死前的那一瞬間，他明白了一切，他只說我害死了他，是因爲將他帶到大公古堡，使他回到了過去，因此遇害！」

白素嘆了一口氣：「以你現在的處境而論，我們最好現實一點，世界上沒有任何一個法庭會接受這種解釋！」

我忽然之間，十分瀟灑地笑了起來：「我沒有法子現實，因爲我現在遭遇到的事情，是超現實的，我也不在乎是不是會有法庭接受我的解釋！」

白素驚訝地問道：「你，你這樣說，是甚麼意思？」

我抬頭，望著因爲陳舊而變了色的天花板：「我想，我的意思是，我已經多少接觸到了一點生命的奧妙。」

白素顯然一下子就明白了我的意思，是以她一聽得我這樣說，不由自主，「嗖」地吸了一口氣。我不去看她，因爲我這時，正集中力量在思索。我所想到的，概念還十分模糊，只可以說我捕捉到了一點。我要十分用心，才能用語言將我想到的表達出來。

我道：「我接觸到了一點點生命的奧妙。從古到今，每一個人，對他現階段的生命，都十分留戀、寶愛，那是因爲人類不能肯定生命的實質。以爲現階段的生命一旦消失，就此完了！

卻不知道生命在時間之中，會以多種形式出現！」

白素冷冷地道：「別說那麼多深奧的名詞了！我知道你的意思。你是說就算你被判死刑，上了電椅，你仍然不會死！」

我仍然不去看她，只是道：「可以這樣說，我只不過結束了現階段的生命，誰知道我的生命，會到哪一個階段去？可能是一百年之後，一千年之後，一萬年之後，甚至更遙遠，以另一個人的形態出現，繼續生活，就像莫拉上了絞刑架，結束了他那一階段的生命，可是卻得回了王居風在現階段的生命。莫拉的那一段生命，對王居風來說，就像是一場夢！」

我說到這裏，才向白素望了一眼，我看到她抿著嘴，一聲不出。

我又道：「在王居風而言，當他自已知道了有一段生命是莫拉的形態生活，那一段生活，在他而言，只不過是一個夢。如果他能有機會在時間之中來回多幾次，他一定也會感到現階段生命，也不過是一場夢，夢隨時會醒，何必對現階段的生命這樣重視？」

第九部：生命奧秘，人生如夢

我說到最後，做著手勢，攤開雙手，以加強語氣。

白素冷笑一聲：「我不知你的心中想些甚麼，是夢也好，是真實也好。我是和你在現階段，也就是在這個夢裏結成夫婦的，我就不想我的丈夫忽然夢醒，離我而去，這個夢，一定要繼續做下去！」

我想不到白素會這樣說，我立時道：「可是，夢一定會結束！」

白素道：「讓它自然結束好了。有一分力量，我就要使這個夢延長一刻！」

我眨著眼，一時之間答不上來。我自己的設想，還只不過是一個模糊的概念，這使我無法進一步和她爭論下去。而她的態度如此堅決，這也是使我無法再說下去的原因。

白素看到我眉心打結，一副嚴肅的樣子，她大約為了使氣氛變得輕鬆點，所以道：「其實，你不必覺得事情那麼嚴重！」

我叫了起來，說道：「那還不嚴重？我可以說已經徘徊在生命秘奥的邊緣了！這是一個多麼偉大的發現，可以改變人類的一切！」

白素揚著眉：「你太自負了，其實，你的所謂發現，一點也不新鮮！」

我瞪大了眼，盯著白素，並不出聲，只是等著她作進一步的解釋。

白素道：「中國人說『人生如夢』，已經說了好幾千年！」

我冷笑道：「那太空泛了！人生如夢，只不過是說現階段生命的短促，古人並不知道，現階段的生命結束之後，還可以有另一階段的生命！」

白素道：「當然知道！」

我道：「舉出例子來！」

白素立即道：「最現成的例子，便是莊周先生，這位思想家，在三千多年之前，已經不知道他自己現階段的生命，究竟是蝴蝶做夢而來的，還是實在的！」

我呆了一呆，莊子夢化爲蝶，醒來之後，不知自己是蝶在夢中爲人，抑或人在夢中爲蝶，這誰都知道。而如今白素在這樣的情形之下提了出來，那是不是說莊子的那個夢，並不是普通的夢，而是他也曾突破時間的界限，到了生命的另一階段，而他的生命，在另一階段中，以蝶的形態出現？莊子的「夢」醒了，表示他從另一階段的時間，又回到了現階段？兩個階段的生命，都在他現階段的生命之中產生記憶，所以他才會弄不清自己是蝶是人？

這是十分玄妙，也不可思議，而且極其複雜的一件事，但是照看，並不是沒有這樣的可能。眼前的例子是王居風。王居風有過另一階段的生命，對兩個階段的生命，都有記憶，王居風是現代人，知識領域比三千年前的莊子要廣闊許多，所以他可以肯定，那並不是「夢」，而是他突破了時間界限的結果！

我呆了半晌，無可奈何地道：「或許是！」

白素道：「所以，你不必爲你自己的發現而興奮，更不必爲之迷惑。這道理，曾經有人懂過，而且，也用並不難懂的文字記錄了下來。這種記錄文字，幾千年來，廣爲流傳，可是完全沒有人相信，只當那是一種思想上的見解，而從來沒有人想得到，那是一種實實在在的經歷！」

我苦笑道：「至少有你！你提供了一個新的解釋！」

白素道：「我倒並不覺得有甚麼了不起，或許，莊子根本就是我另一階段的生命，誰知道！」

真的，誰知道：一個東方的歷史學家王居風，他的另一階段的生命是歐洲山區的一個農民，又有誰猜想得到？

白素終於言歸正題，她道：「所以，你不必想得太玄，由於人根本不可能知道許多個另一階段生命的情形，所以必須重視現階段的生命。手裏抓著的一文錢，比虛無縹緲的整座金山好得多！」

我無話可說，只是呆了半晌，才喃喃地道：「王居風和彩虹，再度在古堡失蹤，他們在另一階段的生命中？」

白素道：「從王居風上一次的例子來看，你的問題，應該有肯定的答案。」

我翻著眼：「彩虹的另一階段生命，是甚麼樣的人？」

白素吸了一口氣：「時間永恆，人的每一階段的生命，很短促。應該有許多階段的生命，你問的是她哪一階段的生命？」

我又好氣，又是好笑：「我怎麼知道！」

白素也笑了起來：「好了，我們要不要通知康司？」

我想了一想，通知康司，告訴他我們在文件中發現了這麼多怪事的記錄，我猜想康司可以接受這樣的事，但那對於我目前的壞處境，卻並不會有多大的改善。不過，無論如何，總該讓他知道才是。於是，我點了點頭。

白素走出了房間，去和康司聯絡，我雙手抱住頭，在思索著，想著我和白素剛才交談的一切。

白素很快就回來，我一看到她推開門走進來，就知道一定有甚麼不尋常的事情發生了，因爲她的神情，極其古怪。

我忙跳了起來，道：「甚麼事？」

白素道：「我打電話給康司，他的秘書說，他有極重要的事。到一個山中的小村落去，要幾天才能回來，那地方的交通很不方便。」

我有點惶恐：「不論有多麼重要的事，他都不應該拋下我們離開！」

白素道：「他在離開時，對他的秘書說，如果我們和他聯絡，就告訴我們，事情和我們有關！」

我搖頭道：「這很不合理，他爲甚麼不和我們道別，如果和我有關的事，有了新的發展，他應該讓我們知道！」

白素道：「關於這一點，秘書也有解釋。秘書說，康司先生認爲，如果他親自向我們道別，我們一定要跟著他一起走，爲了避免這一點，所以他不告而別。」

我在房中團團亂轉。康司一定接到了極其重要的消息，所以才會突然離去。而這個消息，又和我有關！那究竟是甚麼消息呢？爲甚麼和我有關的事，會在一個偏僻的、交通不便的山村之中發生？

我本來就好奇心極其強烈，再加上事情和我有關。而且，我的處境十分壞，可以說生死攸關——儘管我對生和死，已經有了另一種看法，但是人要輕易捨棄現階段的生命，畢竟不是容易的事，何況，白素堅決不肯讓我「離去」！

所以，這時我一聽得白素那樣講，好奇心實在是無可抑止，我大聲道：「康司太豈有此理了！他應該先告訴我！他爲甚麼不告而別？」

白素眨著眼：「你對我大聲咆哮有甚麼用？我又不是康司！」

我道：「那麼，他甚麼時候能回來？」

白素道：「我問了很多次，秘書不肯定地說，只是說要好幾天，而且，也不肯透露他到了甚麼地方去！」

我沒好氣地「哼」了一聲說道：「在這樣的一個小國家中，到甚麼地方去，要幾天才能回來？」

白素又眨著眼：「其實，要知道他究竟到甚麼地方去了，也是一件很容易的事！」

我陡地一呆，立時明白了白素的意思。白素膽子大起來，任何人瞠乎其後，甚麼事都敢做。我立時壓低了聲音：「你的意思是——」

白素也壓低了聲音：「我不認爲康司的辦公室會有太周密的防範，所以要偷進他的辦公室，輕而易舉。」

我吸了一口氣，白素又道：「而且，康司是在接到了某種消息之後，才突然離開的，所以我相信，在他的辦公室中，一定有線索可以提供給我們——」

我笑了起來：「這是非法的！」

白素攤了攤手：「丈夫既然犯了謀殺罪待審，妻子似乎也不應該太寂寞，是不是？」

我點頭道：「對，六親同運，天一黑，就開始行動，這也算是對康司不告而別的一種懲戒！」

白素瞪了我一眼：「別自己替自己尋找藉口了，我知道，如果要你等上幾天，等康司回來，你的好奇心會杷你現階段的生命結束掉！」

我笑了起來：「這算是甚麼話？會把我急死，不就夠了！」

白素道：「我在使用你的詞彙，大哲學家！」

我沒有再說甚麼，儘管等到天黑不過幾小時，可是在這幾小時之中，我也如同熱鍋上的螞蟻一樣，再也沒有心思去看那些殘舊的文件和記錄。

好不容易等到天黑，吃過了職員送來的晚餐，回到了我們的房間。在我和白素的生活經歷之中，要偷出這間房間，到達康司的辦公室，那真正是一件微不足道的小事，其過程也沒有甚麼值得記述之處。我們在到了康司的辦公室之後，開始找尋康司去處的線索，不到五分鐘，我們就找到了，那包括康司的秘書，接聽電話的一個記錄：維亞爾山區中心，警員亞里遜有一個報告，稱他職權範圍內五個山村中的一個，波爾山村中的一位少女費遜，曾遇到一男一女兩個中國人，向費遜交託了一件東西，並且要求費遜和一個叫衛斯理的中國人聯絡。

我和白素互望了一眼，白素因爲心情緊張，所以她說話的聲音，顯得十分低沉：「彩虹和王居風！」

我點了點頭，在那個「波爾山村」中出現的一男一女兩個中國人，除了彩虹和王居風之外，不可能是別人。可是他們兩人，爲甚麼不回來，而要那個叫費遜的少女和我聯絡？他們兩人交給費遜的，又是甚麼東西？

我繼續翻看，發現了一幅地圖，那是安道耳全國，比例是三千比一的地圖。這樣的地圖，相信除了在安道耳高級官員的辦公室之外，全世界任何地方，都不容易輕易見到。因爲安道耳這個國家實在太小，小到了根本引不起其他人關注的地步。

在那幅地圖上，我們看到，崇山峻嶺之中，有一個地方，被用紅筆劃上了一個小圈。在那小圈之中的地名，是「波爾」。

另外，我們又找到一份文件，由全國警署的一位官員簽署的，收件人是康司。文件說，那位警員亞里遜，堅持要上級機關派員到山區去調查這件事，因爲這件事有許多不可思議之處。

在康司的辦公室中，我們不過花費了二十分鐘，就已經有了結論。

我們的結論是：彩虹和王居風再度出現，他們出現在一個叫波爾的小山村中，在那個山村中，他們遇到了一個叫費遜的少女，交下了一些東西。而這件事，其中還有十分神秘的成分在內。

康司當然是到那個叫波爾的小山村去了！

我和白素只商量了幾句，我們就有了決定：立即趕到那個山村去！

我們離開了康司的辦公室，在街頭找了一回，就找到了一輛性能很好的車子，半小時之後，我們已經離開了首都，照著從康司辦公室中取來的地圖，向那個小山村進發。至於第二天一早，有關方面發現我們「失蹤」之後，會亂成甚麼樣子，我們也顧不得了。

我和白素輪流駕著車，儘管我們的心中，都充滿了疑問，但是我們卻沒有提出來討論。因爲我們的疑問，都不是討論便可以得出結論，一定要見到了那個叫費遜的少女，才有結論。

我們只討論了一個問題，那就是：彩虹和王居風，在出現了之後，又到哪裏去了呢？他們似乎並沒有在那個小山村中留下來，而且，也沒有意思回到大公古堡去，因爲他們如果準備回大公古堡，就不必託那個少女來和我聯絡了。

到了天明時分，我們在一條相當狹窄的山路之中，盤旋向前。那條山路，用最簡單的辦法開出來，並不適宜汽車的行駛，車子在行駛之中，顛簸不已，每一秒鐘，都可能直跌下山。

上午九時左右，我們來到了一個小村，不少村民，走了出來，我停下了車。這一帶，可以說是山區中最貧窮的部分，是以當我一下車子之後，一個年老的村民，竟在胸口畫了一個十字，道：「兩天之內，有兩輛汽車來到我們這裏，這真是好現象！」

我忙道：「另一輛車子在哪裏？」

幾個村民立時向村子空地的一角指去，並看到了一幅油布，蓋著一輛車子，我奔過去，揭開油布一看，那正是康司的車子，再問了問時間，康司昨晚到，在這個山村中過了一夜。

由於再向前去，根本沒有路可以通車子，所以他是在今天一早，僱了一頭驢子，騎著驢子繼續向前走，算起來，我和他相隔，不過幾小時路程，我很有希望可以趕上他。

那個年老的村民，看來像是村中的負責人，我對他道：「我要四頭最好的驢子，腳程要快，健壯而聽話！」

老村民現出為難的神色，和幾個村民一起低聲商議著。可是他臉上那種為難的神色，卻隨著我數鈔票的行動，而變得越來越淡，終於，我以一大疊當地的貨幣，換來了四頭精壯的驢子，和村民的陣陣歡呼聲。

村民十分熱情，取出了他們窖藏的麥酒，一定要我們留下來和他們一起喝酒，但是我和白素，卻拒絕了他們的要求。

在村民的口中，我得知要到波爾山村，至少要十二小時，而且沿途山路崎嶇，有些地方，根本沒有路，全得靠驢子爬山的本領，才能到達目的地。

十二小時，那是指普通的行程而言，我估計，我們有四頭驢子，可以使驢子休息時間減少，這樣不停地趕路，至少可以提早四小時，那也就是說，我們可以在途中追上康司！

我和白素各自上了一匹驢子，又各自拖了一匹空驢子，帶了食物和食水，開始出發。

離開那個小山村之後不久，山路就越來越狹窄，有的地方，山路盤旋好幾里，可是那好幾里山路，卻只使我們前進了極短的距離。

到中午時分，我們休息了片刻，繼續趕路，好在這四頭驢子，十分聽話，一直在很快地負載著我們趕路。到了下午四時左右，我們已經看到，在我們下面的山路上，有一個人騎著驢子，正在前進，我們相隔不過兩百公尺左右，可是山路迂迴，事實上，我們要趕上他，還需要一小時左右。

那個人，毫無疑問是康司，我大聲向下面叫著，叫聲在山中響起迴應，康司抬頭，以手遮額，他也看到了我們。雖然相距有兩百公尺，但是我還是可以看到他臉上那種驚訝的神情。

他在劇烈地揮著手，叫嚷著。我不理會他在叫些甚麼，只是大聲叫道：「康司，先別問我們為甚麼會來，你在原地別動，等我們！」

我叫了兩遍，康司下了驢子，我和白素催著驢子，向山下趕去，四十分鐘之後，我們已來到了康司所在的那條路上，隔得還相當遠，我就看出康司的臉色鐵青，我和白素互望了一眼，白素道：「等我來！」

我點了點頭，等到我們來到康司的身前之際，康司抑制很久的怒意，陡然爆發，厲聲說道：「衛斯理，我以為你是一個君子！」

這句話，可以說是嚴重的指責！

白素立時道：「康司先生，你這樣指責他，很不公平！」

白素一開口，康司有點不知所措。他是一個真正的君子，所謂「君子可以欺其方」，要應付一個君子，實在容易不過。

白素一面說，一面向康司走了過去，康司吸了一口氣：「他，他應該在我替他安排的地方！」

白素將事情完全攬到了自己的身上：「是我叫他來的，因爲我知道表妹有了下落，我一定要先知道她究竟怎麼了。康司先生，你自己一個人前來，而不通知我們這樣重要的消息，實在十分自私！」

康司睜大了眼，事情反倒變成他的不是！雖然白素在說話的時候，語氣非常柔和，可是那已足以使康司感到尷尬。

康司在呆了半晌之後，才道：「我……因爲事情還未曾十分明朗，所以我……我想暫時不通知你們！」

白素道：「算了，反正我們已經來了。」康司苦笑了一下，看他的樣子，實在是還想責問我們究竟是怎樣來的，但是白素的話，使他自覺「理虧」，他倒不好意思再追究了。

我爲了使他不至於太難堪，忙道：「還有一點原因，我們在有關的資料中，發現了一些十分有趣的事情。我甚至知道了古昂是死在甚麼兇器之下！」

康司十分驚訝地望著我，白素看到氣氛已經緩和了許多，忙道：「我們一面趕路，一面說！」

康司點了點頭，我們一起又騎上驢子，一路上，我將在文件上找到的，當時保能大公下令不准任何人談論的一些怪事，全講了出來。

康司聽得目瞪口呆：「這樣說來，全是……真的了？」

我道：「文件還在，你自己可以去看。」

康司揮著手，看來他陷入一種十分混亂的思緒之中。

康司這時的反應，和我與白素在才看到了這些資料之後一樣。事實上，任何人在接觸到這種神秘不可思議的事情之際，都會有同樣的反應。

康司道：「不，我不是這個意思，我是說，人可以在時間之中，自由來去，是真的了？」

白素道：「不單是人，連物件也可以在未知的因素之下，突破時間的界限！」

康司不斷地眨著眼，身子在驢子背上搖晃著，像是隨時可以跌下來，那自然因爲他的心中，受到了極度震撼。

我道：「騎穩一點，在這樣狹窄陡峭的山道上，要是跌了下去，可不是玩的！」

康司苦笑了一下，我又道：「我們只知道，在那個叫波爾的小山村中，發生一件怪事，我希望你能有詳細一點的消息！」

康司望了我一眼：「你們到過我的辦公室？」

我忙舉起了一隻手來，說道：「你放心，一點破壞也沒有，一切正常，除了帶走一幅地圖！」

康司口唇掀動了幾下，看來他想罵我，但是卻又罵不出口，我只好縮了縮頭，裝出一副賊頭狗腦的樣子來，博取他的同情，希望他原諒我。

我的表情十足，果然有用，康司嘆了一聲：「其實，我知道的也和你們差不多，不過，我曾和那個警員通過一個電話。你知道，在這種小山村中，所謂警員，是兼職的，在那種地方，警員也根本沒有甚麼事情可做！」

我道：「這我明白。」

康司續道：「那個警員叫亞里遜，他是一個牧羊人。他在電話中告訴我，有兩個中國人，一男一女，我猜想就是你說他們在大公古堡失蹤的那兩個。」

我道：「除了他們，不會有旁人。」

康司道：「這兩個人突然出現，只有一個少女見過他們，那少女叫費遜，據亞里遜說，費遜在事後，顯得十分驚惶，因為那兩個人，突然出現，而且又突然不見！如果不是這兩個人留下了一些東西，那麼，根本就不會有人相信費遜的話！」

我和白素互望了一眼，白素忙道：「突然出現，突然不見是甚麼意思？」

康司皺著眉：「我也不明白，我在電話中追問過，可是亞里遜卻語焉不詳，說不出甚麼名堂來，我想非要問那個少女不可！」

我吸了一口氣，想到了一個可能，但是卻沒有說出來。反正我們一定可以見到費遜，又何必太心急？

白素又問道：「難道那個警員，未曾提及他們留下的是甚麼東西？」

康司道：「有，是一隻據稱相當精緻的木頭盒子，有鎖，盒子內是甚麼東西，因為他們曾吩咐過費遜不可打開，直到和你們取得聯絡為止，所以沒有人打開過。」

白素神情苦澀，喃喃地道：「不知道彩虹又在玩甚麼花樣！」

我也苦笑道：「有這樣的親戚，真是大不幸！」

白素白了我一眼，沒有再說甚麼。我們一直催著驢子，但是不論怎樣催，在山路上前進的驢子，速度總不可能太快。

天色漸漸黑了下來，從地圖上來看，還有六小時的路程。我堅持連夜趕路，但是白素和康司都反對。在峻峭的山中，晚上趕路，自然十分凶險，我拗不過他們兩人，只好在天完全黑下來之前，在一個只有幾戶人家的小山村中度宿。

當晚，我躺在乾草堆上之際，作了幾十個推想，可是卻一點沒有結論。可以說一夜沒有睡好。

第二天一早，我就跳了起來，用村中儲藏的山溪水，淋著頭，催著康司快點啓程。

等我們又在山路上前進之際，我的心情越來越緊張，因為我夜來推測不到，快可以有結果了！

在接下來幾小時的路程中，我們三個誰也不說話。山路越來越是陡峭，簡直可以說是寸步難行，到後來，我實在忍不住了，才道：「怎麼會有人住在這種地方！」

康司道：「他們一直住在那裏。事實上，那個小山村中，現在也只剩下七戶人家，而且，全是女人、小孩和老人！」

我苦笑了一下，沒有再說甚麼。等到中午時分，我們到了一座山頭上，向下看去，已經可以看到那個小山村！從山上俯瞰，可以看得很清楚，那個小山村，本來大約有三十來戶人家，可是現在看來，只有七八間石頭堆成的屋子還像樣，其餘的，不是已經傾坍，就是被山籐爬滿，尤其這時是冬天，枯黃的山籐，爬滿了廢棄的石頭屋子，看起來極度荒涼。

白素嘆了一聲：「到了！真不明白彩虹怎麼來到這種地方！」我們一起趕著驢子下山，下山時比較快得多，到了半路，就看見一個人趕著一群羊，迎了上來，那是一個大約六十來歲，滿臉是皺紋的老人，不過看來身子倒還很健壯。這個人老遠看到了我們，就興奮地叫了起來。等到我們來到了近前，他看到了我和白素，陡地愣了一愣：「就是你們？將東西交給費遜的，就是你們？」

我搖頭道：「不是，你弄錯了！」他搔著頭，現出大惑不解的神情來。那也是難怪他的，在這種地方，本來就極少外人前來，何況是中國人，又何況是「一男一女」中國人！

康司已經問那人道：「你就是亞里遜？我是康司！」

那人忙道：「是的，我是亞里遜，康司先生，你們來了，真好。費遜自從遇到了那兩個中國人之後，一直在瘋瘋癲癲！」

白素吃了一驚：「瘋瘋癲癲？甚麼意思？」

亞里遜並不立即回答白素的問題，只是撮唇發出了一下口哨聲，一隻高大的牧羊犬，不知從甚麼地方竄了出來，一下來到了他的身前。他伸手拍著狗：「看著這些羊，我有事！」

那頭狗像是可以聽得懂他的話一樣，吠叫了幾聲，亞里遜上了我們的一頭驢子，我們一起向前進發。白素將問題又問了一遍，亞里遜才道：「費遜說，那一男一女兩個中國人告訴她，只要她能和一個叫衛斯理的中國人聯絡，將他們留下來的東西交出來，她就可以得到一大筆酬勞！」

亞里遜說到這裏，不住地眨著眼，又道：「費遜說，那一男一女中國人，答應給她的酬勞，可以使她到巴黎去唸書，從此脫離山村的生活！所以她一天到晚抱住了那隻箱子，碰都不肯被人碰！」

他說到這裏，向康司望了一眼：「康司先生，我真不敢想，如果費遜失望之後，會怎麼樣！」

白素立時道：「她不會失望，只要那一男一女中國人真的曾經對她作過這樣的承諾。」

亞里遜望著白素，不相信地眨著眼，又向我望了過來，我道：「是的，她不會失望！」

亞里遜一臉驚訝之色：「那一男一女究竟是甚麼人？是從瓶子裏走出來的妖精？」

白素又好笑又好氣：「別胡說了，他們是我們的朋友！」

亞里遜又喃喃地說了一句話，不是很聽得清楚，多半是「東方人真是神秘」之類。

在遇到了亞里遜之後，心中更是焦急，因為本來，我以為亞里遜可以告訴我們一點有關彩虹和王居風的事。可是曾遇到過彩虹和王居風的，只有費遜一個人，而費遜又一點也不肯多說甚麼，因為事情有關她今後一生生活的改變，她唯恐人家搶走了她這個機會，所以一切，只有等見到費遜再說。

一小時之後，驢子進了山村，十幾個小孩子湧上來，有幾個挽著拐杖的老婦人和老頭子，也向我們走了過來，顯然費遜的奇遇，已經轟動了整個山村。一個大約五十出頭的婦人，急步奔過來，一面向前奔來，一面大聲叫道：「我只要費遜和以前一樣，甚麼也不需要！」

在那中年婦女的後面，跟著一個十六七歲的少女，瘦而高，一雙大眼睛十分有神，蓬著頭，叫道：「不，我要到巴黎去！」

那中年婦女轉過頭去，對那少女叱道：「你別再做夢了，巴黎，我不准你再說巴黎！」

那少女受了叱責，一聲不出，一臉倔強的神色。

毫無疑問，那少女一定是費遜了，我留意到她手中抱著一件東西，用一塊破舊的花布包著。

我們一起下了驢子，我大聲說道：「費遜小姐，我就是衛斯理！」

那少女一聽，不再理會那中年婦女，立即向我走了過來，打量著我。

我道：「我是衛斯理，你曾遇到過的那兩個中國人，我相信就是我要找的人，你放心，他們對你的承諾，絕對有效，你可以到巴黎去唸書，過你理想中的生活！」

費遜在聽了我的話之後，激動得眼睛潤濕，圍在我們四周的村民，一起發出了一陣驚嘆聲。那中年婦人排眾而前：「先生，你別騙她！」

我指著康司：「這位康司先生，是你們國家的高級官員，他可以保證我不騙她！」

中年婦女向康司望去，康司點著頭：「你放心，一定是真！」

中年婦女和費遜同時歡呼一聲，中年婦女轉過身去，緊緊地抱住了費遜，又哭又笑，而費遜則不住地叫著：「媽！媽！」

等她們母女兩人的情緒稍為平復一些了，我才說道：「費遜小姐，至於你遇到那兩個人的經過——」

費遜道：「請進屋子來，而且……他們說，只有你一個人可以聽我的敘述！」

我指著白素：「這是我的妻子，你遇到的那位小姐，是她的表妹。而這位康司先生，他必須和我們一起，知道經過！」

費遜想了一想，才道：「好，那你們三個人，可以一起聽我的敘述。」

我們進了費遜的屋子，屋中極其簡陋，不過卻異常乾淨。我們在一張原木製成的長桌旁坐了下來，白素道：「小姐，我先想看看他們留下了甚麼，你手中那隻盒子，就是他們給你的？」

費遜點著頭，鄭重其事，將手中捧著的一隻盒子，放在桌上，拉開了包在盒子外面的花布。

花布一拉開，我和白素兩人，就陡地一呆，康司也不由自主，發出了「啊」地一聲。

花布包著的並不是甚麼怪物，而只是一隻木盒子，那木盒子大約三十公分寬，五十公分長，十公分高。只不過是一隻木盒子。

可是那隻木盒子，卻令得我、白素和康司三人，都不由自主，發出驚嘆聲。我和康司立時互望了一眼，我們兩人的眼中，都有著讚許對方鑑賞能力的意思在內。那隻木盒，毫無疑問，是十六世紀時代，歐洲巧匠製作的藝術精品！

盒子本身，是一種異樣深紅色的桃花心木所製成，在盒子的旁邊，是用小粒木塊拼出來的巧妙的圖案，在盒子的蓋上，有一塊橢圓形的琺瑯鑲著，琺瑯上是一男一女的像，極其精緻美麗，那個美女穿著當時宮廷的服飾，雍容華實，男的氣宇軒昂，神氣十足，一望而知不是普通人。

我和康司互望了一下之後，我立時挑戰地道：「猜猜他們是誰？」

康司吞了一口口水，對於一個標準的紳士來說，驚愕到這種程度，實在是十分失禮的，但是他卻顧不得儀態了，因為這盒子真的令人驚訝。

康司聽得我這樣問，雙眉一揚：「我想是英女王瑪麗一世和西班牙國王腓力二世初結婚時的畫像！」

白素道：「一定是他們！」

費遜聽得莫名其妙：「他們是誰？」

要向一個山村少女，解釋這件發生於公元一五五四年的歐洲歷史上的大事，當然不是一件容易的事。我只是道：「你不必理會他們是甚麼人！這隻盒子的價值，至少可以維持你在巴黎十年富裕的生活！」

費遜睜大了眼，一副不相信的神色，我已經移過盒子來，急不及待打開。盒子中用紙包著一包扁扁的東西，我取了出來，扯開外面的紙，一看到了紙中的東西，我不禁呆了一呆。

第十部：兩個時光來去者的敘述

一卷十吋半直徑的錄音帶！這種錄音帶，通常的長度是兩千四百呎，用普通的速度，在錄音機上，可以放錄超過四小時。

問題並不在於錄音帶怎樣，而是我們根本沒有料到彩虹留下來的東西是錄音帶，當然我們沒有帶錄音機來，沒有錄音機，錄音帶對任何人，一點意義也沒有！而偏偏我們又急於知道彩虹和王居風兩人，究竟在鬧些甚麼鬼！我們三人互望著，只有苦笑，一句話也說不出來。費遜十分好奇地道：「這是甚麼東西？」

白素簡單地向費遜解釋著，我道：「小姐，你遇到他們的情形，可以說一說？」

費遜道：「可以，那時，我躺在草地上，看著枯草中的蒲公英，我正吹著氣，使蒲公英飛起來，忽然在我的面前，出現了兩個人的腳——」

我忙道：「你……你只看到人的腳，而見不到人？」

費遜說道：「當然不是，但是我側躺著，開始的時候，就只能見到他們的腳，他們不是走過來的，而是……而是突然出現的，我可以發誓，他們突然出現！」

費遜唯恐我們不信，現出十分焦切的神情來。我道：「我們相信，你只管說下去。」

費遜道：「我抬起頭來一看，看到兩個我從來也沒有見過的人——我的意思，是從來也沒有見過這種樣子的人，而不是從來沒有見過他們！」

她說到這裏，有點膽怯地向我和白素指了一指。我明白她的意思，是說從來未曾見過中國人。我點著頭，鼓勵她繼續說下去。

費遜的神態比開始時自然了許多，她又道：「我當時真是奇怪極了，我跳了起來，那兩個人，那位女士，十分美麗，立即對我道：『你不必怕，我們不會害你，只有給你帶來幸運！』我當時呆了一呆，又問道：『你們——你們是來自東方的神仙？』」

她說到這裏，向我們不好意思地笑了一下：「我這樣問，是不是很傻？我……生長在山區，一直不知道外面的世界是怎樣的，可是我卻很喜歡幻想，我也……看過一點神話——」

白素道：「我明白，任何人在這樣的情形之下，都會以為他們是神仙，你只管說下去好了！」

費遜用感激的目光望了白素一眼：「我慢慢走近他們，那位女士握住了我的手，問了我一些問題，問我住在甚麼地方，家中還有些甚麼人？希望得到些甚麼。我都照實回答了她，我只覺得她十分親切，可以和她講我心中的話。她就告訴我，只要我能夠照她的吩咐去做，我就可以得到我所希望的一切！」

她說到這裏，又向我望了一眼，才又道：「於是，她就交給了我那隻盒子。叫我和一個叫衛斯理的中國人，取得聯絡。」

費遜的敘述，其實還要詳盡得多，但是因為與故事，並沒有太大的關係，全是高彩虹向她問及有關她的一些生活情形，所以從略不作覆述了。

當費遜講到這裏的時候，康司插了一句口：「這一男一女是甚麼樣子的，你可否形容一下？」

費遜想了一想，形容了她遇到的那兩個中國人，其實不必她再多作形容，我已經可以肯定這兩個人，一定是高彩虹和王居風。等到她形容過之後，我更加可以毫無疑問地肯定這一點了！

我問道：「他們之間，互相說了些甚麼？」

費遜道：「他們好像商量著甚麼，講了一會，可是他們相互之間交談用的語言，我卻完全聽不懂。」

我點了點頭，這並不能責怪費遜，王居風和彩虹兩人，都是精通好幾國語言的人，誰知道他們在自己商談之際用的是甚麼語言。

白素又問道：「以後呢？」

費遜道：「我接過了盒子，而且發誓，替他們做到他們託我做的事，他們也保證，我可以達到我的願望。然後，他們吩咐我轉過身去，閉上眼睛，心中一直數到十，才可以睜開眼來。」

康司道：「你照做了？」

費遜眨著眼：「先生，當你在相同的情形之下，你是不是也會照做？」

康司苦笑了一下，沒有回答。費遜又道：「等我數到了十，再睜開眼，轉過身來時，那兩個人，他們已經不見了。如果……如果不是我的手中，還捧著那隻盒子的話，我……以為那一定是我的幻想！」

我們二人互望一眼，心中都有一種說不出來的感覺。彩虹和王居風二人，突然出現，又突然消失，他們究竟掌握了一種甚麼力量，才可以這樣子？

白素吸了一口氣：「我們不必在這裏多想些甚麼，這一大卷錄音帶，一定紀錄了他們要對我們講的許多話，我們快回去吧！」

她一面說，一面已站了起來。白素一站起來，費遜就發急道：「你們要走了？我怎麼辦？」

白素道：「你放心，你和我們一起走！」

費遜在剎那間，高興得講不出話來，緊緊地擁住了白素。由於我們都急切想知道那卷錄音帶的內容，所以都心急著想回去，白素要費遜去收拾一下行李，但是費遜的家庭是這樣的貧窮，根本沒有甚麼可以收拾。等到我們一起離開之際，費遜母女兩人，又擁抱了片刻，才捨得分手。

在歸途之上，我不斷催促著驢子，儘管我心急想知道那卷錄音帶的內容，但是如果沒有錄音機，任何人都無法在磁帶上得到任何訊息！

第二天，我們到達了那個停車的山村，上了車，歸心如箭。費遜還是生平第一次乘坐汽車，對一切都充滿了好奇，不斷地提出各種問題，而白素則耐心地告訴她安道耳山區以外的世界上的一切。

我一面駕車，一面心中暗忖，這個純樸的、未曾見過世界的少女，快要到巴黎去生活了。儘管這是她最嚮往的事，但是她是不是能適應？是不是在那邊生活，會比她在山區生活更舒服？

我自然無法回答這個問題，那要費遜自己去體驗才行。一路上，我和康司都很少說話。在經過一個較像樣的市鎮之際，我詢問了幾家商店，他們都沒有這種錄音機，一直到了首都，進入了康司的辦公室。

康司的辦公室中，也沒有那種錄音機，康司打了幾個電話，三十分鐘之後，才有人送了一座來。在這三十分鐘之中，我看到康司不斷忙碌地在處理著事務，其中一項最重要的，便是我和白素的「失蹤」，首都警察部門來了好幾個電話，康司一律回答：「由我來親自處理。」將他們擋了回去。

等到錄音機送來之後，我對康司道：「求求你，對你的秘書說，任何電話都不聽、任何人都不見，這卷錄音帶中的內容太重要了，我不想在聽的時候，中途被人打斷！」

康司答應著，向秘書下了命令，我有點手忙腳亂地裝上了錄音帶，按下了掣，錄音帶的轉盤轉動著，不一會，就聽到了彩虹的聲音。

整卷錄音帶，足足有四小時，全是彩虹和王居風兩人的講話，其中，有的是和整件事有關的，我一律錄出來，有一些，是無關緊要的，我就從略，不再轉述。而他們兩人在錄音之際，也顯然十分亂，並沒有一定的次序，所以我也略作了一番整理。

但無論如何，這卷錄音帶中的內容，就是他們兩人要對我們說的話，是他們兩人的奇遇。

以下，就是錄音帶的內容。

錄音帶才一開始，就是彩虹的聲音，她在叫嚷：「表姐夫，我和王居風結婚了！」接著，便是王居風的聲音：「是的，我們結婚了。」

（彩虹並不知白素也來了，所以她叫「表姐夫」。）

我和白素互望了一眼，他們兩人結婚了！這自然是一件好事。

接著，又是彩虹的聲音：「我們結婚之後，就立即開始蜜月旅行，可是，表姐夫，我實在不知怎樣對你說才好，我們的蜜月旅行，沒有目的地。旅行是由一個地方到另外一個地方。但是我們的旅行，卻是在時間中旅行，從這個時間，到另一個時間。你不明白也不要緊，我不會怪你，因為不是身歷其境，你就不會明白。我們的旅行，不知甚麼時候能夠回來——」

彩虹講到這裏，王居風補充了一句：「也許再也不回來了！」

我和白素互望了一眼，白素首先苦笑了起來。我知道白素在想甚麼，她一定在想不知如何向她的舅父舅母交代，彩虹結婚了，可是卻從此消失了，可能回來，可能永遠也不回來！

我吸了一口氣，繼續聽著。

錄音機中，又傳出了彩虹的聲音：「我們以後可能再沒有互相交通的機會，所以我要趁如今這個機會，將事情的始末，詳細告訴你。從開始說起。我們一起到大公古堡去，在快要到達大公古堡的時候，你發了脾氣，走了。我不怪你，王居風也不怪你，因為事情的一切發展，本來就太怪誕和不可思議！」

我聽到這裏，苦笑了一下。

彩虹繼續道：「我和他一起到了古堡之中，我對於居風的遭遇，就是你知道的，關於他忽然回到了古堡的建築期間，變成了一個叫莫拉的山區居民一事，深信不疑。如果你也相信，那就好了！」

我苦笑了一下，喃喃地道：「有甚麼好？你們的蜜月旅行中多了一個人，總不怎麼方便吧！」白素瞪了我一眼，示意我別打岔，妨礙她聽下去。

彩虹繼續道：「我們都相信，在大公古堡之中，或者，就是在建造大公古堡的那個地方，有古怪，一種我們所不了解的古怪因素，可以使人回到過去，可以使人突破時間的界限，可以使人到達一種完全不了解的境界之中。大公古堡的所在地，可能不是地球上唯一可以突破時間界限的地方，例如，神秘的百慕達三角區，就似乎也有這個可能！」

我又想說甚麼，但是卻未曾出聲。彩虹提到了百慕達三角區，這很值得注意，因為在那個地區，在廣闊的大西洋上，的而且確，曾經有過不少件證據確鑿，有著完整記錄的神秘「失蹤」事件。

這些「失蹤」事件，難道也是由於失蹤的物件或人，突破了時間的界限，而到了另一個時間之中？

我一面想著，一面繼續聽下去。彩虹的聲音在繼續：「而我們又相信，在古堡之中，可以突破時間界限的地方，一定就是在東翼三樓的房間，所以我們一到，就逕自來到了那房間。我說：『好，我們開始捉迷藏，偏偏要不理會保能大公說些甚麼，這次，我來躲，你來找我！』」

接著，便是王居風的聲音：「我問她：『你準備躲在甚麼地方？』」

彩虹笑著道：「要是說給你聽了你還用找麼？快出去，我可能像你一樣，要躲到一千年之前，等你找三天三夜也找不到！」

彩虹說著，就將王居風推了出去。

王居風又插了口：「我在被她推出去的時候，心想她如果要躲到時間中去，一定會仍然躲進那個壁爐的灰槽之中。可是我卻料錯了，我還沒有走出房間，就聽到了她的尖叫聲！我立即轉過身來，我看不到她的人，只看到她的一條手臂，自床底下伸了出來，拉住了床單，扯得床單向床下滑去。而她的尖叫聲，也在迅速遠去，我不知道自己何以動作那麼快，我立時在地上一個打滾，滾進了床底下。」

彩虹道：「是的，他來得夠快，不然，我們可能要分開，不能再在一起了。我心急，他還沒有走出房門，我就躲進了床底下。我料他一定會猜我躲進壁爐去，所以我偏不躲。我一進了床底下，就覺得事情不對，床底下，像是有一個裂縫，我才一進去，身子就迅速地沉下去，像是那個裂縫，要將我整個吞噬。我一面盡量掙扎著，一面伸手出來，抓住了床單，希望阻止自己下沉，同時我尖叫著。」

我當然記得我那次到達大公古堡東翼三樓那間房間中的情形，床單曾被人扯下來過，而且，還有窗簾，窗簾似乎也曾被人扯動過，那又是怎麼一回事？

在我一面想著的時候，錄音帶的轉盤在繼續轉動，彩虹和王居風兩人的聲音，也在不斷地傳出來。

彩虹在說著當時的情形：「我才叫了一聲，便聽得居風也大叫一聲，滾進了床底下來，我們兩人靠在一起，他顯然也在向下沉，我感到彷彿是在沉進一個泥沼之中，我盡一切力量掙扎著，他也是，有一個極短的時間，我們好像浮了起來，居風甚至伸手抓住了一幅窗簾，可是下沉的力量太大，窗簾不能幫助我們，我們還是沉了下去。」

王居風插口道：「聽彩虹講來，其間的過程彷彿很久，但實際上，過程很短，絕不到一秒！」

對於王居風所說的這一點，我倒有經驗。因為當時，古昂在那間房間中，發出叫聲，我疾衝進去，不過是三五秒鐘的時間，古昂就已經不見了！我並沒有機會看到古昂的「消失」過程。

彩虹在繼續說著：「轉眼之間，就到了一個極其微妙的境界，在這裏，我要說得比較詳細些。」

她講到這裏，停了大約有一分鐘之久，才繼續下去。顯然她是在想著如何將這種「奇妙的境界」對我說，才能使我明白。

一分鐘之後，才又傳來了彩虹的聲音，道：「實際上，很難形容，我的感覺，像是一個人在將睡未睡，快要進入夢境那樣，一切全迷迷糊糊，然後，忽然之間，我真的進入了『夢境』，到了另一個地方，變成了另一個人。我必須說明的是，我變成另一個人，我完全不知道在若干年後，有高彩虹其人，我只知道當時的事情，情形就和王居風在他是莫拉的時候，根本不知道自己會在若干年以後變成王居風一樣。由於以後，事情又有不同的發展，所以我才能知道過去，現在的一切，我希望你能明白這一點。」

彩虹在錄音的當時，可能也考慮到了我還是不明白，所以她又道：「我不用一些不易明白的名詞，只用一些比較容易懂的話來說。我現在——在又有了許多經歷之後，可以肯定，生命不滅，只不過隨著時間的變化在轉變，你可以將之當作是一種『輪迴』，生命分成許多階段，究竟一個生命可以延續多少階段，我也不知道，但一個階段一個階段在延續著。」

我和白素互望了一眼，我們在資料室中，已經討論過這個問題！白素就持這樣的看法，所以這時，當我們互望之際，她就向我作了一個「你看如何」的神情。

彩虹在繼續：「這情形，有點像『轉世』，也有點像『投胎』，但不論如何，生命不同於其他物質，是因為它有著在不同的時間之中，有不同形式出現的奧妙。我忽然變成了另一個人，這個人，是一個叫作娜亞文的女子，她的身份，是大公古堡中的一個女侍，當我突然變成了娜亞文的時候，我正好在大公古堡的書房中，正捧著晚餐進去，給在看書的保能大公。」

當我們三人，聽到這裏的時候，不禁各自吸了一口氣，康司甚至不由自主，發出了一下呻吟聲來。

我在吸了一口氣之後，喃喃地道：「太巧了，怎麼彩虹的若干生之前的一生，也會是安道耳國人？」

彩虹當然聽不到我的問題，但可能是她在錄音的時候，恰好也想到了這一個問題，所以錄音機中發出的聲音，像是回答了我這個問題一樣：「或許你會覺得奇怪，何以我和居風，都會是安道耳人。這一次，我也不是確切明白，不過我卻可以肯定一點，就是人與人之間的關係，有一定的『緣分』存在。也就是說，在若干年前，曾有過關係的人，在若干年之後，儘管他們已經成了完全不同的另外兩個人，可是他們始終會相識，見面，發生種種的關係。」

彩虹又補充道：「就像我和居風，在以後的許多經歷之中，我們始終在一起，而到了今生今世，我們本來好像是完全不可能有機會相識的，但是一定仍會有一件事，將我們拉在一起！」

聽到這裏，我、康司和白素又互望了一眼，我們心中都在想：若干年前，我們不知有甚麼關係，以致如今，我們可以在一起？（至於費遜，因為對錄音機中播出的聲音全然沒有興趣，已經倒在沙發睡著了。）

王居風在這裏，又加了一句：「真是很難解釋，『緣』，實在是最好的解釋了。」

我和白素比較容易明白，看康司不斷眨著眼的情形，他顯然不如我們那樣了解。

彩虹又道：「當我走進書房的時候，我看到保能大公正在把玩著一件東西，他不斷轉著那東西上的一個小輪子，發出一些聲響來。當他看到我的時候，他向我道：『你看這是甚麼東西，娜亞文？』我道：『大人，我不知道。』我當時的確不知道這是甚麼，但我想你們一定已經知道了，那是我的打火機！」

聽到這裏，康司突然現出了一種不可遏制的衝動，陡地一伸手，按下了錄音機的暫停掣，我和白素忙向他望去。

康司叫了起來：「等一等！在我未曾弄明白之前，我不想再聽他們胡說八道！」

康司脹紅了臉，態度十分認真，白素道：「你想弄明白甚麼呢？」

康司指著我，又指著白素，說道：「你們都曾告訴過我，在資料中找到那隻打火機出現的記錄！」

白素道：「是的，記錄還在那裏，你可以自己去看！」

康司道：「那時候，大公古堡還在建築期間，可是甚麼娜亞文，卻走進了大公古堡的書房之中，見到了那打火機，這是怎麼一回事？」

白素說道：「康司先生，你大可以聽下去，再下結論，好不好？」

康司不回答，我將手伸向錄音機，徵求他的同意，康司的神色很難看，勉強點了點頭，我再按下暫停掣，彩虹的聲音又傳了出來：「當時，我自然不知道那就是在將近一千年之後，我所有的一隻打火機，所以我這樣回答。保能大公道：『這東西到我手，到今天，已經足足四年了，在這四年之中——』」

（聽到這裏，我和白素一起瞪向康司，康司面有慚色，攤開手，作了一個無可奈何的手勢。）

「『在這四年之中，我問過了我所能問的人，其中有不少智者，我問他們，這究竟是甚麼東西，但是沒有一個人可以答得出來。這東西，初到我手的時候，娜亞文，你信不信？只要轉動那個小輪，就會有火發出來！你說，會不會是火神普羅米修士的東西？可是不久之後，它就沒有火了，你說，這究竟是甚麼？』」

我不禁嘆了一口氣，真可憐，如今，連小孩子也知道打火機是怎麼一回事，可是一千年之前，保能大公所能遇到的所謂「智者」，卻沒有一個可以說得出一個普通的打火機是甚麼東西！不過，我又立時想到，我大可不必嘲笑一千年前的智者。如果現在忽然有一件一千年之後的東西，到了我的手中，我也一樣不知它是甚麼！

「保能大公說著，突然發起怒來，他站了起來，揮著手：『不論這是甚麼東西，見鬼去吧！』他一面說，一面用力將那東西，向壁爐中拋去，我眼看著那東西跌進壁爐之中，那時，壁爐並沒有著火，那東西一跌進去，竟然沒有發出聲音，就不見了！當時我和大公兩人，都驚呆得說不出話來。我的打火機，又突破了時間的界限，不知道到甚麼時間中去了！」

彩虹不知道她的打火機又到甚麼時間中去了，但是我知道，打火機又回來了，又到了我的手中，保能大公隨手一拋，又將它拋回來了！

我在想到這一點的時候，臉上的神情一定十分古怪，以致康司在望向我的時候，也現出十分古怪的神情。

白素道：「康司先生，你聽清楚了？保能大公保存了那隻打火機四年之久！」

康司喃喃地道：「保能大公順手一扔，將一樣東西……扔到了一千年之後，我……我……」他現出十分苦澀的神情來：「我……究竟是相信好？還是不相信好？」

我提醒了他一句：「別忘記，這件東西，本來就是從現在到一千年前去的！」

康司無意義地揮著手，也不知道他想表示甚麼。

而錄音機中，彩虹的聲音在繼續著：「大公當時忽然發起怒來，又摔了桌上的幾樣東西，但是那些東西跌在地上，碎了，並沒有不見。接著，他用十分兇狠的神情望著我，厲聲道：『你全看見了，是不是？你全看見了！你看到了無所不能的保能大公，也有不明白的東西！』我十分害怕，不住後退，大公則對著我獰笑。」

白素喃喃地道：「娜亞文生命有危險了！」

我道：「你怎麼知道？」

白素道：「凡是自以為無所不能的暴君，絕不容許任何人知道他也會有不明白的事情。」

我作了一個手勢，示意她別打擾，彩虹繼續道：「我當時強烈感到自己有危險，我想逃走，可是沒有機會，過了兩天，大公突然又將我叫了去，他在書房中，在書桌上放著一塊銅牌。他的神情十分頹喪，竟將我當作了知己，一看到我，就道：『娜亞文，你見過那件東西忽然不見，你可知道奇勒儲君去了哪裏？』」

「奇勒儲君是保能大公的一個姪子，保能大公並沒有娶妻，他立他的姪子為儲君，奇勒儲君十一歲，由兩個保母，三個家庭教師負責教養，而奇勒儲君在前天突然失蹤，堡中人人都知道，也都知道儲君是在和兩個保母捉迷藏時失蹤的。」

「當時大公這樣問我，我自然答不上來，我只好搖頭，嚇得話也講不出來。大公用力拍著桌子：『這裏有我不明白的事。自從這座堡壘開始建築起，就不斷有我所不明白的事，我絕不相信這是上帝的旨意，我要證明，我的力量比一切力量大！你看到了沒有，我已經下令，任何人不准在堡中捉迷藏！』」

「他說著，指著那塊銅牌，我向銅牌看了一眼，看到了上面刻著的字，和大公的簽名，忽然之間，有一種十分滑稽的感覺，竟然忍不住笑了起來。」

「我的笑聲，令得大公暴怒了起來，他拿起那塊銅牌，向我拋來，我立時後退，那塊銅牌，在我眼前，眼看快要落地之際，突然不見了！」

「表姐夫，那塊銅牌在鑄成之後，從來也沒有機會在古堡中展示過。當保能大公在盛怒之下，用它來拋向古堡中的一個女侍之際，這塊銅牌突破了時間的界限，它越過了時間，到了我在三樓東翼的那一夜，跌在地上，被我拾了起來。當時，保能大公瞪大了眼，像瘋子一樣叫著，在我還不明白會有甚麼事發生之際，他已經自壁上拔下了劍，一劍刺進了我的心口。」

白素的喉間發出了一下聲響，我只覺得自己的手心在冒著汗。

彩虹的聲音在繼續：「中了一劍之後。我那種向下沉的感覺又來了，突然之間，我聽到了一陣馬蹄聲和車輪聲，我在一個街道上，我是街頭的一個流浪者，和我在一起的是另一個流浪者——後來我知道那就是王居風的前生之一。我們兩人瑟縮在街頭，忽然一個穿著大禮服的紳士，急急忙忙，滿頭大汗，向我們奔來，竟蹲在我們的身邊，失魂落魄地道：『他們不喜歡，他們一點也不喜歡！』」

「表姐夫，你再也想不到我遇到的是甚麼人，給你猜一萬次，十萬次，你也猜不出！」

（我心中嘰咕了一下，我當然猜不出，誰知道彩虹又到了甚麼時代，甚麼地方！）

「表姐夫，我當時和我的伙伴，一起向那位紳士望去，他仍然喃喃地重覆著那兩句話。」

「後來，我實在忍不住了，我問：『先生，他們不喜歡你的甚麼？』那紳士的神情極其沮喪，道：『他們不滿意我的作品！他們甚至拆下了椅子，拋向台上！』」

「表姐夫，你可已猜到了那個人是誰？他是史塔溫斯基，我們是在巴黎，時間是一九一三年，又忽然越過了一千多年，那是五月的一個夜晚，是史塔溫斯基的作品『春之祭』在巴黎的首演。聽眾不但大喝倒采，而且將一切可以拋擲的東西，全拋上台去，甚至拆下了椅子。可憐的史塔溫斯基，嚇得由窗口逃出來，和我們躲在一起！」

我和白素互望著，神情苦澀。

王居風在這裏，又加插一段話：「我的情形和彩虹有點不同，她一下子回到了保能大公時代，而我，當她在大公堡壘中當女侍之際，我在第一次世界大戰的奧地利戰場之中，陣亡了，才又到了巴黎的街頭，變成了一個流浪人。所以，我知道『春之祭』是極成功的作品，除了首演失敗之外，以後每一次演奏，都得到瘋狂的歡迎和極度的成功。我將這種結果告訴史塔溫斯基，他說甚麼也不肯相信。」

彩虹道：「你們可以查一查音樂史，一個首次演出失敗的作品，本來絕無機會作再度演出。可是『春之祭』卻不同，一年之後，就由原來的指揮蒙都再登台指揮，立時大獲好評。指揮和作曲家，有勇氣再演出，就是受了我們鼓勵的結果。」

「在巴黎的流浪之後，我和王居風幾乎全在一起，我們有過許多段經歷，在上下一千餘年的時間中，經歷了將近十生。」

（彩虹曾相當詳細地講述這「十生」中的一些事，但大都如前述，不必一一詳述了。）

「到最後，我們對於各階段的生命，都洞察清楚，而且，我們不但回到了過去，而且曾經到過未來。在時間中旅行的過程中，我們曾回來了兩次，可是大公古堡中，佈滿了警察，我們也不知發生了甚麼事。因為我們太嚮往這種形式的旅行了，所以我們也未曾停下來深究。」

「表姐夫，你可以相信我講的一切，但是千萬不要發笑，將我所說的一切，當作是一件你所不能了解的事情好了。就像一千年前的保能大公不能了解最簡單的打火機一樣，現階段——你這一階段的人，對於許多事，是無法了解的。」

王居風又插了一句口，道：「衛斯理，並不是我們不想和你解釋，而是我們無法令你明白。」

彩虹則道：「你只要記著一點就行了：人的生命，有許多階段的，並不是一個階段就完了。世上也有許多特殊的例了，有人能夠在突然的情形之下，忽然記起了他前一個階段，或是前幾個階段的生命。英國有一位女士就曾記起她的前生，是皇宮中的一個女侍，這種事，如今還被當作是玄妙不可思議的事情來看待，但漸漸已經有人懂得這個道理了！」

我和白素又互望了一眼，神情苦澀。

我們當然不是不相信彩虹和王居風所說的一切。可是要毫無保留地相信他們所說的一切，無疑是十分困難的一件事！

彩虹繼續道：「在這些日子之中，我們享受到了前所未有的樂趣，尤其是當經歷了以前階段的生命，這些生命在我們稍後階段的生命之中留下了記憶之後，更加奇妙。」

彩虹繼續道：「在多次時間的來去之中，我們甚至找到了在時間中來往的訣竅，可以憑自己的意志來往了。不過，還未曾十分熟練，有時，會有意外。」

王居風道：「譬如，我們是準備回來，見到你之後，我們當面講明白的，但是卻出了一點意外，我們來到了一九五八年。找到了一座錄音機，對著錄音機，說了這許多話。」

彩虹搶著道：「我們的經歷要對你說，幾日幾夜也說不完，而且多半你不會相信。不過我們決定，將我們所經歷的一切，盡可能告訴你，並且由你轉告表姐。我們找到了一隻相當精美的盒子，作為我們的禮物，當你聽到我們聲音的時候，我們不知道在甚麼時間。請留意，我說我們不知道在甚麼時間，而不說不知在甚麼地方，我們可能站在原地不動，但是時間不同，我們所見的也不同，例如，居風躲在大公古堡的壁爐中，時間倒退一千年，他就變得在一株大樹之上。」

王居風也搶著道：「我和彩虹有了第一次的意見分歧，我決定到過去去，她卻要到未來去！」

彩虹道：「當然是未來好，過去的事，我們在歷史上已知道過！」

王居風道：「可是，我是一個歷史學家，你不知道歷史有多麼迷人！」

彩虹道：「那麼，你應該娶歷史做妻子，不應該向我求婚！」

他們兩個人一起笑了起來，錄音就在他們的笑聲之中結束了。

我、白素和康司三人，誰也不伸手去關掉錄音機，我們讓錄音帶的轉盤一直轉動著，直到轉盤因為錄音帶的完結而自動停止。

然後，我們仍然完全不出聲。白素最先開口：「康司先生，這對於他——」她指著我：「他的處境可有幫助？」

康司苦笑了一下，不點頭，也不搖頭。過了好一會，他才道：「如果大公古堡是地球上一處可以突破時間界限的地方，那麼，以後是不是還會有這樣的事發生？」

我道：「當然可能，從保能大公的儲君消失開始，一直到古昂，一直可以。」

康司道：「那麼，如果我——」

白素不等他說完，忙道：「我不贊成你去試，我並不覺得王居風和彩虹他們如今的處境很有趣。」

我揮著手：「這其中，還有著太多我們不知的因素在內。古昂坐在那張椅子上，他突破了時間的界限，我也坐過，我就沒有。或許，每一個人不同，不是人人都可以在時間中自由來去。」

康司苦笑了一下，白素道：「你還沒有回答我剛才的問題。」

康司吸了一口氣：「你們從資料室逃出來，就一直逃走吧，別再出現了。當然，以後你們不能再到安道耳來，你們會受我國的法律通緝，通緝的有效期，是四十年。」

我攤了攤手，表示無可奈何，康司忽然笑了起來：「我真想試一試，如果你們聽到了我失蹤的消息，別為我難過，我一定走進時間中去了！」

白素和我卻不表示甚麼，當夜，我們在康司的安排下，離開了安道耳。

第三天，我們和費遜在巴黎，白素留下了一筆錢給費遜，又找了一個父執輩，作費遜的監護人，費遜開始了她的新生活。

整件事，本來已經結束了，彩虹和王居風是不是還可以和我們聯絡，連他們自己也沒有把握，我和白素也應該回去了。

但是白素卻提議道：「我還想到一個地方去！」

我問道：「甚麼地方？」

白素道：「你記得那個曾在大公古堡之中住過，事後忽然成了隱士的西班牙海軍大將皮爾遜嗎？」

我瞪著眼，道：「那又怎麼樣？」

白素道：「一個叱吒風雲的大將，忽然隱居到了修道院之中，一定是有原因的，我想到那家修道院去，查一查他的記錄。」

我苦笑了一下，道：「你想證明甚麼？」

白素道：「據我猜測，皮爾遜大將，一定在大公古堡中，也曾突破過時間的界限，洞察了人的生命，有許多階段，所以他對於一個階段的生命，不再重視，而想追求不滅的生命，這才做了隱士的！」

我道：「就算你猜對了，我不想再找甚麼證據了。事實上，我們所知道的證據已經夠多了，問題是在於我們相信不相信而已。」

白素也沒有再堅持下去，我們直接回到了家中。

回家之後，我一直在等著，希望王居風和彩虹兩人，在時間中旅行的過程中，會忽然出現在我的面前。但到現在為止，他們顯然還沒有回來的意思。

他們現在甚麼地方呢？不，應該說，他們現在甚麼時間呢？

（完）

倪匡珍藏限量紀念版 21

衛斯理傳奇之天書

作者：倪匡
發行人：陳曉林
出版所：風雲時代出版股份有限公司
地址：10576台北市民生東路五段178號7樓之3
電話：(02) 2756-0949
傳真：(02) 2765-3799
執行主編：朱墨菲
美術設計：許惠芳
業務總監：張瑋鳳
出版日期：2023年8月倪匡珍藏限量紀念版一刷
版權授權：倪匡
ISBN ：978-626-7303-79-5
風雲書網：http://www.eastbooks.com.tw
官方部落格：http://eastbooks.pixnet.net/blog
Facebook：http://www.facebook.com/h7560949
E-mail：h7560949@ms15.hinet.net
劃撥帳號：12043291
戶名：風雲時代出版股份有限公司

風雲發行所：33373桃園市龜山區公西村2鄰復興街304巷96號
電話：(03) 318-1378
傳真：(03) 318-1378
法律顧問：永然法律事務所 李永然律師
北辰著作權事務所 蕭雄淋律師

行政院新聞局局版台業字第3595號 營利事業統一編號22759935

定價：340元

國家圖書館出版品預行編目資料

衛斯理傳奇之天書 ／ 倪匡著. -- 三版. --
臺北市：風雲時代出版股份有限公司，2023.07
面；公分　倪匡珍藏限量紀念版

ISBN 978-626-7303-79-5（平裝）

857.83　112007638